BUCH & media

Im Jahr 1992 verliebt sich der Weltbankexperte Paul Alexander Ott in seine Übersetzerin Tatjana, die sich als KGB-Agentin entpuppt. Sechs Jahre später übernimmt er die Leitung eines von Deutschland geförderten Projektes für Milchwirtschaft im Gebiet Moskau. Dabei gerät das Paar in das Mahlwerk von Betrug und Korruption bei EU-finanzierten Hilfsprogrammen.

Bei Otts Abschiedsparty wird sein guter Freund, ein führender russischer Experte, tödlich verletzt. Unfall oder Mord? Warum steckt man danach Ott in Untersuchungshaft?

Ein fesselnder Roman, der tiefe Einblicke in das Ausmaß und die Folgen von Betrug und Misswirtschaft bei EU-Projekten und Subventionen gibt.

Paul Alexander Ott, 1939 in Ulm geboren, arbeitete über drei Jahrzehnte als landwirtschaftlicher Entwicklungsexperte, davon 24 Jahre für die Weltbank in Washington, DC.

Paul Alexander Ott

Das Band aus Elefantenhaaren

Roman

BUCH&media

Weitere Informationen über den Verlag und sein Programm
unter www.buchmedia.de

Bibliografische Information der Deutschen Bibliothek

Die Deutsche Bibliothek verzeichnet diese Publikation
in der Deutschen Nationalbibliografie;
detaillierte bibliografische Daten sind im Internet
über <http:// dnb.d-nb.de> abrufbar.

Mai 2008
© 2008 Buch&media GmbH, München
Umschlaggestaltung: Kay Fretwurst, Freienbrink
Herstellung: Books on Demand GmbH, Norderstedt
Printed in Germany · ISBN 978-3-86520-280-2

Inhalt

Prolog... 7
   I. Am Bodensee............................. 9
   II. Der Mantelaufhänger..................... 20
   III. Findung................................ 23
   IV. Warten auf Alexander 49
   V. Warten auf Tatjana 57
   VI. Fliegen 65
   VII. USA – Northern Virginia................. 71
   VIII. Auf der Fahrt nach Moskau 75
   IX. Moskau Oblast 89
   X. Fantômes Nocturnes..................... 168
   XI. Auf Alexanders Hügel.................... 190
   XII. Die Fallstudie 198
Epilog... 207
Literatur 213

Für Andriana

Prolog

Jährlich entsteht der Allgemeinheit laut Weltbank[1] und Transparency International[2] durch Korruption ein geschätzter Verlust von ca. 1000 Milliarden Dollar, wobei der Kreis der Täter nicht nur in der Wirtschaft und dem organisierten Verbrechen, sondern auch bei Privatpersonen zu suchen ist. Dieser Betrag entspricht in etwa den Kosten weltweiter Rüstungsausgaben.

Einer der Hauptgründe für die Korruption bei der Vergabe von EU-finanzierten Projekten ist in der Verharmlosung der Delikte zu sehen. Dabei richten sie schwere direkte und indirekte Schäden an. Nicht zuletzt schädigen sie den Ruf westeuropäischer Länder. So kommt zum Beispiel der Bericht des Europäischen Rechnungshofes in Luxemburg vom 20. April 2006 zu dem Schluss, *dass die EU-Hilfe für die Russische Föderation im Zeitraum 1991 bis 2006 in Höhe von 2,8 Milliarden Euro häufig völlig wirkungslos verpufft ist.* Dabei war ihr Ziel, einen Beitrag zur ökonomischen und politischen Umgestaltung zu leisten. Darüber hinaus kosten den europäischen Steuerzahlern die Betrügereien bei Exporterstattungen Jahr für Jahr hunderte Millionen Euro.

---

[1] Weltbank: Multilaterale Entwicklungsinstitution der Vereinten Nationen mit 184 Mitgliedsländern und Sitz in Washington, DC, USA. Weltweit größter Geldgeber zur Finanzierung von Projekten in Entwicklungsländern in fast allen Sektoren mit Niedrigzins und zinsfreien Darlehen sowie Schenkungen mittels Verkauf von Pfandbriefen und Spenden der reichen Länder. Führt auch analytische und beratende Funktionen durch. Hat etwa 10000 Mitarbeiter, davon etwa 3000 in 109 Länderbüros. Pro Jahr werden 20 bis 30 Milliarden Dollar neue Kredite vergeben, oftmals unter Nichtbeachtung wirtschaftlicher Kriterien und Schuldentragfähigkeit der Empfängerländer. Tatsächlich von diesen abgerufene Kredite sind wesentlich niedriger. Rückzahlungsrückstände der Kreditnehmer werden in regelmäßigen Abständen erlassen. So werden nach Weltbankangaben über die nächsten vier Jahrzehnte ab dem 1. Juli 2006 erneut Schulden im Umfang von 37 Milliarden Dollar in mehr als 40 Ländern gestrichen.

[2] Transparancy International (TI): Internationale Nicht-Regierungsorganisation, gegründet 1993, die inzwischen in fast 100 Ländern lokale und internationale Korruption bekämpft.

Es brauchte den EU-Wirtschaftsprüfer-Assistenten Paul van Buitenen[3], der mit seinen Enthüllungen über Vetternwirtschaft, Betrug, Korruption und manipulierte Ausschreibungen zum ersten Mal für einen öffentlichen Aufschrei sorgte und damit maßgeblich zum Sturz der EU-Kommission im März 1999 beitrug. Doch das Spiel geht weiter, da effiziente Bekämpfungseinrichtungen fehlen und Delikte, so sie überhaupt aufgedeckt werden, als Kavaliersdelikte gelten oder kaum bestraft werden.
Die Dramaturgie dieser Korruption ist Thema des Romans. Die geschilderten Ereignisse, Orte, Charaktere und Namen der Akteure sind frei erfunden. Sollte sich jemand wiedererkennen, ist dies reiner Zufall. Die technisch-betriebswirtschaftlichen Aspekte entsprechen den Tatsachen, denn ich habe mein Leben lang mit Land- und Viehwirtschaft zu tun gehabt, die letzten 30 Jahre davon in Ländern des ehemaligen Ostblocks.

---

[3] Paul van Buitenen, EU-Saubermann: Mit seinen Dossiers über Misswirtschaft, Korruption und manipulierte Ausschreibungen sorgte der niederländische EU-Wirtschaftsprüfer-Assistent für jede Menge Wirbel, die maßgeblich zum Sturz der EU-Kommission im März 1999 beitrugen. Dies brachte ihm eine Amtssuspendierung, aber auch die Wahl zum »Europäer des Jahres 1999« und den europäischen Steuerzahlerpreis ein. Paul van Buitenen, für viele seiner Landsleute ein Volksheld, galt bei Journalisten und EU-Abgeordneten als Märtyrer der Eurokratie, denn das Brechen der amtlichen Verschwiegenheitspflicht fügte ihm großen persönlichen Schaden zu.
Auch in der Nachfolge-Kommission unter Romano Prodi drang van Buitenen nicht durch. In 2002 hängte er seinen Job bei der EU an den Nagel und überwachte in der holländischen Provinz die Finanzen der Polizei. Doch seit seinem Weggang von der EU, so ist van Buitenen überzeugt, »hat sich nicht viel getan, auch wenn das die Kommission behauptet. So seien die Kontrollbehörden innerhalb der EU bis heute schwächer als in den Mitgliedsländern. Ein Zustand, den van Buitenen mit seiner Partei Europa Transparent, für die er seit 2004 Abgeordneter im Europaparlament ist, ändern will: »Wir werden darauf hinarbeiten, dass Europa Kontrollgremien erhält, so wie es sie auch in den einzelnen Mitgliedsländern gibt. Damit die Leute wissen: Da wird normal gearbeitet und normal bezahlt. Schließlich haben die EU-Bürger das Recht darauf, zu wissen, wo ihre Gelder hingehen.« In seinen 14 Jahren als EU-Beamter habe er »dort alles gemacht, was ich machen kann«. Er habe Berichte mit bis zu 5000 Seiten Anlagen eingereicht, Befragungen mitgemacht und Bücher geschrieben. Aber das habe nicht die gewünschte Wirkung erzielt. Die will er nun als EU-Abgeordneter erreichen. Seine Partei will sich u.a. für eine europäische Staatsanwaltschaft einsetzen, die den Missbrauch europäischer Finanzmittel bekämpfen soll. Auch soll eine Meldestelle geschaffen werden, bei der »alle EU-Bürger Misswirtschaft mit europäischen Steuergeldern melden können«.

I. Am Bodensee

Maruschka
Donnerstag, 21. Dezember 1944, 4:15 Uhr

»Maruschka, wir müssen ihn jetzt ganz arg lieb haben«, hörte das Kind seinen Onkel sagen, bevor es einschlief.
»Da-da, ganz libb gabben«, antwortete sie und begann kaum hörbar zu weinen.
Onkel Ivo hatte das Kind in die Dachkammer getragen. Es würde dort so lange bleiben, bis s'Hermännle, sein Sohn, wieder nach Hause kam. Er war seit beinahe zwei Jahren und sieben Monaten bei Charkow in der Ukraine vermisst.
Dicke Eisblumen bedeckten das kleine Fenster, das auf den Bodensee hinausschaute. Das Bett war viel zu groß für den erschöpften Sechsjährigen. Doch die federgefüllten Unter- und Oberbetten schenkten unendlich kuschelige Geborgenheit. Maruschka hatte zwei Bettflaschen hineingelegt. Eine kupferne für die Füße und eine aus Gummi für weiter oben. Seit Stunden hatte sie auf das Kind gewartet. Zweimal hatte sie schon siedend heißes Wasser nachfüllen müssen.
Wann wird es endlich kommen? Ob es überhaupt kommen wird? Die Warterei war kaum noch zu ertragen gewesen. Doch jetzt war das Kind da, und ihre Augen glänzten.
Der Zug hatte Verspätung. Als die beiden Nachtjäger kurz vor Friedrichshafen infernalisch heulend niederstießen, schubsten sich die Passagiere in wilder Panik in die Nacht und rannten um ihr Leben. Als die Flieger zurückröhrten, um dem Zug den Coup de Grâce zu geben, hatte sie der Seewald bereits verschluckt. Ein Höllenlärm setzte ein, bis nur noch das schrille Zischen des aus der Lok herausschießenden Dampfs und das hysterische Jaulen aufgebrachter Hunde zu hören waren. Dann herrschte Totenstille in einer vom Vollmond illuminierten, klirrend kalten, glasklaren Nacht.
»Geradezu ideal für diese verdammten Jabos«, zischte Onkel Ivo.
Als sich endlich ein Waldweg öffnete, blieb er stehen, um zu verschnaufen. Er drehte sich eine Zigarette aus selbst angebautem Tabak und Durchschlagpapier, zündete sie mit dem Feuerzeug an und inhalierte gierig.
Nach ein paar hundert Metern kamen sie zur Straße, die zum Romans-

horner Strand führte. Als sie das Ufer erreichten, drehte er sich noch einen Glimmstängel und steckte ihn an der Zigarettenkippe an. Dann bogen sie nach Osten in die gespenstische Nacht.

»Kannst du noch?«

»Klar«, hauchte das Kind.

Doch kurz darauf begann sein Händchen in Onkel Ivos abgearbeiteter Hand zu zittern. Er hing sich den Lodenmantel um, setzte das Kind auf den Arm und knüpfte über ihm den Mantel zu.

Das Kind hing regungslos an seinem Hals. Sein kreideweißes Gesichtchen schaute apathisch aus dem Mantelschlitz auf den stummen mondbeglänzten Bodensee. Wie ein kränkelndes Kängurubaby aus dem warmen Beutel seiner Mutter.

Es sieht aus wie tot, durchzuckte es Onkel Ivo. Sein Magen verkrampfte sich. Er sah das verbitterte Gesicht seiner toten Frau. Vor zwei Wochen war sie verstorben, ohne zu kämpfen. *Grippe* schrieb der Leichenbeschauer auf den Totenschein. Onkel Ivo wusste es besser: Es war die Angst ums Hermännle gewesen. Sie konnte nicht mehr schlucken.

Er knetete die dünnen Beinchen in den selbst gestrickten, viel zu kurzen Wollstrümpfen, zog die durchgelaufenen Stiefelchen aus und schleuderte sie in die Uferböschung. Er legte noch einen Schritt zu. Das Kind lauschte seiner Stimme, die mit sich selber sprach, bis es vom Schlaf übermannt wurde.

Nach zwei Stunden erreichten sie den Hof. In mächtiger Breite lag das alte Bauernhaus in Wurfweite zum Bodensee, flankiert von einer großen Fachwerkscheune und einer Schnapsbrennerei, über der drei Knechtskammern lagen.

Josef, Onkel Ivos Melker, hatte bereits mit dem Morgenmelken begonnen.

Das Kind schlief. Es schlief auch noch am Abend, als ihm Maruschka einen Teller Suppe hochbrachte. Immer wieder kraulte sie die versengten Haare und küsste die Brandwunden auf dem aschfahlen Gesichtchen, bis das Kind endlich aufwachte. Dann setzte sie es auf den Nachttopf, wo es sein Geschäft blinzelnd erledigte und sofort wieder einschlief.

»Er muss sich gesund schlafen«, sagte Onkel Ivo.

Als die Wintersonne am nächsten Tag im Zenit stand, erwachte das Kind. Voll Vertrauen bohrten sich große, kluge, leicht schräg stehende, dunkle Augen in sein Gesicht und lächelten ihm engelgleich entgegen.

»Nu, kak ty? Otospalsja? Wie getts, Sascha?«, fragte Maruschka.

Wie seine Mutter hatte sie ihr kastanienbraunes Haar am Hinterkopf zu einem Knoten geschlungen.

Als das Kind endlich ausgeschlafen hatte, stand die Abendsonne im

Begriff, den Bodensee in ein Flammenmeer zu verwandeln, an dessen Südufer sich die schneebedeckten Schweizer Alpen unter einem hellorangefarbenen Himmel nachtblau erhoben.

Das Kind stieg auf den Stuhl, hauchte ein Guckloch in die Eisblumen im Dachfenster und spähte hindurch.

»Heilig's Blechle«, entfuhr es ihm erstaunt.

Argwöhnisch kostete es einen Teller Borschtsch, bevor es gierig zu löffeln begann, aß Bauernbrot mit Butter und Marmelade und trank warme Milch, die Maruschka mit Rahm verstärkt hatte.

Dann gingen sie in den Stall. Das Kind sog tief den Karamellduft von Heu und Grassilage in sich hinein und lauschte dem einschläfernden Wiederkäuen der Kühe und dem rhythmisch in den Melkeimer spritzenden Strahl. Alles war so friedlich, so beruhigend, so normal.

Maruschka ließ ein quiekendes Ferkel in seine Ärmchen plumpsen. Das Kind jauchzte verzückt. Das Ferkel strampelte hysterisch quietschend, als ginge es um sein Leben. Das Kind presste es fest an sich und sprach beschwichtigend auf es ein, worauf sich das Ferkel beruhigte und mit verschmitzt seligem Lächeln in den Ärmchen des Kindes hin und her wiegen ließ.

Nicht schlecht für ein Kind aus der Stadt, freute sich Onkel Ivo. Man kann etwas aus ihm machen. Vielleicht wird es einmal den Hof übernehmen.

Das Kind hatte für den schmächtigen Körper einen viel zu großen Kopf, seine weit nach vorn gewölbte Stirn ließ es wie einen Mongoloiden erscheinen.

Maruschka fütterte das Kind noch mit Apfelschnitzen und Walnusskernen und gab ihm warmen Apfelsaft zu trinken. Dann packte sie es wieder in das viel zu große, warme Bett und küsste die versengten Augenbrauen über den traurig-fragenden Augen.

Onkel Ivo sprach das Abendgebet. Das Kind lächelte verkrampft und schlief ein.

Es träumte von den Kühen. Sie waren riesengroß, noch größer als die Elefanten im Zirkus. Weideglocken läuteten unter ihrem Hals. Es brauchte sich vor ihnen nicht zu fürchten, denn ihre großen, klugen, leicht schräg stehenden, dunklen, warmen Augen lächelten ihm engelgleich entgegen.

Weihnachten
Montag, 25. Dezember 1944, 11:35 Uhr

Eine Woche war vergangen, seit Ulm am Sonntag, dem 17. Dezember 1944 gegen acht Uhr abends zum ersten Mal bombardiert worden war. Wie ein verrückt gewordenes Fohlen hüpfte das Kind in den neuen Stiefelchen zum Bodensee hinunter. Onkel Ivo hatte unter den Dielen der Dachbühne Leder hervorgezaubert, und Schuhmacher Schupp hatte sie dem kleinen Alex angemessen. Als Weihnachtsgeschenk lagen sie noch gestern Abend unter dem silbrig strahlenden Christbaum. Maruschkas selbst gestrickte lange Strümpfe aus selbst gesponnener Schafwolle lagen neben einer kleinen Tafel Cadbury-Schokolade, die Onkel Ivo für einen Liter Schnaps eingetauscht hatte. Beseelt von der festlichen Stimmung schnallte er sich das Akkordeon seines Sohnes um, um sich an Weihnachtsliedern zu versuchen, wobei Alex sich mit leuchtenden Augen bemühte, ihm gesanglich zu folgen.

Der Wintersturm heulte in den Bäumen. Schwere, dunkle Schneewolken jagten einander. Der See toste. Von Gischt gepeitschte Wellen brachen sich donnernd am Ufer.

Petroleumlampen schnitten milchige Keile in den Luftschutzkeller. Das Kind sah in die weit aufgerissenen Augen seiner Mutter, die das Baby verzweifelt in den Armen hielt.

»Lebt da unten noch jemand?!«, schrie Herr Bechtle und riss das Kind an sich.

Es hatte noch immer das nasse Tuch gegen den Feinstaub der Sprengbomben auf sein Gesichtchen gepresst, so wie es ihm seine Mutter während der vielen Fliegeralarme der vergangenen Monate eingebläut hatte.

»Mama, Mama! Ich will meine Mama, ich will meine Mama«, röchelte das Kind, als sie es durch das frisch geschlagene Loch in der Brandmauer zum benachbarten Luftschutzkeller reichten.

»Renn! Renn so schnell du kannst!«, schrien die Helfer.

Sie hatten das Kind in ein nasses Leintuch gewickelt und jagten es den anderen hinterher, hinaus aus der tosenden Stadt. Die Hitze brannte in den Lungen. Das dröhnende Prasseln und der Sog der Flammen rissen das Kind mit sich fort. Die glutroten Silos der Aumühle brachen in sich zusammen, kurz nachdem Alex an ihnen vorbeigerannt war.

Ein Greis, auch er auf der Flucht, nahm das Kind keuchend bei der Hand und humpelte den anderen Flüchtenden hinterher.

Nach zwei Stunden erreichten sie Oberelchingen, wo sie rührend von einer Bauernfamilie aufgenommen wurden. Großmutter Gnann tröstete das wimmernde Kind. Sie reinigte sein Gesichtchen und salbte die Brandwunden mit Schweineschmalz.

Es war dem Kind, als ob die glutrote Aumühle über ihm zusammengestürzt und sein Leben für immer zu Ende sei.

Wie in den Nächten zuvor träumte das Kind von weiß vermummten Menschen, die um ihr Leben rannten. Es rannte ihnen hinterher, so schnell es nur konnte. Der Abstand wurde immer größer, auch wenn es sich noch so anstrengte. Plötzlich war es allein. Es war heiß, unausstehlich heiß.

Der Atem ätzte die Lungen. Der Sog der Flammen riss es mit sich fort. Es wusste: Gleich stürzten die glutroten Silos der Aumühle über ihm ein ...

»Mama, Mama, ich will meine Mama!«
»Iss gutt, Sascha, uspokoisja, iss gutt, alles gutt.«
Maruschka drückte das zitternde Kind an ihre Brust und wiegte es hin und her.
»Baju-bajuschki-baju, baju-bajuschki-baju, spi mladjenjets, moj prekrasnyi, bajuschki-baju«, immer wieder setzte sie mit ihrer warmen Altstimme ein, bis das schweißgebadete Kind aufgehört hatte, in ihren Armen zu zittern. Anschließend bettete sie es in das warme, viel zu große Bett, drei, vier Mal pro Nacht, wochenlang. Doch dann schrie das Kind immer seltener nach seiner Mama, und die Intervalle zwischen den Albträumen wurden schließlich ständig länger. Nach ein paar Jahren erkannte es den Albtraum früh genug, um aufzuwachen, bevor der Sog der Flammen es mit sich riss.

1945 war angebrochen und brachte schreckliche Zeiten für die Menschen am Bodensee. Friedrichshafen und die Waffenschmieden am See lagen schon längst in Schutt und Asche. Nacht für Nacht dröhnten Bombengeschwader über den See. Die Flak hämmerte in den hell erleuchteten Nachthimmel wie hunderttausend Presslufthämmer. Jabos schossen erbarmungslos auf alles, was sich bewegte. Flugzeugteile trudelten vom Himmel, manchmal gefolgt von an Fallschirmen baumelnden Piloten.

Als die ersten Kirschbäume ihren milden Duft verströmten, war das Schlimmste vorbei. Schon seit Monaten flog ein Geschwader nach dem anderen unbeeindruckt am helllichten Tag, Netze kleiner Silberkreuze gleichend. Notabwürfe trafen aufs Geratewohl. Oberstudienrat Weishaupt hatte das Brückensprengen eingestellt und bereitete seine Schüler lieblos auf den Endkampf vor.

Die Fahne hoch
Sonntag, 29. April 1945, 16:15 Uhr

Als die Kirschblüte in den letzten Zügen lag, näherte sich ein tiefes Grollen von Westen her.
»Die Franzosen kommen!«, schrien sich die Leute zu und drängten sich in die Kirche, um den schmerzhaften Rosenkranz zu beten; das Grollen wurde lauter, kam bedrohlich nahe – und flaute endlich abrupt ab.

Und dann geschah etwas Außergewöhnliches. Plötzlich sang ein Männerchor *Die Fahne hoch, die Reihen fest geschlossen* ...
Bedächtig traten sie ins Freie und versteinerten, denn das Lied kam aus dem ersten der vier Schützenpanzer, an dessen Antenne die Trikolore flatterte. Nach der dritten Strophe sprach dieser Panzer auch noch allerbestes, vom knackenden Knistern des Lautsprechers fürchterlich verstümmeltes Schwyzerdütsch. Trotzdem verstanden sie ihn: Sie waren ja Alemannen.
Pfarrer Reich schwang das weiße Altartuch. Ein drahtiger Offizier in Khaki entglitt dem ersten Schützenpanzer, barhäuptig, errötend lächelnd, als wolle er sich für das Ganze entschuldigen, salutierte und küsste den Pfarrer links-rechts-links auf die Wangen. Verdattert bekreuzigte sich der gnädige Herr und erglühte. Damals hätte höchstens der Teufel da unten am Bodensee einen Mann in aller Öffentlichkeit abgeküsst.
»Das sind ja gar keine Franzosen«, stotterte jemand. »Das sind die Fremdenlegionäre.«
Der Offizier zuckte grinsend mit den Schultern.
Frau Ammann lachte hysterisch, und unversehens lagen sich die Menschen in den Armen. Endlich war alles vorbei.
Die Legionäre mischten sich unter die Menge. Sie waren ja Profis. Sie wussten: Die da würden keinen Unsinn mehr machen. Die da waren gute, fürchterlich erschöpfte Menschen. Wie sie selbst. Man schüttelte sich die Hände und klopfte sich auf die Schultern. Toni, der kleine Schweizer Legionär, war der Allergrößte an diesem friedvollen Frühlingsabend. Wie wären sie ohne ihn je zurechtgekommen?! Er fühlte sich ja auch beinahe zu Hause, denn dort drüben am gegenüberliegenden Ufer lebte Tonis Mutter.
Nur ein paar Alte schauten missbilligend auf das muntere Treiben.

Danket dem Herrn, denn er ist gut spielte die Orgel. Schuhmacher Schupp zog alle Register. *Großer Gott wir loben dich* schallte es aus der Kirche. Die einzige Glocke, die nicht zum Einschmelzen musste, die kleinste von allen, stimmte mit ein. Doch ihr Gebimmel hatte gegen die sich aufbäumende Barockorgel nicht die geringste Chance.
»Sie können bei mir Quartier schlagen«, schlug Onkel Ivo vor und nahm André, den drahtigen Offizier, unterm Arm und Alex bei der Hand. Zwei Schützenpanzer, ein Lastwagen und ein Jeep folgten ihnen. An diesem Abend kamen André und Toni noch zu Most und Schnaps. Als Gastgeschenk öffneten sie eine dunkelolivgrüne Einpfunddose mit orangefarbenem Cheddarkäse und zwei kleine Dosen Ham & Eggs aus Amerika.
»Mit Verlaub«, fragte Onkel Ivo mit weit nach oben gezogenen Augenbrauen, »warum habt ihr das deutsche Lied gespielt?«

»Merde alors, wir abben merde in Osse«, versicherte André.
Toni wurde deutlicher. Wo immer sie beim Einmarsch das Lied spielten, hatten sie kaum Probleme. Trotzdem hätten sie einen fürchterlichen Bammel. Ob er das verstünde?

Unten am Bodensee trat geschäftige Ruhe ein. Die Menschen hatten alle Hände voll zu tun, um die vielen Flüchtlinge aufzunehmen. Unter ihnen herrschte Solidarität. Die Türen der meisten Häuser blieben unverschlossen. In Scharen kamen die Hamsterer auf die Bauernhöfe, die meisten Bauern teilten mit ihnen das Wenige, was nicht beschlagnahmt wurde. Auch auf dem Land waren die Menschen nur noch Haut und Knochen. Medikamente fehlten. Moderne Medikamente wie Penicillin konnte man sich zwar in der Schweiz beschaffen. Doch sie waren für die meisten unerschwinglich. Und die Zahl der Kindergräber auf dem Friedhof wuchs von Woche zu Woche.

André tat, was er konnte, um die Lage in den Griff zu bekommen. Wer gegen die Regeln verstieß, ging für ein paar Tage bei Wasser und Brot in den Schweinestall.

Wie handwerklich geschickt Toni war, bewies er, indem er im Handumdrehen aus leeren Käsedosen Essgeschirr für die Kinder bastelte, das er mit einem Drahtbügel zum Halten versah, worin die beiden farbigen Köche beim gemeinsamen Mittag- und Abendessen un peu de tout servierten. Zufrieden stellte Maruschka fest, dass sich die Legionäre wahrlich nicht lumpen ließen.

Auf Empfehlung von Pfarrer Reich ernannten die Besatzer Onkel Ivo zum provisorischen Bürgermeister.

»Den könnt ihr euch schon nehmen«, hatte er ihnen nahegelegt. »Er war nicht in der Partei und ist auch nicht der beste Katholik, aber ansonsten ist er ein recht ordentlicher Mensch.«

Kurz nach Kriegsende kehrten die Zwangsarbeiter in ihre Heimatländer zurück. Dank seines Gewichts als frisch gebackener Bürgermeister, konnte Maruschka noch länger bleiben. In Wahrheit hatte er es allerdings der Tatsache zu verdanken, dass André ein Verhältnis mit ihr hatte.

Wie zwei Fischerboote
Donnerstag, 21. Juni 1945, 15.45 Uhr

Sechs Wochen nach Kriegsende, als alles unter Kontrolle war, wurden die Fremdenlegionäre abgezogen. Einen Tag davor fuhr Maruschka in ihre Heimat zurück.

»Ya otschen' tjebja ljublju«, flüsterte André in Maruschkas Ohr.

Sie weinte. Alex rannte ins Haus. Entsetzliche Eifersucht hatte sein kleines Herz durchbohrt. André holte ihn zurück.

»Dis au revoir à Maruschka, mon vieux. Qu'est-que c'est! Et alors!«, herrschte er den kleinen Alex an.

Onkel Ivo startete den grasgrünen 11-PS-Deutz-F1-Traktor. André hatte einen halben Kanister Diesel beigesteuert, um Maruschka zum Bahnhof nach Friedrichshafen zu fahren.

»Sie waren einfach liebe, herzliche Menschen, meine drei Russinnen, besonders die Maruschka«, betonte Onkel Ivo später immer wieder. »Sie waren mit allem zufrieden, und keine Arbeit war ihnen zu viel. Und sie waren so sprachbegabt, besonders Maruschka. Nach ein paar Monaten konnte man sich mit ihr bereits gut auf Deutsch unterhalten. Deshalb benutzten die Polen und Franzosen in unserem Betrieb sie als Dolmetscherin.« Immer wieder hatte Ivo versucht, mit Maruschka Kontakt aufzunehmen. Vergebens.

Onkel Ivo wuchtete die großen, schweren Taschen, die sich Maruschka aus den begehrten Mehlsäcken der französischen Armee genäht hatte, auf den einachsigen Anhänger hinter dem Traktor. Maruschka hatte Alex auf dem Schoß. Ein paar Dorfbewohner winkten. Sie winkten zurück.

Sie tuckerten durch blühende Wiesen und Felder. Je mehr sie sich Friedrichshafen näherten, häuften sich die wassergefüllten Bombentrichter. Sie aßen Butterbrote und die ersten Kirschen. Wenn man in Russland auf Reisen geht, beginnen die Leute, kaum dass sie im Zug sitzen, zu essen.

Sie wiegte das Kind in ihrem Schoß.

»Warum kannst du nicht bei mir bleiben?«, schluchzte Alex.

»Auch der Kleine Prinz musste wieder auf seinen Planeten zurückkehren, Saschenka.«

Alex nickte erleichtert aufatmend. Ernst und gefasst starrten seine großen, tränenfeuchten Augen auf den glatten türkisgrünen Bodensee, der nur von den sanften Wellen zweier Fischerboote leicht angekratzt wurde.

Ich wollte, es wäre mein Kind. Ich wollte, es wäre Andrés Kind. Unser Kind. Wir hätten ein kleines Häuschen an einem See und einen großen Garten mit Kartoffeln und Gemüse, mit Beeren und ein paar Obstbäumen und vielen Blumen. Und wir hätten wie der Onkel Ivo einen Deutschen Schäferhund. Komisch, ich hätte nie gedacht, dass ich jemals eine fremde Sprache sprechen kann. Doch nun kenne ich die Namen aller Blumen auch auf Deutsch. Einige Blumen kenne ich sogar auf Französisch: »le coquelicot, le bluet, la marguerite, le pissenlit, l'églantine, la pivoine, la rose.« *Das klingt so schön, genauso schön, wie es die Blumen selber sind.*

»Solch nette Menschen«, sagten die Dorfbewohner, als die Fremdenlegionäre fortfuhren.
Die Kinder winkten ihnen lange nach. Wie sehr hatten sie sich in ihnen getäuscht.
Am nächsten Morgen sahen sie auf dem Schulgelände dunkelblaue Soldaten mit Stahlhelmen hinter einem hohen Stacheldrahtzaun, über dem eine mächtige Trikolore unter einem stahlblauen Sommerhimmel frivole Kapriolen schlug.
»Muff, muff«, schrien die beiden Wachen am Eingangstor, als die Kinder mit ihrem Käsedosen-Essgeschirr herantrotteten, und richteten die aufgepflanzten Bajonette gegen sie. Die Kinder rasten davon. Für sie war eine Welt zusammengebrochen.

Beim Murmeln der Wellen
1945–1958

Onkel Ivo hatte immer dreißig Kühe mit Nachzucht. Bald kannte der kleine Alex ihre Charaktere und Verhaltensweisen, die genau so unterschiedlich und vorhersehbar waren wie bei den meisten Menschen. Und wie diese hatten sie ihre guten und schlechten Tage. Da gab es die glückliche und die traurige Kuh, die Kapriziöse und die Vernünftige, die Ängstliche und die Furchtlose, die Langweilige und die Gewitzte, und natürlich auch die Leitkuh, die der Chef vom Ganzen war. Und da gab es die tollpatschige Zita, die immer ins Fettnäpfchen tappte und deshalb von den anderen Kühen herumgeschubst wurde und meistens abgesondert von der Herde weiden musste. Der kleine Alex mochte sie am liebsten.

Er tränkte die Kälber, fütterte die Kühe und Jungrinder und hütete sie nach der Schule auf der Weide. Beim Heumachen, Unkrautjäten, Vereinzeln und Anhäufeln oder bei den Erntearbeiten war es sein Job, alle Stunde zum Bach zu rennen, um ein paar gekühlte Mostflaschen für die durstigen Kehlen, einschließlich seiner, zu holen. Abend für Abend fuhr er die Milch zur Dorfmolkerei. Und im Winter machte er Brennholz und beschnitt die Obstbäume.

Als er das erste Mal den Traktor fahren durfte, war er gerade mal sieben. Da zwischen seinen Füßen und der Pedalerie noch Welten lagen, schnallte ihm Onkel Ivo einen Holzklotz unter den linken Schuh, damit er die Kupplung ganz durchdrücken konnte.

»Kupplung, Kupplung!«, schrie der Onkel verzweifelt, wenn sich wieder mal das Mähwerk am Traktor beim Hopfenspritzen im Drahtseil zu verfangen drohte. Dann raste er, die Spritzlanze von sich werfend, nach vorne, um den Motor mit der Hand auszukuppeln.

»Du reißt mir noch den ganzen Hopfengarten um! Fahr immer einen möglichst großen Bogen um die Drahtseile herum! Dann musst du erst gar nicht auskuppeln! Das ist das A und O beim Hopfenspritzen!«

Es war der einzige Traktor im Dorf, und Alex' Freunde wurden blass vor Neid, weil er ihn bald sogar ganz alleine fahren durfte.

Als er größer wurde, molk er die Kühe an Sonn- und Feiertagen oder an Tagen, an denen sich der Josef nach einer langen Nacht wieder mal schonen musste.

»Er hat scharfe Augen und einen kritischen Verstand. Und er hat ein Gespür für Landwirtschaft«, hörte er den Onkel zum Landrat sagen, der öfters zum Vespern kam. »Wenn's Hermännle nicht mehr kommt, soll der Alex den Hof übernehmen. Ich wäre glücklich, wenn der Bub einmal Landwirtschaft studieren würde. Er hat alles, was es zu einem guten, gschdudierten Bauern braucht.«

Onkel Ivo schickte ihn mit dem Fahrrad auf den langen Weg zur Oberschule in Friedrichshafen. Und wie alle heranwachsenden Kinder damals auf dem Land arbeitete Alex nach der Schule und in den Ferien wie ein Erwachsener.

Die Arbeit auf dem Hof gefiel ihm über alle Maßen. Er lernte schnell. Und so dauerte es nicht lange, bis ihm Onkel Ivo und die Nachbarn auch schwierigere Arbeiten überließen. Kaum einer konnte die Obstbäume geschickter beschneiden und umpfropfen, den Traktor so kerzengerade fahren, mit der Sense besser mähen, einen Heuwagen voller bepacken, Jungbullen oder Färsen zur Vorstellung bei der Auktion gekonnter vorbereiten, die arbeitslosen Pferde im Winter sicherer durchs Dorf reiten (gleich drei oder vier nebeneinander) oder sich beim Klauenschneiden der Kühe und dem Einfangen des wieder mal ausgebrochenen Zuchtbullen nützlicher machen als der prächtig heranwachsende Alex.

In der Freizeit kannte er nichts Schöneres, als stundenlang dem Dorfschmied und dem Küfer bei der Arbeit zuzusehen und zu helfen oder am Bodensee entlangzulaufen, durch bunte Wiesen, wogende Felder, lichte Auwälder und Riede zu streifen und durch liebevoll gehegte Obst- und Rebgärten zu wandern, vorbei an verschwommen im spätherbstlichen Nebel schwebenden, grasenden Kühen. Wie liebte er es, sich auf den selbst gebastelten Skiern jauchzend über die Skischanze zu katapultieren, um platschend auf den flachen Auslauf aufzusetzen! Oder bei Föhnwind, vom Fernweh überwältigt, mit Onkel Ivos Jagdglas die sich am gegenüberliegenden Ufer gigantisch auftürmende Schweiz bis ins letzte Detail zu erkunden. Wie genoss er es, auf dem flimmernden Bodensee weit hinaus zu rudern, um sich stundenlang von dem sanften Murmeln der plätschernden Wellen schläfrig treiben zu lassen und sehnsüchtig von der Welt zu träumen oder bis in den frühen Morgen hinein zu lesen.

Als Onkel Ivo kurz nach Alexanders Studienbeginn an der landwirtschaftlichen Hochschule in Stuttgart-Hohenheim nach langer, schwerer Krankheit verstarb, trauerte das ganze Dorf. Doch niemand trauerte aufrichtiger und dankbarer als sein Neffe Paul Alexander Ott.

II. Der Mantelaufhänger

Moskau
Sonntag, 24. November 1991, 9:45 Uhr

»Stop bullshitting me!«
Paul Alexander Ott lachte gereizt.
Andrej, der Übersetzer, hatte mal wieder von Karat, dem Kaukasischen Schäferhund geschwärmt.
»Wie kann Ihr Hund bereits fünfzig Kilo wiegen! Er ist doch nicht mal ein Jahr alt! Schauen Sie, ausgewachsene Deutsche Schäferhunde erreichen selten fünfzig Kilo, Bernhardiner nicht mehr als sechzig, selbst Neufundländer kaum siebzig!«
Andrej schwieg. Er setzte ein verschmitztes Grinsen auf, das Paul Alexander Ott nicht mehr registrierte. Er hatte sich auf die Besprechung im Föderalen Landwirtschaftsministerium der UdSSR als Tierzuchtexperte der ersten landwirtschaftlichen Sektormission der Weltbank zu konzentrieren und fühlte sich unendlich privilegiert, so kurz nach der Perestroika für ganze vier Wochen in Moskau sein zu dürfen. Vieles war in diesem geheimnisvollen Land so anders und voller Überraschungen, dass er die Eindrücke ohne Vorurteile in sich aufsaugen wollte.
Das Frühstücksbüfett wurde gerade abgeräumt, als man Alexander zur Rezeption rief.
»Ich habe Karat mitgebracht«, brüllte Andrej quer durch die Empfangshalle.
Und da thronte er, der Kaukasische Schäferhund, auf dem zurückgeschobenen Vordersitz des blitzsauberen, hellblauen Lada und musterte Alexander mit großen dunkelbraunen Augen unter schwarzer Maske etwas verlegen, großmütig und aufmerksam. Wie ein großer Teddybär, wie ein Neufundländer mit goldbraunem Langhaarfell, kleiner weißer Hemdbrust und weißen Pfoten, einem massiven Kopf mit schwarzer Schnauze und prachtvoller Mähne, die die abgeschnittenen Ohren versteckte. Die Vorderbeine auf dem Boden ausgespreizt füllte Karat das gesamte rechte, vordere Wagenteil. Das Selbstbewusstsein des typischen Schäferhundes fehlte ihm noch. Doch das würde noch kommen. Er war ja noch so jung.

Fünfundvierzig bis fünfzig Kilo sind da schon drin, schätzte Alexander, als Karat mit hoch wedelndem Schwanz vor der Hotelauffahrt auf und ab patrouillieren musste.

Die Sonne schimmerte fahl und freudlos durch dünne Wolken, aus denen schon seit Tagen winzige Eiskristalle rieselten. Dicker Raureif bezuckerte Bäume und Sträucher.

Andrejs Einladung zum Mittagessen bei sich zu Hause kam unerwartet. Zögernd, doch gerne nahm sie Alexander an. Einen Ausländer einzuladen, war damals etwas Außergewöhnliches und nicht ohne Probleme für den Gastgeber sowie eine regelrechte Herausforderung für die Hausfrau, mit bescheidenen Mitteln etwas auf den Tisch zu stellen.

Sie keuchten zum fünften Stock hinauf. Karat keuchte mit.

Ein bisschen zu stark für einen jungen Hund. Zu wenig Auslauf, zu viel Stärke, zu wenig Eiweiß, konstatierte Alexander.

Seine vier Kontaktleute von den Landwirtschafts- und Planungsministerien, der Akademie der Landwirtschaftswissenschaften und der Timiriazev-Akademie begrüßten ihn herzlich. Oksana, Andrejs Frau, fixierte ihn mit schelmischem Blick. Sie trug rotbraun gefärbtes Haar, das am Hinterkopf zu einem strengen Knoten geschlungen war.

Karat wuchtete sich auf seinen Platz neben der Badewanne, die ein schwenkbarer Wasserhahn vom Küchenspülbecken aus füllen konnte. Der aufgeklappte Tisch voller farbenfroher Sakuska[4] beanspruchte den größeren Teil des Wohnzimmers. Er war so gedeckt, dass sich jeder Gast von allem selbst bedienen konnte.

Alexander hatte eine Flasche Whiskey mitgebracht. Dass die Würste, die man ihm beim gestrigen Besuch einer Sowchose[5] geschenkt hatte, jedoch derartig starke Beachtung fänden, hätte er sich nie träumen lassen: etwa zwei Kilo ganz normale Bockwürste im Naturdarm. Eigentlich hatte er sie für Karat mitgebracht. Wurst dieser Qualität hatten seine Tischgenossen schon seit Jahren nicht gegessen. Schnell wurde ihm klar, welch hohen Stellenwert Wurst und Wurstqualität in Russland hatten und wie maßlos aufgebauscht russische Statistiken über Wurst- und Fleischkonsum sein mussten.

Erst als Oksana den Hauptgang servierte, kam das Thema Wurst jäh zum Stillstand, denn gegen ihre Pelmeni und Vareniki, die mit Smetana[6] üppig übergossen werden mussten, hatte die Wurst keine Chance.

Zwischen den Trinksprüchen sprachen sie über Gott und die Welt. Ein

[4] Sakuska = kalte Appetitanreger, Häppchen.
[5] Sowchose = ehemaliger staatlicher landwirtschaftlicher Großbetrieb: Boden und Inventar waren Staatseigentum und die Beschäftigten Lohnarbeiter.
[6] Smetana = saure Sahne.

Ausländer aus dem Westen war damals ein seltenes Tier. Alexander war der erste Wessi, den Andrej und Oksana je zu sich nach Hause eingeladen hatten, und darauf waren sie mächtig stolz. Karat empfand das offensichtlich genauso, denn er tauchte regelmäßig schwanzwedelnd auf und genoss es, von den Gästen gestreichelt zu werden. Es sei nicht einfach, ein solches Monster von einem Hund in dem kleinen Apartment zu halten, sagte Oksana, noch dazu im fünften Stock. Und dann das viele Futter! Ja, das sei manchmal schon ein Problem. Doch Karat sei all die Mühe wert.

Oksana war eine vortreffliche Gastgeberin. Wie sie ihre Männer mit Spontaneität und immer neuen Köstlichkeiten bezirzte! Erst als die Party so richtig in Schwung kam, setzte sie sich für ein paar Minuten an den Tisch. Alexander hatte schon zum x-ten Mal darauf bestanden.

Mit der Zeit wurden die Trinksprüche kürzer, die Witze lauter und unzüchtiger. Bald hörte man kaum noch das eigene Wort. Schließlich setzte der Gesang ein. Beim Abschied erlebte Alexander etwas, was ihn zutiefst bewegte. Trotz der vielen Arbeit mit dem Ausrichten der Party hatte Oksana noch die Zeit gefunden, den kaputten Aufhänger seines Kaschmirmantels zu ersetzen. Welche Frau im Westen hätte so etwas überhaupt bemerkt und dann noch repariert?, fragte sich Alexander erstaunt.

Oksanas mittlerweile offenes Haar quoll in üppigen Wellen prachtvoll auf Schultern und Rücken hinab. Als er sie beim Abschied unter dem spärlichen Licht des Treppenaufgangs leidenschaftlich an sich drückte und links-rechts-links auf die Wangen küsste, brannte ein geheimnisvolles Feuer voller Wärme in ihren Augen, und er glaubte, mitten ins Herz der russischen Seele geschaut zu haben.

III. Findung
Mich an Alexander Ott erinnernd

Orjol
Donnerstag, 18. Juni 1992, 11:15 Uhr

Das erste Mal sah ich dich im Vorzimmer des Vizegouverneurs, der lange auf sich warten ließ. Meine russischen Begleiter waren fürchterlich angespannt und nervös. Sie hatten Angst vor dem kleinen Mann mit den zusammengekniffenen, fuchsschlauen Augen, der seine Machtposition mit meisterhafter Hinterfotzigkeit ausspielte. Mir ging es genauso, ohne zu wissen, warum. Deine Augen erhaschten die meinen und blieben in ihnen, für mich für eine ganze Ewigkeit. Sie berührten mich mit Zärtlichkeit und zugleich mit Stärke und einem mir unerklärbaren Ausdruck von Überraschung und Faszination. Es war der Blick, von dem ich immer geträumt und fantasiert hatte.

Der Vizegouverneur hielt seine Ansprache mit Witz und Jovialität, ohne viel zu sagen. Wie immer, wenn er eine Delegation aus dem Westen begrüßte. Für die kommenden drei Tage hatten sie ein volles Besuchsprogramm vorbereitet. Für jeden von euch hatten sie einen Counterpart, einen Dolmetscher und ein Auto bereitgestellt.

Verzückt starrte ich auf deine Visitenkarte.

> Dr. Paul Alexander Ott
> Principal Livestock Production Specialist
> The World Bank
> 1818 H Street, N.W.
> Washington, DC 20433, USA (202) 477-0577

Das klang grandios, geradezu exotisch. Werde ich wohl alles richtig machen für dich, den großen Experten aus dem Westen? Werde ich auf Englisch oder Deutsch dolmetschen? Deutsch wäre mir lieber. Aber du wohntest ja in Washington, DC und würdest wohl eher Englisch bevorzugen.

Ich hatte einen Knoten im Bauch, ich hatte ja bislang nur ein paar Mal auf Japanisch gedolmetscht, nie Deutsch oder Englisch. Die landwirtschaftlichen Fachausdrücke waren meine geringere Sorge. Die kannte ich ja aus meiner Tätigkeit als Übersetzerin am Institut für Pflanzenbau. Außerdem hatte ich sie mir während der vergangenen Tage immer wieder stundenlang eingepaukt.

Die erste Sommerhitze des Jahres lag über Orjol, als wir dich im Hotel abholten. Du trugst eine beige Leinenhose mit hellbraunen Lederflechtschuhen, ein hellblaues, kurzärmliges Hemd und eine Chronometeruhr mit mattiertem Edelstahlgehäuse und dunkelgrauem Zifferblatt an dem muskulösen Unterarm. Du warst groß und schön, unsäglich schön. Und deine lustigen, blauen Augen funkelten in deinem markanten Gesicht wie zwei kleine Sonnen voller Lebensfreude und Herzlichkeit, aber auch mit einem Hauch von Melancholie, der dich noch attraktiver machte.

Auf der Fahrt zum Besamungszentrum durfte ich neben dir auf dem Hintersitz des Wolga sitzen. Du hattest darauf bestanden, obwohl es der Tierzuchtdirektor anders wollte. Meine Kehle war wie zugeschnürt. Schamrot vor mich hinlispelnd begann ich mit dem Übersetzen. Du stelltest Fragen zum rapiden Rückgang der Tierproduktion in der Orlovskaya Oblast[7] seit dem Ende der 80er-Jahre. Und ich spürte, dass du mit den Antworten des Tierzuchtdirektors nicht zufrieden warst.

»Wo haben Sie so gut Deutsch gelernt, Frau Aljoschina?«, fragtest du mit unwiderstehlich einnehmendem Lächeln.

»In der Schule. Aber das Meiste habe ich mir selbst beigebracht. Mein Vater wollte immer, dass ich Deutsch lernte. Er hielt große Stücke auf die Deutschen. Meine Mutter empfand ebenfalls eine besondere Zuneigung für die Deutschen. Auch sie wollte, dass ich Deutsch lernte. Wissen Sie, ich lese immer alles, was mir in die Hand fällt. Jetzt bekommen wir ja alles Mögliche auf Deutsch: Kochbücher, Zeitschriften und Gebrauchsanweisungen, sogar Schnittmuster von Burda. Eben alles.«

»Ich möchte Ihnen ein Kompliment machen. Ihr Deutsch ist beinahe akzentfrei. Wenn ich das nur von meinem Englisch selbst sagen könnte! Ich habe immer noch einen starken schwäbisch-alemannischen Akzent, obwohl ich schon seit über zwanzig Jahren in Washington, DC lebe. Meine Kollegen machen sich manchmal darüber lustig. Wie haben Sie das nur geschafft? Sind Sie in Deutschland gewesen? Oder haben Sie mit Tonbändern gearbeitet?«

»Vielen Dank! Wirklich? Nein, ich war nie dort. Und mit Tonbändern? Nein, aber ich glaube, ich habe eine natürliche Begabung für Fremdsprachen, vielleicht auch ein musikalisches Ohr. Ich spiele ...«

---

[7] Oblast = Verwaltungseinheit, in etwa vergleichbar mit einem deutschen Bundesland.

Aber da bogen wir auch schon in die Auffahrt des Besamungszentrums ein.

»Wollen Sie bitte das übersetzen, was der Tierarzt geantwortet hat, und nicht das, was Ihnen der Direktor vorgibt«, unterbrachst du mich. »Wenn wir nicht mit offenen Karten spielen können, fahre ich noch heute Abend nach Moskau zurück.«

Ich war entsetzt. Wie konntest du nur so etwas Ungebührliches sagen! Wie konntest du überhaupt verstehen, was der Tierarzt gesagt hatte? Und wusstest du, dass der Tierzuchtdirektor einer der wichtigsten neuen Kommunisten in der Oblast ist?

Wie konnte ich ahnen, dass du Russisch verstandest, zumindest wenn es um Landwirtschaft und Viehhaltung ging.

»Ich kann ein bisschen Serbokroatisch«, erklärtest du hinterher, »und habe seit meinem Aufenthalt in Moskau im vergangenen November intensiv Russisch gelernt.«

Warum hast du mir das nicht vorher gesagt? Dann hätte ich unsere Leute warnen können. Das war so ungemein gemein von dir, wirklich ganz gemein. Ich war stinksauer auf dich und schämte mich für unser Land und unsere Leute. Warum können wir immer noch nicht die Karten auf den Tisch legen?

Das Blut schoss mir in den Kopf. Und wie ich es bei den japanischen Delegationen immer machte, habe ich deine Fragen und unsere Antworten diplomatisch umformuliert. Doch du sagtest ganz cool:

»Bitte ad verbatim.«

Gott sei Dank kam es nicht, wie ich es befürchtet hatte, zum Eklat, vielmehr schloss sich ein gutes und langes Gespräch mit den Besamungsspezialisten an. Deine Fragen und unsere Antworten wurden nicht mehr zensiert. Und unsere Leute zeigten dir alles, was du sehen wolltest. Als sie dir schließlich Fragen stellten, viele Fragen, und dich dann auch noch um Rat baten, wusste ich, dass sie dich respektierten. Ich war so stolz auf meine Landsleute und freute mich für dich. Denn es ist nicht einfach für uns Russen, die Experten, die ihr nach Russland schickt, zu verstehen und zu respektieren.

Es war schon spät in dieser heißen Sommernacht, als wir nach einem langen Abendessen in der Kantine des Besamungszentrums unter magischen Sternen nach Orjol zurückfuhren. Wenn Lichtkegel entgegenkommender Fahrzeuge auftauchten, traf mich dein Blick mit unermesslichem Wohlwollen. Es war wie im Traum. Der Mond schien durch das Rückfenster unseres Wolga, und du starrtest, wie schon so oft an diesem Abend, auf das Band an meinem Arm.

»Es ist aus Elefantenhaaren«, sagte ich, »aus Haaren von richtigen Elefanten aus Afrika. Meine Mutter hat es mir zum sechzehnten Geburtstag geschenkt. Damals war es noch schwarz. Sie hat es nie getragen, vor lauter Angst, es zu verlieren. Doch jetzt ist es nur noch dunkelgrau, und es wird immer heller, obwohl ich es ständig etwas einfette. Es ist mein ganzer Stolz, es ist das einzige Armband aus Elefantenhaaren in Orjol und vielleicht sogar in ganz Russland. Ich trage es immer, wenn für mich ein besonders wichtiger Tag ist. Die Afrikaner glauben, dass Elefantenhaare Glück bringen.«

Auf einmal begannst du hemmungslos zu weinen. Plötzlich wusste ich, dass du es schon die ganze Zeit über gewusst hattest. Denn ich erkannte in dir den Kleinen Prinzen von Antoine de Saint-Exupéry, von dem mir meine Mutter immer wieder zigtausend Mal erzählen musste, als ich noch ein Kind war.

Und meine Stimme sagte: »Meine Mutter ist Ihre Maruschka. Sie macht sich immer noch Sorgen um Sie.«

Da nahmst du mich in die Arme. Es war die Umarmung, von der ich immer geträumt hatte, eine Umarmung voll allerzärtlichster Zärtlichkeit und Stärke. Die Umarmung des Mannes, den ich für immer lieben würde. Und ich fühlte, wie einst meine Mutter vor beinahe fünfzig Jahren es gefühlt haben musste: mit der selbstlosen Liebe einer Mutter.

Doch dann schoss sexuelle Wärme in mir hoch, heißer und tiefer als je zuvor, ein Gefühl, das ich bislang nur in Träumen hatte. Du zogst mich an dich mit all deiner Kraft, und ich spürte den Druck deiner Männlichkeit. Es war mir, als würde ich dort hinten auf dem Rücksitz unseres Wolga zerschmelzen und explodieren zugleich. Und ich wollte nur das eine: dich auf mir und in mir haben. Mein Körper schrie nach dir. Und ich kam in deiner bloßen Umarmung.

Wie fantastisch und aufregend war es, bei den Besprechungen der kommenden Tage ganz nahe bei dir zu sein. Unsere Hände suchten sich bei jeder nur möglichen Gelegenheit. Ich schämte mich meiner Zerfahrenheit beim Dolmetschen. Deine Nähe ließ mich manchmal den Kopf verlieren. Ich machte viele Fehler und habe immer wieder fürchterlich gepfuscht. Ich weiß, du hast mir das verziehen.

In dem kleinen Apartment im fünften Stock
Freitag, 19. Juni 1992, 19:00 Uhr

Die knöchernen Finger meiner Mutter strichen lange über dein Gesicht, als wollten sie sich vergewissern, dass du es auch wirklich bist. Das war mir so unendlich peinlich. Dann umklammerten sie deinen Hinterkopf. Deine Wange schmiegte sich an ihre Stirn. Du wiegtest sie lange hin und her und streicheltest ihren krummen Rücken und die dünnen, grauen Haare, so behutsam du nur konntest, immer wieder und immer wieder. Und du nuscheltest etwas in ihr Ohr, was ich nicht verstehen konnte. Ich wurde eifersüchtig, so richtig dumm eifersüchtig. Ich floh zur Toilette und heulte. Als ich ausgeheult hatte, saßt ihr am Tisch, und meine Mutter schälte dir ein hartgekochtes Ei.

»Iss, Saschenka!«, sagte sie. »Du bist ein schöner Mann geworden, noch schöner als André auf dem Foto. Tanja, hol's doch bitte aus der Schublade im Schlafzimmer. Du solltest mehr essen, Saschenka, du solltest ein paar Kilo mehr haben.«

Ich schämte mich zutiefst über meine Mutter. War das alles, was sie dir nach beinahe fünfzig Jahren zu sagen hatte?

»Tanja, schau nach, ob sie im Magazin endlich Wurst gebracht haben!«, kommandierte sie mich dann auch noch herum.

Als ich ohne Wurst zurückkam, hatte sie für dich bereits das dritte Ei gepellt. Es blieb dir beinahe im Hals stecken.

Du lobtest unseren guten russischen Schwarztee und unser Schwarzbrot. Dann musstest du noch eine selbst eingelegte Essiggurke und grüne Tomate und ein Stück holländischen Gouda essen und zum Schluss noch einen Esslöffel Honig in dich hineinwürgen. Anschließend nippten wir alle an einem Wodka.

Ihr erzähltet euch bis tief in die Nacht hinein.

Du hast mich die ganze Zeit kaum beachtet, mich einfach ignoriert! Wie konnte dich meine Mutter nur derartig faszinieren!? Sie war doch nur eine einfache Arbeiterin in der Kolchose[8] gewesen und hatte nur vier Jahre Grundschule besucht!

Immer, wenn ihr Probleme mit dem Russischen hattet, musste ich einspringen, als sei das das Selbstverständlichste auf der Welt. Dann, als deine Konzentration nachließ, musste ich sogar alles übersetzen!

Ich war nur ein dummer Übersetzungscomputer für euch, sonst gar nichts! Ihr habt mich einfach links liegen lassen! Ich war am Verzweifeln, Sascha. Ich wollte dich die ganze Zeit einfach von meiner Mutter loseisen und dich ganz allein für mich haben. Hast du denn das nicht spüren können, Saschenka?

Als ich meine Mutter zu Bett gebracht hatte, hast du mich zu meinem Apartment begleitet. Wir waren beide sehr müde.

»Tatjana, ich liebe Ihre Mutter und ich liebe auch Sie«, sagtest du beim

---

[8] Kolchose = ehemaliger genossenschaftlich organisierter landwirtschaftlicher Großbetrieb.

Abschied. Du hauchtest mir einen flüchtigen Kuss auf die Lippen und machtest dich mit hastigen Schritten auf den langen Weg zum Hotel.
»Vielleicht kann ich für Sie doch noch ein Taxi bekommen!«, rief ich dir hinterher.

Bei Orjol
Sonntag, 21. Juni 1992, 14:10 Uhr

Unser Besuch des Herrensitzes von Iwan Sergejewitsch Turgenjew[9] war einfach fabelhaft. Die Führerin schmolz vor lauter Ehrfurcht vor dem großen Schriftsteller beinahe dahin. Zur Schonung des Parketts mussten wir viel zu große schlabberige Stoffpantoffel über die Schuhe stülpen. Sie hatten es dir gleich angetan. Ich wollte mich vor Scham in ein Mauseloch verkriechen, als du, trotz all meines Bettelns, endlich damit aufzuhören, mit ihnen immer wieder auf den makellos gebohnerten Parkettböden Schlittschuh liefst. Der große internationale Bankier aus Washington, DC als Kindskopf. Ich hatte ihn mir so ganz anders vorgestellt.

Das lange Gespräch mit dir auf dem Baumstumpf am See. Und dann schwamm ich hinter dir weit in den noch ziemlich kalten See hinaus, obwohl ich keine gute Schwimmerin bin und vor Kälte beinahe erfror.

Das war so unbändig schön, Sascha. Das darf nicht das letzte Mal gewesen sein!

Anschließend gingen wir auf dem weich federnden Waldpfad um den See spazieren, bevor wir zu Turgenjews Herrensitz zurückkehrten. Du bist groß und warm und stark. Alles, was ich über dich erfuhr, machte mich glücklich. Du warst wie ein allerbester Freund, jemand, mit dem es Freude macht zu reden und an seiner Gegenwart teilzuhaben, jemand, mit dem ich eine ganze Ewigkeit verbringen könnte.

»Beneiden Sie sich nicht selbst?«, fragte ich dich. »Sie kommen in alle Herren Länder, Sie erleben eine Unmenge interessanter Eindrücke und haben einen herausfordernden und sich lohnenden Beruf. Also ich beneide Sie auf jeden Fall.«

»Der Job ist schon okay«, hast du geantwortet. »Aber inzwischen fasziniert er mich nicht mehr. Als ich mich für landwirtschaftliche Entwicklungshilfe entschied, war ich leidenschaftlich engagiert. Diese Leidenschaft spüre ich schon eine ganze Weile nicht mehr. Ich brauche etwas anderes, etwas, was

---

[9] Turgenjew, Iwan Sergejewitsch, geb. 1818 in Orjol, gest. 1883 in Paris. Russischer Schriftsteller, der zu den bedeutendsten Erzählern des europäischen Realismus gehört.

mich wieder fliegen lässt. Ich möchte wieder mit konkreten landwirtschaftlichen Herausforderungen arbeiten, nicht als Beamter einer satten internationalen Organisation. Ich brauche einen Arbeitsplatz, den ich jeden Tag anhimmle, wenn ich zur Arbeit gehe. Ich brauche einen Neuanfang, einen Jumpstart.«

Du legtest den Arm um meine Schultern, und wir sahen lange auf den schwarzen See hinaus, über dem die tief hängende Sonne mit ihrer Spiegelung ein riesiges, grellgoldenes, auf dem Kopf stehendes Ausrufezeichen formte.

»Das muss für die amerikanischen Frauen ganz schön anstrengend sein, immer topfit, schön und selbstbewusst zu wirken«, sagte ich, »jedenfalls kommt mir dieser Eindruck, wenn ich sehe, wie sie sich im Westfernsehen präsentieren.«

»Wenn sie es wollen, sind sie sehr schön«, sagtest du.

Da wollte ich es wissen.

»Herr Ott, wir Russen sagen: Hinter einem erfolgreichen Mann steht immer eine intelligente Frau. Ihre Frau muss sehr intelligent und auch sehr schön sein.«

»Ja, sie ist intelligent und kann auch sehr schön sein. Wir sind jedenfalls ein gutes Team, und sie ist für unsere beiden Töchter eine gute Mutter.«

Wir blinzelten erneut in das blendende Ausrufezeichen hinein, regungslos. Die Augen begannen zu schmerzen. Ein letztes Aufflammen, bis nur noch Karminrot am Horizont stand, bevor die Dämmerung die ersten Abendsterne hereinholte.

Schweigend kehrten wir zu Turgenjews Herrensitz zurück. Ich wäre dafür gestorben, wenn du den Arm wieder um meine Schultern gelegt hättest.

Nach dem Barolo
Montag, 22. Juni 1992, 16:10 Uhr

Nach der Schlussbesprechung beim Gouverneur hattet ihr noch zwei Stunden bis zur Abfahrt des Moskauer Nachtzugs. Deine drei Kollegen wollten sich vorher noch etwas ausruhen. Doch du wolltest mich noch zu einem Abschiedsdrink einladen. Aber nicht im Hotel.

Wir gingen in das kleine private Restaurant beim Bahnhof. Es war schrecklich heiß. Mir war etwas schummrig, hatte ich doch beim offiziellen Mittagessen fast nichts gegessen, weil ich ständig dolmetschen musste. Außerdem rebellierte mein Magen aus Angst vor der Trennung. Wie konnte ich dich wissen lassen, dass ich dich wiedersehen wollte?

»Tatjana, Sie haben beim Mittagessen nichts gegessen. Sie müssen hungrig sein.«

»Ja, ein bisschen. Aber ich bin wahnsinnig durstig. Es ist so heiß draußen. Man könne hier guten Rotwein trinken, sagte mir eine Freundin.«

Wir stießen mit italienischem Rotwein an. Vor lauter Durst stürzte ich das ganze Glas auf einmal in mich hinein.

»Mensch, haben Sie einen Zug!«, entfuhr es dir. »Möchten Sie noch ein Glas?«

»Ja, bitte. Ein wunderbarer Wein. Das ist der Beste, den ich je getrunken habe.«

Du bestelltest für mich eine Pizza mit Tomaten- und Gurkensalat, und ich trank auch das zweite Glas ex.

Du wolltest wissen, wie man mit der Metro von deinem Moskauer Hotel zum Gorki Park fährt. Ich zeigte es dir auf dem Metroplan, indem ich diesen, wie ich es gelernt hatte, so hindrehte, dass er von mir weg in Richtung Gorki Park zeigte.

»Sie können Karten lesen wie ein Profi«, sprudeltest du heraus. »Sie haben ein wunderbares Englisch mit amerikanischem Akzent und ein beinahe akzentfreies Deutsch. Sie haben intensiv Japanisch studiert und kennen das Kaliber meines Smith & Wesson-Magnum-Revolvers in Amerika. Sie wissen sogar, dass die Bimetall-Munition, die mir ein Nachbar schenkte, in den USA nur von der Polizei eingesetzt werden darf. Und jetzt können Sie auch noch perfekt Karten lesen. Ich staune. Was wollen Sie denn noch alles können?«

Inzwischen hatte der Wein bereits seine volle Wirkung entfaltet. Seit Jahren hatte ich höchstens mal ein Glas Champanskoje getrunken. Und dann jetzt noch der Rotwein auf nüchternen Magen! Er hatte den kürzesten Weg in meine Blutbahn genommen.

»Dr. Ott«, kicherte ich, »das habe ich alles in Moskau gelernt. Ohne die Perestroika säße ich heute in unserer Botschaft in Tokio.«

Ich war high und happy, und du hattest keine Ahnung, wie sturzhagelvoll ich war.

Ich hörte dich noch sagen:

»Tatjana, darf ich Ihnen das Du anbieten? Ich heiße Alexander.«

Dann begann sich alles um mich herum zu drehen. Ich sah dich nur noch verschwommen in weiter Ferne und hörte mich lispeln:

»Können wir noch ein Weilchen sitzen bleiben, Dr. Ott? Bitte, Dr. Ott, ich kann jetzt nicht aufstehen. Ich würde auf der Stelle umfallen.«

Wir lächelten noch eine ganze Weile schweigend vor uns hin, als du sagtest:

»Bleiben Sie doch noch. Ich muss jetzt zum Hotel und anschließend zum

Bahnhof. Sie waren eine großartige Dolmetscherin. Vielen Dank für alles! Sie sind eine tolle Frau. Ich würde Sie gerne bald wiedersehen. Tschüss.«

Als ich zum Bahnsteig kam, wart ihr bereits im Zug. Eine Meute alberner Offiziere hievte noch einen betrunkenen General und dessen Begleitung in ihren Waggon hinauf, bevor der Nachtzug nach Moskau anrollte.

Ich fuhr im überfüllten Bus stehend nach Hause, voller Scham und Schrecken, zurück in mein gottverlassenes Apartment zu müssen. Meine Verzweiflung kannte keine Grenzen.

Orjol
Dienstag, 23. Juni 1992, 5:20 Uhr

Nach dem Tod meines Mannes vor zwei Jahren habe ich damit begonnen, meine Gedanken und Ängste täglich aufzuschreiben.

»Schreiben«, pflegte er zu sagen, »ist ein Ventil für die Seele. Es lässt dich all deine Ängste in das Papier hineinschreiben. Es zwingt dich, die Dinge und dich selbst zu beobachten, und es lässt dich die Blumen sehen.«

Das Tagebuch hat mir viel geholfen, vor allem, wenn ich durcheinander war. Dann blätterte ich immer wieder in meinen Notizen. Das ist das beste Heilmittel für mich.

Du hast mir von dem Bauernhof erzählt, auf dem du groß geworden bist, und von deinem Onkel, der ein vorzüglicher Bauer war und dir so viel bedeutete.

Sicher hat dich dein Onkel bei der Berufswahl beeinflusst. Aber du hattest zweifellos ein Faible für die Landwirtschaft. Nach dem Abitur hast du eine zweijährige landwirtschaftliche Lehre in Deutschland, England und Finnland absolviert und danach ein halbjähriges Praktikum auf der Domäne des Landwirtschaftlichen Kollegs des Klosters Thibar der Weißen Väter[10] in Tunesien.

---

[10] Weiße Väter: 1868 von dem französischen Erzbischof von Algier, Kardinal Lavigerie, gegründete Missionsgesellschaft der Afrikamissionare »Weiße Väter« mit dem Auftrag »Apostel, nichts als Apostel« und nicht Boten irgendeiner politisch/religiösen Macht, sondern in Wort und Tat lediglich Verkünder des Evangeliums Jesu Christi zu sein. Dabei sollten die »Weißen Väter« die Sprache des jeweiligen Landes lernen, die Kultur der einheimischen Menschen respektieren und sie für Christus gewinnen. Sie wurden »Weiße Väter« genannt, weil sie die lange, weiße, nordafrikanische Gandura und den wallenden Burnus als Ordensgewand trugen. Sie waren die ersten wirklichen landwirtschaftlichen Entwicklungshelfer. Schwerpunkte ihres heutigen Engagements sind Slums der Großstädte, Flüchtlingsströme, Aidskranke und Waisenkinder. Etwa 1880 Priester, Brüder und Lai-

Das sei eine fantastische Erfahrung gewesen, sagtest du, die fortan dein Leben geprägt habe. Von da an wolltest du wie die Weißen Väter landwirtschaftliche Entwicklungshilfe leisten. Dass sich Landwirtschaft und Viehhaltung besonders gut dazu eignen, Menschen zu formen, hätten die Weißen Väter schon vor über hundert Jahren erkannt, sagtest du. Sie seien die ersten wirklichen landwirtschaftlichen Entwicklungshelfer gewesen, die Andersgläubige nicht nur getauft, sondern mithilfe landwirtschaftlicher Projekte zu selbstbewussten Menschen mit christlichen Prinzipien geformt hätten.

Gebt nie ein Wort, das ihr nicht halten könnt, und seid gut zueinander, hätten sie den Studenten eingetrichtert, sagtest du, denn Wahrhaftigkeit und Nächstenliebe seien die Grundvoraussetzung für Fortschritt und Entwicklung der Menschheit. Alle Studien- und praktischen Trainingsprogramme hätten sie auf diesen Prinzipien aufgebaut.

Anschließend hast du Landwirtschaft mit Schwerpunkt Tierproduktion studiert, ein einjähriges Seminar für landwirtschaftliche Entwicklung in Berlin besucht und fünf Jahre lang für Projekte der deutschen Entwicklungshilfe in Nordafrika gearbeitet, zuletzt als Projektleiter, stets im Zusammenhang mit Milchproduktion und Beratung kleiner und kommerzieller Milchbauern.

Ihr hättet rund um die Uhr gearbeitet, sagtest du, ohne zu wissen, dass eure Empfehlungen für das Gros der Bauern viel zu teuer, zu kompliziert und daher nicht anwendbar waren.

Eines Tages erschien eine Delegation der Weltbank aus Washington, DC auf eurem Projekt in Marokko. Sie seien von all dem Hightech, den hohen Milchleistungen, den fetten Mastbullen und den spektakulär hohen Erträgen neuer Futterpflanzen und Anbaumethoden begeistert und damit genau so naiv und unerfahren gewesen wie ihr, denn auch sie glaubten, dass Geld und innovative Technologien ausreichten, um die landwirtschaftliche Produktion anzukurbeln.

Aber damals habe man es eben nicht besser gewusst, sagtest du. Es seien die Menschen, die man formen müsse. Und man müsse die Korruption bekämpfen, nicht nur in den Entwicklungsländern.

Die Weltbank brauche für ihr Regionalbüro in der Elfenbeinküste einen Spezialisten für tierische Produktion, einen richtigen Praktiker wie dich, eröffneten sie dir, und keinen Frog[11]. Du fühltest dich geschmeichelt, denn du warst der erste Tierzuchtexperte gewesen, den die Weltbank für ein ehrgeiziges Projekt der ehemals französischen Kolonien in Westafrika

enmissionare, davon über 100 Deutsche, sind derzeit in 20 Ländern Afrikas und 13 Ländern der übrigen Welt tätig.

[11] Frog = Frosch: Angelsächsischer Spitzname für Franzosen.

angeheuert hatte. Auch die Aussicht, unter dem großen Weltbankpräsidenten Robert McNamara zu arbeiten, war verlockend. Und so nahmst du nach langem Überlegen dieses augenscheinliche Traumangebot an.

Du wusstest, dass du mit weltbankfinanzierten Großprojekten einen größeren Beitrag zur landwirtschaftlichen Entwicklung leisten konntest als mit einem relativ kleinen Projekt der deutschen Entwicklungshilfe. Wie sehr aber fehlten dir deine Mitarbeiter, die tagtäglichen Herausforderungen der Versuchsstation und die Arbeit mit den Milchproduzenten, als du plötzlich als internationaler Beamter in einem vollklimatisierten Büro sitzen musstest.

Nach drei Jahren Afrika bist du in die Weltbankzentrale in Washington, DC übergesiedelt, von wo du neben Afrika und Lateinamerika vorwiegend für osteuropäische Länder und China tätig warst und seit vergangenem November schwerpunktmäßig für Russland arbeitest.

Ich könnte dir Dinge geben, Sascha, die du magst und liebst: Ruhe, Musik, ein Zuhause und die russische Seele. Und leidenschaftlichen Sex? Und du könntest mir Dinge vermitteln, die nach dem Tod meines Mannes zu kurz gekommen sind: Energie, Fröhlichkeit, Lebenshunger, Neugierde und Liebe zur Natur, zu den Tieren und zu den Menschen, aber auch das, was man bei euch im Westen Zivilcourage nennt. Du bist einfühlsam und bescheiden. Und du hast einen ganz trockenen Humor und ein schwindelerregendes Lächeln.

Ich möchte von dir lernen. Ich möchte bei dir sein und dir alles geben, was ich geben kann. Ich möchte mein Leben mit dir teilen. Und ich möchte deine Geliebte sein.

Mich an Tatjana Aljoschina erinnernd

Orjol
Donnerstag, 18. Juni 1992, 11:15 Uhr

Das erste Mal sah ich dich im Vorzimmer des Vizegouverneurs in Orjol. Ich gehörte zu einer vierköpfigen Delegation der Weltbank, die finanzielle Ressourcen für die russische Agrarforschung eruierte.

Du schautest mir unverwandt in die Augen, mit dem Blick, der einem Mann bei russischen Frauen so oft begegnet: eine Mischung aus Neugier, Herausforderung und Fraulichkeit. Es war der Blick, der einem Mann schmeichelt, ihn bestätigt und träumen lässt, und der mir stets so gut tat.

Deine Augen fesselten mich: groß, vertrauend, weit auseinander liegend, leicht schräg stehend, dunkel. Tief bohrten sie sich ein, forschend, unendlich liebevoll, voller Sorge und Fürsorglichkeit zugleich. Sie strahlten mir aus einem Gesicht mit klaren Zügen und hohen Wangenknochen entgegen, das durch einen graziösen Hals zusätzlich geadelt wurde. Dein kastanienbraunes Haar war am Hinterkopf zu einem Knoten geschlungen. Ich hatte sofort die stilisierten Frauenbilder und Sandsteinplastiken von Amedeo Modigliani vor Augen und auch die Filmschauspielerin Audrey Hepburn. Deine Präsenz war frappierend. Und ich zermarterte mir das Gehirn: Oh Gott, ich habe dieses Gesicht schon einmal gesehen. Nur wo?

Nach dem Mittagessen wartetest du an der Hotelrezeption. Du trugst einen hellgrauen, knielangen Faltenrock, der die Schönheit deiner Beine und deine Fraulichkeit noch verstärkte. Eine anthrazitfarbene Bluse komplementierte ihn. Als du auf mich zukamst, erzeugte dein Körper Konturen, die in mir das Verlangen erweckten, dich ganz einfach an mich zu reißen. Ich küsste dich links-rechts-links auf das damals bei euch übliche überbetonte Rouge der Wangen. Es war mit dem schimmernden Karminrot deines Schmollmundes vortrefflich abgestimmt.

Als wir zum Besamungszentrum fuhren, konnte ich vom Charme deiner Stimme nicht genug bekommen. Du sprachst einwandfreies Deutsch, beinahe ohne Akzent, etwas antiquarisch allerdings und mit einem Hauch Wienerisch. Während der nächsten vier Tage lief es mir immer wieder eiskalt über den Rücken, wenn ich deiner vollen Stimme lauschte und den Duft deines Körpers roch.

Bei der sich lange hinziehenden Besprechung im Besamungszentrum von Orjol war ich von deiner hohen Konzentrationsfähigkeit und Belastbarkeit beeindruckt. Als ich auf eine Übersetzung ad verbatim bestand, genoss ich deine Entschlossenheit, mich nicht im Stich zu lassen und selbst die trivialsten Informationen wortwörtlich zu übersetzen.

Warum hat sie es »nur« zur Übersetzerin gebracht?, schoss es mir immer wieder durch den Kopf. Was hätte aus ihr werden können, wenn sie in den USA aufgewachsen wäre!

Du gabst meinen Gesprächspartnern keine Chance, mich an der Nase herumzuführen, auch wenn sie es immer wieder mal versuchten. Das war unglaublich wichtig für mich.

Wenn man nicht wahrhaftig ist, Tatjana, schießt man sich letztendlich selbst ins Bein. Das habe ich in den vergangenen beinahe dreißig Jahren als internationaler Landwirtschaftsexperte allzu oft miterlebt. Die Rumänen hätten sich zum Beispiel sechs Milliarden Dollar in fehlgeschlagenen, unrealistischen Bewässerungs- und Viehprojekten ersparen können, wenn sie in den 70er-Jahren meinen Weltbankkollegen reinen Wein eingeschenkt hätten. Aber auch meine Kollegen waren nicht clever genug, das prekäre landwirtschaftliche Produktionsumfeld zu erkennen, jedenfalls gaben sie gegen besseres Wissen dem Druck des Weltbankmanagements nach und empfahlen aus politischen Gründen massive Weltbankdarlehen.

In einer Kantine bei Orjol
Donnerstag, 18. Juni 1992, 19:11 Uhr

Den Coup de Grâce gabst du mir mit dem Bajan, dem russischen Knopfakkordeon, das sie dir nach dem Abendessen im Besamungszentrum in die Arme drückten. Als die ersten Töne unter deinen zarten Händen wie silberne Bläschen aus dem Wasser perlten, sah ich nur noch dich. Du glühtest vor Anmut, Inbrunst und Verzückung, als du den Balg mit schonungsloser Kraft quetschtest, um ihn im nächsten Moment anmutig schaukelnd liebevoll zu dehnen und zu drücken; mal hämmerten deine Finger autoritär auf die Knöpfe, mal strichen sie liebkosend darüber.

Du spieltest bekannte russische Weisen eurer großen Komponisten, aber auch Musik, die ich noch nicht kannte. Ein Stück aus Aram Chatschaturjans *Maskerade* bewegte mich zutiefst und auch *Oblivion* von Astor Piazzolla sowie das Kinderlied *Im Wald ist uns ein kleiner Tannenbaum geboren*. Du machtest mir ein großes Geschenk, als du diese Stücke auf meine Bitte hin wiederholtest. Diesmal in lustig frechen Variationen. Wie sehr faszinierte mich deine Improvisationskunst und die mir bislang unbekannte Fähigkeit, mit dem Balg zu tremolieren.

Ich traute meinen Ohren nicht, hatte ich doch bislang das Akkordeon eher als leichtgewichtiges Instrument für bayerische Hiasel-Musik gehalten. Doch von diesem Abend an faszinierten mich die immensen Ausdrucksmöglichkeiten dieses Instruments, vor allem wenn man wie ihr russische Bajanisten viel mit Konverter[12] arbeitet.

»Unser Bajan kommt als Instrument der Orgel am nächsten«, hast du einmal gesagt.

Deine Musik klang wundersam und perfekt zugleich: warm, romantisch, manchmal schelmisch provokativ, dann wieder unermesslich ergreifend und voller Zärtlichkeit, plötzlich wie eine Balalaika, im nächsten Moment wie eine Drehorgel, gefolgt von einer alle Register ziehenden Orgel. Man glaubte, komplementäre Melodien zweier Akkordeons oder ein ganzes Orchester zu hören, dann plötzlich französische Musettewalzer in rasend leichtfingrigem Tremolo, bis man sich von einem hauchzarten Melodie-

---

[12] Konverter = Verwandelt per Knopfdruck die linke Knopfseite eines Bajans oder Akkordeons von Begleitbassakkorden in Einzeltöne.

Gewebe genarrt fühlte, das so versonnen wie das sanfte Murmeln der plätschernden Wellen im Bodensee klang. Alles auswendig! Wie sonst könnte sich deine Seele entfalten, ein Schleier von Sehnsucht und Melancholie um dein Antlitz schweben, hätte dein Blick auf den Noten haften müssen.

Mit jedem Stück erstrahltest du schöner. Und ich spürte, dass du wusstest, wie sehr mich deine Musik in einen wahren Sinnestaumel stieß, mein Herz und meine Seele öffnete und mich gnadenlos in deinen Bann zog. Du verkörpertest für mich all das, was meine Frau nicht hatte, in einem Körper, der für mich vollkommen und verlockend wie die Sünde war.

Von diesem Abend an warst du für mich die begehrenswerteste Frau, die ich je getroffen hatte. Von da an wusste ich, dass mich deine Musik nie wieder loslassen würde, weil ich ihren Klang mit dem Herzen sehen konnte. Und ich fasste den unerschütterlichen Entschluss, diesem Klang zu folgen.

Es brauchte diese Musik und vielleicht ein paar hundert Gramm Wodka, bevor es mir wie Schuppen von den Augen fiel und ich das Band an deinem rechten Arm erkannte, das den ganzen Abend lang auf dem Bajan unermüdlich auf und ab getanzt hatte. Denn plötzlich erkannte ich in dir deine Mutter wieder.

Am Bodensee
Mai/Juni 1945

»Elefantenhaare sind dick. Das ist doch logisch, n'est-ce pas? Aber für so riesige Tiere wie die Elefanten sind sie nicht einmal besonders lang, meistens nicht einmal einen halben Meter«, erzählte André, der französische Offizier der Fremdenlegionäre, uns staunenden Kindern. »Doch wie ihr sehen könnt, sind sie hundert Mal dicker als eure eigenen Haare. Da, wo sie am Schwanz angewachsen sind, sind sie besonders dick, werden aber schnell dünner. Meistens sind sie schwarz. Es gibt aber auch graue. Mein Armband hier besteht aus sieben schwarzen Elefantenhaaren. Ich habe es mitten in Afrika, ganz oben im Norden von Kamerun, für eine Schachtel Zigaretten eingetauscht. Ich kann es jederzeit größer oder kleiner machen, ich muss nur die beiden Knoten da verschieben. Elefantenhaare bringen viel Glück, sagen die Schwarzen in Afrika. Wer ein solches Armband trägt, dem kann normalerweise nicht viel Schlimmes passieren.«

Und dann erzählte er uns von den Tieren in Afrika, mit dem Charme des rudimentären Deutsch des Franzosen und der Mimik des professionellen Pantomimen.

»Direkt vor uns zogen gemächlichen Schritts kolossale Elefanten durch die Savanne, die infernalisch trompeteten, wenn man es wagte, ihnen zu nahe zu kommen. Turmhohe

Giraffen galoppierten in Zeitlupe an uns vorbei. Löwen aalten sich in der Sonne und meterlange Boas schlangen sich um Andrés Körper. Affen mit langen Armen und großen puterroten Hinterteilen hangelten in den Palmen und bewarfen uns mit Kokosnüssen. Ungeheure Krokodile mit weißen Vögeln auf dem Rücken öffneten ihre furchterregenden Rachen. Und wir sahen Fische, so schwer wie ein ausgewachsenes Schwein, Kühe mit gewaltigen Hörnern und Buckeln und ganze Heerscharen von Flamingos, die sich wie auf Kommando alle auf einmal emporschwangen, um als rosarote Wolke zu entschweben.«

Und dann erzählte er von dem Kleinen Prinzen mit den goldgelben Haaren und den drei Vulkanen auf dem winzigen Planeten, die er regelmäßig fegen musste, und von den großen Leuten, die ihn nicht verstehen konnten. Wie gebannt starrten wir auf die Zeichnungen in dem kleinen Märchenbuch: die Boa mit dem ganzen Elefanten im Bauch; die drei kirchturmhohen Affenbrotbäume, die dabei waren, den Planeten des Kleinen Prinzen aufzufressen, und das Schaf in der Kiste, das nur wir Kinder sehen konnten.

Er hatte außergalaktisch didaktische Fähigkeiten, unser André. Wenn er nicht gleich das richtige deutsche Wort fand, oder so tat, als ob er es gerade verloren hätte, halfen wir ihm, es zu finden. Bald kannten wir auch die französischen Namen der Tiere und die der schrulligen Menschen, denen der Kleine Prinz begegnete. Und, wenn sie an der Reihe waren, schrien wir ihre Namen auf Französisch.

Einmal hätten wir ihn jedoch beinahe reingelegt. Als er sich wieder mal die Boa um den Körper wickelte, brüllten wir wie aus der Pistole geschossen:

»C'est un éléphant!«

Er zuckte sichtlich überrascht zusammen. Unser triumphierendes Lachen schien ihn schon ein bisschen zu irritieren, bevor er ganz lässig sagte:

»C'est ça. Vous avez deviné juste. C'était la trompe d'un éléphant.«

Wir konnten von ihm und seinen spaßigen Geschichten nie genug kriegen und fragten ihn stets ein Loch in den Bauch, bis er grinsend bestimmte:

»Muff, haut endlich ab. Ich muss jetzt noch was Wichtiges tun.«

Er war ein toller Kerl, unser André, ein außergewöhnlich lieber Mensch. Er sorgte sich um uns wie ein großer Bruder.

Es war, als hätten die Sterne den Himmel in ein marineblaues Lichtermeer verzaubert, als wir uns auf den Weg nach Orjol machten. Immer wenn entgegenkommende Fahrzeuge unsere Gesichter aus dem Dunkel rissen, fanden sich unsere Augen. Sobald sie erlöschten, starrte ich auf das sternenbeschienene Band an deinem Arm. Und ich zwinkerte dir zu, um dir zu sagen:

»Komm schon, sag's doch endlich.«

Schließlich sagtest du mit der Ernsthaftigkeit eines Kindes:

»Es ist aus Haaren von richtigen Elefanten aus Afrika. Meine Mutter hat es mir zum sechzehnten Geburtstag geschenkt. Damals war es noch fast schwarz. Sie hat es nie getragen, vor lauter Angst, es zu verlieren. Doch jetzt ist es nur noch dunkelgrau, und es wird immer heller, obwohl ich es ständig etwas einfette. Es ist das einzige Armband aus Elefantenhaaren in Orjol und vielleicht sogar in ganz Russland. Ich trage es immer dann, wenn für mich ein besonders wichtiger Tag ist. Elefantenhaare bringen Glück, sagen die Afrikaner.«

Und dann sagtest du schwermütig und entrückt:

»Meine Mutter ist Ihre Maruschka. Sie macht sich immer noch Sorgen um Sie.«

Dann fielst du in meine Arme. Dein Körper erzitterte und bebte, bis er sich mit einem tiefen Seufzer entspannte und dein Gesicht die engelhaften Züge eines kleinen Mädchens annahm. Erst als wir mitten in Orjol waren, bist du in meinen Armen aufgewacht.

»Iwan Iwanowitsch«, sagtest du zum Tierzuchtdirektor. »Stellen Sie sich vor, meine Mutter hat Dr. Ott damals, als sie in Deutschland war, aufgezogen. Das ist ihr Saschenka. Sie macht sich immer noch Sorgen um ihn.«

»Nu i dela-a ... Das ist ja kaum zu fassen. Ist gut, Tanjuscha, ist schon gut«, sagte er, als er deine Tränen sah und senkte den Blick, auch Nikolaj, der hünenhafte Chauffeur, senkte den Blick.

Erst als ich die Treppe zum Hotel hochstieg, riefen sie:

»Dobroj Notschi, Dr. Ott, bis morgen, schlafen Sie gut!«

Ich winkte ihnen lange nach. Sie haben eine wundersame Seele, diese Slawen. Sie können die Sehnsucht nach Glückseligkeit in den Tränen fühlen.

In dem kleinen Apartment im fünften Stock

Freitag, 19. Juni 1992, 19:00 Uhr

Am nächsten Abend besuchten wir deine Mutter. Vor ihrer Plattenbausiedlung raffte sich ab und zu eine mürrische Frau dazu auf, von ihrem wärmeisolierten Kleinlaster herab ein blasses, tiefgefrorenes Leichtgewicht von Huhn an seinem langen, steifen Hals samt Kopf in die ausgestreckten Arme einer Gruppe geduldig wartender Frauen zu reichen. Es stammte aus dem Hühnerkomplex, den ich heute früh besucht hatte. Es war doppelt so alt und halb so schwer wie Hühner im Westen und ließ einen dicken Batzen intestinales Fett aus der Bauchhöhle blicken.

Der Eingang zum Wohnblock deiner Mutter glich eher einem Bretterverschlag als einer Haustür. Wir stiegen die ausgelaufenen Betonstufen zum fünften Stock hinauf. Eine ordinäre Frauenstimme beklagte sich über den mangelhaften Beitrag zum Kehrdienst. Es roch nach Toilette.

»Das war schon immer so«, sagtest du. »Es kommt aus dem durchrosteten Abzugsrohr, das niemand reparieren will.«

Hier bist du aufgewachsen, in einem kleinen Apartment mit einem kleinen Wohnzimmer und einem einzigen, kleinen Schlafzimmer.
Dann stand plötzlich deine Mutter im Türrahmen. Sie war ausgemergelt und klein. Sie hatte Falten am Hals und große braune Altersflecken auf Stirn und Wangen. Ihre Hände waren abgearbeitet. Alles an ihr war alt, so alt wie die vergilbte, viel zu große Seidenbluse, die sie trug.
»Sie ist noch von deiner Tante Anna«, sagte sie später verzückt vor Stolz und Eitelkeit.
Wären nicht ihre klugen, dunklen, vertrauenden Augen gewesen, hätte ich deine Mutter nicht mehr erkannt. Ihre Augen bohrten sich tief und forschend in meinen Blick und strahlten mir liebevoll entgegen, wie damals, als ich sie vor beinahe fünfzig Jahren zum ersten Mal sah. Und sie waren unverzagt und herrlich jung geblieben. Und wie damals erfüllten sie mich mit Hoffnung und Zuversicht. Denn sie sagten mir, dass sich mein Schmerz und die Trostlosigkeit der letzten Jahre wieder davonschleichen würden.

Kirschsteine
Donnerstag, 21. Juni 1945, 16:45 Uhr

»Pass immer gutt auf dich auf, Saschenka«, sagte deine Mutter, bevor man uns am zertrümmerten Bahnhof von Friedrichshafen trennte. »Ich möchte, dass wir uns wiedersehen. Es wird lange dauern. Bitte, Saschenka, versprich mir: Pass immer gutt auf dich auf.«
»Muff, muff, allez, allez!«, schrien die dunkelblauen Soldaten und schubsten deine Mutter mit den großen, schweren, selbst gemachten Taschen aus den begehrten Mehlsäcken der französischen Armee durch die Absperrung.
Jetzt kann mir nicht mehr viel Schlimmeres passieren, sagte ich mir. Meine Mama ist tot, das Baby ist tot und auch mein Papa ist tot. Onkel Ivo hat es mir gestern gesagt. Er starb als Gefangener auf einer Wiese am Rhein[13]*. Ich kenne nur die Fotos in Uniform*

[13] Rheinwiesen: Berüchtigte, offene amerikanische Kriegsgefangenenlager entlang des westlichen Rheinufers, in denen fünf bis sechs Millionen deutsche Kriegsgefangene entgegen den Vereinbarungen der Genfer Konvention für die Behandlung von Kriegsgefangenen als Straf- und nicht als Kriegsgefangene behandelt wurden und daher der Willkür des Siegers ausgeliefert waren. Dabei starben unzählige Landser. Die US-Geschichtsschreibung spricht von ca. 5000 Lagertoten. Die offizielle deutsche Geschichtsschreibung schließt sich an: »5000 Lagertote, höchstens 10 000, auf keinen Fall mehr!« Demgegenüber weist der kanadische Autor James Bacque in seinem Buch *Der geplante Tod. Deutsche Kriegsgefangene in amerikanischen und französischen Lagern 1945–1946*, Frankfurt und Berlin. 1989, 4. Auflage, anhand von Dokumentationen und

von ihm. Und ich weiß nicht, ob er ein guter oder ein schlechter Papa ist. Denn jedes Mal, wenn er aus dem Krieg zu uns auf Urlaub kam, musste ich ganz allein im Wohnzimmer auf dem Sofa schlafen. Jetzt haben sie mir auch meine Maruschka genommen. Nur noch Onkel Ivo habe ich. Nur ihn kann man mir noch nehmen.

Ich aß die Kirschen, die mir deine Mutter zurückgelassen hatte, dort hinten auf dem holpernden, einachsigen Anhänger hinter dem grasgrünen 11-PS-Deutz-F1-Traktor. Verbittert vor Verzweiflung spuckte ich die Kirschsteine mürrisch aus, genauso, wie es die Babys mit dem Spinat machen. Dann war mir, als sei deine Mutter wieder bei mir. Ihre warme Hand hielt die meine. Sie legte mir eine Kirsche nach der anderen in den Mund. Die Wärme ihres Körpers gab mir Zuversicht und Geborgenheit. Und mein Mund spuckte die Kirschsteine immer wieder trotzig fort, immer etwas weiter, bis sie schließlich hinter dem Ende des Anhängers landeten. Der Fahrtwind half mir dabei.

Zu meiner Rechten lag der spiegelnde Bodensee unter einem dunkelblauen Sommerabendhimmel, in dem eine orangegrelle Wolke sich anschickte, die Sonne zu verschlucken. Satte Jungrinder langweilten sich auf den Weiden. Es roch nach frisch gemähtem Gras, nach anwelkendem Heu und nach der überschwänglichen Süße von blühendem Jasmin und Lindenblüten.

Mein Schmerz und meine Traurigkeit schmolzen dahin wie das Schweineschmalz in der Bratpfanne, in der deine Mutter immer die Kartofi mit den Pilzen gebraten hatte. Ich wusste, sie war bei mir, sie sorgte sich um mich und sie hatte mich sehr lieb. Kinder brauchen eine Maruschka, die immer für sie da ist, die ihnen die Hand hält, wenn ganz plötzlich ein großer, böser Hund auftaucht, besonders wenn sie noch so klein und so allein sind, wie ich es damals war.

Maruschka, beschloss ich. Ich werde ganz gutt auf mich aufpassen, denn ich möchte einmal wieder bei dir sein.

»Oh mein Saschenka, oh mein Saschenka«, kreischte deine Mutter und strich mit ihren ausgemergelten Fingern zärtlich zitternd über mein Gesicht. »Komm herein! Du musst essen. Du musst hungrig sein. Du hast eine lange Reise hinter dir. Es ist weit nach Amerika. Nein! Um Gottes Willen, du brauchst dir doch nicht die Schuhe auszuziehen! Komm! Komm einfach herein. Komm zu mir.«

Ich nahm deine Mutter in die Arme. Sie stellte sich auf die Zehenspitzen. Ihre Hände umklammerten meinen Hals. Ein Weinkrampf schüttelte sie. Ich wiegte sie lange hin und her. Der Pulsschlag ihrer Schläfe hämmerte an meiner Wange und übertrug all ihre Liebe auf meine Seele. Glückseligkeit und tiefe Dankbarkeit übermannten mich. Ich war überwältigt.

> Zeugenaussagen nach, dass in amerikanischen und französischen Gefangenenlagern 800.000 bis eine Million deutsche Soldaten starben. 750 000 davon lastet er den Amerikanern an.

»Maruschka«, wisperte ich in ihr Ohr. »Meine beste Maruschka. Wir sind wieder beieinander, und ich habe dich so unendlich lieb.«
Ich redete und redete einfach weiter auf sie ein und kam mir dabei so unbeholfen vor. Ich streichelte ihren Rücken und die dünnen Haare, so zärtlich ich nur konnte. Denn mitten im Herzen Russlands, in einem kleinen, blitzsauber geputzten Apartment im fünften Stock galt es, die Tränen einer wunderbaren Frau zu stillen, die einem verzweifelten Kind vor beinahe fünfzig Jahren die Liebe seiner toten Mutter geschenkt hatte.

Nach einer langen Weile nahm ich deine Mutter auf die Arme und ließ den ausgezehrten Körper behutsam auf den Stuhl gleiten.

»Du bist ein schöner Mann geworden, Saschenka«, sagte sie mit warmer, fester Stimme. »Noch schöner als André.«

Sie gickelte verschmitzt.

»Hier ist sein Foto.«

Er trug die kakifarbene Uniform des französischen Fremdenlegionärs und die französische Offiziersmütze. Sein Lachen und die pfiffigen Augen strahlten mir noch aus dem abgegriffenen Foto entgegen.

Und dann wickelte sie aus altem Pergamentpapier die mittlerweile stark vergilbte Erstausgabe des Märchens von dem Kleinen Prinzen des Antoine de Saint-Exupéry aus dem Jahre 1943, in dem André uns drängelnden Kindern immer wieder die fabelhaften Zeichnungen des abgestürzten Piloten zeigen musste, die nur wir Kinder verstanden.

»Maruschka«, sagte André, als er mir das Büchlein schenkte, »weißt du, das wirklich Wichtige kannst du nur mit deinem Herzen sehen.«

»Ja, das hat er auch zu uns Kindern gesagt«, bestätigte ich. »Dabei klopfte er sich immer auf die Brust. André war ein toller Kerl. Er sorgte sich um uns. Er war unser großer Bruder und unser Freund. Er hat uns viele tolle Geschichten erzählt. Du musst ihn sehr lieb gehabt haben.«

»Ja!«

Ihre Augen strahlten durch die Tränen.

»Er war groß und warm und stark und er war ein guter Mensch, genauso wie du. Habt ihr je mal wieder etwas von ihm gehört?«

»Nein.«

»Ich auch nicht«, sagte sie nachdenklich. »Aber jetzt musst du essen«, fuhr sie hastig fort. »Du musst hungrig sein. Du hast eine lange Reise hinter dir.«

Sie hielt mir ein hart gekochtes Ei hin.

»Iss, Saschenka, iss! Du solltest ein paar Kilo mehr haben.«

»Du auch, Maruschka. Hast du denn immer genug zu essen?«

»Es reicht. Ich habe meine Milch und Brot zum Frühstück. Ich habe meine eigenen Kartoffeln. Und im Sommer habe ich Gemüse und Beeren aus dem Gemüsegarten. Ich habe auch selbst gemachte Marmelade und Johannisbeergelee, genauso, wie es Tante Anna gemacht hat. Dazu braucht man viel Zucker, Saschenka. Das ist das Problem.

Weißt du, ich verkaufe immer noch Blumen auf dem Markt. Damit kaufe ich Kefir und etwas Käse und Doktorwurst, und ab und zu ein paar Eier oder einen Hühnerschenkel aus Amerika. Wir sagen Blue Chicken zu euren Hühnern, weil sie so blau sind, oder auch Bush-Schenkel, nach eurem Präsidenten. Sie sind nicht schlecht, eure Hühnerschenkel, aber unsere Hühner schmecken besser. Dafür sind eure Hühnerschenkel billiger, und man kann sie fast immer bekommen.

Die Blumen, die ich nicht verkaufen kann«, fuhr sie fort, »bringe ich meinen Freunden, wenn sie krank sind oder einsam. Oder ich stelle sie auf die Gräber im Friedhof, so wie ihr es in Deutschland macht. Ich kenne alle Blumen auf Russisch und Lateinisch, denn ich habe mein ganzes Leben lang in den Gärtnereien der Kolchosen gearbeitet. Daher kenne ich auch die Namen der exotischen Blumen und die der Topfpflanzen. Und ich kenne immer noch die französischen Namen der Blumen, die mir André beigebracht hat: le coquelicot, le bluet, la marguerite, le pissenlit, l'églantine, la pivoine, la rose. Das klingt so schön, Saschenka, genauso schön, wie es die Blumen selber sind.

Aber erzähl mir von Ivo. Er war ein so vornehmer Herr. Er sah aus wie ein Adliger. Tante Anna war immer so gut zu uns! Sie hat mir das deutsche Alphabet beigebracht. Und der Josef war immer so lustig. Ab und zu zünde ich in der Kirche eine Kerze für sie an. Möge die Erde ihnen leicht wie Flaum sein! Ruhe ihren Seelen!«

»Darüber freuen sie sich sicherlich, Maruschka. Weißt du, Onkel Ivos Sohn, der Hermann, kam doch noch aus dem Krieg zurück. Im Oktober 1955. Ganz unerwartet. Wir hatten alle geglaubt, er wäre gefallen. Er hat schon seit über zwanzig Jahren keine Kühe mehr, auch keine Schweine und Geflügel, und er baut auch keine Kartoffeln mehr an, auch kein Getreide oder Futterrüben und Hopfen. Nicht einmal Most macht er. Jetzt trinken sie alle Bier und Wein und höchstens ab und zu mal etwas Most, und den verdünnen sie sich auch noch mit Mineralwasser. Doch Hermann brennt immer noch Schnaps, obwohl er schon weit über 70 ist. Sein Sohn hat den Betrieb vor zehn Jahren übernommen. Er baut nur noch Äpfel an. Hermann ist sehr stolz auf seinen Sohn, weil er ein ausgezeichneter Apfelbauer ist.«

»Nur noch Äpfel?! Das ist komisch auf einem so großen Bauernhof. Aber wie geht es Tante Annas Garten? Hat er immer noch so viele schöne Blumen und so gutes Gemüse? Ich hab so viel von ihrem Garten gelernt.«

»Ja, Blumen schon, aber kein Gemüse mehr. Das Gemüse kaufen die jungen Leute jetzt im Supermarkt.«

»Das ist nicht gut, Saschenka. Man sollte immer sein eigenes Gemüse haben. – Sag mal, habt ihr denn immer noch so viele Stromausfälle bei euch?«

»Nein, die gibt es schon lange nicht mehr«, schmunzelte ich.

»Und wie geht es deiner Frau und deinen Kindern, stimmt es, dass die Amerikaner so viel Wurst, Schinken, Eier und Smetana essen und Milch trinken können, wie sie wollen?«

»Ja, die meisten können das, und sie essen viel zu viel davon. Aber es gibt auch Leute, die sich das nicht immer leisten können.«

Und dann begann sie, von ihrem Mann zu erzählen, der stets gut zu ihr gewesen sei, nie zu viel getrunken und auch nur in Maßen geraucht habe. Zu Beginn des Krieges erlitt er einen Lungendurchschuss. Einfache deutsche Soldaten brachten ihn in ein Feldhospital, wo er operiert und ein halbes Jahr lang behandelt wurde. Als sich die Deutschen zurückziehen mussten, nahmen sie ihn mit sich, sonst hätte man ihn wegen der Zusammenarbeit mit dem Feind erschossen oder nach Sibirien gebracht. Er war ein cleverer Mann. Daher gelang es ihm nach dem Krieg, sich unbemerkt vom russischen Kriegstribunal in Kaliningrad anzusiedeln, obwohl er ursprünglich aus Moskau stammte. Er erzählte nie vom Krieg, auch nicht von seinem Aufenthalt in Deutschland, aber seine Erlebnisse im Feldhospital erzählte er sehr oft, und auch viel über die deutsche Kultur. Er mochte die Deutschen und vergötterte sie geradezu. Wir Russen hätten eine ähnliche Seele, sagte er.

Er war Pförtner in einer Fabrik, und als Hobby renovierte er alte Bücher. Er liebte Bücher. Und wenn sie an dem Denkmal des großen deutschen Dichters Friedrich Schiller vorübergingen, vergaß er nie, sie daran zu erinnern, dass dieser Mann vielleicht der bedeutendste Dichter aller Zeiten war.

Sie hatten einen Sohn. Auch er hieß Alexander, und sie nannten ihn natürlich Sascha. Er ertrank beim Baden, als er zehn Jahre alt war. Als ein Jahr später Tatjana zur Welt kam, fuhren sie zu ihren Verwandten nach Polen, um das Baby katholisch zu taufen. Während der langen Reise habe sie die ganze Zeit über geschrien, sodass sie nicht mehr wussten, was sie mit ihr machen sollten. Kurz darauf zogen sie auf Anraten der Ärzte nach Orjol, weil die Luft dort trockener war als in Kaliningrad und besser für die Lungen ihres Mannes. Er war noch nicht einmal fünfzig, als er starb. Es waren die Lungen.

Er wollte immer nur das Beste für Tatjana. Er war geradezu davon besessen, sie Deutsch lernen zu lassen. Und er wollte auch, dass sie das Bajan spielte. Mit acht schickten sie sie bereits zur Kindermusikschule. Und die Noten, die sie dort bekam, waren für sie ebenso wichtig wie das Zeugnis der Schule.

Sie arbeiteten hart und sparten jede Kopeke. Sie hatten immer ein

Schwein und ein paar Hühner, und nach der Arbeit bauten sie Kartoffeln an, Gemüse, Beeren und Blumen zum Verkauf auf dem Markt. Nach dem Tod ihres Mannes habe sie das alles allein weitergemacht. Sie sei einmal eine reiche Frau gewesen mit über 5000 Rubel Erspartem. Damit hätte man seinerzeit ein Stück Land mit einem Häuschen kaufen können. Doch dann kam Gorbatschow und habe alles kaputt gemacht. Jetzt könne sie mit den Ersparnissen nur noch ein paar Laib Brot kaufen.

Im Zug nach Moskau
Montag, 22. Juni 1992, 17:44 Uhr

Ich hatte eine richtige KGB-Agentin[14] entlarvt! Euphorisch eilte ich zum Hotel. Was war der mindestens zwölfprozentige Barolo doch für ein Teufelswein!

Eine KGB-Agentin, die nicht mit Alkohol umgehen kann? Zumindest das hätten sie ihr beibringen können, schmunzelte ich in mich hinein.

Erst als ich im Hotel meine Siebensachen gepackt hatte, schlug mein Übermut in tiefe Niedergeschlagenheit um.

Ob ich es für mich behalten kann? Ob ich je wieder etwas mit dir zu tun haben will? Ich erinnere mich an deine Musik, dein Lachen, deine Stimme, dein Parfüm: Lavendel! Und an deine Augen natürlich! Ich erinnere mich, wie du dich in meinen Armen anfühltest, wie sich dein Gesicht in das eines kleinen Mädchens verwandelte und dich der Barolo zur allerliebsten Närrin gemacht hatte. Wie sehr sehne ich mich nach dir!

»Tatjana ist eine äußerst gebildete Frau«, sagte der Tierzuchtdirektor, bevor ich in den Nachtzug nach Moskau stieg. »Sie hilft uns bei der Redaktion des Wochenblatts. Ohne sie würden wir das alles nicht schaffen. Wenn Sie wiederkommen, werden wir einen Shuka angeln. Vergessen Sie bitte nicht, die Badehose mitzubringen«, lachte er hysterisch, als habe er den Witz des Jahrhunderts gemacht, dabei riss er mich ungestüm an seine Brust.

»Was heißt Shuka?«, fragte ich einen Übersetzer.

»Hecht. Ein Mann sollte in Russland nie ohne Badehose ins Wasser gehen«, kicherte er verlegen.

Mir war nicht zum Lachen und ich ließ meine drei Kollegen allein in das für uns reservierte Schlafwagenabteil gehen: Ich musste erst zu einem ruhigeren Gemütszustand zurückfinden.

---

[14] KGB = Komitee für Staatssicherheit, ehemaliger Name für den Russischen Geheimdienst.

Selbstverständlich, es sei eine große Ehre und die Fahrt sei lang, freuten sich unsere drei Begleiter aus Moskau im Nebenabteil und begannen dänischen Schinken, holländischen Gouda, zwei geräucherte Karpfen und Tomaten in Würfel zu schneiden und eine Dose Soljanka mit einem stumpfen Messer zu öffnen.

Ob das Finanzministerium das Projekt mittragen würde, fragte ich. Zuerst vielleicht einen Wodka?

Bitte, aber nur einen kleinen!

Das Ministerium habe einen äußerst dürftigen Etat, weshalb sie auch nur Projekte finanzierten, die die Agrarproduktion so schnell wie möglich wieder zum Laufen brachten. Landwirtschaftliche Forschung zum jetzigen Zeitpunkt, wo alles brenne? Nein! Die brächte ja, wenn überhaupt, erst nach vielen Jahren Resultate. Außerdem hätten ihre grandiosen Forschungseinrichtungen bislang kaum was Vernünftiges auf die Beine gestellt. Bitte, ich solle mich doch von allem reichlich bedienen. Noch einen Wodka? Na sdorowje!

Ob man meinen Kollegen nebenan auch was rüberbringen solle? Die würden ja kaum was essen, vom Trinken ganz zu schweigen, sodass sich der Eindruck aufdränge, dass sie Russland vielleicht gar nicht richtig mochten. Hätten die mit Landwirtschaft etwa gar nicht so viel zu tun? Entschuldigung, das sei nur eine Frage, schließlich mache man sich so seine Gedanken. Immerhin kenne man alle wichtigen landwirtschaftlichen Innovationen auf der Welt. In ihrer Botschaft in Washington hätten sie ja ständig dreißig Agrarexperten vor Ort gehabt, auch in Kanada und Bonn hätten sie ausgezeichnete Leute. Ihre Design-Institute hätten alles von Interesse kopiert. Was in der ehemaligen DDR abgelaufen sei, darüber wüssten sie natürlich Bescheid. Auch bei den Dänen und Holländern könnten sie sich so manches abgucken, bei den Schweden und Engländern sei es ähnlich. Vielleicht einen Cognac auf die Freundschaft? Der kleine Dicke würde überhaupt nicht trinken, nicht einmal Fleisch und Wurst essen, nur an Sonn- und Feiertagen Eier. Selbst ihren Kaviar würde er verschmähen. Das seien doch auch nur lauter Eier, lachten sie. Wie der nur arbeiten könne, wenn er nichts Ordentliches esse. Man wundere sich schon ein bisschen, auch über die beiden anderen, ehrlich gesagt habe man sogar gewisse Befürchtungen.

Als ich den Cognac trank, schüttelte ich mich und stichelte, der sei ja wohl nicht gerade aus Armenien.

Sie verstünden. Dafür sei aber doch ihr Wodka in Ordnung, oder? Wodka sei schließlich meistens in Ordnung. Man müsse heutzutage nur mit den Panschereien etwas aufpassen, es habe sogar schon viele Tote gegeben. Man müsse eben wissen, wo und was man kaufe. Was sie bräuchten, sei Know-how-Transfer und ein gutes Versuchswesen. Wenn die Weltbank dabei helfen könne, wäre das nicht schlecht. Sie bräuchten Knowhow von Firmen wie Monsanto auf dem Gebiet der modernen Bodenbewirtschaftung, aber auch im Bereich Tier- und Pflanzengenetik, und dazu natürlich die richtigen Betriebsmittel. Aber Grundlagenforschung? Ob er denn glaube, dass man mit schlecht bezahlten Bürokraten, denen die besten Kräfte fortliefen, signifikante Resultate erzielen könne? Man müsse sich schließlich mit den sich privatisierenden landwirtschaftlichen Großbetrieben arrangieren. Die seien jetzt die Entscheidungsträger und nicht die Apparatschiks der landwirtschaftlichen Verwaltung und Forschung. Natürlich gehe es nicht ohne diese Leute. Aber wenn man sich in diesen Betrieben nicht Gehör verschaffte, sei jede noch so elegant konzipierte Projektidee von vornherein zum Misserfolg verdammt.

Ob ich eine mitrauchen wolle, fragte der eine und ging mit einem Kollegen nach draußen. Bäuerliche Strukturen, fuhr der Verbleibende fort, würden sich, wenn überhaupt, nur ganz langsam entwickeln. Es gäbe einfach zu viele Probleme. Sie hätten Land in Hülle und Fülle. Niemand wolle es zurzeit noch haben. Das könnte sich aber schnell ändern. In einigen Jahren würden wahrscheinlich auch die »Neuen Russen« landwirtschaftliches Nutzland kaufen, dann nämlich, wenn sie ihren Investitionshunger an ausländischen und stadtnahen Immobilien gestillt hätten. Aber jetzt und in unmittelbarer Zukunft müsse die Weltbank die Privatisierung und Modernisierung der Großbetriebe unterstützen, wenn sie mit Russland ins Geschäft kommen wolle.

Es war noch taghell, als wir gegen 22 Uhr zum gemütlichen Teil und den Witzen übergingen: Witze über russische Waffen im Golfkrieg und den Ehemann, der von der Komandirovka[15] zu früh nach Hause kommt, sowie vieldeutige Tierfabeln, die ich Jahre später so sehr lieben lernte. Am nächsten Morgen döste ich dann endlich ein und erwachte erst, als mir eine Trübsal blasende Schaffnerin kurz vor Moskau ein Glas Tee und eine Handvoll Zuckerwürfel auf das Tischchen unter dem Fenster des Wagenabteils knallte.

Die trockene Kuh
Dienstag 23. Juni 1992, 6:34 Uhr

Ich war verliebt. Ich war derart verliebt und besorgt um dich, dass ich dich trotz üblen Kopfwehs gleich nach Ankunft im Hotel anrief.

»Ihre Stimme klingt sehr müde«, piepstest du. »Sie müssen sich heu-

---

[15] Komandirovka = Dienstreise.

te unbedingt erholen und richtig ausschlafen. Bitte versprechen Sie mir das!«

Ich war gerührt. Und ich liebte dich für deine Sorge um mich umso mehr. Voller Glückseligkeit sank ich aufs Bett und verfiel sofort in Tiefschlaf, bis Andrej, der treue Übersetzer vom vergangenen November, das Telefon klingeln ließ.

»Wir warten schon an der Rezeption. Die Abschlussbesprechung wurde auf 10 Uhr vorverlegt. Und Sie müssen auch noch frühstücken.«

Mir war nicht nach Frühstück. Mit nur halbem Ohr folgte ich dem schäbig imitierten Oxford-Englisch unseres Missionsleiters, mit dem er die Erkenntnisse und Empfehlungen seiner Mission im russischen Landwirtschaftsministerium präsentierte: Nach den weltweiten Erfahrungen der Weltbank sei dies ein geradezu zum Erfolg verdammtes Projekt, kosteneffizient, innerhalb weniger Jahre selbstfinanzierend und mit einer außergewöhnlich hohen finanziellen und gesamtwirtschaftlichen Rentabilität gesegnet! Genau das, was der Aufsichtsrat und die Gurus der Weltbank hören wollten, in der Hoffnung, dafür Brownies, eine satte Gehaltserhöhung, vielleicht sogar eine Beförderung zu bekommen: skrupelloses Wunschdenken eines selbstgefälligen Apparatschiks einer drohnenhaften Kaste internationaler, landwirtschaftlicher Entwicklungsexperten, denen eigene, praktische Erfahrungen in der Landwirtschaft und das entsprechende Urteilsvermögen abgingen, die sich aber anmaßten, weittragende Empfehlungen abzugeben, ohne die lokalen Bedingungen und Probleme richtig zu verstehen. Dabei verriet sein leidender Gesichtsausdruck, wie deplatziert er sich fühlte, und wie sehr er unter seiner Luftnummer und dem Gefühl der Zurückweisung litt.

Es war wie in einem Albtraum, in dem jemand spricht, ohne dass man ihn versteht. Und so war ich nicht überrascht, dass die Zuhörer schnell unruhig wurden und dem vorgeschlagenen Projekt mit routinierter Hinhaltetaktik eine Abfuhr erteilten.

»Was halten Sie von seinem Projektvorschlag, Paulowitsch«, fragte mich der Stellvertretende Minister beim Abschied.

Ende November letzten Jahres hatte er mich noch als Direktor im Föderalen Russischen Planungsministerium im Anschluss an meine damalige Mission auf einer äußerst erinnerungswürdigen einwöchigen Reise nach Turkmenistan und Tadschikistan zur Vorstellung der Weltbank und der Empfehlungen unserer damaligen Mission begleitet. Darüber hinaus hatte ich ihn vergangenen März bei einem vierwöchigen Kurs für Führungskräfte aus Entwicklungsländern am Economic Development Institute der Weltbank in Washington, DC betreut, an dem ich mehrere Übungen leitete.

»Eine trockene Kuh lässt sich nicht melken, Antonowitsch«, rutschte es mir heraus.

»Ponjatno«, sagte er zustimmend und machte sich davon.

Tiefe Wehmut erfasste mich, als wir uns auf regennass glänzenden Straßen dem Flughafen Scheremetjewo-2 näherten. Ich konnte die Scharlatanerie, die wir da eben abgezogen hatten, nicht länger mitmachen. Gleichzeitig geißelte ich mich für meine Illoyalität gegenüber meinen Kollegen und meinem Arbeitgeber, der Weltbank, die mir vierundzwanzig Jahre lang herausfordernde und äußerst generös bezahlte Arbeit gegeben hatte.

Ich setzte mich weit weg von meinen Kollegen, ans andere Ende des Warteraums und tat so, als lese ich das Wall Street Journal, doch meine Gefühle schwappten über vor lauter Weltschmerz.

Ich hatte meinen Missionsleiter und die beiden Kollegen nicht stoppen können, konnte ihnen allerdings auch nicht meine Einwände und Empfehlungen verkaufen. Dazu war ich nicht gut genug gewesen. Ich wusste nur, dass die Strategie der Weltbank, die sie vertraten, bereits zum jetzigen Zeitpunkt in landwirtschaftliche Grundlagenforschung zu investieren, kaum Auswirkung auf die so dringend benötigte Erhöhung der Produktivität haben würde und für die Entscheidungsträger daher unattraktiv war.

Ich muss die Konsequenzen ziehen, sagte ich mir. Ich darf nicht auf Kosten des internationalen Steuerzahlers die Zeit totschlagen und dabei auch noch Unheil anrichten.

Lange starrte ich noch auf die blendenden Kumulus-Nimbus-Wolken unter mir, bis mich das sonore Dröhnen der Düsenaggregate, der zwanzig Jahre alte Glenfiddich und die sanfte Musik eines fernen Bajans einschläferten.

IV. Warten auf Alexander

Orjol
Mittwoch, 24. Juni 1992, 19:30 Uhr

Er liebt mein Bajan. Und er liebt unsere russische Musik. Das ist wunderbar!
Ich liebe dich dafür. Ich möchte dich wiedersehen. Ich möchte ein Wort von dir hören oder zumindest wissen, dass ich eines Tages von dir hören werde. Ich möchte wissen, dass du mich nicht einfach in einen Traum verwandelt hast, der sich während ein paar heißer Sommertage in der Orlovskaja Oblast ereignete. Ich möchte, dass du mich als eine wirkliche, lebendige Person anerkennst, mit der du einen bedeutsamen Kontakt hattest. Trotz meiner Trunkenheit. Ich möchte eine Antwort auf die Frage: »Werde ich dich wiedersehen?«

Du musst den halben Valuta Shop ausgekauft haben. Meine Mutter fiel beinahe in Ohnmacht, ich auch, als Nikolaj, der Chauffeur, immer wieder mit vollen Armen in ihr Apartment hochkeuchte. Sie hat vor lauter Freude geheult und immer wieder hysterische Schreie ausgestoßen. Sie war verzückt und zutiefst bewegt. Ich auch.

Und dann auch noch der viele Zucker! Ogottogott! Und der Hermes-Foulard mit den warmen Herbstfarben!

»Natürlich ist er aus Seide. Guck mal, wie fein die ist! Saschenka hat ihn extra für mich ausgesucht. Und er gehört mir!«

Und dann riss sie mir den Schal aus den Händen und rannte damit ins Schlafzimmer. Wie können wir dir je für all das danken?

Orjol
Freitag, 26. Juni 1992, 6:14 Uhr

Endlich hat unser Institut einen PC bekommen. Man hat mir erlaubt, ihn mitzubenutzen. Ich bin so sehr fasziniert von ihm. Habe schon alles Mögliche ausprobiert. Er ist so aufregend und lässt meinen Adrenalinspiegel so stark wie damals steigen, als ich das Schießen lernte. Ich werde das dicke Handbuch systematisch aufarbeiten, habe schon gestern bis nach Mitternacht vor ihm gesessen. Alles ist so herausfordernd logisch.

Manchmal ergebe ich mich dem blinden Glauben, dass du für mich das Gleiche fühlst wie ich für dich und du einen Weg zu mir findest. Selbst wenn es Monate dauern sollte, ich werde auf dich warten. Aber wie kann ich warten, wenn ich nicht weiß, ob du für mich das Gleiche fühlst wie ich für dich?

Seit dem Tod meines Mannes vor zwei Jahren habe ich mich in ein Schneckenhaus zurückgezogen, in das kleine Apartment, das er mir hinterließ. Ich hasste sein vieles Rauchen und die damit verbundene Nervosität und Gereiztheit. Aber ich liebte seine kultivierte, asketische Einsiedlerseite und dass er strikter Antialkoholiker war. Er war so ganz anders als du.

Du bist und wirst immer ein ganz spezieller Teil von mir sein. Ein umsorgter, geliebter und wichtiger Teil von mir. Ein Freund im wahrsten Sinne des Wortes. Lass mich einer deiner Freunde sein! Ich weiß, du bist da, und ich nehme an, du wirst schweigen, bis du bereit bist. Du bist für mich da, selbst wenn du schweigst. Du bist vital, fröhlich, vibrierend und mit einer grenzenlosen Tatkraft gesegnet, dazu mit einem zauberhaften Lächeln. Ich liebe das Du in mir. Es gibt mir Kraft und Energie und Zuversicht.

Orjol
Sonntag, 28. Juni 1992, 21:30 Uhr

Ich weiß, du hast unvollendete Dinge zu erledigen. Ich fürchte, du hast bereits alles, was du brauchst, und dass in deiner Welt kein Platz für mich ist. Doch ich möchte darin einen Platz haben. Mein Körper ist steif vor Verlangen nach dir.

Orjol
Montag, 29. Juni 1992, 6:12 Uhr

Ich befürchte, die Gefühle und Gemütsbewegungen werden verblassen, die wirkliche Welt wird mich einholen und die Flamme der Leidenschaft zum Erlöschen bringen. Wie sehr wünschte ich mir, dass sich unsere Pfade wieder kreuzen. Sollte das nicht geschehen, Sascha, werde ich mich immer daran erinnern, dass ich von dir das größte Geschenk meines Lebens bekommen habe: die Tage mit dir in Orjol.

Ich liebe dich für die starke Bindung zu deiner Familie, für deine

Treue zu ihr und deinen Anstand. Ich liebe dich dafür umso mehr, wenn das überhaupt möglich ist. Doch die Unsicherheit verursacht solche Qualen.

Orjol

Mittwoch, 1. Juli 1992, 22:50 Uhr

Ich möchte nicht aufgeben. Aber ich darf dich auch nicht unter Druck setzen. Ich liebe die Traurigkeit in mir. Sie lässt mich mein Bajan-Spiel so tief empfinden. Das erleichtert den Schmerz, von dir getrennt zu sein, besonders dann, wenn ich die Stücke wiederhole, die ich im Besamungszentrum bei Orjol ganz allein für dich gespielt habe. Seit dem Tode meines Mannes habe ich ein verarmtes Leben geführt. Kein Wunder, dass mein Bajan zu einem immer wichtigeren Teil von mir wird.

Orjol

Freitag, 3. Juli 1992, 19:12 Uhr

Nach der Arbeit ging ich zu meiner teuren und weisen Malerfreundin Oksana Spiridonova. Wir haben mit ihrer elektrischen Kaffeemühle ein ganzes Paket deiner Kaffeebohnen für meine Mutter und mich und auch für sie gemahlen und dann den exzellenten Kaffee getrunken. Ich habe über dich bis ins letzte Detail berichtet.
Sie sah mich lange an und entschied:
»Deine Augen glänzen, dein Gesicht glüht. Er muss ein Engel sein.«
»Ja, das ist er«, nickte ich. »Aber dann mussten wir uns verabschieden, und ich war besoffen, stockbesoffen! Was muss er bloß von mir denken?, frage ich mich. Du sagtest, meine Augen glänzen und mein Gesicht glüht. Oksana, ich warte voller Hoffnung auf seine Antwort. Mir vorzustellen, dass meine Liebe unerwidert bleibt, ihn nie mehr wiederzusehen und ihn nie wieder berühren zu dürfen, macht mich fast rasend vor Verzweiflung.«
Als ich nach Hause kam, begann ich in melancholischer Ekstase ein Gedicht zu schreiben, obwohl ich Gedichte nie so richtig mochte. Ich habe mich von Mischa (meinem verstorbenen Mann) inspirieren lassen. Ich habe es zuerst auf Russisch versucht. Doch es klang einfach nicht und passte nicht zu dir. Dann versuchte ich es auf Deutsch, das klang noch schlechter. Schließlich schrieb ich es auf Englisch, eine wunderbare Sprache, in der man sich präziser, kürzer und melodischer ausdrücken kann als in den anderen Sprachen, die ich kenne.

Did I do right to thrust a hole in my prison wall?
To make a place for light?
To brush away the remembrance of my husband,
The man I loved, and I still do?
It seemed so right in doing so.
But living it, is another reality altogether.

I saw the light, burning brightly, promising joys beyond imagination.
And I heralded it.
And I complimented myself on my handiwork.
It seemed so right in doing so.

And my eyes shine with light and my face glows, they say.
I know they are right.
I feel it.

Then we had to part.
I felt the dread well before we did.
And I felt even then that I may have erred.

And now at times I continue to glow.
My heart and soul are full of hope
For the response of the loved one
Over whom I have no control, nor want any.

But my love is so profound, and deep, and new,
And fills me with endless ecstasy.
To imagine it unrequited,
To imagine never seeing you again,
Never touching you again –
Is an unbearable pain.
My body cries out from it.

And I think it was wrong to break through my prison wall.
It was safer in there – at least painless.
And knowing that, I find myself crawling back to the same place –
The one I just left.

My despair knows no bounds.

Ich habe meine Fantasien in eine Schachtel gelegt und diese so lange versiegelt, bis du mir sagst, dass du bereit bist, sie zu öffnen, was vielleicht nie der Fall sein wird. Auch wenn ich niemals wieder von dir höre, werde ich dich in mir tragen bis zum Tage meines Todes.

In einem Dorf bei Orjol
Samstag, 4. Juli 1992, 9:36 Uhr

Heute Morgen fuhr ich mit dem Bus zu Galina Semjonowna, Oksanas Wahrsagerin, dreißig Kilometer von Orjol. Oksana trifft keine wichtige Entscheidung, ohne sich vorher mit ihr zu beraten. Bislang hatte ich es mir nie erlaubt, an außersinnliche Wahrnehmungen und übernatürliche Phänomene zu glauben. Der in Russland weitverbreitete Glaube an Hellseherei, Gesundbeterei, Astrologie, Traumdeutungen und übersinnliche Kräfte war mir fremd. Doch meine Sehnsucht nach Alexander hatte mich dazu getrieben, zum ersten Mal in meinem Leben eine Wahrsagerin aufzusuchen.

Eine untersetzte, korpulente ältere Frau öffnete das vom mannshohen Bretterzaun umgebene Gartentor, hinter dem ein dunkelbraunes Holzhaus mit blaugrün umrahmten Fenstern in einem gepflegten Gemüsegarten stand. Sie trug ein geblümtes Kopftuch und einen dunkelblauen Sarafan[16].

Ihre taxierenden, stahlblauen Augen musterten mich mit zunehmendem Wohlwollen.

»Na, komm schon rein«, forderte sie mich mit heiserer Stimme auf.

Es roch nach Menthol und kochenden Kartoffeln. Wir setzten uns im Wohnzimmer an einen großen Tisch mit einer bunt geblümten Wachstuchtischdecke, die etwas Sonnenschein in den tristen Raum brachte. Ein olivgrüner Lampenschirm mit Fransen schwebte über ihr. Die Ikone der Gottesmutter hing zwischen den beiden kleinen Fenstern über der Kommode, auf der Familienfotos und gelbe Papierrosen in einer Kristallvase standen. Gegenüber bespannte ein braunroter Teppich mit den drei Recken des Malers Wasnezow den größeren Teil der üppig gemusterten Tapete. Ein abgewetzter Ledersessel stand vor dem riesigen Fernseher.

»Zeig mir deine linke Hand«, sagte Galina und ließ beide Daumen über meine Handfläche kreisen, vielleicht eine Minute lang.

Höchst konzentriert verfolgte sie die Linien meiner Hand, bevor sie diese geradezu abfällig von sich warf und mich mit ernstem Blick lange musterte, ein Blick, der mir durch Mark und Bein ging.

»Galina Semjonowna, was haben Sie gesehen?«, fragte ich entsetzt.

»Nichts«, antwortete sie beklemmt. »Ich habe nichts gesehen.«

Wir schwiegen betreten, bevor sie hastig sagte:

»Komm, lass uns die Karten legen.«

Ich war zutiefst beunruhigt und wollte nachhaken, wagte es aber nicht.

---

[16] Sarafan = traditionelle russische Frauentracht.

Außerdem hatte sie bereits mit dem Mischen des Kartendecks begonnen.

Sie ließ mich eine Karte ziehen: Herzdame.

Das soll wohl ich sein, dachte ich.

Dann blätterte sie die Karten in Form eines Kreuzes auf den Tisch. Im Mittelpunkt lag die Herzdame.

»So, du hast eine Unterkunft«, murmelte sie, »warst schon mal verheiratet. Aber keine Kinder. Dein Mann ist gestorben. Hast Arbeit, eine näher und eine weit weg von zu Hause. Der Vater ist gestorben. Stimmt's?«

Ich fiel aus allen Wolken. Wie konnte sie nur all das aus den Karten lesen? Schlagartig fasste ich tiefes Vertrauen zu dieser einfachen Frau.

Erneut mischte Semjonowna die Karten und legte sie in vier Reihen untereinander.

»Es liegt dir ein Mann auf dem Herzen. Hat helles Haar.«

Sie zeigte auf den Karokönig.

»Hast ihn neulich kennengelernt. Wart nicht alleine, wart mit Geschäftsleuten. Kommt aus einem fernen Land, geschäftlich. Aber jetzt zurück zu dir. Sehe bald eine lange Reise für dich, neue Bekannte ...«

Da riss mir die Geduld.

»Galina Semjonowna, entschuldigen Sie bitte, dass ich Sie unterbreche. Ich möchte mehr über diesen Mann wissen!«

Sie mischte die Karten, legte sie wieder in Kreuzform auf den Tisch. In der Hand hielt sie den Karokönig.

»Ich sehe diesen Mann. Er hat einen hohen Posten und verdient viel Geld. Er hat eine Frau und Kinder und einen Haushalt in einer großen Stadt. Der Karokönig hat sich in dich verliebt«, lispelte sie. »Ist ein großer Chef. Geht viel auf Komandirovka. Es ist für ihn eine dienstliche Beförderung vorgesehen, die ihn noch höher stellen kann. Denkt über eine Veränderung nach.«

»Hat er eine andere?«, unterbrach ich sie ungestüm.

»Eher nicht. Ich sehe mehrere Damen um ihn herum. Doch Eifersucht und Ehebetrug legt sich nicht. Aber es stimmt nicht zwischen ihm und dieser Frau.«

»Wie ist er zu mir?«, fragte ich gespannt.

»Er ist gut zu dir. Denkt an dich. Muss viele Papiere vorbereiten. Wird kommen, weil du ihm nicht gleichgültig bist. Ihr werdet euch bald wiedersehen.«

»Danke, Galina Semjonowna«, sagte ich überglücklich. »Ich bin sehr zufrieden, dass ich zu Ihnen gekommen bin.«

»Habe lange Erfahrung«, lächelte sie geschmeichelt. »Gebe mir Mühe, das zu sagen, was ich sehe.«

»Dann sagen Sie mir doch bitte, was Sie in meiner Hand gelesen haben. Bitte, Galina Semjonowna, sagen Sie es mir.«
»Nein«, flüsterte sie kopfschüttelnd. »Ich habe nichts gesehen. Absolut nichts. Aber jetzt musst du gehen. Der Bus kann jeden Moment kommen.«
Sie lächelte. Doch ihre Augen blieben ernst.
»Viele Grüße an Oksana«, rief sie mir nach, als ich voller Zuversicht zur Bushaltestelle eilte.

Orjol
Donnerstag, 9. Juli 1992, 23:36 Uhr

Ich hörte den ganzen Tag dein Tonband.
Nach dem gestrigen Anruf deines Weltbankkollegen bin ich gleich mit dem nächsten Zug nach Moskau gefahren. Er ist ein schlagfertiger Mann, dieser Mr. Vankatraman. Er hat mir deinen Brief und das vergoldete Ginkgoblatt mit dem Kettchen gegeben. Es ist so wunderschön. Und dein Brief!
Er hat mir eine Schachtel Mon-Chéri-Pralinen geschenkt, vom Duty-free-Shop in Frankfurt, sagte er, und hat mich zum Abendessen eingeladen.
Was hast du diesem Mr. Vankatraman nur über mich und uns erzählt? Sein Kopf wackelte die ganze Zeit hin und her, und dabei zwinkerte er vielsagend mit den Augen.
Ich habe seine Einladung nicht angenommen. Auch wollte ich möglichst schnell nach Orjol zurück, um dein Tonband zu hören und deinen Brief zu lesen, immer wieder zu lesen.
Jedes Mal, wenn ich dein Tonband höre, höre ich etwas Neues, und ich spüre, dass du jedes deiner Lieder ganz besonders sorgfältig für mich ausgesucht hast. Du hast genau das getroffen, was mich zutiefst aufrütteln kann. Das ist unglaublich! All deine Lieder höre ich zum ersten Mal. Wir wurden ja mit dieser »dekadenten« Musik nicht gerade verwöhnt.
Deine Lieder bewegen mich tief in meinem Innern. *Der Mann mit dem Kind in den Augen* lässt mich weinen. *Gerstenfelder* – ich liebe dieses Lied. Und *Parlez-moi d'amour!* Gott, Sascha, was für eine aufwühlende Stimme! Deine Lieder öffnen mein Herz, in das ich dich eingeschlossen habe. Danke, Saschenka!
Ich versuche, deine Lieder mit dem Bajan nachzuspielen. Wenn ich doch nur die Noten dafür bekommen könnte! Heute habe ich endlich die Noten

für die *Vier Jahreszeiten* von Vivaldi erhalten, die der Bajan-Virtuose Viktor Romanko vom Uralkonservatorium in Jekaterinburg bearbeitet hat. Ich werde mich gleich morgen daran machen.

Orjol
Donnerstag, 16. Juli 1992, 1:30 Uhr

Ich habe das Computerhandbuch ganz durchgearbeitet. Ich habe bis zur Erschöpfung vor dem PC gesessen. Aber jetzt fühle ich mich schon ziemlich komfortabel mit ihm.

Orjol
Montag, 27. Juli 1992, 21:05 Uhr

Er schrieb. Er liebt mich und käme Anfang September wieder nach Moskau. Er wolle mich dann wiedersehen. Mein Herz frohlockt.

Ich liebe ihn. Ich möchte für ihn da sein, und ich wünschte mir, er würde auch für mich da sein. Wie sehr sehne ich mich danach.

Ich habe einen großen Raum in mir geschaffen. Du bist darin. Und ich fühle deine Liebe und Sorge um mich, deine Stärke und Güte. Du bist der wunderbarste Mann, dem ich je begegnet bin! Der Raum ist groß, umgeben von hohen Bergen wie im Kaukasus, mit dunkelgrünen Bäumen und blauem Himmel und einem sonnendurchfluteten Blumenmeer. Es ist warm und es duftet nach würzigem Tannenwald. Es ist friedvoll. Musik spielt im Hintergrund. Wir sitzen beieinander, ich an deine Brust gekuschelt, wir reden und teilen, und wir lieben einander und uns selbst.

V. Warten auf Tatjana

Potomac, Maryland
Freitag, 26. Juni 1992, 4:30 Uhr

Ich schreibe meine Gedanken nieder, weil die Gefühle überlaufen und die Welt droht, über mir einzustürzen.

Seit meinem Aufenthalt in Orjol hat sich mein Leben unwiderruflich verändert, auch wenn ich eigentlich nicht richtig sagen kann, wie. Ich sehe die Dinge jetzt wesentlich klarer. Warum habe ich so lange dazu gebraucht? Weil ich meine Familie und mich beschützen, mein Eheversprechen halten wollte und Angst vor einer Scheidung und der Ungewissheit danach hatte? Weil ich das satte Zuhause und den fetten Job bei der Weltbank nicht aufgeben wollte?

Ich blieb, weil ich dachte, es sei wichtig für unsere beiden Töchter, die Familie intakt zu halten. Ich glaube nicht, dass dies jetzt noch in unserem besten Interesse ist. Meine Frau und ich haben eine ungesunde Beziehung. Das muss auch für unsere Töchter schlecht sein, denen meine erste Priorität gehört.

Ich habe Angst vor meiner Gier nach Tatjana und vor dem beruflichen Wechsel.

Was sind die Kosten einer Trennung? Ich werde das luxuriöse Leben in einer Traumvilla mit Swimmingpool auf einem beinahe zwei Hektar großen, parkähnlichen Grundstück in einem superben Vorort von Washington, DC verlieren. Wir können uns all das leisten, sogar eine fantastische Haushaltshilfe, die bei uns lebt. Ich liebe dies alles! Aber das ist nicht mehr wichtig für mich, jetzt, da unsere beiden Töchter auf dem College sind und ich Tatjana kenne. Viel wichtiger ist es, das Leben wieder lieben zu können und auf einer Lernkurve zu sein.

Ich habe ein Gefühl der Sicherheit innerhalb der Beziehung mit meiner Frau und in meinem Job aufgebaut: eine nette, unverbindliche Art von Sicherheit. Als ob sie umsonst sei. Ich bin bereit, sie aufzugeben. Aber Sicherheit für Unsicherheit, Stagnation für Wachstum, Bewusstlosigkeit für Leben? Ein riskanter Tausch!

Meine Frau ist nett. Wir haben einander nie so richtig gut behandelt. Ich ignorierte sie und habe sie immer etwas unterdrückt. Sie hat mir oft gegrollt und mir meine beruflichen Erfolge beinahe übel genommen. Sie war eifersüchtig auf meine Liebe zu meinem Beruf, meinem Garten und meiner Farm. Und sie empfand meine Freunde und Bekannten nicht immer als standesgemäß.

Da war oberflächliche Kameraderie, doch unterirdische Dunkelheit. Trotzdem waren wir ein gutes Team. Und trotz ihrer aufreibenden Arbeit als Rechtsanwältin war meine Frau unseren Töchtern stets eine gute Mutter. Seit Jahren ist sie depressiv und konsultiert einen Psychotherapeuten. Seit Jahren sind wir kaum noch füreinander da und haben keine Zeit für uns.

Potomac, Maryland
Samstag, 27. Juni 1992, 6:12 Uhr

Ich habe mich und meine Selbstwertschätzung vor meiner Frau geschützt, indem ich mich mehr und mehr abkapselte – emotional, physisch und psychisch. Ich fiel für Tatjana wie ein Stein, weil ich schon seit Jahren einsam bin.

Jedes Mal, wenn ich sie ansah, kroch mir dieses lustvolle, schmerzhafte Kribbeln über den Rücken bis zum Nacken. Und jedes Mal, wenn sie mich ansah, erfasste mich dieses Kribbeln. Ich wusste nicht, dass ich Gefühle, wie ich sie jetzt für Tatjana habe, entwickeln konnte. Schon als sie mich zum ersten Mal ansah, war dieses Kribbeln da. Es war da, als sie das Bajan spielte, als sie in meinen Armen auf dem Rücksitz unseres Wolga lag, als wir um den See bei Orjol spazierten. Und es war da, als ich sie von meinem Moskauer Hotel aus anrief und sie sich um mich sorgte. Seit der Trennung in dem kleinen Restaurant am Bahnhof von Orjol ist dieses Gefühl da.

Wenn ich an sie denke, höre ich ihr Bajan, und es ist mir, als würde ich sie schon eine Ewigkeit lang kennen. Meine Gefühle für sie sind so überwältigend, dass alles andere unwesentlich ist. Musste ich erst vierundfünfzig Jahre alt werden, um derartig tiefe Gefühle empfinden zu können? Ist das vielleicht die »reife« Liebe?

Seit meinem Aufenthalt in Orjol sehe ich viel klarer, was ich möchte: viel Liebe, viel physischen Kontakt. Ich habe viel zu wenig davon gehabt. Ich habe viel zu lange ein emotional verarmtes Leben geführt. Kein Wunder, die Kinder, mein Beruf, der Garten und die Farm nahmen einen immer wichtigeren Platz in meinem Leben ein.

Es ist mir, als hätte mich jemand auf einen Berg mit einer fabelhaften Weitsicht katapultiert. Ich stehe auf einem höheren Niveau und empfinde eine Art von Gelassenheit, die es mir ermöglicht, das Leben der letzten Jahre vorbehaltlos unter die Lupe zu nehmen. Zu oft habe ich den Kopf in den Sand gesteckt, Entschuldigungen gesucht oder das Thema gewechselt, weil mir die Perspektive fehlte, das Wesentliche zu erkennen. Zukunftsängste, innere Unruhe und schlechtes Gewissen gaukeln davon wie Schmetterlinge. Leichtigkeit erfasst meine Seele, mein Herz frohlockt. Ich bin glücklich, zum ersten Mal seit Jahren wirklich glücklich, und ich sehe voller Zuversicht und Schaffensdrang dem beginnenden Tag entgegen.

Washington, DC
Sonntag, 28. Juni 1992, 20:30

Arbeite seit 11 Uhr in meinem Büro, um die morgige Deadline zu schaffen.

Früh morgens habe ich einen langen Lauf gemacht, hin und zurück zum Potomac und am Kanal entlang. Ich sah die tief glühende Sonne aufgehen, umrahmt von Ästen der Sykomore-Platanen. Während ich lief, verschwand sie hinter den Ästen, erschien wieder und verschwand, jedes Mal heller scheinend.

Ich darf das Licht nicht erlöschen lassen, sagte ich mir. Ich muss weiter laufen, damit es immer heller wird.

Als ich nach Hause kam, hatten meine Frau und ich ein langes Gespräch. Ich sagte ihr, wo ich stehe und wo ich hinwill. Sie sieht unser Verhältnis anders als ich und möchte, dass unsere Beziehung wieder funktioniert. Sie möchte sich für mich ändern. Wir haben einander versprochen, dass keiner den anderen verletzen darf und wir das tun müssen, was im besten Interesse der Kinder ist.

Anschließend fuhr ich ins Büro. Plötzlich stiegen wieder Zweifel in mir auf. Ich machte mir bittere Vorwürfe über meinen Egoismus und dass ich zu einer Unbekannten zärtlicher war als zu meiner Frau, die ich seit über zwanzig Jahren kenne. Sollte ich doch besser an dieser sich selbst zerstörenden Beziehung festhalten?

Potomac, Maryland
Samstag, 4. Juli 1992, 23:55 Uhr

Meine Frau ließ mich stets lange auf sie warten, schon damals, als wir uns kennenlernten. Und sie hat mir wehgetan. Wir haben einander wehgetan. Und wir werden weitermachen, einander wehzutun. Doch ich bin für mein Leben verantwortlich. Ich muss mit meinen Problemen selbst und möglichst schnell fertig werden. Ich habe Angst, dass mich das so sehr in Anspruch nimmt, dass ich darüber Tatjana vergesse. Ich möchte sie niemals in eine süße ätherische Erinnerung verbannen. Ich möchte ihr geben, was immer sie von mir will und von mir braucht – einen Teil von mir. Doch ich fühle mich unendlich schuldig, eine Familie und ein Zuhause zu zerstören.

Ich will keinen Lug und Trug in meinem Leben, keine oberflächlichen Menschen, die reiche und leere Leben führen. Ich möchte Tiefe und Sinn im Leben finden und Wärme, nicht Seichtheit und Trivialität. Ich brauche einen Jumpstart. Ich möchte, dass Tatjana für immer bei mir sein kann.

Potomac, Maryland
Sonntag, 19. Juli 1992, 2:02 Uhr

Vielleicht sollte ich damit fortfahren, die tauben Sinne zu erdulden und mein Leben einfach an einem stagnierenden, unglücklichen Ort in Luxus und Geborgenheit durchstehen. Doch ich habe zum ersten Mal in meinem Leben tiefe Liebe und Verbundenheit gekostet und kenne jetzt das Gefühl, das *Missing Piece* gefunden zu haben. Ich werde es mir holen.

Ich brauche jemanden, der meine Zuneigung und Zärtlichkeit braucht und alles andere, was ich geben kann. Was für mich wichtig ist, ist Liebe und Anerkennung. Ich möchte Menschen um mich haben, die mich entfalten und mich wachsen lassen, nicht Menschen, die mich verletzen, mich herunterziehen und mich kleiner machen, als ich bin. Jetzt, wo ich Tatjana kenne, weiß ich, was Liebe ist, und dass ich meine Frau nie geliebt habe.

Wie sehr fehlten mir während meiner Dienstreisen die Kinder und das Zuhause. Doch weder empfand ich Sehnsucht nach meiner Frau, noch vermisste ich sie, wenn ich wochenlang von ihr getrennt war. Ich bin von ihr seit einer langen Zeit geschieden. Aber jetzt sprechen wir über eine permanente Trennung. Ich brauche keinen Kokon mehr um mich.

Potomac, Maryland
Sonntag, 26. Juli 1992, 23:12 Uhr

Ich treibe eine Menge Sport, arbeite viele Stunden im Garten und auf der Farm. Ich fühle mich besser als seit vielen Jahren und bin mir klarer darüber, was ich möchte. Das gibt mir Energie. Seitdem ich weiß, was ich will, weiß ich, dass ich es bekommen kann.

Wir stehen unter enormem Druck, für Russland umgehend landwirtschaftliche Projekte zu formulieren, die sich möglichst schnell vom Weltbank-Direktorium bewilligen und vor allem auszahlen lassen. Ich kann mich besser konzentrieren als in den vergangenen Jahren und erkenne schneller, worauf es ankommt. Meine Empfehlungen reflektieren mehr denn je das, was ich für richtig halte, und nicht das, was meine Vorgesetzten von mir erwarten. Ich wende mich daher vehement gegen die Strategie der Weltbank, die landwirtschaftlichen Agrarunternehmen Russlands als nicht entwicklungsfähig abzuschreiben und stattdessen Kleinbauern, am liebsten Landlose, die Rural Poor, als Zielgruppe zu unterstützen. Wie das in der Praxis gemacht werden soll, kann mir niemand verraten. Und wer soll denn dann die vermarktbaren Überschüsse für die Stadtbevölkerung erzeugen? Etwa die hoch subventionierten, westlichen Agrarwirtschaften?

Meine Konzentration trübt sich regelmäßig, wenn ich an meinen Entschluss denke, mich von meiner Frau und der Weltbank zu trennen. Ich erlebe immer wieder Stimmungswechsel: hübsche, warme Highs, wenn ich an Tatjana denke und an die zukünftige Arbeit, die ich gerne machen würde. Dann folgen Panikattacken. Ich möchte nicht als vergrämter, einsamer Mann enden. Sollte ich nicht eher mit dem komfortablen, doch beinahe toten Leben weitermachen, das ich jetzt führe? Und dann immer wieder diese Schuldgefühle! Wie kann ich meine Familie nur so im Stich lassen?

Washington, DC
Dienstag, 4. August 1992, 10:55 Uhr

Heute musste ich zu unserem Senior-Vizepräsidenten. Er war sichtlich erregt. Der mehrmals umgeschriebene Endbericht und zwei Stapel dicker Annexe der landwirtschaftlichen Sektormission der Weltbank, an der ich im vergangenen November in Moskau teilgenommen hatte, lagen vor ihm: *Ernährungs- und Landwirtschaftspolitische Reformen in der ehemaligen UdSSR – Eine Agenda zur Transformation* stand auf der Titelseite.

»Ist das alles, was ich für unsere 2,5 Millionen Dollar bekommen habe?«, stöhnte er und ließ den Hauptbericht abschätzig auf den Schreibtisch plumpsen. »Zumindest ist jetzt der technische Annex im Hauptbericht reflektiert. Ihre Ist-Analyse und technisch-betriebswirtschaftlichen Empfehlungen klingen überzeugend. Die müssen das Herzstück unserer Strategie sein! Nicht all dieses makroökonomische und agrarpolitische Wunschdenken, dieses agrarsoziologische Gewäsch. Wie kann die Missionsleitung nur empfehlen, die russische Tierproduktion drastisch zu reduzieren, wo doch Ihre Projektionen eindeutig zeigen, dass diese ohne massive Investitionen geradezu kollabieren wird? Wollen wir denn ausgerechnet die Russen zu Vegetariern umerziehen? Sollen die denn ihre Devisen für Importe tierischer Produkte einsetzen, obwohl sie mehr als genug Produktionspotenziale im eigenen Land haben!? Danke für die gute Arbeit! Sie haben ein Gespür für die Landwirtschaft dort drüben. Sie erkennen das Notwendige und das Mögliche. Weiter nichts als gesunder Menschenverstand. Warum haben wir hier nur so wenig davon?!«

»Danke für das Kompliment. Aber es gebührt eher meinen deutschen Kontakten, die die Landwirtschaft der ehemaligen Sowjetunion bestens kennen und mir die Tür zu den richtigen Leuten in Moskau öffneten. Wenn man gute Informanten hat, kann man auch einen guten Bericht schreiben.«

Er sah mich ziemlich irritiert an, bevor er seufzend fortfuhr:

»Die Länder der ehemaligen Sowjetunion sind für uns Neuland. Wir verstehen vielleicht etwas von kleinbäuerlichen Agrarstrukturen in tropischen und subtropischen Entwicklungsländern, aber offensichtlich nicht viel von Landwirtschaft unter kontinentalem Klima und Großagrarstrukturen. Warum mussten wir über siebzig Mann und einen der renommiertesten Entwicklungsexperten als Missionsleiter ganze vier Wochen nach Moskau schicken, um nichts Besseres als diesen Schinken zu produzieren? Warum haben wir nicht die richtigen Leute nach Russland geschickt? Warum? Sagen Sie es mir, Alexander!«

Ich mochte unseren Senior-Vizepräsidenten, ich hatte geradezu ein Faible für ihn. Nie zuvor hatte ich mit einem Vorgesetzten zu tun gehabt, der einen so praktischen Sinn für das Wesentliche besaß und mit sicherem Instinkt meistens realistische Entscheidungen traf. Ich bewunderte seinen flinken Verstand, seine stets gute Laune, seine lässig provozierende Art und Schlagfertigkeit und seine Überzeugungskraft, die zugleich Respekt und uneingeschränktes Vertrauen in mir auslösten. Dass ein Mann wie er voller Wertschätzung für meine Arbeit war, tat mir unendlich gut. Und so antwortete ich selbstbewusst:

»Es ist nicht leicht, die richtigen Leute nach Russland zu schicken. Gute Landwirte haben in ihren eigenen Ländern viel zu tun oder sind nicht genügend qualifiziert für die internationalen Hilfsorganisationen. Weder sind sie Teil des *Good Old Boys Network*, und wenn, dann ganz selten, noch wollen oder können sie die obligatorisch langen Berichte schreiben, die niemand lesen will. Und«, setzte ich nicht ohne Süffisanz hinzu, »die richtig Guten können meistens auch nicht so schön daherreden.«

»Dann sind Sie also kein guter Landwirt?«, platzte es aus ihm heraus, und er konnte sich vor lauter Lachen kaum beruhigen.

Wieder mal hatte er einen seiner vielsagenden Stiche ausgeteilt. Und das gefiel mir so sehr an ihm.

»Ich bin einer der Besten, zumindest hier bei der Weltbank«, sagte ich mit voller Überzeugung, war ich doch im Kreise akademisch gebildeter Landwirtschaftsexperten oft der Einzige, der die praktischen Handfertigkeiten des Bauern vom Pflügen bis zum Melken beherrschte und daher wusste, was es bedeutete, wenn man einem Bauern nicht nur mehr Arbeit zumutete, sondern ihn auch noch zum Einsatz von Fremdkapital animierte. Meine praktische Erfahrung und meine Kenntnis des bäuerlichen Milieus hatte ich immer als sehr wichtig und hilfreich empfunden, weshalb ich mich stets für eine gründliche praktische landwirtschaftliche Lehrzeit mit abschließender Gehilfenprüfung eingesetzt habe. Leider ohne Erfolg.

»Ich muss es Ihnen glauben. Alexander, jedenfalls möchte ich Sie zum Leiter unserer neuen Abteilung für Landwirtschaft für die Länder der ehemaligen Sowjetunion befördern.«

»Nein«, antwortete ich.

Meine Absage kam wohl zu rasch, zu bestimmt, zu unerwartet und vielleicht auch ein bisschen zu laut, denn er zuckte sichtlich zusammen und sah mich an, als flehte er darum, von mir aufgeklärt zu werden, sich verhört zu haben.

»Ich würde kein guter Administrator sein. Ich möchte auch weiterhin projektgebunden direkt mit den Klienten arbeiten.«

»Überlegen Sie sich das noch mal. Wenn es sein muss, können Sie sich auch ein paar gute Leute von außerhalb der Bank anheuern, selbst wenn sie für internationale Hilfsorganisationen nicht genügend qualifiziert sind«, schmunzelte er.

Mir war allerdings gar nicht zum Schmunzeln, denn plötzlich erwischte ich mich bei dem Gedanken, den Job geradezu euphorisch doch anzunehmen.

»Ich werde Hans Haberland anheuern, um die großen Milch- und Schweinebetriebe auf Vordermann zu bringen, und Dick Umbaugh von Monsanto wird bei der Einführung moderner Anbaumethoden helfen. Für Getreideernte und -speicherung muss Eric Fishel aus Idaho her, oder noch besser: Wayne Lynn aus Kansas. Für alles, was mit Kartoffeln zu tun hat, brauche ich natürlich Jim Fransen, und für landwirtschaftliche Beratung John Peberdy aus England. Den wichtigsten Mann hole ich mir aus Israel: Ezriel Kogan. Obwohl er schon über fünfundsiebzig ist, ist er einer der Wenigen, wenn nicht der Einzige, der trotz des maroden Bankenwesens Russlands Wege zur Finanzierung und Rückzahlung von Agrarkrediten austüfteln kann. Und für Vermarktung und Verarbeitung landwirtschaftlicher Produkte gibt es keinen Besseren als Larry Campell. Das sind alles gestandene Praktiker, die die Russen bereits kennen, und darüber hinaus Persönlichkeiten, die das Ohr der lokalen Entscheidungsträger bekommen. Jedenfalls werde ich ihnen langfristige, flexible Beraterverträge anbieten. Für makroökonomische Aspekte und politische Rahmenbedingungen haben wir mehr als genügend Leute in unserer Abteilung. Außerdem können wir vieles vom Internationalen Währungsfonds (IMF) übernehmen. Und Hühnerhaltung sowie Beschaffung und Einsatz moderner Landtechnik, Betriebsmittel und Genetik, das kann man nicht besser als über Firmen aus dem Westen realisieren, mittels Lizenzvereinbarungen, Joint Ventures und massiven Importen.«

Ich wurde immer euphorischer. Doch dann sah ich Tatjana vor mir und erinnerte mich an meinen Entschluss, wieder praxisnäher zu arbeiten.

Mein Aufenthalt in Orjol war für mich ein lebensveränderndes Ereignis gewesen. Wie konnten die wenigen Tage dort nur einen solch starken Einfluss auf mich ausüben?

Du musst die Saat, die in Orjol gesät wurde, keimen und wachsen lassen, solange es deine Kraft erlaubt, sagte ich mir.

Am nächsten Morgen habe ich die vorgeschlagene Beförderung offiziell abgelehnt.

VI. Fliegen

Hotel Aerostar
Samstag, 5. September 1992, 9:30 Uhr

Mit weit aufgerissenen Argusaugen und einer flachen Segeltuchtasche über der Schulter schlängelte sie sich in hautengen, hellblauen Jeans und einer türkisgrünen Strickweste über einer beigen, dreiviertelärmligen Leinenbluse durch die Drehtür des Hotels. Das kastanienbraune Haar wippte in üppigen Wellen auf ihren Schultern auf und ab. Die Augen leuchteten, die Wangen glühten. Sie stoppte in Tuchfühlung vor ihm. Sie senkte den Blick, küsste zaghaft seine Wangen. Betörendes Parfüm, seidenweiches Haar. Er wollte sie packen, sie an sich reißen. Doch im selben Augenblick trat sie erschaudernd einen Schritt zurück, und ihre funkelnden Augen bohrten sich tief und forschend in seine Seele.
»Kann ich vorher vielleicht noch ein Glas Tee bekommen?«, fragte ihr leicht geöffneter Schmollmund verlegen lächelnd.
Mensch, die geht aber ran, dachte er. Und er liebte sie dafür.
»Ich dachte, Sie hätten Ihren Tee schon im Zug bekommen.«
»Nein, ich habe bei einer Babuschka[17] in der Nähe des Kurskij-Bahnhofs übernachtet.«
Wie gebannt starrte sie auf das obszön üppige Frühstücksbüfett. Wow, sah so der Westen aus?
»Kommen Sie. Hier ist Selbstbedienung.«
»Nein danke! Aber vielleicht trinke ich doch lieber eine Tasse Kaffee. Es duftet so verführerisch nach frisch gebrühtem Kaffee. Kaffee würde mir jetzt guttun. Die Babuschka hatte einen kleinen Hund, wissen Sie. Der rannte die ganze Nacht hin und her. Ich konnte kaum schlafen. Sehen Sie, da drüben gibt es braune Krüge für den Kaffee. Einen solchen würde ich gern haben.«
»Ich hole einen.«
»Ja bitte, mit Zucker und viel Sahne, wenn sie welche haben.«
Als er das Frühstück in sich hineingewürgt hatte, bat sie:
»Können wir noch ein Weilchen bleiben?«

---

[17] Babuschka = Großmütterchen; auch Bezeichnung einer alten Frau.

Er ging zum Frühstücksbüfett und kam mit zwei Glas Veuve Clicquot, einer Schale Fruchtsalat, einem aufgebackenen Croissant, Pain au Chocolat und zwei kleinen, mit Mousse au Chocolat gefüllten Windbeuteln zurück.
»Wir müssen auf unser Wiedersehen trinken«, schmunzelte er. »Aber bitte nicht auf nüchternen Magen.«
Sie nickte, ein kurzes, verstehendes Lachen ausstoßend.
Die Flügeltür des Aufzugs schloss sich. Sie rissen sich aneinander. Er bog ihren Kopf zurück. Aus ihren Augen leuchteten Feuer und Leidenschaft, Panik und gierige Besorgnis zugleich. Er küsste ihre Augenlider. Er fühlte ihre Brüste an seiner Brust und wie ihr Körper erzitterte. Ihre Hände umfassten zärtlich seinen Kopf und zogen ihn nach unten. Ihre samtweichen vollen Lippen knabberten an seinem Mund, öffneten ihn, um ihre Zunge kreisen zu lassen und ihm Stromstöße zu versetzen. Und dies in den wenigen lautlosen Sekunden aufwärts, bevor der Aufzug in der siebten Etage mit einem warmen Gong abrupt auseinanderglitt.

Als sie die kleine Suite betraten, begann die Welt um sie herum zu versinken. Er spürte die unendliche Sanftheit ihrer leidenschaftlichen Bisse an seinem Hals, den heißen Atem in seinem Ohr, das rasende Schlagen ihres Herzens, und wie ein Beben ihren trockenen, zur Hingabe bereiten Körper durchrüttelte, der sich erst in der Umarmung entspannte.

Bei Hummer und Sauvignon
Samstag, 5. September 1992, 18:05 Uhr

Sie warf einen Blick auf die Speisekarte des kleinen, privaten, niedlich eingerichteten Valutarestaurants in der Brestskaja-Straße, einer Seitenstraße des Leningradskij Prospekts, und stieß einen leisen Pfiff aus.
»Oh je ...«, stöhnte sie. »Diese Preise! Oh nein! Da verschlägt es einem ja den Appetit! Dafür muss ich einen ganzen Monat arbeiten. Kommen Sie, lassen Sie uns irgendwo anders hingehen.«
»Es ist okay. Es ist auch für unsere Verhältnisse sehr teuer. Es gefällt mir hier. Und heute ist ein ganz besonders wichtiger Tag für mich.«
Die aus Kanada eingeflogenen Hummer waren köstlich zubereitet, die Beilagen frisch und nicht überkocht, die drei hausgemachten Soßen und die zerlassene Süßrahmbutter vorzüglich, der Sancerre Sauvignon Blanc trocken, dennoch süffig und durchaus bezahlbar, die Leinentischdecke und die Leinenservietten blütenweiß gestärkt, die Hintergrundmusik dezent romantisch und die Bedienung aufmerksam und herzlich. Bis auf das billige Besteck und die breiten, hellblauen Plastiklatze um den Hals, vor denen es kein Entkommen gab, war alles perfekt.

Er wollte noch ins Bolschoi oder in ein Konzert, sie ins Hotel.
Sie schlenderten durch den schnell dunkel werdenden, klaren Septemberabend den Leningradskij Prospekt hinauf, über dem ein strahlend gelber Mond hing. Ein lauer Herbstwind trieb sie vor sich her. Sie hängte sich bei ihm ein und machte lange Schritte, um neben ihm im Gleichschritt zu bleiben. Er fühlte den Druck ihrer trockenen, festen Hand, die sich ineinander verflechtenden Finger, den kaum spürbaren Puls ihres Handgelenkes, spürte, wie sie erzitterte, und eine ekstatische Glückseligkeit ergriff ihn.
Als sie die Grünanlagen beim Dynamo-Stadion erreichten, drückte er sie an sich. Er küsste ihr feines Haar, die Wölbung ihres überlangen schlanken Halses, das Rouge der Wangen und endlich die vollen, samtweichen Lippen.
»Meine kleine Russin«, flüsterte er trunken vor Verliebtheit.
»Mein Nemez[18], mein großer, warmer Nemez«, hauchte sie.
Ihm war, als würde er vor Seligkeit schwerelos an der Dynamo-Metrostation vorbei durch den kleinen Park vor der Luftwaffenakademie in die kleine Suite im Hotel Aerostar dahinschweben.
Dann lagen sie nebeneinander auf dem Bett. Sie zwinkerte ihm schelmisch zu und fragte:
»War es diesmal besser für Sie?«
»Tanja, du bist wunderbar und so wunderschön, und es war, als wär ich in den Himmel geflogen.«
»Ich kann es kaum glauben. Auch ich bin geflogen.«
Ein besorgter Blick streifte ihn.
»Glauben Sie, dass es immer so wunderbar sein kann?«
»Ja, das glaube ich.«
»Wirklich?«
»Ja, Tanjuchica, das glaube ich wirklich.«
»Tanjuchica?«, flüsterte sie verwundert in sein Ohr. »Das klingt so erotisch, so bezaubernd, so charmant. Bitte umarmen Sie mich und sagen Sie es noch einmal.«
Er presste ihren Körper an sich. Sie spürte seinen Atem an ihrem Nacken. Ihre Arme und glatten Schenkel umklammerten ihn mit all ihrer Kraft, als wollten sie die ganze Welt umarmen, bis sie ganz plötzlich erschlafften und sie mit einem tiefen Seufzer einschlief.
Sie hatte das Gesicht eines Engels. Er studierte es bis ins letzte Detail. Er küsste ihren Mund und ihren Hals, ohne sie zu berühren. Wie ein Hauch strich er über ihr Haar, und seine Finger zeichneten die Konturen ihrer Lippen nach, ohne sie zu berühren.

[18] Nemez = Deutscher.

Jetzt, da er sie in sich eingesogen hatte und die Liebe in ihrem warmen, ruhigen Atem fühlte, wusste er, dass er wieder ins Leben zurückgekehrt war.

»Würdest du mich heiraten?«, fragte er.

»Da«, antwortete sie halb im Schlaf, als sei das das Selbstverständlichste auf der Welt.

Gorki-Park
Sonntag, 6. September 1992, 11:10 Uhr

Ein makellos blauer Himmel voll frischer Herbstluft hing über Moskau, als sie mit der Metro zum Gorki-Park fuhren. Sie trug ein kniekurzes, eng anliegendes rosa Kleid mit Blumenmuster und dunkelrote Schuhe mit hohen Absätzen. Die Sonne zauberte hennafarbene Strähnen in ihr braunes Haar. Ein honiggelbes Bernsteinkettchen funkelte an ihrem Hals.

Links vom Parkeingang gab eine Ballettschule eine Vorstellung. Die Konzentration und inbrünstige Hingabe, aber auch das Können der Tänzer, besonders der ganz Kleinen, begeisterten ihn. Was für ein Unterschied zur Tanzschule seiner Töchter in Washington, DC, wo bei den Vorstellungen immer etwas schiefging und die zuschauenden Kinder vor Langweile Dummheiten machten, hin und her rannten und sich zankten.

Im Park bestand Tatjana darauf, dass er sich porträtieren ließ. Anschließend bummelten sie die Moskwa flussaufwärts, bis sie ganz allein waren.

Er legte seinen Kopf in ihren Schoß und schloss die Augen. Und Tatjana begann zu erzählen:

»Wissen Sie, ich war schon zweimal verheiratet. Das erste Mal mit neunzehn.«

»Tatjana«, unterbrach er sie, »ich möchte dich nochmals bitten, mich endlich zu duzen. Schließlich lieben wir uns und wollen sogar heiraten!«

»Geben Sie mir ein bisschen Zeit«, antwortete sie errötend. »Ich muss mich erst noch daran gewöhnen. Das *Du* ist bei uns Russen nicht so ganz einfach. Ich habe selbst zu meinem Vater *Sie* gesagt. Kurz nach der ersten Begegnung mit meinem ersten Mann heirateten wir. Er war Konsemester am Pädagogischen Institut. Meine Mutter war strikt gegen die Heirat. Nach fünf Wochen kam es in gegenseitigem Einvernehmen zur Scheidung. Wir waren ganz einfach zu jung und hatten kein Geld.

Nach dem Studienabschluss arbeitete ich drei Jahre lang als Grundschullehrerin in einem Dorf bei Orjol. Obwohl ich stundenlang mit dem Bus fahren musste, hatte ich noch vier Kilometer zu Fuß. Das war eine schlimme Zeit. Ohne mein Bajan und meine Passion für Fremdsprachen wäre ich wahrscheinlich durchgedreht. Ich nahm an allen möglichen Sprachkursen teil. Bald war ich besser als die Lehrer. Das kam dem KGB zu Ohren. Sie brauchten jemanden für Tokio, jemanden mit Stehvermögen, der Japanisch in Wort und Schrift innerhalb von zwei Jahren lernen konnte. Dafür kommt in Russland nur eine Frau in Frage«, lächelte sie vielsagend. »Es war damals eine große Ehre, für den KGB zu arbeiten. Man kann sich dafür nicht bewerben, und wenn man berufen wird, kann man auch nicht so ohne Weiteres ablehnen. Jedenfalls wollte ich unbedingt mein miserables Dorfschullehrerdasein hinter mir lassen. Im Unterschied zu vielen anderen glaubte ich damals noch an die Überlegenheit und den Sieg des Kommunismus. Im Grunde genommen war ich eine romantische Revolutionärin.«

»Und du hast zugesagt?«

»Ja. Natürlich.«

»Verstehe.«

»Während der zweijährigen Grundausbildung in einem Wald am Rande Moskaus habe ich alle möglichen Zweikampftechniken und das Schießen erlernt. Also Vorsicht, mein Lieber: Ich kenne alle gängigen Handwaffen und habe auch gelernt, Verfolger zu entdecken und abzuschütteln, tagelang nicht zu essen, nicht zu schlafen und«, sie kicherte, »wie man mit Alkohol umgeht. Neben Japanisch habe ich Amerikanisch studiert und mit einer Österreicherin an meinem Deutsch gefeilt. Sollte es mit Tokio nicht klappen, wollten sie mich nach Wien schicken.

Dann kam die Perestroika. Tokio war dahin. Schließlich ging ich als Übersetzerin ans Institut für Pflanzenbau nach Orjol. Ab und zu besuchten uns dort japanische Landwirtschaftsexperten. Sie wissen ja, die Japaner machen immer viele Fotos. Abends musste ich sie ins Ballett oder Konzert begleiten. Während dieser Zeit holten unsere Leute ihre belichteten Filme aus den Hotelzimmern. Weil sie die Aufnahmen mit unseren Entwicklern kaum sichtbar machen konnten, waren sie davon überzeugt, es mit Spionen zu tun zu haben. Alles Quatsch: Meine Japaner kamen nie mit irgendwelchen sensiblen Objekten in Kontakt. Nur mit Buchweizen und Leguminosen, deren Saatgut sie mit uns austauschten. Sie verstanden sich ausschließlich als Agronomen.«

Er rutschte unruhig auf dem Boden herum.

»Und? Dein zweiter Mann, war der auch beim KGB?«

»Nein, ein Schriftsteller.«

»Ein Schriftsteller?«, rief er erstaunt, als seien das Menschen von einem anderen Stern.

»Ich sah ihn zum ersten Mal in unserer Schule, als ich dreizehn war, und verliebte mich über beide Ohren in ihn. Die ganzen Jahre hinweg schrieb ich ihm lange Briefe. Manchmal antwortete er. Als seine Frau an Krebs starb, war er fünfzig, und wir heirateten.«

»Und wie alt warst du?«,

»Fünfundzwanzig. Anerkannte Künstler hatten damals ein gutes Einkommen und eine ganze Reihe Privilegien und Sonderzuteilungen. Wir hatten sogar ein Telefon und einen Lada. Ich begleitete Mischa bei Schriftstellertreffen durch ganz Russland und in beinahe alle Ostblockländer, auch bei Lesungen vor Schülern, Studenten oder Werktätigen in der Oblast. Heute in Moskau, morgen auf der Krim – das war eine gute Zeit. Und in den Hotelzimmern stand immer eine Schreibmaschine für ihn.«

»Aber ich nehme an, dass diese paradiesische Situation nur für linientreue Schriftsteller galt.«

»Natürlich, sie wollten ja nicht ihren eigenen Feind hochpäppeln. Doch Mischa war zu intelligent, um sich direkt als ihr Feind zu positionieren. Obwohl sie glaubten, dass er linientreu war, war es mir strengstens verboten, ihm meine KGB-Mitgliedschaft zu verraten. Das war nicht einfach und wurde zunehmend schwieriger. Immer wieder riefen sie mich an, manchmal mitten in der Nacht. Ab und zu musste ich für sie Aufträge erledigen. Vor allem dolmetschen und übersetzen. Manchmal beorderten sie mich auch nach Moskau, das war immer eine besonders brenzlige Situation. Jedenfalls musste ich ständig neue Lügenmärchen erfinden. Als Mischa schließlich hinter die Wahrheit kam, tobte er. Er hasste den KGB und er hasste die Partei: Sie hatten einen Teil seiner Verwandten und Freunde auf dem Gewissen. Kurz danach starb er an einem Herzinfarkt. Er war Kettenraucher und hatte ein schlechtes Herz. Doch ich mache mir immer noch die bittersten Vorwürfe, dass meine KGB-Zugehörigkeit ihn umgebracht hat.«

Bei Sonnenuntergang glitten sie auf einem Touristenboot die pechschwarze Moskwa hinauf mitten hinein in die gigantische Metropole. Mit einem Trinkhalm sogen sie Apfelsaft aus dem kleinen Karton, der im Fahrpreis mit inbegriffen war. Sie schwiegen. Doch ihre Augen umarmten sich.

VII. USA – Northern Virginia

Auf Alexanders Hügel
Samstag, 23. Oktober 1993, 17:34 Uhr

E s war ein perfekter Indian-Summer-Tag. Ein Hüne stieg den Hügel hinauf, mitten hinein in die prachtvollen Herbstfarben der amerikanischen Ostküste: Gold, Altgold, Dunkelrot und Ocker mit Dunkelgrün vermischt – die Farben altrussischer Ikonen. Von hier aus sah man im Süden die Cobbler Mountains der Appalachen und im Norden bei besonders klarer Sicht wie heute den Sugarloaf Mountain. Gegenüber waren die Blue Ridge Mountains. Unten im Tal weidete die hundertvierzigköpfige Büffelherde seines Nachbarn Dana Malone.

Der Hüne war ganz in Dunkelbraun gekleidet und trug einen ledernen Cowboyhut und weiß bestickte Cowboystiefel mit hohen Hacken, die ihn noch hünenhafter machten. Eine abgegriffene Bibel klemmte unter seinem rechten Unterarm. Die vaterlosen Kinder, derer er sich annahm, nannten ihn Father Ronnie. In den 70er-Jahren spielte er Defensive Lineman beim American Football Team Washington Redskins.

»Warum sind Sie nicht hochgefahren, Father?«, fragte ihn Alexander. »Ich habe extra für Sie einen Pfad ausgemäht.«

»Wow, was für eine Farbenpracht! Da muss man doch einfach zu Fuß gehen. Das hier ist genauso schön wie Neuengland. Wir sollten mehr Reklame für die Herbstfärbung unserer Bäume in Northern Virginia machen.«

Er legte seinen Hut ab und schüttelte jedem der Anwesenden die Hand. Sein warmer Bass fand für alle ein gutes Wort.

»Lasset uns beginnen, bevor uns noch die Sonne verblasst«, sprach er.

Sie trug einen hellgrauen, knielangen Faltenrock und eine anthrazitfarbene Bluse. An ihrem Hals hing ein vergoldetes Ginkgoblatt und an ihrem rechten Arm trug sie das Band aus Elefantenhaaren. Die dunkle Bluse hätte die Blässe in ihrem Gesicht noch stärker betont, hätte nicht die untergehende Sonne die Hochzeitsgesellschaft unter der mächtigen, vom Blitz zerzausten Weißeiche mit einem Hauch von Rotgold umwoben.

Gott, ist sie schön! Sie scheint überwältigt zu sein. Hoffentlich wird das alles nicht zu viel für sie. Sie ist ja noch so neu in diesem großen Land.

Sie war in einer Welt versunken, zu der er keinen Zugang hatte. Sie war bei ihrem verstorbenen Mann. Sie sah das Gedicht in goldener Schrift auf purpurrotem Papier. Es war sein letztes Gedicht, das Geschenk zu ihrem fünften Hochzeitstag, ein paar Tage, bevor er starb.

Unser See hieß das Gedicht. Es erzählte von einem geheimnisvollen See bei Orjol – dem Duft von blühenden Wildblumen und von den Nebelschwaden über dem Wasser im Morgengrauen, die die Geheimnisse seiner Liebe zu ihr verbargen.

Mischa, er hat mich sehr lieb. Ich habe ihn auch sehr lieb. Ich werde eine gute Frau für ihn sein, so gut ich es nur kann.

Tränen der Wehmut kollerten über ihre Wangen. Und als die Trauung vorbei war, begann sie in Alexanders Armen bitterlich zu weinen.

Tränen der Freude, freute er sich, wie glücklich sie jetzt ist.

Und dann küsste er die Braut.

Sie strich das Band aus Elefantenhaaren von ihrem Arm.

»Sascha, das ist mein Hochzeitsgeschenk. Es ist das Einzige, was ich dir schenken kann. Es ist ein gutes Geschenk, denn es hat mir Glück gebracht. Ich werde Father Ronald bitten, es für dich zu weihen.«

»Wenn es absolut sein muss, werde ich es morgen während der Sonntagsmesse einsegnen«, kicherte Father Ronald. »Ich bringe es euch wieder, wenn ich mit den Kindern komme. Es ist ein gutes Geschenk, denn es ist aus Elefantenhaaren. Elefantenhaare bringen Glück. Das glaubten schon meine Vorfahren in Afrika.«

Auf Reverie Farm

Reverie Farm war im wahrsten Sinne des Wortes ein Traum. Als Alexander im September 1974 die Farm zum ersten Mal sah, war ihm, als hätte sie all die Jahre nur auf ihn gewartet: das zweihundert Jahre alte, von mächtigen Ahorn- und Ginkgobäumen umrahmte Steinhaus, das niedliche, sich unten am See kuschelnde, wohl dreihundert Jahre alte erste Farmhaus, die braunrote Scheune mit dem Pferdestall, die endlosen Steinzäune, die Mischung aus Wald und Weiden, die Nähe zu Washington, DC und zum Internationalen Flughafen Dulles, die von Vitalität und Artenvielfalt strotzende Vegetation und Fauna Northern Virginias.

Genau so haben unsere adligen Gutsbesitzer in Russland gelebt, mit dem einen Unterschied allerdings, dass man hier alles selber machen muss, schrieb Tatjana ihrer Malerfreundin Oksana Spiridonova in Orjol.

Bald gehörte ihr ganzes Herz dem alten Steinhaus, das sie liebevoll einrichtete und renovierte. Alexander half beim Streichen der Zimmer, für die sie typische Williamsburg-Farben wählten: Dunkelgrün, Weinrot, Ocker, Violett, Braun und Zitronengelb. Nur den Salon mit dem großen Kamin aus Feldsteinen strichen sie weiß, damit Oksanas Gemälde optimal zur Geltung kamen.

Tatjana arbeitete geradezu besessen an der Perfektionierung ihres Bajanspiels. Dann fand sie schließlich Arbeit, zunächst als Übersetzerin, später als Aushilfslehrerin für Russisch an nahe gelegenen High Schools. Nach einem Jahr bekam sie Lehraufträge für Russisch an einer renommierten Internatsschule für Mädchen und einer kleinen privaten Universität. Die didaktischen Mittel und Methoden, die ihr in den USA zur Verfügung standen, beeindruckten sie sehr.

Sie sagte nie ein schlechtes Wort über ihr Heimatland, nur selten ein Gutes über die USA, denn in ihrem Herzen blieb sie Russin.

Ihre Augen strahlten vor Glück und Zufriedenheit. Bald wurde sie zur begeisterten Computeranwenderin, die die letzten Tricks über Telefon und Userforen austauschte. Doch mit Korkenziehern, Dosenöffnern oder Schälmessern hatte sie so ihre Mühe.

Die Farm war Alexanders Ein und Alles. Von einem Nachbarn erwarb er zusätzliches Land, züchtete sich eine exzellente fünfzigköpfige Aberdeen-Angus-Fleischrinderherde heran, renovierte die Gebäude und baute zusammen mit hart arbeitenden Mexikanern die zerfallenen, kilometerlangen Steinzäune wieder auf. Ab und zu machte er Beratungen für die Weltbank und andere internationale Organisationen in den ehemaligen Ostblockstaaten und China. Wenn Father Ronald mit den Kindern hereinschaute, spielte Tatjana die letzten Hits, und Alexander beantwortete ihren Wissensdrang nach der Welt da draußen und gab Geschichten von den sagenumwobenen, schnappenden Schildkröten im See zum Besten.

Sie liebten sich, und das Leben liebte sie. Und sie genossen jeden Tag.

Im Herbst 1994 kam Maruschka für sechs Monate zu Besuch. Sie blühte geradezu auf und machte sich nützlich, wo immer sie nur konnte. Die Freundlichkeit der Amerikaner begeisterte sie geradezu.

»Sie sind ja ganz anders, als man sich bei uns über sie erzählt«, sagte sie erstaunt.

Bei der Einwinterung des Gartens und beim nicht enden wollenden Kehren des Herbstlaubs half sie tatkräftig mit. Sie konnte es kaum glauben, dass trotz des einbrechenden Winters jedes der sechs Hühner sie tagtäglich mit einem exorbitant großen Ei beglückte. Alfa, den Deutschen Schäferhund, vergötterte sie förmlich, Dana, dem Chesapeake Bay Retriever, traute sie dagegen nicht so richtig über den Weg, wohingegen sie Niki die alte Maine-Coon-Katze, und ihre beiden beinahe zehn Kilo schweren Söhne ganz fest in ihr Herz geschlossen hatte.

Für das große Farmhaus wendete sie die gleich hohen Sauberkeitsstandards an wie für das kleine Apartment in Orjol.

»Hello Birdman«, grinste Jimmy hinter seiner Fleischtheke; er versorgte Alexander im Winter mit Rindertalg für die Vögel. »Brauchst du wieder Markknochen und Ochsenschwanz für Maruschka? Ich habe extra was für sie beiseitegelegt!«

Jimmy hatte die quirlige Alte fest in sein Herz geschlossen, was allerdings auf Gegenseitigkeit beruhte.

Maruschka hatte versprochen, im kommenden Herbst wiederzukommen. Doch als Alexander sie in Orjol abholen wollte, täuschte sie eine schlimme Grippe vor, aus Angst, dort drüben krank zu werden und ihnen zur Last zu fallen. Alexander war ziemlich sauer. Die Visabeschaffung hatte enorm viel Mühe und Zeit gekostet. Wie sehr würden ihm ihr Lachen und die entsetzliche Standpauke fehlen, wenn er wieder mal die Schuhe bei Betreten des Hauses anließ.

Fünf Jahre verstrichen. Hätte Dr. Seitz nicht angerufen, würden sie wahrscheinlich noch heute in Glück und Zufriedenheit auf Reverie Farm leben.

»Alexander, willst du für zwei Jahre nach Russland? Wir brauchen einen Leiter für ein Projekt zur Verbesserung der Milchwirtschaft in der Oblast von Moskau.«

Schließlich sagte er zu, weder um näher bei Maruschka zu sein, die während der vergangenen Monate gesundheitlich stark abgebaut hatte, noch aus einem Wiedergutmachungsbedürfnis wegen der Verbrechen des Zweiten Weltkriegs, oder um eine neue Herausforderung zu suchen, auch nicht aus einem Selbstdarstellungsdrang heraus oder des komfortablen Verdienstes wegen, noch weniger, um seinen Ex-Kollegen bei der Weltbank zu beweisen, dass russische Agrarunternehmen rentabel wirtschaften können. Er sagte vielmehr einzig und allein zu, um seinen Freund Hans Haberland zu rehabilitieren, den Korruption, Betrug und Vetternwirtschaft bei der Vergabe von EU-finanzierten Hilfsprojekten für Russland zum tragischen Opfer gemacht und an den Rand des Wahnsinns getrieben hatten.

VIII. Auf der Fahrt nach Moskau

Halle an der Saale
Samstag, 24. Oktober 1998, 16:30 Uhr

Hans Haberland und Alexander Ott verdankten es einem dieser vielleicht vom Schicksal bedingten Zufälle, dass jeder für den anderen wichtiger wurde als irgendein anderer Weggefährte. Hätte sie nicht nach der Landung in Tunis im Januar 1959 ein Minibus zu einem sechsmonatigen Praktikum auf die Domäne des Klosters Thibar der Weißen Väter gebracht, wären sie beim anschließenden Studium der Landwirtschaft in Stuttgart-Hohenheim mit großer Wahrscheinlichkeit aneinander vorbeigegangen. Denn der lange, hagere, in sich gekehrte Hans Haberland und der gut proportionierte, lebensfreudige Alexander Ott hätten vom Charakter her gegensätzlicher nicht sein können.

Hans Haberland wuchs in einem sehr protestantischen Zuhause bei Halle an der Saale in der ehemaligen DDR auf, wo sein Vater als Tierarzt einer Landwirtschaftlichen Produktionsgenossenschaft (LPG) arbeitete. Was er von den religiösen Eltern mitbekam, besonders vom perfektionistischen Vater, war ein tiefer Sinn für Gerechtigkeit, Unzulänglichkeit und Schuld.

Sein Vater verließ die Mutter mit den sechs Kindern nach zweiundzwanzig Jahren Ehe, als Hans dreizehn war, und wurde kurz danach als klassischer Fall von paranoider Schizophrenie diagnostiziert. Neben dem Gefühl des Einfach-im-Stich-gelassen-worden-Seins hinterließ der Weggang des Vaters in Hans Haberland die Überzeugung: Vater war nahe bei Gott und wurde trotzdem verrückt; wenn du nahe bei Gott bist, wirst du ebenfalls verrückt werden; und man kann den Menschen nicht vertrauen. Sie werden dich genau dann verlassen, wenn du sie am meisten brauchst.

Hans wurde zum kränkelnden Teenager, voller Zorn und Depressionen, mied Kirche und kommunistische Bewegungen und kämpfte sich als Einzelgänger durch seine Teenagerjahre. Was ihn davon abhielt, Selbstmord zu begehen, war die Angst, Gott am Jüngsten Tag gegenüberstehen zu müssen.

Als er sechzehn war, gab ihm sein älterer Bruder das Buch *The Late Planet Earth* von Carole C. Carlson und Hal Lindsey zum Lesen. Es ängstigte ihn buchstäblich in die Kirche zurück. Kurz danach, Anfang 1955, ging er in den Westen, trat einer protestantischen Sekte bei, machte das Abitur, absolvierte eine zweieinhalbjährige landwirtschaftliche Lehre mit anschließendem Studium der Landwirtschaft, fand allmählich wieder Hoffnung und Zuversicht in die Zukunft und begann, die Liebe Jesu Christi zu allen Menschen zu praktizieren.

Hans Haberland war nicht wie Alexander Ott für landwirtschaftliche Entwicklungshilfe geschaffen, denn er war ein Landwirt, der ohne anspruchsvolle Technologien und betriebswirtschaftliche Herausforderungen in seinem Beruf nicht glücklich sein würde. So übernahm er nach dem Studienabschluss die Leitung eines Versuchsbetriebes für angewandte landwirtschaftliche Betriebswirtschaft und 1973 das Management einer 3000 Hektar großen fürstlichen Domäne in Bayern. 1990 stürzte er sich zusammen mit seinem Sohn Jürgen auf die einmalige Herausforderung, einen Teil der LPG, in die der ehemalige Familienbetrieb eingegliedert worden war, innerhalb weniger Jahre in einen der besten Großmilchviehbetriebe Deutschlands mit einem Stalldurchschnitt von etwa 10 000 Litern Milch pro Kuh und Jahr bei 1000 Schwarzbunten Kühen zu entwickeln. Zusätzlich gründete sein Sohn Jürgen 1991 eine unabhängige Gesellschaft für Milcherzeugerberatung, die inzwischen um die 30 000 Kühe betreute.

Klar, dass Alexander Ott auf der Fahrt nach Moskau bei den Haberlands abstieg, um die in den neuen Bundesländern nach der Wende gemachte Erfahrung bei der Transformation von staatlichen und LPG-Großmilchviehbetrieben in private, leistungsfähige Produktionsanlagen zu studieren, denn der rasche Produktivitätsanstieg der dortigen Milchwirtschaft war eine geradezu phänomenale Leistung gewesen. Innerhalb weniger Jahre produzierten eine Million Kühe ebenso viel Milch wie doppelt so viele vorher, und dies bei erheblich verbesserter Milchqualität. Kein Land des ehemaligen Ostblocks kommt dieser Erfolgsstory auch nur annähernd nahe.

Bereits vor der Wende hatte die ehemalige DDR die höchsten Milchleistungen in den ehemaligen Ostblockländern. Sie war das einzige dieser Länder, das massiv westliche Genetik und populationsgenetische Selektionsmethoden einsetzte. Sie verfügte über tüchtige Beratungs- und Fortbildungsdienste zur Verbesserung von Fütterungs- und Haltungsbedingungen und produzierte leistungsfähige Maschinen und Geräte für Milchviehhaltung, die in den Ländern des ehemaligen Ostblocks immer noch eingesetzt werden, und ihre Experten für tierische Produktion waren äußerst geschätzte Fachleute.

Das markanteste Merkmal der Milchwirtschaft der ehemaligen DDR war jedoch die Fähigkeit, mit großen Herden von typisch 1200 oder 2400 und bis zu 7000 Kühen profitabel Milch zu erzeugen. Diese Fähigkeit wurde nach der Wende von den sich privatisierenden Großmilchviehbetrieben weiterentwickelt. In der westlichen Welt werden nur an wenigen Standorten, namentlich in Kalifornien und Florida, ähnlich große Milchviehherden gehalten. Ansonsten ist die Milchproduktion in den Händen von Familienbetrieben mit nur wenigen bis zu ein paar hundert Kühen.

»Wie geht es deinem Vater?«, fragte Alexander Ott.

»Soso«, antwortete Jürgen Haberland, Alexanders Patenkind, betrübt. »Ich glaube nicht, dass es gut wäre, wenn du ihn in seinem jetzigen Zustand besuchen würdest. Er ist immer noch in der geschlossenen Abteilung. Wir machen uns große Sorgen um ihn. Weißt du, vielleicht liegt es bei uns in der Familie. Mein Großvater war manisch depressiv, wahrscheinlich sogar schizophren, und hat sich das Leben genommen. Nun hat auch mein Vater tiefe Depressionen mit akuter Suizidgefährdung. Noch schlimmer: Die Symptome weisen nach Ansicht des Psychiaters auf eine beginnende paranoid-schizoide Psychose hin. Solche Patienten leiden häufig unter Wahnvorstellungen, Denkstörungen und Halluzinationen wie beispielsweise das Hören von Stimmen, die ihnen Befehle erteilen und sie zu allem zwingen können, bis hin zum Mord an einem zufälligen Passanten.«

Alexander biss sich bestürzt auf die Lippen.

»Hätte er nicht diese Veranlagung«, fuhr Jürgen Haberland fort, »hätte er sich niemals mit diesen EU-Leuten angelegt. Alex, du musst ihm helfen. Du bist für ihn wie ein Bruder. Kannst du ihn mit ins Projekt einbinden? Auch wenn es nur ein bisschen ist. Er kennt die Russen. Sie schätzen ihn. Er braucht das Gefühl, wieder gebraucht und respektiert zu werden. Er fühlt sich von der EU und dem Europäischen Gerichtshof betrogen und von der deutschen Seite im Stich gelassen. Sie haben ihn zu sehr gedemütigt und gekränkt. Du kannst meinen Vater beschimpfen. Du kannst ihn finanziell ruinieren. Du könntest ihn halb totschlagen. Aber kränken?! Nein! Denn er hat einen geradezu krankhaften Sinn für Anständigkeit. Als ich dem Psychiater den ganzen Schlamassel mit der EU erzählt habe, meinte er, dass das zweifellos der Auslöser für die Erkrankung sei. Jedenfalls sollten wir alles Erdenkliche unternehmen, um meinen Vater zu beschäftigen, damit er wieder aus dem Brüten rauskommt.«

In Richtung Moskau
Mittwoch, 28. Oktober 1998, 7:30 Uhr

Guter Dinge fuhr Alexander in Richtung polnische Grenze weiter. Er hatte alles bekommen, was er sich von dem dreitägigen Zwischenstopp erhofft hatte: bis ins letzte Detail ausgeklügelte Technologien, betriebswirtschaftliche Beratungskonzepte für Großmilchviehbetriebe einschließlich der dafür benötigten Software sowie die Zusage Jürgen Haberlands und zwei weiterer Betriebe, russische Spezialisten fortzubilden.

»Es liegen Welten zwischen uns und Russland«, hatte Jürgen immer wieder betont. »Mein Vater könnte dir helfen, auf dem Boden zu bleiben.« 1992 habe sein Vater mit zwei Partnern für die ehemaligen Ostblockländer eine Consultingfirma mit Schwerpunkt Milchviehhaltung gegründet und auch Aufträge von deutschen und internationalen Organisationen bekommen, nie jedoch von den PHARE[19]- und TACIS[20]-Hilfsprogrammen der EU, den weitaus größten Geldgebern, obwohl ihre Firma der Konkurrenz weit überlegen war.

Die berüchtigte frankofone Festung[21] innerhalb der EU-Administration und ihre Consultingfirmen hätten die Auftragsvergabe fest in der

[19] EU-PHARE-Programme: 1990 legte die EU ein projektorientiertes, nicht rückzahlbares Hilfsprogramm bei der Transformation ihrer Volkswirtschaften zur Marktwirtschaft zunächst für Polen und Ungarn auf, das deshalb den Namen PHARE (Poland and Hungary Aid for Restructuring Economics) trägt. Dieses wurde bald auch auf andere osteuropäische Staaten ausgedehnt und wird in der Regel mit nationalen sowie in einzelnen Fällen mit internationalen Mitteln kofinanziert. Bis 1999 wurden von PHARE 10,89 Milliarden Euro zur Verfügung gestellt, für 2000–2006 1,5 Milliarden Euro pro Jahr. PHARE finanziert eigene Projekte der nationalen Regierungen, an denen auch inländische Firmen teilnehmen. Die Ausschreibungsverfahren werden in den Partnerländern durchgeführt.

[20] EU-TACIS-Programme: Analog zu PHARE entstand 1991 ein Programm für technische Hilfe für die Nachfolgestaaten der Sowjetunion, genannt TACIS (Technical Assistance for the Commonwealth of Independent States). Mit Know-how, Beratung und Studien aus einem breiten Spektrum öffentlicher und privater Organisationen der EU-Mitgliedstaaten soll ein Beitrag zur ökonomischen und politischen Umgestaltung geleistet werden. Im Zeitraum 1991–1999 wurden 4,226 Milliarden Euro und für 2000–2006 3,138 Milliarden Euro zur Verfügung gestellt. Wie bei PHARE sind die Kosten nicht rückzahlbare Zuschüsse und in der Regel mit nationalen sowie in einzelnen Fällen internationalen Mitteln kofinanziert.

Anders als bei PHARE fördert TACIS individuelle Projekte und nicht eigene Reformvorhaben der Partnerländer, darüber hinaus wurde die Angebotsevaluierung nicht in den Partnerländern, sondern in Brüssel durchgeführt. Die zentrale, untransparente Vergabe der Projekte geriet immer mehr ins Kreuzfeuer der Kritik, da in vielen Fällen Korruption und Nepotismus eine Grundvoraussetzung zur Erlangung eines Projektes waren. Projektvergaben an inländische Firmen wurden bei TACIS kaum Beachtung geschenkt.

[21] Frankofone Festung = Spitzname für französische/belgische Dominanz und deren übermächtige Seilschaften innerhalb der EU-Administration.

Hand, ereiferte sich Jürgen. Dabei würden sie auf höchster politischer Ebene unterstützt, während sich in Bonn nur ein paar unbedarfte Hanseln mit EU-Angelegenheiten befassten, setzten die Frankofonen dafür ganze Ministerien ein. Da würde links und rechts manipuliert, bestochen und betrogen, bis hinauf zu den Ministern in den Partnerländern und EU-Generaldirektoren und -Kommissaren. »Offene« Ausschreibungen gäbe es, wenn überhaupt, nur für kleine Projekte. Auftragsvergabe für größere sei schieres Schattenboxen, wobei der Gewinner bereits im Voraus feststehe und es an jedweder Transparenz fehle. In Russland würde man das organisiertes Verbrechen nennen.

Unter frankofoner Dominanz sei die EU geradezu zu einem Selbstbedienungsladen für die teils halbstaatlichen frankofonen Consultingfirmen geworden. Mit ihren Firmengeflechten und Tarnfirmen in anderen EU-Ländern ergatterten sich belgische Firmen bis zu 25 Prozent, die französischen sogar bis zu 50 Prozent aller EU-finanzierten landwirtschaftlichen Projekte, zusammen also um die 75 Prozent. Trotz all des Schwindels seien viele dieser Firmen pleite, seufzte Jürgen Haberland verächtlich. Die Akquisition von Projekten würde immer teurer. Seriöse Consultings würden da erst gar nicht mehr anbieten.

Die frankofone Festung dominiere den gesamten Projektzyklus, beginnend mit der Auswahl der Consultants über die Bewertung der Angebote bis hin zur Erfolgsevaluierung. Die Folgen seien fatal. Wenn sich die erst einmal ein Projekt unter den Nagel gerissen hätten, machten sie, was sie wollten. An Vertragsvereinbarungen halte sich kaum noch jemand.

Wirksame Kontrollmechanismen gäbe es nicht, sagte Jürgen empört. Nur höchst selten würde jemand mal bestraft, ganz zu schweigen von Schadenersatzzahlungen. Der Europäische Rechnungshof sei ganz klar in ihren Händen, zumindest auf der Arbeitsebene. OLAF, die EU-interne Betrugsbekämpfungsbehörde, sei ja ihr eigenes Kind, vergleichbar mit dem Bauunternehmen eines Staudamms, das die eigene Bauaufsicht durchführe. Kaum zu fassen! Ein regelrechter Skandal! Auch müsste man, bevor die überhaupt aktiv würden, der EU-Bürokratie erst einmal beweisen, dass eine Korruption tatsächlich stattgefunden habe. Geradezu paradox, denn das sei ja gerade das Problem: die Korruption zu beweisen! Deshalb könne man OLAF vergessen. Und der Europäische Gerichtshof? Den könne man gleich mit vergessen. Das seien ja schließlich alles überprivilegierte EU-Beamte, denen man nicht zumuten könne, Detektiv zu spielen!

Jeder, der es wage, der frankofonen Festung die Stirn zu bieten, würde zermürbt. Wer gar zu klagen versuche, käme auf die Schwarze Liste und würde nie wieder einen EU-Auftrag bekommen. Deshalb gäbe es auch nur äußerst selten Proteste vonseiten der nicht frankofonen Consultants und

Consultingfirmen. Einschneidende Veränderungen könnte man nur von einer durch kompetente Wirtschaftsdetektive unterstützten europäischen Staatsanwaltschaft erwarten und von der Installation einer starken, von der EU-Bürokratie unabhängigen Antikorruptionsbehörde.

Alexander wurde zunehmend unruhiger. Warum hat mich Hans nur nicht angerufen, der dumme Kerl?, fragte er sich. Sie sind mit der gleichen Hinterfotzigkeit über ihn hergefallen wie über Paul van Buitenen. Ich hätte ihn davon abhalten können, sich mit denen anzulegen. Aber so ist er nun mal. Er war schon immer ein fanatischer Weltverbesserer. Ich kenne niemanden, der so viel Charakter und Herzensgüte und Gerechtigkeitssinn hat wie Hans. Der arme Kerl, ich kann ihn doch jetzt nicht im Stich lassen!

Bei Dessau machte er eine Kehrtwendung. Nach einer Stunde erreichte er das psychiatrische Krankenhaus, in dem Hans Haberland Zuflucht gefunden hatte. Er wartete auf ihn, bis dieser in einer Fünfergruppe mit zwei Betreuern aus dem Gebäude der Beschäftigungstherapie herauskam, das Gesicht grau, verstört vor Bitterkeit und Kummer, die Augen ausdruckslos, die Bewegungen unsicher, die Arme schlaff herabhängend, das Bild eines Versagers.

»Wir machen einen Kaktus mit fünf Armen aus Luftballonen«, lallte er freudlos und unartikuliert auf Alexanders Frage, wie es ihm gehe. »Wir bekleben sie mit Papierschnipseln. Ein ziemlich großer Kaktus, anderthalb Meter hoch. Keine einfache Arbeit. Du musst die Schnipsel richtig fest hinkleben, damit die Arme nicht runterfallen. Wir arbeiten schon zwei Wochen daran, viermal die Woche. Doch jetzt ist er beinahe fertig. Müssen ihn noch anmalen. Ganz bunt, jeden Arm in einer anderen Farbe. In allen möglichen Farben, weißt du. Am kommenden Sonntag soll er zusammen mit all dem anderen Zeug versteigert werden.«

Schweigend stiegen sie zur geschlossenen Depressionsabteilung im zweiten Stock hoch. Es dauerte eine Ewigkeit, bis das Wasser in dem hoffnungslos verkalkten Heißwasserkocher der Gemeinschaftsküche kochte. Mit einer Tasse Früchtetee setzten sie sich in den Besucherraum.

»Man lässt dich hier nicht in Ruhe«, lispelte Hans, absichernd um sich schauend. »Tagsüber darfst du nicht schlafen, auch wenn du noch so müde bist. Nur ein bisschen nach dem Mittagessen. Immerzu beschäftigen sie dich. Weißt du, ich habe einfach keine Lust mehr. Ich möchte immerzu nur schlafen, einfach alles vergessen und nur schlafen. Aber sie lassen dich nicht schlafen. Und nachts? Nachts kann ich trotz der Schlafmittel, die ich mir endlich um 22 Uhr abholen darf, nur ein paar Stunden schlafen. Um sieben wecken sie uns schon. Dann kannst du höchstens noch eine Viertelstunde liegen bleiben.

Ich weiß nicht, ob ich die Firma halten kann«, sprach er schleppend weiter. »Das mit Brüssel und der Prozess in Luxemburg war sündhaft teuer. Allein die Gerichtskosten! Ich weiß nicht, wie es finanziell weitergehen soll und ob ich je wieder arbeiten kann. Ich komme mir absolut minderwertig vor. Es arbeitet die ganze Zeit in meinem Kopf. Ständig denke ich an die vielen Schulden und dass ich noch Steuern nachbezahlen muss! Ich habe Angst, Alex, richtiggehend Angst vor der Zukunft. Ich weiß nicht, wie das alles weitergehen soll. Aber schon die kleinsten Aufgaben sind eine riesige Belastung für mich.

Glaubst du, ich hätte je davon geträumt, hier zu enden?«, stieß er entsetzt gestikulierend aus. »In hunderttausend Jahren hätte ich das nie gedacht. Ich musste sie nicht verklagen. Ich hätte einfach gehen und den Schaden abschreiben können. Ich hätte fliehen können. Aber nein, ich rannte nicht davon. Wenn nicht für mich, dann tat ich es für meine Kinder und für eine bessere Welt. Sie haben mich verhöhnt und in aller Öffentlichkeit lächerlich gemacht. Sie haben mein Herz verwüstet, meine Seele vergewaltigt, meine Gefühle in Brand gesetzt. Sie sahen in mir nur einen erbärmlichen deutschen Cowboy, den man so ganz einfach fertigmachen kann. Ich war nur ein Stück Mist für sie. Weißt du, wie es sich anfühlt, wenn dir Ignoranten das Wort im Munde umdrehen und Dir ins Gesicht spucken? Weißt du, wie es sich anfühlt, von chauvinistischen Scharlatanen gedemütigt und ans Kreuz genagelt zu werden, nur um zu ihrem Amüsement zu verbluten? Und du sitzt da und kannst dich ihrer nicht erwehren und siehst, wie dich selbst die Zuschauer und die vielen Übersetzer in ihren Käfigen mitleidig belächeln, über dich lachen und dich verhöhnen. Weißt du, wie es sich anfühlt, wenn sie dann auch noch dein Projekt zur Farce machen und dich lebendig verbrennen?

Die EU-Pfründe reichen ihnen nicht aus, ihre hedonistischen Bedürfnisse zu befriedigen. Sie können den Hals nie voll genug bekommen. Sie haben das Krebsgeschwür der Rache in mein Gehirn gepflanzt, Terror in meinem Herzen angestachelt und meine Seele zerfetzt. Ich möchte einfach nur schlafen, immer nur schlafen und alles vergessen. Wir sind zu viert in ein Zimmer gepfercht. Ich kann es nicht mehr aushalten, Alex. Es gibt hier auch Einzelzimmer. Ich möchte so sehr ein Einzelzimmer. Alex, bitte verschaff mir ein Einzelzimmer. Ich habe sie schon mehrmals darum gebeten. Aber sie hören nicht auf mich. Ich habe nur diesen einzigen Wunsch: ein Einzelzimmer! Ich bin doch privat versichert. Bitte Alex, nur ein Einzelzimmer.«

»Wir müssen jetzt das Mittagessen abholen, Herr Haberland«, kreischte eine Frauenstimme mit verwirrtem Blick durch den Türspalt.

Alexander klopfte ihm auf die Schulter.

»Halt die Ohren steif, alter Junge. Wir alle brauchen dich, nicht nur Jürgen und deine Tochter und ihre Familien. Du bräuchtest dir wegen der Finanzen und Steuern absolut keine Gedanken zu machen, sagte mir Jürgen. Er habe alles unter Kontrolle, trotz des Milchpreises. Aber der wird ja auch mal wieder steigen. Und die Gerichtskosten sind ja auch wesentlich niedriger ausgefallen, als ihr alle befürchtet habt. Auch die Russen brauchen dich, und vor allem auch ich. Zusammen werden wir ein tolles Projekt machen. Ich rechne fest mit dir als Kurzzeitberater. Ich möchte dich so oft wie möglich einsetzen. Bereits Anfang Januar kommst du für zwei Wochen nach Moskau. Dann werden wir es ihnen allen zeigen, wie in den guten alten Tagen in Thibar und Stuttgart-Hohenheim. Du bist der alte Praktiker. Keiner ist besser als du. Das weißt du ja selbst. Auch die Russen wissen das, und die in Brüssel und Luxemburg wissen das auch. Zeig es ihnen und zeig es dir selbst. Alles kommt wieder in Butter. Aber ein bisschen musst du dich schon auch selbst anstrengen. Zuletzt zählt man zusammen!«

»Das alles wusste ich nicht«, sagte der junge Arzt mit Bodybuilding-Torso unter braun gebranntem Gesicht, in dem die Zähne wie Perlen blitzten, als sich Alexander von ihm verabschiedete. »Ich dachte immer, bei Korruption wechselt lediglich viel Geld die Hand. Jetzt weiß ich, wie das so alles gedreht wird. Und dass dabei auch noch rechtschaffene Leute wie Ihr Freund Hans Haberland unters Rad kommen, ist mir bislang noch gar nicht in den Sinn gekommen. Fürchterlich, geradezu unfassbar! Der arme Kerl! Wissen Sie, im Herbst, wenn die Tage kürzer werden, haben wir immer besonders viel Betrieb. Wir sind hoffnungslos überbelegt und haben nur vier Einzelzimmer. Außerdem verlangt das Behandlungsprotokoll, dass sich die Patienten nicht allzu wohl fühlen und sich ein Gruppengefühl formt. Aber morgen früh bekommt Ihr Freund ein Einzelzimmer, das kann ich Ihnen versprechen.«

Am Empfang der geschlossenen Abteilung ließ Alexander einen Früchtekorb und eine Flasche Essig zurück: die Früchte für Hans Haberland und seine Mitstreiter, den Essig zum Entkalken des Heißwasserkochers in der Küche. Erst als er wieder auf der Autobahn in Richtung Frankfurt an der Oder war, verscheuchte das beruhigende Burren des Mercedes 240 D die Feuchtigkeit aus seinen Augen.

Polen wirkte mit den vielen neuen Supermärkten und Tankstellen noch recht europäisch. Der wirkliche Osten berührte Alexander erst, als er spätabends kurz vor der weißrussischen Grenze bei einer liebenswerten Kleinbauernfamilie, die schon seit Jahrzehnten seinen Verwandten am Bodensee bei der Obsternte half, übernachtete. Bei Kuttelsuppe und Gesang verbrachte er einen erinnerungswürdigen Abend.

Die zweite Berührung mit dem Osten erlebte er im Chaos der weißrussischen Grenze bei Terespol, wo administrative Schikane und irgendwelche Mafiosi das Vorwärtskommen bestimmten. Nach Ausfüllen einer Flut von Formularen ließ ihn schließlich ein junger Zöllner, fünf Stunden später und 340 DM leichter, fatalistisch achselzuckend die weißrussische Grenze passieren.

Die dritte Berührung war die Übernachtung im heruntergekommenen Hotel Planeta in Minsk, einem der ersten Häuser am Platz, durch dessen vom Klebeband entblößte Fensterritzen ein erster Wintersturm heulend kalt hereinwehte.

In aller Herrgottsfrühe fuhr er weiter. Schneeschlieren schlängelten sich die Autobahn entlang. Bei Smolensk hatten ihn endlich die Weiten Russlands aufgenommen: Wälder und Felder, so weit das Auge reichte.

Nach der Wende hatten mehrere russische Fachdelegationen ihren Milchviehbetrieb und die beiden Consultingfirmen besucht, hatte Jürgen Haberland berichtet. Anfang 1995 fragten sie hochkarätige russische Besucher, ob die Haberlands ihnen bei der Modernisierung ihrer Milchproduktion helfen könnten. Auch für die Nutzung des Deutschen Fleckviehs als Fleischrind wünschten sie beraten zu werden. Ob das Deutsche Landwirtschaftsministerium nochmals helfen könne? Es habe ja nach der Wende die russische Tierzucht mit mehreren Projekten bereits großzügig unterstützt.

Er bräuchte 500 000 Euro, um etwas Ordentliches auf die Beine zu stellen, hatte Hans Haberland ihnen geantwortet. Das sei zu viel für das Ministerium. Aber das EU-TACIS-Programm schwömme doch im Geld, die wüssten doch gar nicht, was sie damit tun sollten.

Nach der Wende hätten sie große Hoffnungen auf den Westen gesetzt. Aber die meisten Consultants, die die EU schicke, stellten nur unnötige Fragen und behandelten sie wie Buschmänner. Sie hätten nicht einmal gewusst, dass ihr von Stalin 1930 nach Alma Ata verbannter Tierzüchter Ilja Iwanowitsch Iwanow bereits in den 20er-Jahren als Erster überhaupt die künstliche Besamung von Haustieren praktiziert hatte. Die meisten Consultants hätten lediglich Erfahrung mit Kleinbauern in Afrika oder seien irgendwelche theorieversaute Grottenolme. Von russischen Großagrarstrukturen und neuartigen Agrartechnologien verstünden diese Herrschaften lächerlich wenig. Sie schrieben nichts weiter als dicke Berichte, in denen lauter Binsenweisheiten stünden!

»Sagen Sie mir, Gospodin[22] Gaberland«, hatte der sichtlich entrüstete russische Delegationsleiter Hans Haberland gefragt, »weshalb bevormun-

---

[22] Gospodin = Herr.

det man uns eigentlich in Brüssel? Weshalb werden die EU-PHARE-Projekte in den osteuropäischen Ländern ausgeschrieben und evaluiert, die EU-TACIS-Projekte für Russland dagegen in Brüssel? Woher nehmen sich die Herrschaften in Brüssel überhaupt das Recht, uns zu übervorteilen, wo sie doch selbst links und rechts bestechen und abkassieren?!«

»Du wirst sehen«, hatte Jürgen Haberland gesagt, »in nicht allzu langer Zeit fliegt das gesamte EU-TACIS-Programm aus Russland raus, zumindest was die Landwirtschaft betrifft. Die Russen sind stinksauer. Daher werden zurzeit kaum noch Anträge für landwirtschaftliche Projekte gestellt, auch wenn die EU-Bürokraten und ihre Consultingfirmen noch so starke Lobbyarbeit machen und schmieren.«

Jürgen Haberland konnte sich noch gut an das Loblied erinnern, das der russische Delegationsleiter damals über die Deutschen gesungen hatte.

Euch Deutsche könne man alles fragen, meinte er. Man bekäme stets eine faire und kompetente Antwort. Auch würden die Deutschen sie, die Russen, respektieren. Sie seien die Einzigen, die ihnen nach der Wende wirksam und ehrlich geholfen hätten. Außerdem besäßen sie auch die Technologien und Tiere, die zu ihnen passten. Sie wüssten das zu schätzen.

Der Projektantrag war damals umgehend genehmigt worden. Und dann schraubte EU-TACIS völlig überraschend die Finanzierung von den beantragten 560 000 Euro auf ganze 4,1 Millionen Euro hoch. Damit war es damals das bei Weitem teuerste Tierzuchtprojekt in den Ländern des ehemaligen Ostblocks. Endlich hatte Brüssel die Möglichkeit, das viele Geld loszuwerden und wieder mal so richtig abzukassieren.

Lass die Finger davon!, warnten Kenner der EU Hans Haberland damals. Wenn es um solche Größenordnungen ginge, würden die Fäden grundsätzlich nur ganz oben geknüpft, sowohl in Brüssel und Paris als auch in Moskau. Sie würden lediglich mit ihm herumspielen und nicht nur seine Zeit, sondern auch sein Geld und seine Nerven verschwenden.

Dennoch stürzte sich Hans Haberland mit seinen beiden Partnern und viel Enthusiasmus auf die Angebotserstellung und scheute keine Kosten. Um die Wettbewerbsfähigkeit zu erhöhen, bildete er mit einer großen englischen Firma ein Konsortium. Und während die sechs Mitbewerber lediglich einen Vertreter für einen oder zwei Tage nach Moskau sandten, verbrachte Hans mit seinen Partnern drei volle Wochen in Russland, um ein bestmögliches Projektkonzept auszuarbeiten. Um Kosteneffizienz und Weiterführung des Projektes nach Projektende zu gewährleisten, boten sie als einzige Firma anstatt der geforderten drei lediglich zwei Langzeitexperten an, einschließlich Hans Haberland selbst, um mit den somit eingesparten Mitteln spezialisierte Kurzzeitexperten zu finanzieren und sechs russische Langzeitexperten anzuheuern, deren Bruttokosten etwa ein Fünfzigstel derjenigen ausländischer Experten betrugen.

Doch sie hatten die Rechnung ohne den Wirt gemacht. Der Konsortiumspartner gehörte, wie sich später herausstellte, der belgischen Firma Irgatec, die sich später den Projektzuschlag ergaunerte. Nun war auch klar, warum dieser nur minimale Unterstützung bei der Angebotserstellung und der Bereitstellung qualifizierter Experten geleistet hatte.

Sie seien voller Zuversicht gewesen, berichtete Jürgen Haberland, schließlich seien sie unter den sieben Anbietern die einzige Consultingfirma gewesen, die nicht nur Erfahrung in den ehemaligen Ostblockländern auf den Gebieten Privatisierung, Management, Modernisierung und Beratung von Großmilchviehbetrieben hätten aufweisen können, sondern aufgrund erfolgreicher Kooperationen mit Milchviehhaltern auch im Baltikum, Bulgarien, Weißrussland und der Ukraine. Das Projekt sei geradezu auf sie zugeschnitten gewesen. Wie sehr hatten sie sich getäuscht!

Hochrangige russische Entscheidungsträger und selbst die Repräsentanten des zukünftigen Projektpartners seien von EU-TACIS nach Brüssel eingeladen und dort von »ihren« Consultingfirmen fürstlich bewirtet und mit Cash, den üblichen Videokameras und anderen Geschenken förmlich überhäuft worden. Irgatec zum Beispiel habe dem Projektpartner 100 000 Euro angeboten und selbst einem Vizepremierminister und zwei anderen Ministern je 5000 Euro angezahlt, die verbleibenden 45 000 Euro pro Kopf dann bei erfolgreichem Zuschlag. Darüber hinaus hatte sich Irgatec gegenüber einer ganzen Reihe weiterer Entscheidungsträger mit kleineren Beträgen und Geschenken aufmerksam gezeigt. Denjenigen, die die braunen Umschläge in ihren Büros nicht annehmen wollten, lauerten sie sogar vor ihrer Haustür auf. So was sprach sich in Moskau natürlich ganz schnell herum. Aber nicht nur Irgatec, sondern auch die meisten anderen Mitbewerber hatten Jürgen Haberlands Wissen nach sowohl in Brüssel als auch in Moskau bestochen.

Trotzdem hätte zunächst die Firma seines Vaters den Zuschlag bekommen, berichtete Jürgen entrüstet. Doch für die Frankofone Festung sei so etwas eine ganz normale Standardsituation. Sie habe einfach erklärt, dass sein Vater die russische Seite bestochen habe und habe mithilfe der üblichen Neuevaluierung der Angebote das Projekt an die belgische Firma Irgatec vergeben, obwohl ihr über sieben Millionen schweres landwirtschaftliches Beratungsprojekt in der Ukraine ein geradezu skandalöses Fiasko war.

Das sei für seinen Vater einfach zu viel gewesen. Und weil er fest davon überzeugt war, dass sein Projektangebot und seine Leute den Mitbewerbern um Welten überlegen waren und es die Spatzen bereits von den Dächern pfiffen, was für eine große Schweinerei hier wieder gedreht worden sei, verklagten er und seine Firma die EU-Kommission beim Europäischen Gerichtshof auf Schadenersatz.

Ich weiß, sie haben ihn ins offene Messer springen lassen, dachte Alexander, weil er kein falsches Spiel kennt und unfähig ist, sich zu verstellen oder zu lügen und in seiner Geradlinigkeit für einen Juristen geradezu ein gefundenes Fressen darstellt. Sie haben den anständigsten Kerl der Welt der Korruption bezichtigt und an den Rand des Wahnsinns getrieben. Ich kenne ihn zu gut, um nicht zu wissen, wie tief er gekränkt sein muss.

Kurz nach Lyon
Dienstag, 8. März 1960, 14:30 Uhr

Mit der Nonchalance des französischen Fernlastfahrers stoppten wir den nagelneuen, grasgrünen 7-Tonner Mercedes-Benz vor dem kurz vor Lyon gelegenen Restaurant, das ein gutes Dutzend Fernlaster umzingelte. Mit der Wertschätzung hungriger Studenten der Landwirtschaft im zweiten Semester verschlangen wir das fürstliche Mittagsmenü des französischen Fernlastfahrers und tranken mehrere Karaffen Hauswein. Der Chardonnay schmeckte uns am besten.

Danach ließen wir es krachen. Die kurvenreiche Straße lud geradezu dazu ein. Und da wir beide begeisterte Skifahrer waren, wollten wir sehen, wie gut der Laster Slalom fahren konnte.

»Die Papiere, bitte«, forderte mich der Verkehrspolizist auf. »Sie haben wiederholt die gelbe Linie überfahren.«

»Entschuldigen Sie bitte«, sagte ich, »ich wusste nicht, dass man die gelbe Linie nicht überfahren darf. Bei uns in Deutschland sind die Linien weiß.«

»Quel conte, je crois qu'il s'est soulé la gueule«, sagte der Polizist zu seinem Kollegen.

»Sie müssen ihn ja nicht gleich beschimpfen«, begehrte Hans Haberland auf.

»Wo habt ihr so gut Französisch gelernt?«, zuckten die beiden beinahe gleichzeitig zusammen.

»Bei den Weißen Vätern in Tunesien«, antworteten wir beinahe gleichzeitig.

Da war der Bann gebrochen.

»Mein Schwager ist auch Weißer Vater, in Nordkamerun«, sagte der eine Polizist. »Die Weißen Väter sind die Besten.«

»Das können wir bestätigen, denn wir haben im vergangenen Jahr ein halbjähriges Praktikum auf der Domäne der Weißen Väter in Thibar gemacht. Daher wollen wir ihnen den Laster bringen. Wir haben viel Zeit damit verbracht, das Geld dafür zu sammeln.«

Dann redeten wir über Fußball, Autos, Gott und die Welt, bis der eine Polizist völlig unerwartet zu mir sagte:

»Wir könnten eine Blutprobe machen. Doch wir lassen euch laufen, weil ihr den Wei-

ßen Vätern den Lastwagen schenken wollt. Aber fahrt ihn anständig da runter, damit er auch ankommt.«

Wir versprachen es und verabschiedeten uns aufs Herzlichste.

»So ganz einfach dürfen wir euch nicht laufen lassen«, schaltete sich der andere Polizist ein. »Wie wär's mit 50 Franc? Wenn ihr keine Francs habt, könnt ihr im Dorf da drüben umtauschen.«

»Wir sind arme Studenten«, sagte ich, »und die Fähre nach Tunis ist teuer. Wie wär's mit 20 Francs. Wir brauchen keine Quittung.«

»Okay«, grinste er. »Aber jetzt haut endlich ab. Wir haben noch Wichtigeres zu tun.«

»Warum hast du eigentlich keine Quittung gewollt?«, muffelte Hans. Ich antwortete nicht. So war er nun mal.

Gegen die beiden EU-Rechtsanwälte, die schamlosen Lügenmärchen und die Unterstellungen der bestens präparierten Zeugen und manipulierten Evaluierungsprotokolle hatten Hans Haberland und seine beiden Partner nicht die geringste Chance, den Prozess beim Europäischen Gerichtshof zu gewinnen. Besonders dreist, meinte Jürgen Haberland, hätten Viktor Leblanc, der zuständige EU-Projectofficer, Nicolas van der Meer, der EU-Consultant für die Erstellung der Ausschreibung und Teilnahme an der Angebotsevaluierung sowie Delphine Girardot, Projektmanagerin im Moskauer EU-TACIS-Büro, gelogen, obwohl das Gericht davor gewarnt hatte, sie bei Falschaussagen nach nationalem Recht zu bestrafen.

Selbstverständlich hätte er, so Viktor Leblanc, schon von Irgatec gehört, jedoch noch nie persönlichen Kontakt mit ihnen gehabt. Nicolas van der Meer dagegen behauptete entrüstet, niemals Hans Haberlands Firma besucht zu haben, wie könne er dann unterstellen, dass er Hans Haberland bei der Formulierung der Ausschreibung zweimal tagelang beraten und in Moskau Kontakte für ihn hergestellt habe! Delphine Girardot beschuldigte Hans Haberland sogar, die russische Seite drei Wochen lang mit Einladungen in teure Restaurants und Cash bestochen zu haben.

Wo sind Ihre Beweise?, habe der belgische Richter Hans Haberland gefragt. Sie haben nichts weiter als indirekte Indizien. Indizien seien keine Beweise und Vermutungen keine akzeptable Grundlage für eine Gerichtsentscheidung. Das müsste ihm doch klar sein! Und im Zweifelsfall bekomme nun mal der Angeklagte Recht.

Die Klage wurde Anfang 1998 zurückgewiesen und Hans Haberland mit den Gerichtskosten belastet. Da er am Ende seiner Kräfte war und die Mittel für qualifizierten Rechtsbeistand und den Einsatz professioneller Wirtschaftsdetektive fehlten, verzichtete er auf eine Revisionsklage. Die

Angebotserstellung, das ganze Drum und Dran in Brüssel und Luxemburg hatte die Firma an den Rand des Ruins gebracht. Nie wieder würde sie einen Zuschlag für ein EU-Projekt bekommen, da sie jetzt auf der Schwarzen Liste stand.

Hans Haberland legte beim deutschen EU-Botschafter, beim Bundesministerien für Ernährung, Landwirtschaft und Verbraucherschutz sowie beim Bundesministerium für Wirtschaftliche Zusammenarbeit und Entwicklung und dem Bundesministerium der Finanzen Beschwerde ein. Darüber hinaus bat er Transparency International sowie einflussreiche deutsche EU-Beamte und deutsche Politiker um Beistand. Man würde sich um die Angelegenheit kümmern, ließ man ihn wissen. Eine Antwort hat er nie bekommen.

IX. Moskau Oblast

Das Cottage am See
Samstag, 7. November 1998, 9:30 Uhr

Neuschnee und Morgensonne verzauberten die Cottage-Siedlung in eine glitzernd blauweiße Märchenwelt, als Alexander und Tatjana ihre Bleibe für die kommenden zwei Jahre bezogen. Das Cottage am Ufer eines hundert Hektar großen Sees war mit seinem gewaltigen Feldsteinkamin und den blütenweißen Spitzenvorhängen in den Fenstern Liebe auf den ersten Blick gewesen.

Auf dem See hockten bereits die ersten Eisfischer auf ihren Kisten, nur ein paar Kilometer von Alexanders Büro, 25 Kilometer südöstlich vom Moskauer Zentrum entfernt. Bald fühlten sie sich privilegiert, in dem neuen Zuhause zu leben, das sie mit kuscheliger Geborgenheit, reizenden Nachbarn und langen Spaziergängen durch lautlose Schneelandschaften und glühende Abendhimmel verwöhnte.

Gekochte oder pasteurisierte Milch
Mittwoch, 18. November 1998, 10:00 Uhr

Der Tag war noch finster und nasskalt, die Landstraßen noch schmutziger und elender als sonst, die Bäume nackt und Trübsal blasend. Schmutzfontänen vorbeirauschender Fahrzeuge raubten wehrlosen Menschen, die im Schneeregen auf den Bus warteten, den letzten Nerv. Mühsam quälte sich Alexanders 240 D durch verdreckten Schneematsch die Auffahrt zu SChPK Petrowskoje, einer ehemaligen Sowchose, entlang.

Boris Prokofiev, landwirtschaftlicher Betriebswirt und Direktor des Agrarunternehmens, schraubte sich ächzend aus dem wuchtigen Ledersessel hinter dem Wurzelholzschreibtisch des pompösen Büros mit Konferenztisch, elf Ledersesseln und einer eindrucksvollen Audiovideoanlage. Der PC stand in Reichweite. Fachbücher und Nachschlagwerke sowie Stapel wissenschaftlicher Journale und Fachzeitschriften drängten sich in den Bücherschränken.

»Du meine Güte, doch nicht schon wieder die Weltbank!«, rief er mit heller Stimme und dem verlegen strahlenden Grinsen des liebenswerten Jungen, der gerade etwas ausgefressen hatte, und küsste Alexander links-rechts-links auf die Wangen, bevor er ihn herzlich an die breite Brust drückte. »Willkommen auf meiner Ranch!«

Seit ihrem ersten Treffen im November 1991 war Boris noch fülliger geworden. Trotz seiner gutmütig wirkenden Art besaß er einen schlagfertigen Witz und hatte es faustdick hinter den Ohren. Ein Grund, warum sich die beiden von Anbeginn an gut verstanden.

»Grüß dich, Boris! Wie geht's dir auf deiner Ranch? Übrigens: Ich arbeite nicht mehr für die Weltbank.«

Boris' Augen verengten sich besorgt.

»Du arbeitest doch nicht etwa für die EU!?«, platzte er heraus, bevor er sich schwer in seinen mächtigen Ledersessel fallen ließ.

»Nein, für das von Deutschland finanzierte Milchberatungsprojekt.«

»Das klingt schon besser. Habe von dem Projekt schon gehört. Wie geht es Dr. Seitz? Und Dr. Ruthenberg? Ja, und wie geht es Hans Haberland und seinem Sohn Jürgen? Nicht zu vergessen Präsident Clinton und seiner Monika bei euch da drüben. Der arme Bill! Bin ja jetzt selbst Politiker und kann die Versuchungen bestens beurteilen, denen man auf diesem Posten ausgesetzt ist. Übrigens: Boris Jelzin möchte sogar, dass ich für die Duma[23] kandidiere. Was sagst du dazu?«

Eine rundliche Sekretärin mit lustiger Stupsnase brachte Tee, Zitronenscheiben, Zucker und Schweizer Pralinen. Das handgestrickte Wollkostüm mit dem liebevoll bestickten Stehkragen verstärkte noch ihre fraulichen Reize.

»Wie geht's mit Tatjana? Ich kenne sie. Herzlichen Glückwunsch!«, rief er fröhlich auf Deutsch und goss einen ordentlichen Schluck Hennessy in zwei Kristallschwenker. »Nu, Dr. Ott, budjem sdorowy!«

»Na sdorowje, Boris! Ich wusste gar nicht, dass du Deutsch sprichst.«

»Und ich wusste nicht, dass du auch ein praktischer Landwirt bist! Jetzt kann ich es dir ja sagen. Vor der Wende war ich drei Jahre lang an unserer Botschaft in Bonn und habe eure Tierhaltung studiert, vor allem betriebswirtschaftliche Aspekte, aber auch Selektionsverfahren. Ich habe immer noch zu vielen deutschen Tierzüchtern gute Kontakte. Zwischen uns gab es nie Grenzen. Wir Russen haben ja auch viel deutsche Genetik importiert. Meine ganze Herde ist deutscher Abstammung. Erst vor ein paar Tagen habe ich nochmals 90 hochtragende Färsen aus Niedersachsen bekommen. Sind noch in Quarantäne. Bis vor Kurzem habe ich auch Sperma importiert. Jetzt bekomme ich es ja von den Bullen, die uns euer

---

[23] Duma = Parlament der Russischen Föderation.

Landwirtschaftsministerium geschenkt hat. Meinst du, es sind wirklich gute Bullen? Mein Deutsch habe ich inzwischen vergessen. Aber eure Lieder, die kenne ich immer noch.«

Und dann sprudelte es nur so heraus. Und wie damals 1991 und danach, als Alexander im Auftrag der Weltbank und anderer Organisationen in Moskau zu tun hatte, begannen sie sich minutenlang gegenseitig auf die Schippe zu nehmen, bevor es zur Sache ging. Damals war Boris einer der wenigen Betriebsleiter, der sich für moderne Management- und Buchführungsmethoden interessiert hatte.

Das ist ja alles gut und schön, was du da sagst, pflegte er zu sagen, *aber die eigene Ökonomie muss halt auch stimmen!*

»Und wer bezahlt dich jetzt, Alexander?«

»Das deutsche Transformprogramm für die Staaten der ehemaligen Sowjetunion.«

»Dann habt ihr also kein Extra-Money wie die EU-Leute?«

»Wenn man ein gutes Produkt hat, braucht man kein Extra-Money!«

»Das wird deine Arbeit hier nicht gerade erleichtern«, nuschelte Boris nachdenklich. »Lass uns über dein Produkt reden.«

»Aufbau einer kommerziellen Milchproduktionsberatung für Großmilchviehbetriebe in der Oblast von Moskau und Umgebung«, antwortete Alexander. »Erstellung von Entwicklungsplänen für jeden Einzelbetrieb, Verknüpfung von Ökonomie und Produktionstechnik, monatliche Auswertung der erzielten Ergebnisse und zwischenbetriebliche Vergleiche mit dem Ziel der Selbstfinanzierung der Beratungskosten nach zwei Jahren.«

Boris sank immer tiefer in seinen Sessel.

Boris' Agrarunternehmen betrieb neben einer Bäckerei und einer Mini-Brauerei auch eine kleine Wurstfabrik. Ein Schweinestall reihte sich an den anderen, aber am meisten imponierten Alexander die Stallungen des renommierten Rinderstammzuchtbetriebes, aus denen schon so mancher russischer Besamungsbulle stammte. Daneben gab es einen Pferdestall mit über 100 für den Export nach Italien bestimmten Schlachtpferden. Besonders eindrucksvoll war aber der riesige Maschinenpark.

Stolz präsentierte ihm der passionierte Rinderzüchter Boris die 2400 Rinder starke Holstein-Friesian[24]-Herde einschließlich 1160 Kühen mit einem Stalldurchschnitt von etwa 4500 Liter Milch pro Kuh und Jahr, eine der höchsten Milchleistungen im Rayon[25] überhaupt. Die Stallwege und Kälberboxen waren weiß gekalkt, die Beleuchtung hell, das Stallklima gut

---

[24] Holstein-Friesian = Internationale Bezeichnung für das Schwarzbunte Milchrind.

[25] Rayon = Verwaltungseinheit, vergleichbar mit einem deutschen Landkreis.

und die sauber geputzten Kühe in ordentlichem Futterzustand. Es roch nach Desinfektionsmitteln und Silage akzeptabler Qualität.
»Was sagst du jetzt?«, strahlte Boris.
Eigentlich hätte Alexander ein Kompliment machen müssen. Aber als er trotz seiner Bitte nicht einmal einen Blick in die Milchküche werfen durfte, da diese gerade renoviert würde, platzte es aus ihm heraus:
»Ganz nett, aber in Deutschland hast du dir nicht allzu viel abgeguckt. Warum sind die Kühe immer noch angebunden? Selbst das Jungvieh hast du angebunden. Wo sind die Laufställe, wo die Melkstände?! Und die Kälber liegen immer noch vor den Müttern wie in der guten alten Zeit!«
»Wir desinfizieren gerade den Kälberstall«, entgegnete Boris sichtlich gekränkt.
»Wie lange schon?«
»Schon ziemlich lange.«
»Wie lange?«
»Ziemlich lange.«
Boris lächelte.
»Aber Alexander, hast du schon mal je in deinem Leben einen Moloch mit über 5000 Hektar und über 400 Angestellten plus ebenso vielen Rentnern gemanagt?«
Alexander errötete. Mein Gott, warf er sich vor, warum konntest du deine Zunge nicht im Zaum halten. Statt ihn zu ermutigen, hast du ihm zu verstehen gegeben, was für tolle Kerle wir in Deutschland sind und dass wir alles besser machen können.
Bei der Pasteurisierungsanlage wurde ihm umgehend die Quittung für sein vorlautes Verhalten präsentiert, denn hier wurde gerade weit unter Normtemperatur pasteurisierte Frischmilch in schwabbelige Halbliter-Plastikbeutel abgefüllt.
»Gekochte oder pasteurisierte Milch?«, schmunzelte Boris.
»Natürlich pasteurisierte«, entschied Alexander, um seinen Tritt ins Fettnäpfchen wiedergutzumachen.
Sekunden später erkannte er den neuerlichen Fauxpas, denn Boris und die inzwischen etwa fünfzehn Begleiter hatten allesamt für gekochte Milch optiert. Gleich würden sie auf den Nemez starren, wie der das bis zum Rand gefüllte Glas in sich hineinwürgte.
Wie die großen Brüder des kleinen Mickey in dem berühmten Mickey-likes-it-Fernsehwerbespot, die den jüngeren Bruder zum Testen der neuen Frühstücksflocken vorschoben, dachte Alexander.
»Gleich geht's zum Mittagessen«, ermunterte ihn Boris, »und dann werden hundert Gramm Wodka ihre schützende Hand über dich legen.«

Jurij Kusnezov wartete bereits, als sie durch die dick gepolsterten Doppeltüren in Boris' Büro traten. Seit ihrem ersten Treffen 1991 hatte sich zwischen ihm und Alexander ein inniges Verhältnis entwickelt. Damals arbeitete Kusnezov als Aspirant am Forschungsinstitut für Tierproduktion in Dubrovitsy/Podolsk bei Moskau an einer Arbeit zur Zuchtwertschätzung beim Milchrind. Damals hatte er noch perlweiße Zähne und war ein durchtrainierter, erfolgreicher griechisch-römischer Ringer im Halbschwergewicht. Heute bekleidete er die Stelle des Direktors einer staatlichen Züchtervereinigung, die unter anderem Sperma von zuchtwertgeprüften Bullen aus Deutschland gewann und in ganz Russland vertrieb. Darüber hinaus führte sein Unternehmen Milchqualitätskontrollen durch und erfasste Leistungsdaten zur Zuchtwertschätzung. Ohne Kusnezovs Unterstützung und Kontakte wäre Alexanders Projekt bei Weitem nicht so schnell in Gang gekommen.

Dubrovitsy/Podolsk bei Moskau
Dienstag, 5. November 1991, 15:12 Uhr

Nach dem offiziellen Mittagessen in einer staatlichen Gaststätte, in der in etikettenlosen Halbliter-Mineralwasserflaschen getarnter Wodka kursierte, um Michail Gorbatschows mittäglichem Alkoholverbot zu entgehen, schob Kusnezov Alexander in ein dunkles Separee und goss mehr als einen gut gemeinten Schuss Wodka in zwei Wassergläser.
»Sto gramm, Dr. Ott, für die Bekanntschaft!«, lächelte er treuherzig.
»Nein danke, wir hatten schon viel zu viel davon beim Mittagessen«, wehrte Alexander ab.
»Dr. Ott, woy menja uwashaete? Warum respektieren Sie mich nicht?«
»Wie könnte ich Sie nicht respektieren?!«
»Nu, tak dawaj, na dann los«, grinste Kusnezov, erhob sein Glas und zwinkerte auffordernd.
»Natürlich respektiere ich Sie«, sagte Alexander zunehmend verunsichert. »Vielleicht später. Wollten wir nicht etwas besprechen?«
»Dr. Ott, zuerst ein Beitrag zum gegenseitigen Respekt«, sagte Kusnezov in einem Ton, der keinen Widerspruch duldete. »Also, na sdorowje.«
Und dann kugelten sie sich vor Lachen. Endlich hatte Alexander begriffen. Kusnezov schenkte umgehend nach. Es war allerbester Wodka.
Nach der zweiten Halbliterflasche hatte sich ihr gegenseitiger Respekt in aufrichtige Zuneigung verwandelt, und Alexanders Befürchtungen über den desolaten Stand der russischen Tierproduktion fanden sich bestätigt.
»Dr. Ott, man hat Ihnen nicht alles so ganz richtig erklärt«, hatte Kusnezov

gebeichtet. »Auch das genetische Potenzial unserer Nutztiere ist schlecht, nicht nur die Fütterung und Haltung. Mit Ausnahme der DDR hatte der gesamte Ostblock keinen einzigen Bullen, dessen Zuchtwert nach internationalen Standards geschätzt wurde. Moderne Populationsgenetik kennen wir nicht. Wir selektieren immer noch nur nach Eltern- und Großelternleistungen, vor allem der Mutterleistung sowie ein paar Exterieurmerkmalen unter den guten Bedingungen privilegierter Stammzuchtbetriebe. Der im Westen gemachte genetische Fortschritt der vergangenen Jahrzehnte ist an uns vorbeigegangen. Die meisten unserer Rinder sind nichts weiter als verbesserte Landrassen. Ähnlich sieht es bei Schweinen aus. Hybridzucht bei Hühnern kennen wir nicht.«

Obwohl ihm das alles bereits Dr. Seitz angedeutet hatte, war Alexander dennoch überrascht. Dann hatten also die zwölf Millionen Dosen Sperma ihres Zentrums für künstliche Besamung genetisch kaum mehr als westliches Vorkriegsniveau! Noch schlimmer, sie produzierten immer noch dieses Zeug und besamten damit ihre Rinder!

»Unsere Experten wollen das nicht zugeben«, fuhr Kusnezov fort. »Wir besamen mit Lada, ihr mit Mercedes. Unser genetisches Potenzial sei bereits zu hoch für unsere kargen Fütterungs- und Haltungsbedingungen, behaupten sie. Dr. Ott, sind die Leistungen unserer Nutztiere wirklich zwei- bis dreimal niedriger als im Westen?«

»Ja.«

»Und die Milchqualität?«

»Eine Katastrophe.«

Er hieße Jurij, sagte er, aber seine Freunde würden ihn Kusja nennen.

Er sei Alexander.

Leider könne er am Montag nicht zum Seminar kommen, bedauerte Boris Prokofiev, weil er Wahlkampagne machen müsse. Jelzin sei auch da. Wenn Dr. Seitz hinter dem Projekt stünde und Hans Haberland mitmachte und auf seinem Betrieb bei Halle ein paar seiner Leute fortbilden könne, sei er schon eher interessiert. Doch für Beratung auch noch zu zahlen, das könne er nicht.

Was nichts koste, sei auch nichts wert, stichelte Kusnezov. Das sei eine alte Binsenweisheit. Das träfe ja wohl auch auf die neue Armbanduhr zu, die er trage, oder?

Bis kurz nach 19 Uhr diskutierten sie über die Milchviehhaltung in der Oblast und darüber, wie er, Boris Prokofiev, als ehrenamtlicher Präsident des mit deutscher Unterstützung gegründeten Holstein-Friesian-Zuchtverbandes die Mitglieder zur Teilnahme am Projekt motivieren könne.

Anschließend gingen sie in die Banja[26]. Bei Sakuska und hauseigenem Bier eröffnete Boris das Singen.

---

[26] Banja = russische Sauna.

»Du hast Glück bei den Frauen, Belami. Du hast Glück bei den Frauen, Belami ...«

»Wir haben unseren ersten Klienten«, lallte Kusja, nachdem sie sich gegen 22 Uhr verabschiedet hatten. »Er mag die deutschen Rinderzüchter, allen voran Hans Haberland und Dr. Seitz. Weißt du, Boris tanzt immer noch auf allen Hochzeiten. Nun mischt er sich auch noch in die hohe Politik ein. Alter Schwätzer. Doch er ist nun mal Präsident unseres Zuchtverbandes. Er ist ein schlauer Fuchs. Aber tief da drinnen sitzt ein verdammt guter Kerl.«

Die Wunderkuh
Freitag, 20. November 1998, 12:40 Uhr

Wie auf einer Landepiste, an deren Ende eine ganze Kleinstadt liegt, näherte sich Alexander SAO Spartak, einem ehemals zwischenbetrieblichen Milchkomplex, hinter dem sich eine regelrechte Fabrikanlage mit gewaltigen Futtersilos und zahlreichen Plattenbauten verbarg. Alles war grau, obwohl die fahle Mittagssonne den Neuschnee bläulich färbte und das Kraftwerk am Horizont einen heiteren, leicht nach Osten hin verschobenen Atompilz in den grau-violett schattierten Himmel hineinblies.

»Sie benutzen noch ein Melkkarussell aus der DDR«, erläuterte Gennadij Smolinski, Alexanders Stellvertreter. »Dank Michail Jakubowski, dem Direktor, ist Spartak einer der besten Stammzuchtbetriebe Russlands mit einem Stalldurchschnitt von vielleicht 5000 Liter Milch bei 1800 Kühen. Er leitet den Betrieb seit 18 Jahren. Die Leute behandelt er stets mit Respekt, er verspricht nur, was er halten kann, bezahlt rechtzeitig, spricht nicht schlecht über andere und braucht daher nie viel zu sagen, um seine Leute zu motivieren. Er ist ein ziemlich miesepetriger Typ, aber ein wirklicher Fachmann auf dem Gebiet der Milchviehhaltung. Er hätte es auch in den USA zu etwas gebracht. In dem Betrieb ist er, wie wir Russen sagen, Zar, Gott und Oberkommandierender der Armee in einer Person. Er fährt einen Zwölfzylinder-BMW und sponsert einen Fußballklub.

In den letzten Jahren hat er den Betrieb in eine Aktiengesellschaft umgewandelt, an der die Mitarbeiter beteiligt sind. Er hat nach der Perestroika schnell begriffen, dass man, um erfolgreich zu sein, Stabilität und westliches Know-how braucht. Daher investiert er viel Zeit und Mittel, um die Oblast- und Rayon-Verwaltungen und kriminellen Strukturen freundlich zu stimmen sowie Technologie und Managementmethoden aus dem Westen anzuwenden.«

Jakubowski kam ihnen entgegen. Der durchdringende, leicht melancholische Blick, die hohlen Wangen, die tragende Stimme verschafften ihm sofort Alexanders neugierige Zuneigung.

Wortkarg gingen sie durch den Betrieb.

Kein umgänglicher Typ, dachte Alexander. Als er sagte, er würde sich freuen, mich kennenzulernen, sah ich nichts von dieser Freude in seinem Blick. Aber er hat seinen Betrieb einigermaßen in Schuss und offensichtlich immer noch gute Kontakte zur ehemaligen DDR. Er füttert die Kühe wie Schweine mit Tonnen von nicht gerade gutem Kraftfutter als Kompensierung für das überraschend schlechte Grundfutter. Damit kann er keinen Reibach machen. Die Milchqualität müsste in Ordnung sein, denn er beliefert Danone. Ich wünschte, wir könnten mit ihm arbeiten.

Und eh er sich's versah, wurde er auch schon getestet. Denn da stand Viktoria im separaten Laufstall, die beste aller Bullenmütter in der Oblast und Liebling des renommierten Professors Suvorov, der bei der Bullenselektion immer noch ein gewichtiges Wort mitzureden hatte.

»Was sagen Sie zu der Kuh? Weit über 10 000 Liter pro Laktation«, sagte Jakubowski abschätzig und zündete sich eine Kent an.

Jetzt nur keinen Fehler machen!, dachte Alexander. Wenn du jetzt einen Fehler machst, hast du es ein für alle Mal versaut.

Verzweifelt suchte er nach einer Stalltafel, um mehr über diese Wunderkuh zu erfahren. Es gab keine. So wartete er, höchst konzentriert wie immer, wenn er in Bedrängnis war, unter den Begleitern auf ein Signal von lebenswichtiger Bedeutung. Er sollte nicht lange warten müssen: Ein etwas abseits stehender, unglaublich jung aussehender Mann mit runden Brillengläsern und einem Stethoskop in der Brusttasche glotzte ihn unverwandt an, strich sich mit dem Handrücken mehrmals über die Kehle, legte warnend den Finger auf den Mund und ließ dabei das Kinn hochschnappen.

»Wie alt ist die Kuh?«, fragte Alexander.

»Neun«, antwortete der Hauptzootechniker.

Als wolle er der Kuh etwas ins Ohr flüstern, beugte sich Alexander über ihren Kopf, räusperte sich und sagte mit fester Stimme:

»Dann würde ich sie zum Schlachthof bringen.«

Fast alle Anwesenden murmelten zustimmend.

»Ich werde die da oben davon überzeugen, dass die Kuh endlich wegkommt«, sagte Jakubowski freudlos. »Ich könnte Ihre Hilfe vielleicht doch gebrauchen. Seit sechs Jahren haben wir so einen Computer da oben. Habe ihn von den Amerikanern fürs Herdenmanagement bekommen. Wir kommen damit nicht klar. Wir hätten zu viele Tiere für das Programm, sagen meine Leute. Es würde nur für die kleinen Herden der amerikanischen Familienbetriebe funktionieren. Wir brauchen ein Programm, das meine Leute handhaben können.«

»Wir könnten Ihnen ein aktuelleres Programm geben, das neben Herdenmanagement auch betriebswirtschaftliche Aspekte berücksichtigt«, schlug Alexander vor.

»Ich bin daran interessiert«, nickte Jakubowski, zündete sich am Stummel seiner Zigarette die letzte Kent an und warf die zerdrückte Packung despektierlich in die Einstreu der Wunderkuh.

Vier Stunden später saßen sie noch immer in Jakubowskis Kontor.

»Ich werde mit meinen Leuten zum Seminar kommen«, versprach er beim Abschied und legte seine Stirn in tiefe Falten.

»Wie haben Sie herausgefunden, dass die Kuh zum Schlachter muss?«, fragte Gennadij Smolinski.

»An den Kerben in den Hörnern. Sie hatte in ihren neun Jahren lediglich vier Kälber.«

»Aga! Übrigens, Jakubowskis Reaktion beim Abschied verriet mir, dass wir soeben unseren zweiten Klienten gewonnen haben.«

»Ruhe, meine Babonki[27], Ruhe!«
Montag, 23. November 1998, 7:45 Uhr

Eine markige Kaltfront fegte schon seit Tagen kalte, köstlich saubere Luft durch Moskowskoje Oblast. Schneegestöber jagte über die Piste, die zu APK Rasswet im Dorf Shukowo führte.

»Vergangene Woche haben wir zwei privilegierte, immer noch stark subventionierte Zuchtbetriebe mit moderner Technologie und Genetik besucht«, bemerkte Gennadij Smolinski. »APK Rasswet dagegen ist ein typischer Durchschnittsbetrieb, eine ehemalige Kolchose, mit etwa 600 Kühen und viel zu wenig Nachzucht, aber repräsentativ für die meisten Milchproduzenten in der Oblast. Ich schlage vor, morgen zwei Betriebe zu besuchen, denen ohne massive Unterstützung nicht mehr zu helfen ist. Bislang lebten sie von den Subventionen pro Kuhplatz und hatten daher die Ställe voll mit unproduktiven Kühen. Nun sind die Subventionen weg, und die Belegschaften haben so ziemlich alles verscherbelt oder geklaut. Selbst einen Teil der landwirtschaftlichen Nutzfläche haben sie verkauft.«

»Wir werden unsere Zeit nicht mit solchen Betrieben verlieren, aber APK Rasswet interessiert mich«, sagte Alexander.

Ein unbarmherziger Windstoß peitschte beim Aussteigen würgende Kälte ins Gesicht. Das Atmen brannte in der Nase. Sie kamen zu einer

---

[27] Babonki = Mädels, etwas burschikoser Begriff für ältere Frauen.

ungünstigen Zeit. Die etwa 30 Melkerinnen in wattierten Steppjacken, Gummistiefeln und bunten Kopftüchern waren gerade dabei, sich Fjodor Poljakow, Direktor des Unternehmens, vorzunehmen.

»Ruhe, meine Babonki, Ruhe!«, polterte der schwergewichtige Mittfünfziger aus einem Mund voll blitzender Goldzähne. »Seht ihr nicht, wir haben Besuch!«

»Sind das Natschalniks, Chefs, aus der Oblast?«, krächzte eine ältere Frau, Brigadeleiterin Lidija, wie Alexander später erfuhr.

»Nicht aus der Oblast! Aber das erzähle ich dir später, wer das ist. Wollt ihr jetzt reden, Mädels, oder nicht? Dann lasst uns reingehen«, rief er und schob seine Besucher hinter den Melkerinnen her.

Durch einen langen dunkelgrünen Korridor gingen sie in den unbeheizten Sitzungssaal. Ein großer Aeroflot-Kalender mit hübschen Frauen und ein Poster mit zwei Kätzchen in einem Korb brachten etwas Freude in den dunkelbraun getäfelten Raum.

»Was gibt's denn heute schon wieder für Probleme?«, zischte Poljakow schlecht gelaunt, denn er wusste, heute würde es wieder mal zu einem langen Bazar kommen, bei dem er die aufgebrachten Damen besänftigen musste. Ausgerechnet heute! Schließlich wollte er sich um den Nemez kümmern, mit dem er sich vor ein paar Tagen zusammen mit Jurij Kusnezov lange unterhalten hatte.

»Warum« produziert ihr immer weniger Milch?«, herrschte er sie herausfordernd an. »Wie kann ich euch mehr bezahlen, wenn ihr Minus mit der Milch macht!«

»Wasiljewitsch«, beschwichtigte ihn Lidija. »Futter haben wir ja noch. Aber die Qualität ist unter aller Kanone, das Heu schimmelig, die Silage teilweise verfault. Hätten wir nur gutes Futter! Im letzten Jahr hatten wir um diese Zeit vier Kilogramm mehr Milch pro Kuh und Tag. Ich mache mir auch Gedanken, ob das Futter überhaupt bis Mai reicht. Guck mal, wir alle arbeiten hart. Aber was kann man machen, wenn das Futter nichts taugt?! Zwar hast du alle sterilen Kühe verkauft, aber nichts Junges zugekauft. Und dann auch noch die Probleme mit den Eutern und der Mortalität, vor allem bei den Kälbern.«

»Und was ist mit der vielen Arbeit beim Anmelken der Erstkalbinnen?«, mischte sich eine junge Melkerin forsch ein. »Ich habe fünf in meiner Gruppe. Niemand will sie haben! Warum wird die viele Extra-Arbeit nicht auch extra bezahlt? Außerdem geben sie nur wenig Milch, weil sie zu leicht sind. Aus denen wird nie eine gute Kuh!«

»Das Kraftfutter ist wieder mal hundsmiserabel«, beschwerte sich eine rundliche Melkerin, den Blick auf den Boden heftend. »Nichts als Kleie, und dann auch noch verschimmelt! Mineralsalz bekommen wir schon seit

Monaten nicht mehr. Nach dem Kalben geht viel Kalzium in die Milch. Was sollen wir nur machen, Wasiljewitsch?«
Sichtlich genervt hörte sich Poljakow alles an. Es war nichts Neues für ihn. Er hatte es schon tausendmal gehört. Was konnte er schon machen? Der Betrieb ging immer tiefer in die roten Zahlen, vor allem seit die Subventionen nach der Privatisierung aufhörten. Tagtäglich galt es, eine Krise nach der andern zu meistern.
Er hatte viel Verständnis für seine Mädels, die trotz der Widrigkeiten weitermachten. Der Lohn hing vom Milchertrag, den aufgezogenen Kälbern und Gewichtszunahmen ihrer Tiergruppe ab. Im Sommer, wenn es Grünfutter und Weide gab, lief es noch so einigermaßen. Aber im Herbst sanken die Milcherträge rapide, vor allem zum Frühjahr hin, wenn das Futter immer schlechter wurde und beinahe ausging. Seine langjährige Erfahrung würde ihm jetzt dabei helfen, seine Mädels wieder einmal mit väterlichem Zuspruch und einigen guten Nachrichten zu beruhigen. Sie brauchten nun mal ab und zu diesen Bazar. Er brauchte sie, und sie brauchten ihn, um das mickrige Einkommen mit indirekten Zuwendungen aufzustocken: mal ein Säckchen Kraftfutter, mal ein Glas Sahne aus dem Milchtank oder Hilfe bei schweren Transporten. Poljakow drückte stets beide Augen zu, solange es im Rahmen blieb.
Er klatschte in die Hände.
»Also Mädels, beim Gewerkschaftskomitee gibt's wieder Gutscheine fürs Sanatorium. Man muss nur zehn Prozent selbst bezahlen.«
»Oh Wasiljewitsch!«, quietschte eine Melkerin. »Wer von uns kann schon drei Wochen lang im Sanatorium Urlaub machen? Wer passt auf die Kinder auf und wer auf den Mann?«
»Wieso auf den Mann? Ist er nicht groß genug, auf sich selbst aufzupassen?«, stellte sich Poljakow dumm.
»Ihr Männer seid ja wie Kater. Ihr gehorcht nur so lange, wie es was zu fressen gibt. Wenn ich mal wegfahren würde, geht er auf die Seite! Hör mir auf mit den Männern!«, fauchte sie. »Die Mechaniker haben immer noch nicht die Entmistungsanlage repariert. Das Abflussrohr auf meiner Seite ist schon seit Wochen verstopft. Die Soße läuft mir beinahe in die Stiefel!«
»Beruhige dich«, schnauzte Poljakow. »Was kann ich machen, wenn die Teile nicht mehr zu kriegen sind? Und um dein Scheißabflussrohr muss ich mich eben auch noch selber kümmern!«
Unsicher um sich schauend ergriff eine ältere Melkerin das Wort:
»Wasiljewitsch, ich habe eine Bitte: Kannst du uns deinen Wolga leihen? Meine Nastja heiratet in vierzehn Tagen. Da wollen wir sie und den Bräutigam zum Standesamt fahren.«

»Wieso mitten im Winter?«, polterte Poljakow. »Wieso gerade jetzt, wo uns der Sprit ausgeht? Warum nicht im Frühjahr, wenn das Wetter schön ist und wir wieder Diesel für die Saatkampagne kaufen können? Kann man da nicht abwarten?«
»Abwarten? Anders können wir nicht. Der Bauch ist schon da.«
»Hm, und wer ist er?«
»Der Sohn der Marusja vom SELPO-Dorfladen, der auf dem landwirtschaftlichen College studiert.«
»Na ja, dann sollst du den Wolga halt haben«, rieb sich Poljakow grinsend den Nacken. »Und dein zukünftiger Schwiegersohn – vielleicht arbeitet er mal bei uns.«
Eine andere Melkerin kam mit Papieren zur Unterschrift.
»Was ist das?«
»Ein Antrag auf Ziegelsteine. Wir wollen an unserem Haus einen Flügel anbauen.«
»Aga, warum brauchst du das? Um noch mehr Brotschnaps zu brennen? Brauchen wir denn noch eine Schnapsbrennerei im Dorf? Haben wir nicht schon genug davon?«, lachte Poljakow halb vorwurfsvoll, halb scherzend.
»Nein, Wasiljewitsch, damit wollen wir ein Zimmer für den Sohn und die Schwiegertochter anbauen. Und wenn wir fertig sind, kommst du zum Schaschlik.«
»Dann nehmt euch halt den alten Kamaz«, zuckte er mit den Schultern.
Lidija, die Vorarbeiterin, näherte sich dem Boss und schaute sich mehrmals absichernd um, bevor sie ihm etwas ins Ohr flüsterte. Daraufhin wurde Poljakow sehr nachdenklich.
»Komm morgen mit dem Hauptzootechniker und dem Veterinär zur Lagebesprechung ins Kontor. Dann reden wir darüber«, sagte er sichtlich betroffen.
Kurz vor elf, als endlich alles abgehakt war, wandte er sich an seine Besucher:
»Sind sie nicht glückliche und zufriedene Frauen? Auf, Mädels«, rief er ihnen aufmunternd zu, »sagt den beiden, dass ihr mit eurer Arbeit und der Bezahlung glücklich und zufrieden seid. Kommt schon, sagt es den beiden!«
Sie schwiegen betreten lächelnd. Nur die junge Forsche nuschelte düster:
»Wasiljewitsch, uns ist nicht zum Lachen, uns ist zum Kotzen.«

Wie mit einer Drahtbürste bearbeiteten stechende Eiskristalle ihre Wangen, als sie zu den Stallungen schlidderten. Ein fluchender Traktorist hatte eine fauchende Lötlampe unter den Motorblock des Traktors platziert und wartete mit überfrorenen Augenbrauen auf ein Wunder.

In Begleitung der führenden Angestellten gingen sie durch düstere Anbindeställe mit 200 Kuhplätzen pro Stall und Eimermelkanlagen. Ammoniak stach in die Nase. Sämtliche Rinder waren Holmogorskaja, russische Schwarzbunte, mit mehr oder weniger hohem Holstein-Friesian-Anteil und somit etwa einem Drittel niedrigerem Kuhgewicht und genetischem Potenzial zur Milchproduktion als moderne Milchrinder, und waren in bedauernswerter Körperverfassung und stark verschmutzt. Melk- und Kühltechnik waren desolat, die Silage drittklassige Qualität, das Heu überständig, und die Sorge der Melkerinnen, das Futter könne zum Frühjahr hin ausgehen, erschien durchaus berechtigt.

Die heillos unterernährten Kälber schauten die Besucher mit traurigen Augen an. Sie durften nur ans Euter, um den hageren Müttern nach dem Melken auch noch den letzten Tropfen Milch zu rauben. Milchaustauschfutter gab es nicht. Es roch penetrant nach Kälberdurchfall. Die Kälbersterblichkeitsrate lag bei 50 Prozent. Smolinski behielt es für sich, dass ein Großteil der »verendeten« Kälber als Naturalzahlung herhalten musste. Die Entmistungsanlage funktionierte nur teilweise, die Dunglage war eine einzige Umweltkatastrophe.

Was für ein absoluter Saustall!, dachte Alexander. Wie kann man nur Tiere derartig niederträchtig ausbeuten! Trotz Thermo-Unterwäsche, Lammfelljacke, Ohrenschützern unter der Pelzmütze und mit Fell gefütterten Moonboots mit Gore-Tex-Membrane war ihm saukalt. Ob er je wieder seine Farm in den USA sehen würde?, fragte er sich. Morgen sollte die Temperatur noch weiter fallen! Bis auf minus 35 Grad. Hoffentlich halte ich das durch!

Es gäbe noch viel lausigere Betriebe als diesen, meinte Poljakow beim Mittagessen. In einigen Betrieben seien die Tiere bereits jetzt nur noch Haut und Knochen. Wenn sie sich nur eine gute Futtererntemaschine leisten könnten, eine gebrauchte Claas aus Deutschland oder zumindest eine Fortschritt aus der DDR, dann wäre schon viel gewonnen!

Das Hauptproblem seien jedoch die Leute. Es sei immer schwieriger, jemand für die Arbeit auf dem Lande zu finden, besonders für die Tierproduktion. Die jungen Leute hauten einfach ab. In Moskau gäbe es heutzutage eben bessere Jobs. Wenn jemand dann doch komme, seien es Leute, die woanders keine Arbeit fänden. Was sollte er machen, wenn die Tierpfleger und Melkerinnen total besoffen in der Futterkrippe lägen? Dann müssten eben die Vorarbeiter und die Zootechniker ran.

Woher hätten die denn das Geld für den Wodka, wollte Alexander wissen.

Das sei auch so eine Sache. Wodka könnten sich viele kaum leisten. Aber in jedem Dorf gäbe es eine Natalja, die Schnaps brenne. Auch alte

Babuschkas brennten Schnaps. Mit der Rente kämen sie ja kaum über die Runden. Und schließlich bräuchten sie jemanden mit einem Pferd für die Kartoffeln. Auch der Mann von Lidija, der Brigadeleiterin, sei so ein Fall. Er könne einfach alles: Dächer reparieren, Öfen und Kamine bauen, eben alles. Früher machte er das in der Freizeit und wurde dafür mit Schnaps und Wodka bezahlt. Er trank kaum einen Tropfen. Aber dann ... Bis vor kurzem war er noch Lastwagenfahrer, und jetzt gehörte er zur Mistbrigade. Man wisse nie, ob er überhaupt zur Arbeit käme.
Warum er ihm nicht kündige?
Im Prinzip hätte sich ja nicht viel geändert. Lidijas Mann blieben ja nur noch zwei Jahre bis zur Rente. Ob er das verstehen könne? Lidija schätze er sehr. Sie sei sehr gewissenhaft, und ihre Mädels ja auch fleißig. Schade, dass die alle nicht mehr so ganz jung seien. Wenn sie in Rente gingen, seufzte er, wisse nur Gott, was dann auf ihn zukäme.
Sto Gramm nach dem Mittagessen?
Nein danke, nicht während der Arbeit.

Gegen 19 Uhr verabschiedeten sie sich.
Es sei wieder ein langer Tag gewesen, konstatierte Smolinski.
Er sei bis auf die Knochen durchgefroren, meinte Alexander. Gott sei Dank habe das Auto eine gute Heizung! Dass dieser Poljakow trotz des attraktiven Milchpreises pleite sei, überrasche ihn nicht. Er würde sich zunehmend dekapitalisieren, wenn er sich nicht zusammenrisse.
Die Milchleistungen und täglichen Zunahmen seien dreimal geringer als im Westen, der Fettgehalt niedrig, die Milchqualität höchstwahrscheinlich erbärmlich – er würde das demnächst testen –, die Fruchtbarkeit betrüge wohl kaum mehr als 60 Prozent, wenn man den Daten überhaupt glauben könne; die Sterblichkeit sei viel zu hoch, besonders bei den Kälbern. Das Futter sei miserabel und der Preis des lausigen Kraftfutters unverständlich hoch. Würde man da noch auf Qualität korrigieren, wären die Futtermittel stark übertreuert.
Die Zahl der Stallarbeiter, fuhr Alexander fort, sei im internationalen Vergleich fünfmal zu hoch. Rechne man die Schlepperfahrer, Mechaniker, Feldarbeiter und die vielen Trittbrettfahrer anteilmäßig hinzu sowie die indirekten Zuwendungen, lägen die Arbeitskosten trotz der niedrigen Einkommen wesentlich höher als im Westen.
Nicht doch, unterbrach ihn Smolinski. Pro Kuheinheit seien diese immerhin um einiges niedriger als in den USA.
Und pro Liter Milch, Gennadij?
Eben, das sei das Problem.
Langfristig gehöre die Zukunft der Milchwirtschaft den Billiglohnlän-

dern, begann Alexander zu dozieren. Und sie gehöre den Großbetrieben, die eine Fünftage-Woche und Urlaub bieten könnten. Welcher Bauer in Deutschland würde in zehn, zwanzig oder dreißig Jahren noch dazu bereit sein, 365 Tage pro Jahr zwei bis dreimal pro Tag in den Stall zu gehen? In Russland hätten sie einen klaren Standortvorteil, es sei denn, die Milchviehhaltung ließe sich eines Tages voll mechanisieren.

Aber was ihn immer wieder auf die Palme brächte, sei, dass man diesem Poljakow und seinen Leuten jede Information regelrecht aus der Nase ziehen müsse, selbst die selbstverständlichsten Zahlen und Fakten! Darüber hinaus sei die Buchführung nebulös. Betriebszweigabrechnung schienen sie nicht zu kennen. Hätte er, Smolinski, nicht mal immer wieder dazwischen gefunkt, würden sie noch um Mitternacht in Poljakows Kontor hokken. Das sei wirklich ein großes Problem, erklärte Smolinski. Er sei ja selbst ein Jahr lang in Madison, Wisconsin und mehrmals in Deutschland gewesen. Fragte er dort einen Farmer nach der Größe des Betriebes oder der Viehbestände und Erträge, bekam er meistens eine ehrliche, kurz und bündige Antwort. Und dieser wüsste genau, wie viel er mit der Milch verdiente. Ihre Leute dagegen müssten noch viel lernen. Sie hätten ja nie unter Konkurrenzdruck rentabel arbeiten müssen. Außerdem hätten sie noch nie mit landwirtschaftlichen Beratungsdiensten zu tun gehabt. Alle Betriebe hätten ihre eigenen Spezialisten – viel zu viele. Oftmals gäbe es mehr Chiefs than Indians, wie die Amerikaner sagen. Sie glaubten immer noch, keine Spezialberatung von außen zu brauchen. Man müsse mit ihren Leuten viel Geduld haben. Man sei eben in Russland. In Russland sage man, hundert Kilometer seien keine Entfernung und hundert Gramm Wodka seien kein Wodka.

Ja, ja, er wisse das, brauste Alexander auf, und hundert Jahre seien keine Zeit. Sie müssten das ändern. Sie würden ihre Klienten zu regelmäßiger Datenerfassung und betriebswirtschaftlichem Denken anhalten. Poljakow und seine Leute seien gute Leute. Er würde gern mit ihnen arbeiten. Er sei glücklich, dass sie das Projektkonzept für ihren Betrieb anwendbar fänden, deshalb wünschte er sich so sehr, dass sie mitmachten.

Ich muss aufpassen, dass er nicht abhebt, dachte Smolinski, als er seinem Apartment entgegenschlurfte. Er kennt sein Fachgebiet. Er beobachtet gut und lernt schnell. Er hat einen guten Sinn für Humor, und er trägt die Nase nicht zu hoch. Das ist vielleicht das Wichtigste für unsere Leute. Er ist motiviert und voller Optimismus. Wie sonst könnte er sich wünschen, ausgerechnet diesen Poljakow mit ins Boot zu nehmen! Überall, wo er bislang hinkam, ist er auf Interesse gestoßen. Ich muss verhindern, dass er zu forsch vorpresst und bei unseren Leuten aneckt. Ich mag diesen

Amerikanski. Und außerdem ist er noch ein Deutscher. Das ist eine gute Kombination. Wir müssen so viel wie möglich aus ihm und seinen Leuten herausholen.

»Hundert Jahre«, murmelte er, als er die unzähligen Stufen zu seinem Apartment hochkeuchte, »sind in Russland keine Zeit und hundert Gramm sind kein Wodka ... Deshalb brauche ich jetzt erst mal einen.«

Wie eine große Melkmaschine
Montag, 7. Dezember 1998, 16:45 Uhr

Eingekeilt in drängelnde Fahrzeuge fuhren Kusja Kusnezov und Alexander nach dem Vorstellungsgespräch beim Russischen Landwirtschaftsministerium im Schneckentempo die Orlikov-Gasse und Sadowaja-Spasskaja entlang.

»Mein Gott, dieser Verkehr!«, stöhnte Alexander. »Bald habt ihr in Moskau mehr Autos als Menschen.«

»Ja«, strahlte Kusja, »Moskau ist wie eine große Melkmaschine, die alles in sich hineinsaugt, all das Geld aus dem Öl und Gas, alles Gute und alles Schlechte aus unserem Land. Um die dreißig Milliardäre sollen hier leben, mehr noch als in London oder sogar New York. Überall dieses Protzen und Prunken, diese Sucht nach Luxus und Genuss und gleich daneben entsetzliche Armut und Trostlosigkeit! Siehst du die vielen Mercedes, je größer, desto besser, möglichst 600er! Moskau, sagt man, sei die Hauptstadt mit den meisten Mercedes. Da, der nagelneue Porsche neben uns, eijeijei! Dort der Toyota Landcruiser! Gleich daneben der Saporoshez, der aus dem letzten Loch pfeift, und die beiden Schigulis vor uns! All das Altmetall, das sich unsere Leute aus Deutschland holen! Dort drüben auf der Gegenfahrbahn gleich vier Range Rover mit abgedunkelten Scheiben und Blaulicht. Haben gut und gerne ihre achtzig Sachen drauf! Siehste, selbst auf dem Gehsteig fahren die! Zebrastreifen, rote Ampeln oder abbiegende Busse kennen die nicht. Jeder Russe hasst sie!«

»Wie sehr sich das alles verändert hat, Kusja, seit unserer ersten Begegnung im November 1991. Damals war alles düster und grau, jetzt habt ihr eine moderne Metropole daraus gemacht. Die prunkvoll restaurierten Gebäude, die Luxusartikel in den Geschäften, all die Leuchtreklame. Und die vielen Baustellen! Die Menschen hasten noch schneller über die Straßen als damals. Doch an ihren düsteren Mienen, scheint mir, hat sich nichts geändert. Im Verkehr gilt immer noch das Recht des Stärkeren, und die Fahrer fluchen immer noch wie die Rohrspatzen. Wie wird das alles in zehn, zwanzig Jahren aussehen?«

»Ja, Moskau hat sich ganz schön gemausert. Aber du wirst sehen, im Landesinnern läuft es zurzeit noch viel langsamer, mit Ausnahme von St. Petersburg. Ich bin froh, dass wir außerhalb Moskaus arbeiten und nicht in diesem Monstrum. Bis zu 14 Millionen Menschen sollen hier jetzt leben, einschließlich drei, vier Millionen ohne Aufenthaltserlaubnis und zehn- bis fünfzigtausend obdachlose Kinder. Ich mag diese Hektik nicht und diesen Auspuffgestank! Und es wird von Tag zu Tag schlimmer. Aber sie brauchen unsere Milch, die Moskvitchi, viel Milch! Das ist gut für das Projekt.«

»Es gefiel mir nicht«, warf Alexander ein, »wie uns der Stellvertretende Minister aus dem Sitzungssaal hinauskomplimentierte, als der Chef der französischen Consultingfirma mit den EU-Leuten auftauchte. Das war unfair und nicht gerade höflich! Kusja, ich habe Zweifel, ob sie uns hier überhaupt wollen. Ich habe Angst, dass das Projekt bereits von vornherein zum Misserfolg verdammt ist. Glaubst du, wir werden es schaffen?«

»Natürlich werdet ihr es schaffen. Ihr habt ein erstklassiges Produkt und erstklassige Leute. Die wirklichen Entscheidungsträger für das Projekt sitzen in den Oblast- und Rayon-Verwaltungen und vor allem in den Betrieben. Wir haben viele gute Spezialisten in Russland. Unsere Leute kennen euch und sind von der Entwicklung der Milchwirtschaft in der DDR nach der Wende enorm beeindruckt. Der Vorsitzende für Landwirtschaft in der Oblast steht hundertprozentig hinter euch. Das kann ich dir versichern. Er ist mit Dr. Seitz und euren Tierzuchtdirektoren und -experten schon seit Jahren befreundet. Auch Hans Haberland und seinen Sohn schätzt er. Er wird euch helfen, wo immer er kann. Auch andere wichtige Leute in der Oblast halten große Stücke auf euch.

Und mit euren Mastitisschnelltests[28] habt ihr den Betrieben ja ganz schön Respekt eingejagt. Die meisten wussten ja gar nicht, dass die Milchqualität so miserabel ist. Ihr habt sie aufgeweckt. Jetzt heißt es: dawaj, dawaj. Wir alle müssen ran.«

»Ich bin schon seit fünf Wochen hier. Wir haben noch so wenig erreicht.«

Kusnezov machte eine abwehrende Handbewegung.

»Red keinen Quatsch! Das Projektbüro ist eingerichtet, die ersten Mitarbeiter angestellt. Eine ganze Handvoll Betriebsleiter hat zugesagt, am Projekt teilzunehmen. Sei nicht ungeduldig. Außerdem sind viele unserer Leute euch gegenüber noch misstrauisch. Weißt du, es ist für uns Russen nicht leicht zu verstehen, dass uns jemand wirklich selbstlos helfen will. Warum solltet gerade ihr anders sein als all die anderen Experten,

---

[28] Mastitisschnelltest: dient zur Diagnose von Euterentzündungen.

fragen sie sich? Dieses Misstrauen muss aus dem Weg geschafft werden. Morgen müsst ihr euch verkaufen. Sie alle werden zum Planungsseminar kommen, über fünfzig Leute. Morgen und übermorgen sind vielleicht die wichtigsten Tage fürs Projekt. Ihr habt viele Vorschusslorbeeren bei uns. Ich bin froh, dass Hans Haberland mit von der Partie ist, und auch die beiden Kurzzeitexperten, die heute früh gekommen sind. Wir kennen und respektieren sie, besonders Hans.«

»Wir werden unser Bestes geben.«

»Ich auch, Sascha. Ich werde aufpassen, dass man dich nicht austrickst und du nicht ins Fettnäpfchen trittst. Wir Russen sind stolze Menschen. Wir lassen uns nicht von jedem Dahergelaufenen belehren. Viele von uns wollen es immer noch nicht glauben, dass wir nicht mehr *On top of the World* sind und es noch nie waren. Wir rennen wie verrückt hin und her und suchen unsere Zukunft. Viele haben entsetzliche Minderwertigkeitskomplexe und den Glauben an sich und unser Land verloren. Man kann uns leicht verletzen. Das Menschliche ist sehr wichtig. Man muss zuhören, ermutigen, motivieren und Leistungsanreize schaffen. Man muss unsere Leute respektieren, damit sie wieder an sich, ihre Arbeit und die Zukunft glauben. Euer Projekt kann dazu beitragen.«

Arnold
Donnerstag, 24. Dezember 1998

Fast alle Bewohner der Cottagesiedlung hatten einen oder mehrere Hunde. Einige hatten kaukasische Schäferhunde, die als besonders gute Wachhunde galten. Relativ anspruchslos, konnte man sie auch mal ein paar Tage allein zu Hause lassen. Und so setzte Alexander den im November 1991 im Apartment seines Übersetzers Andrej und dessen Frau Oksana in Moskau gefassten Entschluss in die Tat um und beschaffte sich einen kaukasischen Schäferhund.

Arnold tauften sie den noch dunkelbraunen Rüdenwelpen, der sie am Heiligabend zum ersten Mal bezauberte.

»Oh, oj, kakaja sobattschka, oj, was für ein süßes Hündchen!«, riefen die Kinder, wenn sie an Alexanders Cottage vorbeigingen. »Dürfen wir es bitte streicheln?«

Man musste es ganz einfach an sich drücken, durch den Schnee treiben, dieses quirlige, ständig mit dem Schwanz wedelnde Kuschelbärchen, das wie ein kleines Kind ständig auf den Arm wollte.

»Er wird einmal genau so sein wie Andrejs Karat«, schwärmte der renommierte Züchter aus Saratow. »Wahrscheinlich noch größer und schöner, weil

sein Papa und seine Mama noch größer und schöner sind als Karats Eltern. Und sein Charakter wird gut sein, denn die Eltern sind besonders clever.«
Ab und zu kamen Andrej und Oksana mit ihrem Karat zu Besuch und langen Spaziergängen mit den Hunden. Der etwa 60 Kilo schwere Karat akzeptierte den kleinen Wicht vom ersten Augenblick an. Zaghaft näherte sich Arnold dem riesigen Onkel, der mit ausgestreckten Vorderbeinen den massiven Kopf winselnd auf den Boden drückte. Argwöhnisch beobachtete er das Ungeheuer, eine ganze Minute lang. Dann, als er sich vergewissert hatte, dass von dem großen Onkel keine Gefahr ausging, wischte er ihm plötzlich eine mit der Pfote. Erst guckte Karat überrascht, aber dann setzte er ein gönnerhaftes Lächeln auf.

Die langen Winternächte wurden kürzer. Arnold wuchs und gedieh und ähnelte immer mehr dem Onkel: Unter einer schwarzen Maske verbargen sich große, dunkelbraune Augen, die großmütig und aufmerksam die Umgebung musterten; er hatte ein goldbraunes Langhaarfell mit kleiner, weißer Hemdbrust und weißen Pfoten und einen massiven Kopf mit schwarzer Schnauze und einer prachtvollen Mähne, die die abgeschnittenen Ohren versteckte.

Als der Frühling kam, trat Tatjana eine Stelle bei einer japanischen Firma an, die medizinische und zahntechnische Geräte verkaufte und dafür benötigte Schulungen und Wartungen durchführte. Ihre Japanisch- und Computerkenntnisse ließen sie sich schnell einarbeiten. Bald wurde ihr immer größere Verantwortung übertragen und ihr Einsatz selbst für Moskauer Verhältnisse generös honoriert. Doch für Arnold bedeutete ihre Abwesenheit jedes Mal eine harte Zeit. Allein zu bleiben, war eine unverständliche Bestrafung, die er mit kläglichem Winseln und spielerischem Zerstörungstrieb quittierte.

Was für ein Schlamassel, als Tatjana am ersten Abend nach der Arbeit mit schlechtem Vorgefühl nach Hause kam. Abgerissene Tapeten, zerfetzte Hausschuhe, ein gleichmäßig auf dem Weg zur Küche verteilter Mülleimerinhalt und eine mitten in der Eingangsdiele glänzende Pfütze mit stinkendem Kot waren Zeugen seiner Einsamkeit. Noch schlimmer: Beim Kampf mit dem Teppichläufer hatte er sich einen Zahn abgebrochen. Herzerbarmend winselnd wollte er ein paar Tage lang kaum fressen. Tagtäglich wartete er mit neuen Überraschungen auf, bevor er schließlich einen Zwinger bekam.

Mit sechs Monaten schickten sie ihn zweimal die Woche zum »Kurs der Dressur« in Podolsk. Unter Vladimir Nikonovs strenger Hand entwickelte er Toleranz gegenüber der Umwelt, ohne den Wachinstinkt zu verlieren. Nach fünf Monaten bestand er mit Bravour das Diplom der ersten Stufe des Allgemeinkurses der Dressur.

»Arnold hat es«, schwärmte Vladimir. »Er versteht alles, was man ihm sagt. Er reagiert nicht wie der Deutsche Schäferhund, der Befehle blindlings ausführt. Denn er überzeugt sich zuerst, ob ein Kommando überhaupt Sinn macht, bevor er zuschlägt. Er hat das Zeug dafür, einmal ein ganz großer Chef zu werden.«

Allmählich wurde Arnold ernsthafter, half Alexander bei der Gartenarbeit und trottete Tanja beim Joggen voraus. Autofahren wurde schnell sein Hobby und der 240 D ein wichtiger Teil seines Territoriums.

»Privet, Arnold, wie geht's?«, riefen die Passanten dem stets mit dem Schwanz wedelnden Arnold zu und blieben stehen, um mit ihm zu sprechen; Arnolds würdevoller Blick und seine Selbstsicherheit erinnerten mehr und mehr an respektable Direktoren, die sich wegen Kleinigkeiten nicht aus der Ruhe bringen lassen, aber gleichzeitig Respekt und absolute Loyalität verlangen.

Beim Heulen des Wintersturms
Sonntag, 31. Januar 1999, 23:50 Uhr

Bei Kaminfeuer, die Beine auf dem Couchtisch, lauschte Alexander dem Heulen des Wintersturms, während er auf dem Notebook eine E-Mail an seinen Freund Dr. Lothar Seitz schrieb.

Den ersten vierteljährlichen Projektfortschrittsbericht fürs deutsche Landwirtschaftsministerium hänge er als Anhang an. Er habe das ganze Wochenende dafür investiert. Es gäbe so viel zu berichten. Gott sei Dank sei Tatjana übers Wochenende zu ihrer Mutter nach Orjol gefahren. Sie sei das Beste, was ihm je passiert sei. Er hoffe, dass er sie endlich kennenlerne.

Er genieße jeden Augenblick seines Hierseins, trotz der Kälte. Tagtäglich erlebe er eine Fülle von Überraschungen. Die Herausforderungen seien manchmal geradezu überwältigend. Die Finanzierung durch das deutsche Transform-Programm der 30 zuchtwertgeprüften Bullen, von Sperma und Embryonen sowie des Milchlabors und die vielen Fachberatungen und Fortbildungsaufenthalte würden hier sehr geschätzt und hätten ihm bislang viele Türen geöffnet. Ebenfalls die jährliche Rinderschau im Juli, die ja auch mit deutscher Hilfe initiiert worden sei. Auch die Analyse der Ist-Situation der Milchproduktion in der Oblast von Moskau sei für die bisherige Arbeit von großem Nutzen gewesen. Kein anderes Land habe der russischen Tierzucht auch nur annähernd so viel und so sinnvoll geholfen.

Er käme hier zum richtigen Zeitpunkt an den richtigen Ort. Der Milchpreis sei äußerst attraktiv, die Nachfrage nach Frischmilch stark. Für Milchqualität bezahlten Großmolkereien wie Campina, Danone und Ehrmann oder die russische Wimm Bel Dann weit mehr als die in Deutschland üblichen Qualitätsprämien.

Kusja Kusnezov lasse ihn herzlich grüßen. Ohne seine Beziehungen und das hohe Ansehen, das er genieße, sowie den nimmermüden Einsatz für das Projekt wären sie bei Weitem nicht so schnell vorangekommen. Auch Boris Prokofiev vom Rinderzuchtverband habe sie bisher voll unterstützt. Er kandidiere für die Duma und lasse ebenfalls grüßen.

Das zweitägige Planungsseminar Anfang Dezember sei ein voller Erfolg gewesen. Alles mit Rang und Namen sei da gewesen, immerhin über fünfzig Leute. Als Ziel ihrer Arbeit hätten sie die Steigerung von Milcherzeugung und -qualität bei gleichzeitiger Kostensenkung definiert. Selbstfinanzierung der dafür benötigten Investitionen durch die teilnehmenden Betriebe sowie volle Deckung der Kosten des Beratungsdienstes nach zwei Jahren seien weitere wichtige Ziele.

Das Projektbüro sei voll funktionsfähig, und es seien sechs Ladas beschafft worden. Aus einer großen Zahl von Bewerbern hätten sie Sekretärin, Fahrer, Buchhalter sowie seinen Stellvertreter, Gennadij Smolinski, den er ja kenne, und sechs Berater angeworben.

Die Fortbildung der Berater verliefe zufriedenstellend. Vier davon sowie sechs Zootechniker und Agronome aus den teilnehmenden Betrieben würden sie morgen zu einer zweimonatigen Fortbildung nach Sachsen und Sachsen-Anhalt schicken.

Die Futtersituation sei noch schlechter als in der Ist-Analyse beschrieben. Dem Einsatz moderner Futteranbau- und -konservierungstechnologien sowie vor allem dem Import von Futtererntemaschinen und deren Finanzierung gelte somit höchste Priorität, gefolgt von der Verbesserung der Kälber- und Jungrinderaufzucht, die durchweg im Argen läge. Auch die Milchqualität werde sie in Atem halten. Melk- und Milchhygiene, Melktechnik und -routine, Tiergesundheit und Klauenpflege und das, was man ja heutzutage Kuhkomfort nenne, könnten erheblich verbessert werden.

Morgen, schrieb er weiter, käme für zwei Wochen Hans Haberland, um bei der Durchführung eines dreitägigen Seminars zur Stalltechnik und der Erstellung von individuellen Entwicklungsplänen für die ersten vier Klienten zu helfen.

Es sei schon nach Mitternacht, und er könne sich kaum erinnern, wo die Woche geblieben sei.

Er schloss die Falttüren am Kamin. Gegen acht Uhr früh würde Tatjana im Kurskaja-Bahnhof ankommen, um dann gleich zur Arbeit zu gehen. Wie sehr er sich nach ihr sehnte.

»Lass das!«, tadelte er den kleinen Arnold, der spielerisch winselnd seine Hausschuhe beknapperte und dabei treuherzig zu ihm raufschaute.

Tag des Sieges
Sonntag, 9. Mai 1999, 12:15 Uhr

Endlich ein langes Frühlingswochenende! Doch dann kam Vladimir Jerschovs Anruf.

»Danke für die Einladung, aber ich glaube nicht, dass ich als Deutscher mit euren Veteranen den Tag des Sieges feiern sollte.«

Dennoch gelang es Jerschov, Direktor von APK Sarja im Dorfe Osinowetz, Alexander zu überreden. Nach wochenlangem Zögern hatte der hagere, ein Meter neunzig große Mann, dem dauernd irgendwelche Witze einfielen, Alexanders Beratungsdienst Anfang Februar für seine sechshundertköpfige Kuhherde angeheuert. Seine Leute und er hatten dank des Projektes bereits bemerkenswerte Resultate erzielt: eine bessere Wasserqualität, die Generalüberholung der Melk- und Milchkühlanlage sowie die Mastitisbekämpfung. Das alles trug maßgeblich zur deutlichen Erhöhung der Milchqualität bei. Maschinen und Geräte sowie Betriebsmittel für die bereits anlaufende Saatkampagne standen bereit. Auch waren sie dabei, mit betriebseigenen Arbeitskräften und Mitteln das Stallklima zu verbessern, die Kälber in die vom Projekt gelieferten Kälberhütten zu stecken und die Jungtieraufzucht zu intensivieren. Darüber hinaus stand der Umbau der Anbindeställe in moderne Laufställe mit einem Zehn-mal-zehn-Fischgräten-Melkstand kurz bevor.

Jerschov war nicht kleinzukriegen, und die Leute fragten sich, wo er nur all die Power hernahm. Sie alle wussten von seiner Romanze mit der zweiten Buchhalterin Lena, einer dreißigjährigen Brünetten mit eindrucksvoller Figur, die sich Schritt für Schritt zu einem »legalen« Verhältnis herausgemausert hatte. Ludmilla, seine Ehefrau, nahm sich die Seitensprünge zutiefst zu Herzen, erduldete sie jedoch schließlich stillschweigend und wagte es nicht, mit ihrem Mann auch nur andeutungsweise darüber zu sprechen. Den quirligen, sechsjährigen Sohn Dimka liebte ihr Gatte über alles. Und so hoffte sie, die Geburt der kleinen Sveta würde ihn von der Rivalin losreißen und wieder ganz in den Schoß der Familie zurückführen.

»Ich liebe dich, Lena«, erklärte Jerschov seiner »Zivilfrau«, wie man sie im Dorfe nannte, »aber der Kinder wegen werde ich meine Familie nicht verlassen.«

Er verwöhnte sie mal mit einem Pelzmantel, mal mit Schmuck und kleinen Aufmerksamkeiten und ab und zu mit einer Auslandsreise. Und sie gebar ihm eine Tochter.

Rührend sorgte Jerschov für die beiden Familien und verbrachte die knappe Freizeit mal mit seiner Ehefrau, mal mit Lena und den Kindern. Die Welt war in Ordnung, und seine familiäre Situation wurde von niemandem in Frage gestellt. Schließlich galt es, das landwirtschaftliche Unternehmen profitabel zu führen, attraktive Löhne zu erwirtschaften und diese rechtzeitig auszuzahlen. Und in dieser Hinsicht war auf Jerschov Verlass.

Es war einer der ersten Tage im Mai, der die Hoffnung nährte, dass der Frühling es wohl doch noch schaffte. Milde Luft und das noch delikate Laub der Bäume machten aus Osinowetz eine würdige Kulisse für die Feier zum Tag des Sieges. Rote Fahnen hingen über dem Bürogebäude der ehemaligen Kolchose und dem Dorfklub, vor dem ein großes Plakat *Ehre den Helden* verhieß. Aus den Lautsprechern knisterten Lieder aus der Zeit des Großen Vaterländischen Krieges. Festlich gekleidete Schüler, die Mädchen mit weißen Schleifen in den Haaren, Narzissen und Nelken in den Händen, die Jungen Kränze tragend, schritten zum Kriegerdenkmal: ein Bronzesoldat mit gesenktem Schwert, umrahmt von einem frisch gestrichenen hellblauen Metallzaun und Blautannen.

Jerschov hatte eine schwache Seite für »seine« Veteranen, deren mickrige Renten gerade so zum Überleben ausreichten. Die Preise für Lebensmittel und Medikamente stiegen beinahe täglich. Wie überall auf dem Land waren die Rentner auf die Hilfe der landwirtschaftlichen Unternehmen angewiesen. Wenn immer möglich, kam er ihnen entgegen: mal mit schweren Transporten, oder wenn es darum ging, bei der Hochzeit der Enkel »etwas« auf den Tisch zu stellen. Elf Veteranen gab es noch im Dorf, im vergangenen Jahr waren es noch vierzehn, vor zehn Jahren noch um die dreißig. Und heute hatte sie Jerschov wie in den Jahren zuvor zum traditionellen Mittagessen eingeladen.

Bedächtig betraten die Babuschkas und Deduschkas[29] den festlich gedeckten Sitzungssaal. Obwohl sie in einer Dorfgemeinschaft lebten, konnte man sehen, wie sehr sie es genossen, endlich mal wieder beisammen zu sein. Stolz trugen sie Reihen von Medaillen und Orden an der Brust. Die vier Veteraninnen trugen hellblaue Barette.

»Na, Olga, wie geht's mit deinen Augen?«, fragte ein beinahe zahnloser Veteran.

»Nicht besser, Pijotr. Aber schau, was die da so alles auf den Tisch gestellt haben. Das kostet wahnsinnig viel. Ich habe gehört, der Bajanist Shorik soll auch wieder kommen. Dann werden wir wieder *Blaues Tüchlein* singen.«

»Hallo, Iwan, bist du auch noch am Leben? Wie ich dich kenne, hast du schon gestern getrunken!«, kreischte eine knochige Veteranin und ging einem wohlbeleibten Alten mit offenen Armen entgegen.

Sie nahmen Platz. Jerschov ergriff das Wort. Er dankte für ihr Kommen,

---

[29] Deduschka = Großväterchen, auch Bezeichnung für einen alten Mann.

gratulierte zum Tag des Sieges und stellte den Nemez vor. Einige kannten ihn oder hatten schon von ihm gehört.

»Geehrte Veteranen!«, erhob er das Glas. »Die ersten Frontowye 100 Gramm trinken wir auf euren Sieg, auf den noch viele Generationen von Russen stolz sein werden. Auf euch, geehrte Veteranen!«

Nachdenklich, beinahe melancholisch bedienten sie sich mit Sakuska. Dann gab es Borschtsch, danach zur Erinnerung an das Essen der Frontsoldaten Buchweizenbrei. Erst beim Auftischen der beiden gebackenen Spanferkel begann sich die Stimmung der festlichen Gesellschaft aufzuheitern.

Unter den ihn meidenden Blicken einiger Veteranen fühlte sich Alexander nicht gerade wohl in seiner Haut.

»Sie sollten jetzt auch einen Toast geben«, schlug Jerschov vor.

Was nur soll ich zu diesen Veteranen sagen?, überlegte Alexander krampfhaft. Das übliche, sich selbst anklagende Schuldbewusstsein deutscher Tischredner bei russischen Banketts, einen billigen Witz oder etwas, was für uns alle etwas bedeuten kann?

»Liebe Veteranen«, begann er. »Es ist für mich eine große Ehre, heute bei Ihnen sein zu dürfen. Bevor ich mein Glas auf Ihr Wohl erhebe, möchte ich Ihnen eine Geschichte erzählen, die sich vor über fünfzig Jahren in meiner Heimat in Deutschland am Ende des Zweiten Weltkrieges zugetragen hat. Ein sechsjähriger Junge überlebte einen Bombenangriff, bei dem seine Mutter und sein Schwesterchen ums Leben kamen. Sein Vater starb kurz danach in einem Kriegsgefangenenlager. Das Kind stand unter Schock. Schließlich holte es der Onkel zu sich, dessen Frau kurz zuvor gestorben war. Auf dem Bauernhof des Onkels arbeitete eine junge russische Frau. Nacht für Nacht kam sie an das Bett des Kindes, wenn es von Albträumen gepeinigt aufschrie, und wechselte sein durchschwitztes Nachthemdchen. Baju-bajuschki-baju, baju-bajuschki-baju sang sie und wiegte das Kind in ihren Armen, bis es wieder einschlief.

Sie sorgte sich um das Kind wie eine Mutter. Sie tröstete es, wenn es sich wehgetan hatte. Sie verscheuchte den Nachbarsjungen, der es wieder mal verprügeln wollte. Sie wischte ihm die Tränen, wenn es weinte. Sie ging mit ihm zu einem großen See hinunter. Sie sprachen zu den Schwänen und den Möwen, fütterten sie mit Küchenabfällen und schauten den Wellen zu. Sie pflückten die ersten Beeren. Und sie hielt das Kind an der Hand, wenn ganz plötzlich ein großer, böser Hund auftauchte. Maria Aljoschina war ihr Name. Doch das Kind nannte sie Maruschka. Als sie wieder nach Russland zurückkehrte, war das Kind unendlich traurig. Doch es wusste, dass es eine gute Fee gab, die es sehr lieb hatte und die immer bei ihm sein würde. Das gab ihm Hoffnung und Zuversicht.

»Liebe Veteranen ...«

Alexander senkte seinen Blick und machte eine lange Pause.
»Diese Frau ist jetzt siebenundsiebzig Jahre alt. Sie wohnt in Orjol. Und ihre Tochter ist meine Frau Tatjana.«
Man hätte eine Stecknadel fallen hören können.
»Und nun, meine verehrten Veteranen«, er erhob das Glas, »möchte ich auf das Wohl der russischen Frauen trinken, die im Krieg so viel geleistet haben.«
Sie tranken bedächtig und applaudierten lange und beklommen.
Der alte Shorik begann, die vergilbte Tastatur seines Rubins zu bearbeiten. Kurz darauf erklang das berühmte Katjuscha-Lied im Saal. In den Pausen gingen die Veteranen mit ihren Gläsern auf Alexander zu und tranken auf sein Wohl.
»Wo haben Sie nur so gut Russisch gelernt?«, fragte Iwan. »Ich war vier Jahre in Deutschland. *Hände hoch!* ist alles, was ich noch weiß.«
»Sergej, der dort mit der Glatze, wurde bei Rshew schwer verletzt«, erzählte Dimitrij. »Ich selbst habe immer noch einen Splitter im Nacken. Bei Rshew war's heiß, da sind viele Kameraden gefallen ...«
»Ich war Tankistin«, lächelte eine rundliche Babuschka verlegen. »Eines Tages mussten wir zur Reparatur. Als wir den T 34 wieder abholen wollten, stand die ganze Werkstatt in Flammen. Es gab viele Tote.«
Eine andere Babuschka beschwerte sich über die hohen Preise und die korrupten Duma-Abgeordneten, die sich nicht um das Volk kümmerten.
»Ja«, sagte ein Veteran in einer viel zu großen Jacke, »früher war das anders. Du hattest genug Geld. Der Fisch kostete 50 Kopeken. Das Geld war da, aber es war schwer, an die Ware heranzukommen. Jetzt gibt es überall alles. Auf den Straßen Obststände mit Bananen, Orangen, sogar Kiwis. Wohin soll ich aber mit den paar Rubeln Rente?«
Eine rüstige Frau in rosarotem Blumenkleid forderte Alexander zum Tanz auf.
»Sie haben sich aber gut gehalten!«, staunte Alexander.
»Wirklich?«, lächelte sie verzückt. »Ich bin die Jüngste hier. Ich war bei Kriegsende erst zehn und habe die Blockade in Leningrad überlebt, die ganzen 900 Tage. Ich bin Heldin der Blockade. Meine Mutter und meine beiden Geschwister sind verhungert.«
»Haben Sie sich eigentlich inzwischen an unsere Temperaturen angepasst?«, nuschelte ein einarmiger Alter mit entstelltem Gesicht.
»Manchmal ist es schon ganz schön kalt bei euch, dass einem glatt die Ohren abfallen«, gestand Alexander.
»Das kann man ändern«, sagte der Alte und beauftragte unter Alexanders Protest den draußen spielenden Enkel, nach Hause zu rennen und für Alexander eine warme Mütze zu holen.

Nach zehn Minuten stand der kleine Kolka mit einer blaugrauen Militärmütze außer Atem vor ihnen.
Alexander dankte gerührt und drückte dem Kleinen einen Schein in die Hand.
»Steht sie ihm nicht ausgezeichnet?«, rief eine Veteranin. »Sieht er nicht aus wie Marschall Schukov?«
»Wenn Sie im nächsten Jahr wiederkommen, werden die Ihnen auch noch Filzstiefel besorgen«, freute sich Jerschov.
Dunkle Nacht, nur die Kugeln pfeifen in der Steppe ..., sangen die Frauen mit bewegter Stimme. Und die Männer summten gönnerisch lächelnd mit.
»Na ja«, sinnierte ein Greis mit schneeweißer Mähne und herabhängendem Augenlid, »wie viele Tage des Sieges bleiben uns noch? Wer weiß das schon?«
»Trotz allem leben wir immer noch, Mischa, immer noch«, fügte ein anderer hinzu.

Blue Grass
Mittwoch, 2. Juni 1999, 8:10 Uhr

»Dieser EU-Tourist kommt uns nie wieder in den Betrieb! Wir haben all seine Ratschläge befolgt. Und jetzt ist alles in die Hose gegangen!«, schrie Dimitrij Lazarenko, Hauptzootechniker der SAO Iskra, in den Hörer und verfiel in eine wahre Schimpfkanonade.
Gennadij Smolinski hörte ihm höchst amüsiert zu.
»Alexander«, grinste Smolinski ins Handy, »Sergej Legoshin, Chef von Iskra, Sie kennen ja den alten Nörgler, will, dass wir so schnell wie möglich rauskommen. Die Kühe fressen das Gras nicht.«
Draußen herrschte trocken-heißes Frühsommerwetter. Auf SAO Iskaros Weiden hinkten die ausgemergelten Kühe auf blaugrünem, handhohem Rasen rastlos hin und her, denn sie konnten sich und die Welt nicht mehr verstehen. Heute war der erste Weideaustrieb des Jahres nach langer, entbehrungsreicher Winterfütterungsperiode. Doch trotz des Heißhungers auf frische Weide konnten sie das Gras nicht fressen, denn es war ungenießbar!
»Sie fressen nicht. Sie haben lediglich ein bisschen herumgeschnuppert«, klagte Legoshin betrübt. »Sie sind nicht einmal herumgejuckt. Wissen Sie, beim ersten Weideaustrieb rennen unsere russischen Kühe immer wie verrückt herum. Und dann fressen sie wie die Bürstenbinder!«
»Das tun die deutschen Kühe auch. Das tun alle Kühe auf der Welt«, bemerkte Alexander.
»Wir haben seine Düngungsempfehlungen befolgt«, fuhr Legoshin fort.

»Wir haben sogar über 200 Hektar Wiesen mit Leguminosen untergesät. Sehen Sie, weit und breit nicht ein einziges Kleeblatt.«
»Wir haben ganz einfach überdüngt«, zischte Lazarenko. »Zwei bis drei Mal zu viel Stickstoff«, grinste er verhärmt, die braungelb-zerfressenen Zähne zwischen den fleischigen Lippen zeigend. »Ich habe noch nie in meinem Leben so blaues Gras gesehen. Beinahe dunkelblau! Vielleicht sogar vier bis fünf Mal zu viel Stickstoff!«

Und dann schwärmte er uns auch noch von seinem irischen Computerprogramm vor, mit dem man für jeden Standort der Welt optimale Düngungsempfehlungen für Wiesen und Weiden erstellen könne. Unsere Klimadaten habe er ja bereits, wir sollten ihm lediglich noch die Bodenanalysen zukommen lassen. Dann könne er sogar die Erträge voraussagen.«

»Er ist ein Arschloch«, schrie Legoshin ganz unerwartet mit puterrotem Gesicht. »Das Gras ist vergiftet. Nie wieder kommt mir einer dieser EU-Kerle in den Betrieb! Wir dachten immer, ihr im Westen seid die großen Spezialisten. Es ist einfach, im gläsernen Büro in Brüssel zu sitzen und auszuknobeln, was für uns gut ist, ohne unsere Wachstumsbedingungen zu verstehen. Und wir müssen dann den ganzen Mist ausbaden!«

»Habt ihr denn wenigstens genügend Futter angebaut?«, fragte Alexander.

»Nein! Und dafür ist es jetzt auch zu spät«, antwortete Lazarenko. »Verdammt noch mal! Wir haben nur ein paar Hektar Futtermais angebaut und haben uns auf ihn verlassen. Weidewirtschaft und Grassilage sei die Zukunft der russischen Milchwirtschaft, sagte er. 32 Tonnen Grünmasse pro Hektar für Weiden und 56 Tonnen für die verbesserten Wiesen hat er prognostiziert. Er denkt wohl, er sei hier in Irland!«

»Ja, das ist eine schöne Bescherung«, klagte Legoshin. »Das viele Geld, das er uns gekostet hat, ist futsch. Zum Futter kaufen bleibt keine Kopeke, deshalb müssen wir die Herde drastisch reduzieren.«

»Klug ist jeder«, warf Smolinski achselzuckend ein, »der eine vorher, der andere nachher. Hättet ihr bei uns mitgemacht, hättet ihr im Frühjahr ordentlich Futtermais und Kleegras angebaut. Aber seht doch auch die positiven Seiten. Im nächsten Jahr wächst das Gras umso besser, vorausgesetzt, es regnet viel. Bei unseren kurzen Vegetationsperioden und geringen Niederschlägen ist rentable Grünlandverbesserung schwierig und riskant. Daher raten wir unseren Klienten, zuerst den Futteranbau in den Griff zu bekommen, dann das Grünland, und dies zunächst nur mit marginalen Inputs und vor allem besserem Management.«

»Es ist schon ein Ding, was die EU so alles abzieht«, sagte Alexander zu Gennadij auf der Weiterfahrt. »Die müssten Amis, Kanadier oder Skandinavier nach Russland schicken! Die haben ähnliche agroökologische

Verhältnisse und genauso viel Land im Überfluss wie ihr! Doch die Skandinavier sind zu blauäugig, um bei der EU Aufträge an Land zu ziehen, und Amis wollen die ja nicht anheuern. Wie kann man nur einen Iren zur Grünlandverbesserung nach Russland schicken, wo doch in Irland das Gras das ganze Jahr über grün ist!«

La Rose
Samstag, 21. August 1999, 23:10 Uhr

Maruschka hatte einen Schlaganfall erlitten und war zum Pflegefall geworden. Nach langem Suchen fanden sie für ihre Betreuung eine pensionierte Lehrerin, die Mitglied einer amerikanischen Sekte war.

Sie sollten sich keine Umstände machen, lispelte Maruschka, sie wolle genauso sterben wie ihr Mann und wie ihre Freunde. Sie wolle nicht, wie es im Westen üblich sei, wie ein Baby gewickelt und gefüttert werden, nur um noch ein paar Monate länger dahinzusiechen. Es gehe ihr doch gut. Alexander hätte ihre Tanjuscha und Tanjuscha hätte ihn. Sie sei zufrieden, denn sie seien gut zueinander und sie seien gut zu ihr. Wie eine richtige Russin wolle sie sterben.

Sie trank nur noch Tee.

Eine gute Woche danach zündete Tatjana nach russischer Tradition eine Kerze an, die das Halbdunkel im Sterbezimmer schwach erleuchtete. Alexander hielt Maruschkas Hand.

»André«, lallte sie, »wir fuhren mit dem grünen Traktor zum Bahnhof. Du hast meine Hand gehalten, ganz fest hast du sie gehalten. Sie war klein und heiß. Und ich hatte dich so sehr lieb. Wir fuhren durch die Wiesen und die Felder und an den Gärten vorbei. Überall blühten bunte Blumen, überall: le coquelicot ... le bluet ... la marguerite ... le pissenlit ... l'églantine ... la pivoine ... et la rose ...«

Der Wind blies heiß aus Osten, als sie Maruschka zu Grabe trugen. Viele alte Menschen kamen zu ihrer Beerdigung. Ehrfürchtig die Hände übereinandergelegt verabschiedeten sie sich von der verschmitzt lächelnden Frau in der vergilbten, viel zu großen Seidenbluse in dem offenen, von bunten Blumen umrahmten Sarg. Niemand weinte. Sie weinten nicht, weil sie sahen, wie glücklich Maruschka entschlafen war, trotz eines Schicksals, das ihrem glich. Ein Schicksal, dem das Leben so viel abverlangt hatte und dennoch so viel schuldig geblieben war.

Doch dann weinte Alexander haltlos, weil ihn die Rückschau auf die Zeit mit ihr am Bodensee vor über fünfzig Jahren die Trauer des Sohnes um die kaum gekannte Mutter und das Schwesterchen nachempfinden ließ. Und er weinte in Dankbarkeit, weil diese Mutter nun so friedvoll vor ihm ruhte.

»Es ist erstaunlich, dass so viele Leute zu ihrer Beerdigung gekommen sind«, wunderte sich Tatjana nach der Beerdigungsfeier. »Sie war doch nur eine einfache, alte, einsame Frau!«
»Sie war eine Blumenfrau«, sagte Alexander.

Maruschka 1922-2000 ließen sie auf das schlichte Eisenkreuz in goldener Farbe eingravieren, das bis vor kurzem noch dem Grabe ihres Mannes gedient hatte.
Maruschka? Was für ein komischer Name, wunderten sich die Leute. Maruschka ist doch überhaupt kein russischer Name. Sie hieß Maria, und die Koseform davon ist Marusja! Wie kann man nur Maruschka auf ein Grabkreuz schreiben? Na ja, Tatjana war ja schon immer etwas anders als wir.

Projektbüro
Sonntag, 7. November 1999, 20:20 Uhr

Anbei der vierte vierteljährliche Projektfortschrittsbericht, schrieb Alexander an seinen Freund Lothar Seitz.
Sie betreuten jetzt 20 Betriebe mit beinahe 14 000 Kühen. Mit wenigen Ausnahmen hätten diese genügend, auch qualitativ akzeptables Winterfutter.
Vor einer Woche hätten sie die Beratungsgesellschaft Produktion Milch Consulting (PMC) mit den Milchbetrieben als Gesellschaftern und den russischen Beratern als Partnern gegründet. Das Ziel sei, in einem Jahr 50 Prozent Eigenfinanzierung der Beratungskosten durch Gebühren pro Kuh und mittels Honoraren für Businesspläne und des Verkaufs von Betriebsmitteln und Geräten zu erreichen.
Die Betriebe machten Fortschritte, die sich sehen lassen könnten. Dies verdankten sie vor allem den Frauen, die in den Kuhställen in der Regel das Sagen hätten. Sie seien einfach toll. Zu Hause hätten sie es nicht immer leicht. Was sie nach einem langen Arbeitstag alles unter oftmals trostlosen, alkoholgeschwängerten, beinahe mittellosen Lebensverhältnissen durchstehen müssten, sei erschütternd und erstaunlich zugleich. Viele von ihnen lebten ein Leben, das ihm so trist erschien wie die kurzen Tage des einbrechenden Winters. Manchmal habe er den Eindruck, dass die

Stallatmosphäre eine Art Refugium für sie sei. Für ein gutes Wort seien sie unendlich dankbar, darüber hinaus hätten sie viel Sinn für Spaß und Humor. Viele seien ihm inzwischen ans Herz gewachsen, vor allem auch, wenn er sehe, wie liebevoll sie sich um ihre Familien kümmerten. Mit der letzten Kopeke kauften sie noch eine Barbie für das Töchterchen! Sie ließen ihn fühlen, dass sie ihn und das Projekt schätzten.

Das tue so gut, wenn er nach einem langen Arbeitstag down sei und sich am liebsten auf seine Farm auf und davon machen wollte.

Er hielt inne und löschte den Satz.

Er könne sich auch nicht über die Männer beklagen. Die betriebseigenen Handwerker, allen voran die Mechaniker, könnten alles machen, wenn man ihnen nur die Mittel und Pläne gäbe. Er bewundere ihr Improvisationstalent! Auch die Führungskräfte seien so weit in Ordnung.

In ihrer Arbeit profitierten sie zunehmend von den expandierenden Großmolkereien, die den Betrieben bei der Beschaffung essenzieller Maschinen und Geräte sowie von Reinigungs- und anderen Betriebsmitteln auf Kreditbasis zur Verfügung stünden.

Ihre Empfehlungen würden von den meisten Betrieben zufriedenstellend befolgt und die Software allmählich voll eingesetzt. Auch kauften die Betriebe immer mehr Futtermittel und Mineralstoffmischungen des Mischfutterwerkes, mit dem sie seit zwei Monaten zusammenarbeiteten. Darüber hinaus erfreue sich der Vertrieb bei den selbst produzierten Betriebsmitteln sowie bei den Kleingeräten und Kälberhütten einer regen Nachfrage.

Die höchste Priorität sei es, nach dem Beginn der Beratung möglichst schnell signifikant positive finanzielle Resultate zu erzielen. Das sei ihnen bisher in allen Betrieben gelungen. Besonders bei der Verbesserung der Milchqualität hätten sie innerhalb kurzer Zeit spektakuläre Resultate erzielt, was von den Molkereien mit hochattraktiven Prämien honoriert worden wäre. Dass diese zudem noch regelmäßig zahlten, sei unendlich wichtig und nicht zuletzt mit ein Hauptgrund für das große Interesse an diesem Projekt.

In die Durchführung zwischenbetrieblicher Vergleiche investierten sie viel Zeit, um den Wettbewerb zwischen den Betrieben zusätzlich zu stimulieren.

Ihre Berater seien inzwischen akzeptabel bis gut. Allerdings bräuchten sie immer noch viel Coaching. Nur gut qualifizierte russische Berater könnten ein vertrauensvolles Arbeitsverhältnis mit den selbstbewussten Betriebsleitern und Spezialisten aufbauen. Außerdem seien die ja auch zigfach billiger als wir Ausländer.

Auf der negativen Seite müsse man festhalten, dass es nicht immer leicht sei, mit den Russen klarzukommen. Oftmals habe er das Gefühl, man müsse sie geradezu zu ihrem Glück zwingen. Manchmal fehle es ganz einfach an Selbstkritik und gesundem Menschenverstand. Und manchmal könne er den falschen Stolz, die Passivität, die Schludrigkeit, die Intoleranz und mangelnde Solidarität und Zivilcourage einfach nicht mehr ausstehen. Es mache ihn immer wieder wütend, wenn er sehe, wie häufig gegeneinander und nicht miteinander gearbeitet würde. Und dann diese Missgunst und ungebändigten Neidgefühle, sie seien wohl ein Hauptgrund dafür, warum sich die Russen oft so schwer tun. Ein russischer Agrarsoziologe habe ihm neulich dieses Phänomen anhand einer Anekdote veranschaulicht. Darin sprach Gott zu einem verarmten Dorfbewohner:

»Ich möchte dir einen Wunsch erfüllen, damit du mit deiner Familie ein besseres Leben führen kannst. Wenn du möchtest, werde ich dir eine gute Kuh schenken, die genauso viel Milch gibt wie die deines Nachbarn da drüben.«

»Nein«, sagte der Mann nach langem Nachdenken, »ich brauche keine Kuh. Aber wenn du mir einen Wunsch erfüllen willst, dann lass die Kuh meines Nachbarn krepieren.«

Nicht zuletzt litten sie auch unter der Bürokratie. Wenn sie nicht die Unterstützung von Leuten wie Kusja Kusnezov und Boris Prokofiev sowie anderer einflussreicher Projektteilnehmer hätten, würden sie nicht weit kommen. Und wie sehr hasse er es, wenn sich die Leute gegenseitig rüde das Wort abschnitten und das Thema wechselten und die Vorgesetzten den großen Chef spielten und herumkommandierten. Das verderbe die Arbeitsatmosphäre, erschwere das Teamwork und erzeuge Trotzreaktionen.

Es tue ihm immer sehr weh, wenn er sehe, wie die Schere zwischen Arm und Reich sich immer weiter öffnete und die Rechte eines großen, bitterarmen Bevölkerungsteils verletzt würden. Niemand sehe etwas, niemand sage etwas. Und dazu dieser unbändige Materialismus und diese Großspurigkeit auf allen Ebenen!

Längst überfällige Reformen fänden nicht statt. Es herrsche Stagnation. Apparatschicks und Uniformierte fühlten sich immer noch allmächtig und könnten ohne Angst vor einer Kontrolle auch weiterhin schalten und walten, wie sie wollten – und abkassieren. Genauso wie in Brüssel! Und wo sind die jungen Menschen, die wie in anderen Ländern bereit sind, sich für eine bessere Zukunft und eine bessere Welt einzusetzen?

Manchmal sei er angesichts des mangelnden Respekts gegenüber den Tieren, aber auch den Mitmenschen, schon ziemlich down, besonders dann, wenn russische Firmen wieder mal einen ihrer Berater abgeworben hätten, inzwischen bereits den Dritten! Die Anwerbung und das Halten fähiger Beraterpersönlichkeiten seien zweifellos die Kardinalaufgabe des Projektes.

Auf der positiven Seite stünde, dass die deutschen Kurzzeitexperten in den Betrieben sowie auf den Fortbildungsseminaren, bei denen sie zunehmend russische Experten einsetzten, immer noch gut ankämen. Die Seminare seien stets vollgepackt, und meistens gelänge es auch, die Teilnehmer aus der Passivität zu reißen und heftige Diskussionen zu entfachen. Gerade zum jetzigen Zeitpunkt könnten sie dafür zusätzliche Mittel gut gebrauchen. Ob Seitz Möglichkeiten sehe?

Und dann sehe er immer wieder, wie tüchtig die Leute in den Betrieben seien, wenn sie in ihrer Arbeit eine Perspektive sähen und sich einigermaßen gerecht behandelt und bezahlt fühlten.

Es sei so wichtig, dass die Russen mit neuen Ideen in Kontakt kämen, andere Länder besuchten und die jungen Menschen, die im Ausland studierten oder arbeiteten, wieder zurückkehrten, um ihre Erfahrungen einzubringen.

Tatjana lasse herzlich grüßen. Sie habe sich über seinen Besuch sehr gefreut!

Er stutzte. Verdammt! Bei Lothars Besuch vor nicht einmal zwei Wochen hatten sie ja all das im Detail besprochen. Zögernd löschte er die E-Mail. Sein Gehirn arbeitete nicht mehr so wie früher. Er fühlte sich plötzlich alt und schwächelnd. Seit Monaten war er ständig unterwegs gewesen, schlief schlecht und fragte sich immer öfters, was das denn alles solle und ob er vielleicht langsam durchdrehe. Er brauchte unbedingt Abstand. Er würde ein paar Tage Urlaub nehmen, vielleicht mit den Nachbarn Eisfischen gehen und sich jedenfalls nie wieder zum Wodkatrinken animieren lassen.

Svetlanas Kuh
Sonntag, 18. Juni 2000, 12:30 Uhr

Bei Kolomna verließen sie die Neurjasan-Chaussee. Eine schlaglochdurchsiebte Landstraße führte zum Dorf Pischlizkij, vorbei an brachen und schlecht bestellten Feldern, bescheidenen Datschas und einer »toten« Kolchose mit zerfallenden Stallungen, rostenden Maschinen und teils noch bewohnten, verwahrlosten Wohngebäuden, Zeugnisse dafür, dass hier einmal Milch und Fleisch erzeugt wurde.

Kinder schleppten Wassereimer. Ein paar Kühe weideten entlang der Straße, Ziegen und Gänse retteten sich über die Straße, ein strubbeliger Hund trottete hinter einem Pferdewagen her. Eine verfallende Kirche stand trübsinnig am Dorfeingang. Staketenzäune protegierten graubraune Kotten und zweistöckige, noch unverputzte Zinderblockhäuser auf beiden Seiten der Straße, dahinter kleine Schuppen, Außenaborte und Banjas. Geflügel, ein paar Schafe, Ziegen und sich dazwischen tummelnde Schweine, hier und da ein Rind und ein Pferd unter überalterten Obstbäumen. In den Gemüsegärten offenbarten sich die ersten Anbauerfolge.

»In einem noch viel schäbigeren Dorf war ich drei Jahre lang Grundschullehrerin«, seufzte Tatjana. »Alles dreht sich hier ums Überleben: anbauen, ernten, konservieren, kochen, waschen, ein oder zwei Schweine schlachten und auf dem Markt einen Sack Weizen, Speck und Eier verkaufen oder etwas Gemüse, ein paar Äpfel, Kartoffeln und Wodka, und die in die Stadt gezogenen Verwandten an Wochenenden mit Nahrungsmitteln zu versorgen.«

»Wem erzählst du das?«, stichelte Alexander. »Ich habe tagtäglich mit diesen Menschen zu tun.«

Sie traten durch ein hellblaues Eisentor in einen vorbildlich gepflegten Garten mit neuem Backsteinhaus. Daneben stand Lissi, Svetlana Helmanovas Kuh, auf makelloser Einstreu, strotzend vor Wohlbefinden und schaute den Besuchern mit ihrem viel zu fetten Kalb wohlwollend entgegen.

Svetlana strahlte übers ganze Gesicht. Ein Traum hatte sich erfüllt. Endlich hatte sie sich die schon seit Langem so sehnlichst ersehnte hochträchtige, schwarzbunte Färse mit westlicher Genetik leisten können. Und diese hatte ihr nun auch noch ein Kuhkalb beschert! Wie ein einziges Kind würde sie es groß ziehen und die Futtersituation so organisieren, dass es einmal als zweite Kuh genug zu fressen haben würde.

Svetlana öffnete die Tür des Laufstalls. Alexander wusste, dass er jetzt da hineinzugehen hatte, um die beiden Tiere fachmännisch zu beurteilen.

»Das alles verdanke ich dem Projekt«, strahlte die einnehmende Frau mit den strammen Oberarmen und den schwieligen Händen, Hauptzootechnikerin des kommerziellen Milchbetriebs AG Petrowskoje, die jedem auch noch so starken Druck standhalten konnte.

»Zum ersten Mal hat Petrowskoje gutes Futter und Luft und Licht im Stall«, fuhr sie fort. »Zum ersten Mal riecht es nach richtiger Silage und richtigem Heu. Und trotz aller Anlaufschwierigkeiten mit den Boxenlaufställen und den beiden Melkständen sind wir mit der neuen Technologie und dem Bezahlungsmodus zufrieden. Tatjana, mit 30 Prozent weniger Kühen produzieren wir 25 Prozent mehr Milch als früher. Auch die Milchqualität und Fruchtbarkeit stimmen. Die Kälber und Jungrinder werden ordentlich gefüttert, denn wir wollen wieder auf 1200 Kühe aufstocken. Wir haben ja jetzt die Maschinen und können uns die Teile und Betriebsmittel leisten. Das ganze Paket muss stimmen, sagt uns immer Ihr Mann!

Fjodor hat uns einen ordentlichen Bonus ausgezahlt. Das reichte für die Hälfte meiner Lissi, den Rest in zehn Monatsraten. Wir sind Ihrem Mann zu großem Dank verpflichtet.«

»Svetlana, Sie übertreiben da schon ein bisschen«, schmunzelte Alexander. »Es ist vor allem Ihr Verdienst, dass es bei euch klappt. Alle haben am gleichen Strang gezogen! Die vielen Überstunden, die Teilnahme an den Lehrgängen und Seminaren! Ich bin nur der Koordinator.«

»Wir wissen, wo der Hund begraben liegt«, winkte Svetlana lachend ab. »Aber, Tatjana, wissen Sie was? Sie können froh sein, dass ich immer auf ihn aufpasse: Unsere Mädels schwärmen nämlich für ihn. Und er mag sie auch. Und wenn eine mal ein Problem hat, ist er immer bereit, eine Lösung zu finden. Auf so einen Mann muss man wirklich aufpassen«, lachte sie.

»Oh diese Männer!«, brauste Tatjana auf. »Ich dachte immer, er sei anders als unsere. Ich bin froh, dass ich nicht alles weiß!«

Anschließend inspizierten sie den Gemüsegarten. Svetlana und ihr Mann hatten es an nichts fehlen lassen. Bestmögliches Saat- und Pflanzgut, Stallmist, Kompost, moderne Pflanzenschutzmittel, Plastikfolie und ordentliche Gartenwerkzeuge waren für sie eine Selbstverständlichkeit genauso wie das kleine Plastikhaus für Tomaten, Gurken und die Anzucht von Setzlingen.

Grillduft pfundschwerer Schaschliks ließ Alexander das Wasser im Mund zusammenlaufen. Der Tisch unter dem Apfelbaum bog sich vor Köstlichkeiten. Der Wodka war mild. Die Sonne lachte, und der benachbarte Veterinär war nicht zu stoppen, die wohl durchaus respektablen Leistungen seiner drei Kühe maßlos zu übertreiben.

Er könne einfach nicht verstehen, warf Alexander ein, dass sich noch keine größeren, privaten Milchbetriebe mit zehn, zwanzig oder dreißig Kühen und mehr entwickelten. Bei diesen guten Milchpreisen! Land gebe es ja in Hülle und Fülle.

Der Veterinär zuckte die Schultern. Es fehle an Geld, meinte er, die Milchviehhaltung sei ja schließlich auch nicht gerade einfach, das sei schon ein ziemlich harter Job und nicht jedermanns Sache – und dann dieses Risiko!

Als sie zurückfuhren, tauchte die tief stehende Sonne die Abendlandschaft in ein Meer aus warmem Licht.

»Was für tolle Frauen habt ihr hier in Russland«, sagte Alexander. »Ohne Frauen wie Svetlana und ihre Melkerinnen würde unser Projekt vom Winde verwehen. Eure Frauen halten dieses Land zusammen.«

»Da siehst du mal wieder, was du an mir hast«, lachte Tatjana.

»Ja, Tanjuscha«, lächelte er, »du bist die Beste.«

Minimum/No Tillage
Freitag, 8. September 2000, 13:35 Uhr

Die quietschenden Raupenketten des einst dunkelroten Bulldozermonsters pressten auch die letzten Luftbläschen aus dem perfekt gehächselten Futtermais, der im viertelstündlichen Rhythmus in die Fahrsilos von OPK Noginskoje gekippt wurde.

Hauptagronom Georgij Frick war zwar bis zum Gehtnichtmehr erschöpft, jedoch mit sich und der Welt zufrieden. Die Hektar-Erträge waren doppelt so hoch wie in den Jahren vorher, der Körneranteil befriedigend, die Häcksellänge optimal, die Körner zerquetscht, der Unkrautanteil gleich null. Anstatt Silage dritter Qualität würden sie in diesem Jahr erste Kategorie hinkriegen und den Futterwert mehr als verdoppeln. Auch würde zwei Wochen früher als sonst alles unter Dach und Fach sein, noch vor Beginn der Schlechtwetterperiode. Hoffentlich reichte der Treibstoff und machte die Futtererntemaschine nicht noch schlapp. Denn morgen Nachmittag, wenn alles klappte, würde auch der letzte Maisstängel fachgerecht einsiliert sein.

Den ganzen Winter über hatte Frick mit den Mechanikern die Scheibeneggen, Grubber, Drillmaschinen und die Motorspritze mit Schrottteilen verbreitert, verstärkt und mit vorwiegend importierten kritischen Teilen ausgerüstet. Die Traktoren waren generalüberholt, vier davon mit Doppelbereifung versehen, um die PS besser auf den Boden zu bringen und die Kompaktierung der Böden zu reduzieren. Denn es galt, bei der Frühjahrssaatkampagne zum ersten Mal pfluglose Direktsaat mit minimaler Bodenbearbeitung (Minimum/No Tillage) anzuwenden. Alexander und der Repräsentant von Monsanto hatten sie bei der Beschaffung von Konstruktionsplänen und importierten Teilen unterstützt. Auch beim Kauf von früh reifendem Hybridmaissaatgut, höher produktiven Klee-/Grasmischungen, Herbiziden und Düngemitteln hatten sie ihre Hand im Spiel gehabt.

Die betriebseigenen Schreiner und Zimmerleute hatten die Futtertransportwagen mit Rundumgattern versehen, um die aus Deutschland zu importierende gebrauchte Claas-Futtererntemaschine bei der Ernte gebührend zu unterstützen. Während der Saat- und Futtererntekampagne war Frick rund um die Uhr vor Ort gewesen. Wenn nötig, schwang er sich auf den Traktor oder legte bei Kalamitäten selbst Hand mit an. Denn er war ein passionierter Landwirt.

Der untersetzte, 100 Kilo schwere Zweiunddreißigjährige mit slawogermanischen Gesichtszügen und geröteten, schweren Augenlidern war Russlanddeutscher und, wie sein Name Frick verriet, wohl schwäbischer

Abstammung. Hätte er eine Baseballmütze getragen, hätte ihn niemand von einem Iowa-Farmer unterscheiden können.

Frick war wortkarg und eher schüchtern. Nur wenn er sich dazu überreden ließ, doch endlich auch mal einen Toast zu sagen, erhob er sich mit imperatorischer Erhabenheit und knüpfte weit ausholend die Jacke zu, bevor er im Tonfall des rapportierenden Unteroffiziers ein paar kurze Sätze aus sich herausschmetterte, um anschließend 250 Gramm Wodka aus einem randvoll gefüllten Wasserglas ohne sichtbare Schluckbewegungen in sich reinzukippen. Dabei gewann er stets stürmischen Beifall und die uneingeschränkte Bewunderung seiner Umgebung, was neben seiner gutmütigen Zuverlässigkeit mit ein Hauptgrund für seine Beliebtheit bei OPK Noginskoje war.

»Ihr braucht mir die Vorteile des Minimum/No Tillage-Ackerbaus nicht schmackhaft zu machen«, hatte Frick resigniert gesagt, als sie sich genau vor einem Jahr zum ersten Mal getroffen hatten. »Ich kenne die Literatur. Man macht es überall in den USA und Kanada. Auch in Deutschland hat man damit begonnen. Es klappt auch bei uns. Ich habe es selbst gesehen.«

»Warum macht ihr es dann nicht?«, hatte ihn damals Alexander herausfordernd angeherrscht. »Warum sagen eure Agronomen, dass es in Russland nicht klappt, obwohl ihr dieselben agroökologischen Bedingungen habt wie die Amerikaner! Oh, Georgij, die Entwicklung der vergangenen zwanzig, dreißig Jahre ist an euch vorbeigegangen. Was macht ihr nur bloß für Sachen!«

»Wir sind in Russland, Alexander. Unsere Leute wollen sich nicht exponieren, sie wollen keine etwaigen Fehlschläge einstecken, nur um dafür kritisiert zu werden. Warum auch? Aber ich bin Deutscher, genauso wie Sie. Kommen Sie, lassen Sie uns mit Lev reden. Sehen Sie, er geht gerade mit Akademik[30] Dedov in sein Büro. Sie kennen ihn ja, den alten Schwätzer, der bei jeder Gelegenheit seine deutschen Gedichte vorträgt. Er behauptet noch immer, Ackerland müsste mindestens einmal pro Jahr tief gepflügt werden, obwohl er es besser weiß.«

»Halt deine Zunge im Zaum«, unterbrach ihn Smolinski und blickte ihn finster an. »Valentinowitsch war mein Doktorvater. Er war einmal ein großer Chef. Er war bereits Akademik, als du noch in die Windeln geschissen

---

[30] Akademik = Mitglied einer russischen Akademie der Wissenschaften, z. B. der Landwirtschaftswissenschaften. Einst hoch geachtete und privilegierte Lehrer und Forscher, die nach der Wende stark an Einfluss und Privilegien verloren haben.

hast. Er war einer der jüngsten Akademiks, die wir je hatten. Er hatte an der Akademie viel zu sagen und war ein ausgezeichneter Institutsleiter und viele Jahre lang Landwirtschaftsminister in Zentralasien. Er besitzt sogar den Leninorden. Es zerreißt mir das Herz, wenn ich sehe, wie man ihn abgeschoben hat und wie er sich immer noch abrackert, um ein paar Kopeken dazuzuverdienen. Seine Frau ist schon seit Jahren sehr krank. Er braucht das Geld.«

»Ja, ja, das ist ja alles schön und gut«, fuhr Frick unbeirrt fort. »Aber er steht uns im Weg. Und Lev hört nun mal auf ihn, er ist eben Wirtschaftswissenschaftler und nicht Agronom. Und außerdem hat uns auch noch unser Sponsor den alten Dedov vor die Nase gesetzt. Das gefällt mir nicht. Wenn sich das nicht bald ändert, werde ich nach Deutschland auswandern.«

Lev Lazarenko war Direktor von OPK Noginskoje. Das 7800 Hektar große Agrarunternehmen mit der 2800-köpfigen Rinderherde, einschließlich 1300 Kühen, wurde von einem lokalen Energieversorger gesponsort, der die gesamte Milch- und Fleischproduktion für seine Kantinen und Mitarbeiter zu attraktiven Preisen abnahm. Deshalb konnte es sich Lazarenko auch leisten, den betriebseigenen Futteranbau auf ein Minimum zu beschränken und stattdessen Futtermittel, vor allem teures Kraftfutter, in großen Mengen zuzukaufen und eher die Genetik und Stalltechnik als die Futtervorratswirtschaft zu verbessern.

Trotzdem war Lazarenko Alexanders Vorzeigeklient. Bereits Anfang der 90er-Jahre hatte er seine Rinder von einer verbesserten Landrasse in hochleistungsfähige Holstein-Friesians transformiert. In Zusammenarbeit mit dem Projekt gelang es ihm innerhalb des vergangenen Jahres, die Stallungen in eine moderne Milchproduktionsanlage mit Boxenlaufställen, einem neuen Westfalia-zwölf-mal-zwölf-Fischgräten-Melkstand und zwei modernisierten litauischen Tandem-Melkständen umzustrukturieren sowie Stallklima und Milchqualität wesentlich zu verbessern. Die Kühe waren in gutem Futterzustand, die Aufzucht der Jungtiere zufriedenstellend.

Wie kein anderer nutzte Lazarenko die Projektsoftware nicht nur wie die meisten Projektteilnehmer fürs Herdenmanagement, sondern auch zur Erfassung und Auswertung betriebswirtschaftlicher Daten. Und so wusste er, dass seine Milchwirtschaft langsam, aber sicher rentabel wurde. Nur die Futterkosten galt es, noch in den Griff zu bekommen. Dazu hatte er sich vor einem Jahr Georgij Frick als Hauptagronom sorgfältig ausgesucht.

OPK Noginskoje war der erste Betrieb, dem es gelang, nach der Umstellung vom Anbindestall auf den Laufstall eine faire Bezahlung der Melkerinnen und Stallarbeiter zur Zufriedenheit aller Beteiligten auszutüfteln.

Das war eine harte Sache gewesen. Hans Haberland hatte sie darin beraten. Seine diesbezügliche Erfahrung in der ehemaligen DDR war dabei Gold wert gewesen.

Als Alexander Akademik Dedov in Lazarenkos Büro begrüßte, kam er nach dem obligatorischen Austausch von Freundlichkeiten gleich auf dessen seinerzeit Aufsehen erregende Studie zu sprechen.

»Als ich 1991 zum ersten Mal nach Moskau kam«, sagte Alexander, »habe ich Ihre Studie über den Status der Böden der ehemaligen Sowjetunion gelesen. Zwei Drittel des Ackerlandes und über 50 Prozent des Weidelandes, habe ich mir damals notiert, litten unter Wind- und Wassererosion. Jedes Jahr würden 1,7 Millionen Hektar dazukommen, prognostizierten Sie, sowie drei Milliarden Tonnen Boden mit 42 Millionen Tonnen Nährstoffen weggeblasen oder weggewaschen. Schlechte Bodenbearbeitung und unzureichende Düngung hatten zu einer geradezu beängstigenden Abnahme von Humusgehalt und Bodenstruktur geführt. Ihre Vorhersage, Millionen Hektar landwirtschaftlicher Nutzfläche würden Jahr für Jahr aufgegeben, ist tatsächlich Wirklichkeit geworden.«

»Ja, Dr. Ott«, antwortete Dedov sichtlich geschmeichelt. »Das war noch in den guten, alten Zeiten. Damals hatten wir noch die Mittel und die Leute, um gute Arbeit zu leisten. Drei Jahre lang sind wir kreuz und quer durch die UdSSR gereist, um Daten zu erheben. Aber was ist dabei herausgekommen? Nichts! Wir wursteln immer noch so weiter wie früher. Vielerorts treiben wir weiter nichts als reinen Raubbau!«

»Die USA und Kanada haben die gleichen Probleme«, sagte Alexander. »Aber dort hat man etwas dagegen getan. Dort wendet man moderne Bodenbearbeitungstechniken an, um der Erosion und der Bodendegradierung entgegenzuwirken und Wasser, Bodenfeuchtigkeit und Humus zu konservieren und die Kompaktierung der Böden zu minimieren. Natürlich haben auch diese Länder immer noch große Probleme. Aber mithilfe von Minimum/No Tillage haben sie vieles in den Griff bekommen und dabei gleichzeitig Maschinenkosten und Spritverbrauch drastisch gesenkt. Aufgrund erhöhter Schlagkraft haben sie sogar die Vegetationsperiode erheblich verlängert und in Gebieten mit Trockenlandwirtschaft den Anteil der Schwarzbrache von 30 Prozent auf ganze zehn Prozent reduziert! Wenn das keine Leistung ist! Warum macht ihr das nicht in Russland?«

»Warum machen wir das nicht in Russland, Valentinowitsch?«, hakte Lazarenko nach.

»Wir müssen damit anfangen, Lev, auch wenn es viel Geld kostet«, antwortete Dedov schüchtern. »Die Zeiten ...«

»Valentinowitsch«, unterbrach ihn Lev barsch und versuchte seine Verblüffung zu kaschieren, »warum haben Sie uns das nicht schon früher gesagt, warum sagten Sie immer, unsere russischen Böden müssten mindestens einmal pro Jahr tief gepflügt werden, und es gäbe keine Alternative dazu?«

»Die Zeiten haben sich geändert. Jetzt mit der freien Marktwirtschaft«, sagte der alte Mann betrübt und rieb sich die Stirn.

»Ihr bringt mich noch in die Klapsmühle und außerdem ins Armenhaus!«, schrie Lazarenko und sprang Arme fuchtelnd auf. »Wer soll denn das alles bezahlen? Woher soll ich das Geld nehmen? Ich habe ja alles in die Ställe und das Vieh gesteckt! Für ein acht Fuß breites Bodenbearbeitungsgerät wollen sie bei der EuroTier-Ausstellung in Hannover ganze 32.000 Deutsche Mark, für einen 12-Footer 50 000! Das würde mich mit allem Drum und Dran weit über eine halbe Million Dollar kosten! Ende April muss ich die Claas-Futtererntemaschine anzahlen, und die beiden Claas-Mähdrescher müssen ja auch irgendwie abbezahlt werden, oder?«

»Geben Sie ihm 200 000 Deutsche Mark«, deutete Alexander auf Frick. »Dann hat sich die Sache. Er wird die Teile kaufen und mit den Mechanikern die Maschinen und Traktoren auf Vordermann bringen. Wenn Sie wollen, werden wir sie gern unterstützen.«

»Ich muss darüber nachdenken«, sagte Lazarenko. »Georgij ist kein schlechter Mann. Und meine Mechaniker sind auch nicht schlecht, wenn man ihnen die Mittel gibt.«

»Warum hat der alte Dedov plötzlich klein beigegeben, Gennadij?«, fragte Alexander, bevor sie sich mit dem Hauptmechaniker an die Bestandsaufnahme der noch zu gebrauchenden Maschinen machten.

»Er konnte vor Ihnen nicht zugeben, dass er nicht auf dem Laufenden ist. So ist das eben mit der alten Garde«, antwortete Smolinski und fügte vorwurfsvoll hinzu: »Und die junge Garde? Wo ist sie?«

»Ich werde das alles mit Ronnie Lickey von Monsanto und Peter Uhlig, unserem Kurzzeitexperten für Mechanisierung, durcharbeiten. Gott sei Dank stößt Peter bereits übermorgen für eine Woche zu uns«, schmunzelte Alexander mit sich selbst zufrieden, denn so wie er Lazarenko einschätzte, würde dieser die 200 000 DM oder zumindest einen Großteil davon hinblättern.

»Das war ein guter Tag«, strahlte Frick. »Kommt, fahrt hinter mir her. Ich möchte auf euer Wohl trinken.«

Zwei von Levs Mechanikern torkelten ihnen am Dorfeingang entgegen. Wild gestikulierend und fluchend versperrten sie den Weg. Larissa, die Besamungstechnikerin, war in Tränen aufgelöst.

»Kaum zu glauben! Verstehen Sie, worum es geht?«, schüttelte Smolinski lachend den Kopf, als fände er das Ganze äußerst amüsant.

»Ja, sie wollen die ganze Welt auf den Penis schicken«, zischte Alexander genervt.

»Richtig, zwei Nichtsnutze aus dem Dorf haben heute Morgen Larissas Spermacontainer geklaut. Sie haben die beiden gerade dabei erwischt, wie sie diesen zum Destillieren von Samogon konvertierten. Das Sperma ist futsch, über hundert Dosen, und der Container muss speziell geschweißt werden.«

Als sie sich gegen 20 Uhr auf die einstündige Heimfahrt machten, meldete sich Gennadijs Handy genau in dem Augenblick, als er den Zündschlüssel rumdrehen wollte.

»Für Sie«, sagte er.

»Sei mir gegrüßt!«, ertönte Jonas Dannenberg aus dem Handy. »Ich bin im Hotel National.«

Alexander war hocherfreut.

»Mensch, nach all den Jahren! Ich freu mich riesig! Ich hole dich gleich morgen früh ab.«

»Kann leider nicht rauskommen. Die Botschaft erlaubt es nicht: Sicherheitsgründe. Aber komm du doch morgen zum Lunch.«

»Schade! Ich werde da sein«, sagte Alexander. »Und komm mir heute Abend bloß nicht unter die Räder!«

Moskau, Hotel National
Samstag, 9. September 2000, 13:05 Uhr

»Was für ein tolles Büfett!«, schwärmte Alexander. »Wie sehr ich diesen Lunch genieße, nach all dem deftigen Essen hier.«

»Wir sind ja auch in einem guten Haus«, sagte Jonas Dannenberg. »Das National ist mit das Beste am Platz. Lenin wohnte hier, bevor er in den Kreml zog. Es wurde Mitte der 90er-Jahre stilecht renoviert. Hat einen der besten Swimmingpools. Darf ich dich denn zu einer Flasche Rotwein einladen?«

»Der Campari reicht. Wein kannst du hier kaum bezahlen!«

»Zu einem guten Essen gehört ein guter Wein. Geht ja auf Spesen. Inzwischen habe ich mich an gute Weine gewöhnt. All die Lobbyisten aus Wirtschaft und Politik, die ständig zum Wining and Dining einladen und mir auch mal 'ne ganze Ladung erlesener Weine nach Hause schicken. Und Brüssel ist ja auch nicht gerade ein billiges Pflaster. Ein paar Hunderter für einen Premier Cru Classé sind normal. In meinen alten Tagen bin ich auch noch zum Wein-Connaisseur geworden«, lachte er. »Die Zeiten haben sich geändert, seit wir vor 25 Jahren die Durchführung des Obst- und Weinbauprojektes der Weltbank in Rumänien kontrolliert haben. Erinnerst du dich noch an die vielen Weinproben? Damals warst du für mich der größte Weinkenner aller Zeiten. Wein war schierer Luxus. Komm, lass mich die Weinkarte studieren!«

Er ist ein Phänomen!, staunte Alexander, als er zum Büfett ging. Seit ich ihn Anfang 1974 zum ersten Mal sah, hat er sich kaum verändert. Immer noch gertenschlank. Kaum eine Falte im Gesicht, kaum ein graues Haar. Selbst die Weinkarte liest er ohne Brille! Nur die Bekleidung und Schuhe sind noch ein ganzes Stück exquisiter als früher.

Trotz seiner Eitelkeit war Dannenberg keine elegante Erscheinung. In seinen Bewegungen war er eher schlaksig. Doch er hatte eine wunderbar warme, tragende Stimme, in der stets eine feierliche Note lag. Er hatte Charme. Und mit Charme und Nettigkeit, das wusste er, konnte man eine ganze Menge erreichen. Er konnte unwiderstehlich lächeln und fand im Gespräch von Mensch zu Mensch immer die passenden Worte. Ehrgeiz hatte er nicht, aber er besaß eine recht gute Menschenkenntnis und einen gesunden Menschenverstand, was er dazu benutzte, sich das Leben möglichst komfortabel und bequem zu machen.

Niemand, auch er selbst nicht, wusste, was das Besondere an ihm war und die meisten seiner Mitmenschen dazu bewog, auf ihn zu hören. Er konnte Dinge sagen, die, hätten andere sie gesagt, Antipathie und Unverständnis hervorgerufen hätten. Trotz seiner Gabe, sich weit über seine Fähigkeiten hinaus befördern zu lassen, hatte er einen ausgeprägten Sinn für Anstand und Gerechtigkeit. Er war neugierig und begeisterungsfähig und genoss es sichtlich, wenn ihm die bewundernden Blicke des weiblichen Geschlechts folgten.

Während seiner vierjährigen Tätigkeit bei der Weltbank rannten ihm die schönsten Frauen nach. Ob er mit ihnen tatsächlich ins Bett ging, überließ er der Fantasie seiner Zuhörer. Wie dem auch immer sein mochte: Die Sekretärinnen und einige seiner Kolleginnen gingen für ihn durchs Feuer. Und das war schon die halbe Miete. Die andere Hälfte war dagegen schwieriger zu erbringen, denn Dannenberg war ein Minimalist, am Detail nicht interessiert und ohne jeglichen Ehrgeiz, wenn es galt, ein Investitionsvorhaben durchzukalkulieren oder etwas zu Papier zu bringen. Das brachte ihn bei der Weltbank bald in Schwierigkeiten. Doch als es für ihn dort zu eng wurde, schaffte er es, dank seiner politischen Beziehungen, als Senior Economist zur EU nach Brüssel zu wechseln.

Diese Beziehungen stammten aus der Zeit seines Studiums der Volkswirtschaft und einer daran anschließenden, nie enden wollenden Doktorarbeit, als Dannenberg, Mitglied einer politischen Studentenbewegung, tief gehende Freundschaften mit später führenden Politikerinnen pflegte. Da er aber weder in der Parteiarbeit noch in Akademia zu gebrauchen war, halfen ihm diese, einen Job bei der Weltbank zu bekommen und danach die Karriereleiter bei der EU bis ganz nach oben zu erklimmen. Dabei kam ihm sein Geschick zugute, bei jeder sich bietenden Gelegenheit die »richtigen Namen« fallen zu lassen, die verschiedenen Nationalitäten gegeneinander auszuspielen und die ungeschriebene Quote für deutsche Führungskräfte bei der EU vehement für sich in Anspruch zu nehmen.

Dannenberg beherrschte den typischen Smalltalk internationaler Organisationen wie kein anderer. Sein angeborenes Interesse für Politik und Klatsch, sein Verständnis für wirtschaftliche Zusammenhänge und sein Drang nach Kommunikation halfen ihm dabei. Stundenlanges Lesen der gängigen Tageszeitungen, der Financial Times und des Economist sowie lange Telefonate während der Arbeitszeit und ausgedehnte Kaffeepausen und Lunch Hours mit den »richtigen Leuten« hielten ihn auf dem Laufenden. Kaum ein anderer konnte bevorstehende Beförderungen, Gehaltserhöhungen und neue Privilegien für die EU-Beamten akkurater voraussagen als er, keiner die Reisekostenrichtlinien, Ausbildungsbeihilfen, Steuerprivilegien und Pensionsansprüche besser interpretieren. Niemand kannte sich in dem administrativen EU-Dschungel besser aus als er, und keiner war über die Fehlschläge von EU-Interventionen, Korruption, Vetternwirtschaft und Verschwendung von europäischen Steuergeldern besser informiert.

»Ein regelrechter Selbstbedienungsladen!«, pflegte er zu sagen.

Wollte man die wahren Gründe erfahren, die die EU-Kommission im März 1999 zum Rücktritt zwang, dann waren es nach Dannenberg nicht etwa die völlig überzogenen Beraterhonorare der unzureichend qualifizierten Freunde der EU-Kommissarin Edith Cresson[31] sowie deren undurch-

---

[31] Edith Cresson, ehemalige sozialistische Ministerpräsidentin Frankreichs, nach Brüssel als EU-Kommissarin für Wissenschaft und Forschung (1995–1998) abgeschoben und bekannt für ihre Großmäuligkeit. Stand im Mittelpunkt von Vorwürfen der Begünstigung und Korruption, die unter anderem im März 1999 zum Rücktritt der EU-Kommission führten, sie hat dabei den Ruf der europäischen Institutionen schwer beschädigt. So schanzte sie ihrem Zahnarzt einen Beratervertrag als Aids-Berater über 100 000 Euro zu, obwohl er dafür weder qualifiziert war noch diesen aufgrund von Krankheit je ausführte. Sie stolperte auch über völlig überzogene Beraterhonorare an persönliche Freunde sowie eine undurchschaubare Vergabe von EU-finanzierten Projekten ausschließlich nach Paris und Brüssel.
Ende Februar 2006 beantragte der Generalanwalt des Europäischen Gerichtshofs (EuGH), die inzwischen zweiundsiebzigjährige Edith Cresson wegen Günstlingswirtschaft im Amt mit einer Pensionskürzung von 50 Pro-

schaubare Vergabe von EU-finanzierten Projekten, über die Paul van Buitenen stolperte. Es waren auch nicht die Jahr für Jahr um die zehn Milliarden Euro »unaccounted for« (unerklärbar verschwundenen) EU-Mittel[32] und die »Schwarzen Konten«, mit denen EU-Beamte ohne Haushaltsermächtigung und -kontrolle manipulierten und sich dabei fürstlich bedienten. Vielmehr waren es die zig Milliarden undurchsichtiger EU-Fördermittel, vor allem im Agrarbereich und bei den EU-Hilfsprogrammen, die in dunkle Kanäle flossen sowie die Unfähigkeit und mangelnde Bereitschaft der EU-Administration unter ihrem Präsidenten Jacques Santer, etwas dagegen zu tun.

Wollte man sich über den Verbleib von 1,5 Milliarden Euro informieren, die zwischen 1990 und 1997 in den Ländern der ehemaligen Sowjetunion für Tschernobyl und nukleare Sicherheit versickerten, rief man Dannenberg an. Man fragte ihn, weshalb ECHO, das Europäische Amt für humanitäre Hilfe, in den Jahren 1994 und 1995 ganze zwei Milliarden Euro nicht nachweisen konnte. Und wenn man wirklich wissen wollte, weshalb die EU-Kommission Österreich Anfang 2000 mit Sanktionen belegte, dann hatte man mit Dannenberg Lunch. Nicht etwa der Rechtsrutsch bei den österreichischen Bundestagswahlen sei hierfür der Grund gewesen, klärte er auf, sondern die vehemente Kritik österreichischer Politiker an Korruption und Vetternwirtschaft bei der EU, namentlich dem egozentrischen Verhalten Frankreichs und der Dominanz frankofoner EU-Beamter innerhalb der EU-Administration. Und, fügte er mit finsterem Blick hinzu, ohne triftigen Grund und mit-

---

zent zu bestrafen. Dieser Antrag wurde vom EuGH im Juli 2006 abgelehnt, woraus sich der Rückschluss ziehen lässt, dass Korruption auf EU-Ebene nicht unbedingt bestraft wird und die »hohen Tiere« in Europa nichts zu befürchten haben, auch wenn sie nachweislich gegen die Regeln verstoßen.

[32] Unaccounted for EU-Mittel: Nach Angaben von Michaele Schreyer, deutsche EU-Kommissarin für Finanzen (1999–2004) und »Grüne«-Politikerin, garantierte der Europäische Rechnungshof die ordnungsgemäße Abrechnung von nur etwa 90 Prozent des EU-Haushalts. Das bedeutet, dass z. B. in 2001 bis zu 9,6 Millionen Euro und 2003 immer noch etwa 7,0 Millionen Euro zweckentfremdet verausgabt wurden. Schreyer feuerte die ehemalige Chefbuchhalterin Marta Andreasen für ihre öffentliche Kritik, dass das europäische Buchhaltungssystem zur Korruption einlade. Sie setzte alles daran, ein Deckmäntelchen des Schweigens, wenn nicht gar des Vertuschens über die EU-Finanzen zu breiten und geriet wegen Inkompetenz und Blauäugigkeit hart in die Kritik, wurde jedoch nie gefeuert und erst 2004 nach Ablauf der Romano-Prodi-Ära im August 2004 ersetzt. Die ehemalige Berliner Stadtentwicklungssenatorin war weder typisch »grün« noch deutsch. Eher war sie europäisch. Vor allem zuletzt, als ausgerechnet die deutsche Kommissarin die Forderung der rot-grünen Bundesregierung nach Ausgabeneinschnitten bei der EU als realitätsfremd abkanzelte.

tels eines frei erfundenen Sanktionsrechts sei dies erfolgt, während Brüssel andere Länder trotz unmenschlicher Kriegsführung mit Samthandschuhen anfasse! Jedenfalls schäme er sich als Deutscher, dass seine Regierung diese Sanktionen gegen besseres Wissen unterstützt habe. Trotzdem fände er es falsch, deshalb ein pauschales Urteil über die EU-Beamten und Visionäre auszusprechen. Nur weil darunter eine ganze Reihe schwarzer Schafe sei und die Mitgliedsländer ihre Aufsichtspflicht grob vernachlässigten, bedeutete das noch lange nicht, dass die gesamte EU-Administration korrupt und unfähig sei. Sie mache auch viele gute Sachen.

Durch seine Schwatzhaftigkeit und kritischen Äußerungen machte sich Dannenberg viele Feinde. Er war ein unbequemer und ein nicht gerade produktiver Kollege. Und er hatte zu viel Insight, auch in das Privatleben der »hohen EU-Tiere«. Man fühlte sich »pas comfortable« mit ihm. Man tat daher gut daran, ihn zu sich ins Boot zu holen. Und dies war wohl ein Hauptgrund, weswegen er bis zum Generaldirektor befördert wurde.

Dannenberg probierte den Château-Neuf du Pape, schüttelte den Kopf und begann nervös zu werden, er beroch den Korken und beschnüffelte das Glas.

»Was, ein 1998er? Ein Jahrhundertjahrgang an der Rhône! Der hat einen Korkgeruch. Probier ihn doch selbst«, rief er und gab dem Kellner ein Zeichen, Alexander einen Probeschluck einzuschenken.

»Ein typischer Château-Neuf du Pape, herb fruchtig, im Eichenfass gegoren und ausgebaut. Der zweite Schluck wird dir schon besser schmecken.«

»Nein, den lasse ich zurückgehen.«

»Mach keinen Zauber! Die Russen darfst du nicht verärgern. Sonst schicken sie dir noch die Mafia aufs Zimmer.«

»Meinst du das im Ernst?«, zuckte Dannenberg zusammen. »Wegen einer einzigen Flasche Wein?«

»Ja, wegen einer einzigen Flasche, manchmal sogar noch wegen viel weniger.«

»Komm, Alexander, mach dir keine dummen Gedanken, lass uns auf die guten, alten Zeiten in Washington, DC trinken.«

Wie in einem gigantischen Opernhaus entfaltete sich die funkelnde Nachtkulisse des Kremls, als Dannenberg den Knopf zur Öffnung der Vorhänge der Suite aktivierte.

»Mein Gott, ist das schön! Hättest du dir das damals in Washington je träumen lassen?«, stieß er aus, als sie in weiße Ledersessel versanken, über ihnen ein Kristalllüster, ringsum dezente Eleganz. »Mitten im Zentrum des russischen Bären, nur ein paar Minuten vom Roten Platz und Bolschoi!«

»Ich wusste nicht, dass die EU im Osten Großinvestitionen in der Landwirtschaft macht«, sagte Alexander. »Das ist doch die Domäne der Osteuropäischen Entwicklungsbank[33] oder der Weltbank und ihrer International Finance Corporation[34].«

»Richtig, aber die französische Vieh- und Fleischlobby[35] und wohl auch Paris setzen uns wieder mal unter Druck. Du weißt ja, wie kreativ die sind, wenn's ums Abschöpfen von EU-Subventionen geht. Auch haben sie offensichtlich die Europäische Investitionsbank[36] im Visier, denn die soll den Export von 50 000 belgischen und französischen Zuchtrindern nach Russland mitfinanzieren. Da brauchte mein Boss halt jemanden vor Ort, um herauszufinden, was schon wieder so alles dahintersteckt. Und am Dienstag früh geht's ja schon wieder nach Brüssel.«

»Oh je!«, seufzte Alexander. »Aber heute Abend und morgen hast du doch hoffentlich Zeit für uns.«

[33] Osteuropäische Entwicklungsbank = European Bank for Reconstruction and Development (EBRD): 1990 als multilaterale Entwicklungsbank mit Sitz in London gegründet mit dem Ziel, das Wirtschaftswachstum in 27 Ländern Zentral- und Mitteleuropas sowie der ehemaligen Sowjetunion zu fördern, mit einem Gründungskapital von 20 Milliarden US$ und den USA als Hauptaktionär.

[34] International Finance Corporation (IFC) = Arm der Weltbank zur Finanzierung von Investitionen im privaten Sektor in Entwicklungsländern mit Sitz in Washington, DC.

[35] Französische Fleischindustrie- und -handelsverbände sowie Fachverbände für Rinderhalter und Milcherzeuger wurden vom Europäischen Gerichtshof wegen illegaler Preis- und Import-/Exportabsprachen zu hohen Geldstrafen verurteilt, die sie jedoch nicht zahlen konnten/wollten und um Stundung baten. Auch deutsche Vieh- und Fleischexporteure ergatterten sich unter anderem mithilfe manipulierter Rechnungen und Zollpapieren EU-Mittel in Höhe von zig Millionen Euro.

[36] Europäische Investitionsbank (EIB) mit Sitz in Luxemburg, finanziert Projekte, mit denen die Ziele der Europäischen Union verwirklicht werden sollen. Finanziert sich durch Anleihen auf den Kapitalmärkten und von den Anteilseignern, den Mitgliedstaaten der EU. Ist mit einem Darlehensvolumen von über 20 Milliarden Euro pro Jahr eine der weltgrößten Entwicklungsbanken.

»Nein, eben nicht. Heute Abend bin ich bei der französischen Botschaft zu Gast, und morgen holen mich der EU-Botschafter und ein paar seiner Leute bereits um zehn Uhr früh ab. Man gibt mir zu Ehren eine Party auf einer Datscha. Das soll den ganzen Tag in Anspruch nehmen. Glaub mir, ich wäre lieber mit euch zusammen gewesen. Aber Arbeit ist eben Arbeit.«

»Wem gehört die Datscha?«

»Einem hiesigen Vieh- und Fleischhändler, Großimporteur. Er und sein französischer Partner haben mich bereits gestern am Flughafen in Empfang genommen und zum Abendessen ins Grand Imperial eingeladen. Das war vielleicht eine feudale Spelunke, sag ich dir: klein aber fein, in einer kuscheligen alten Villa mit russischen Gerichten nach alten Rezepten. Forellenröllchen mit Kaviar und Champagner vorweg. Sauerampfersuppe mit Wachteleiern danach, gefolgt von russischer Hausmannskost. Gute französische Weine und uralter, armenischer Cognac. Die ließen gut und gerne 1000 Dollar auf dem Tisch!«

»Auweia!«, entfuhr es Alexander. »Dann warst du ja in allerbester Gesellschaft! Kashdan Lew Borisowitsch und Bernard Pelissier, two of a kind, wie die Amis sagen.«

»Du kennst sie?«

»Jeder in unserem Business kennt sie hier. Was diese beiden alles anstellen, um an Exporterstattungen und Gelder aus Brüssel ranzukommen, geht auf keine Kuhhaut: fiktive Rechnungen, manipulierte Importlizenzen und Zolldokumente für nie gelieferte Fleischwaren und Lebendtiere, aufgebauschte Liefervolumen und Stückzahlen, überhöhte Lebendgewichte, Konvertierung von Schlacht- zu Zuchttieren mittels gefälschter Abstammungspapiere, Import von umetikettiertem, mehrere Jahre altem Gammelfleisch, verbotenen Schlacht- und Fleischabfällen, überlagerten Fleischwaren und Milchprodukten sowie je nach Bedarf Über- oder Unterbewertung der gelieferten Ware. Dazu noch, als ob das nicht reichte, illegale Preisabsprachen. Sogar in Reimporte sollen sie verwickelt sein. Auch operieren sie über ein weitverzweigtes Netz von Firmen und Scheinfirmen und spekulieren zusammen mit dubiosen Kühlhausbesitzern auf steigende Preise, was zwangsläufig zur Überlagerung der Ware führt. Weißt du, die internationale Vieh- und Fleischmafia verdient sich hier geradezu goldene Nasen.

Aber was mich wirklich anwidert«, eiferte sich Alexander, »sind deine EU-Leute. Zu mir lassen sie dich nicht rauskommen. Der Sicherheit wegen! Aber zu diesen Galgenvögeln fahren sie sogar selbst hin. Sie können dabei ja jederzeit in die Luft fliegen!«

»Dann fahre ich nicht«, sagte Dannenberg verdattert.

»Doch, fahr ruhig. Den EU-Botschafter werden sie ja nicht gleich hochjagen. Das kann sich hier niemand leisten. Und Kashdan hat eine tolle Banja. Er ist einer der besten Gastgeber, die ich kenne. Wenn ich jetzt so über ihre Sicherheitsbedenken bei uns da draußen nachdenke, glaube ich, dass das nur ein Vorwand war. Sie wollen nicht, dass ich mich mit dir treffe, weil sie meine Kritik an den EU-finanzierten Hilfsprojekten und den Exportsubventionen für bereits hoch subventioniertes Lebendvieh und tierische Produkte fürchten. Letztere sind ja ein Hauptgrund dafür, dass sich die hiesige Milch- und Fleischproduktion nicht entwickelt und ständig weiter in die Knie geht, da wir mit den Dumpingpreisen nicht konkurrieren können.«

»Alex, ich brauch mir doch keine Sorgen um euch zu machen?«, unterbrach ihn Dannenberg. »Ist es denn so schlimm hier? Nicht, dass euch noch etwas in den letzten paar Monaten zustößt!«

»Was, uns?! Tatjana ist ja Russin! Ich habe nicht das geringste Gefühl der Unsicherheit. Russland ist ein tolles Land und Moskau eine tolle Stadt! Die hiesige Kriminalität ist halb so schlimm, wie man sie in den westlichen Medien darstellt. Weißt du, Lev Borisowitsch gilt hier als Mafioso und Bernard Pelissier in Frankreich und Brüssel als geachteter Geschäftsmann, obwohl beide mit den gleichen Mitteln arbeiten!«

»Was weißt du über den Deal?«

»Sie wollen euch die Finanzierung von 50 000 französischen Charolais und Blauen Belgier Fleischrindern andrehen und dabei die EU-Exportprämie von 500 Euro pro Kopf kassieren. Das wären ganze 25 Millionen Euro allein aus Brüssel!«

»Nicht übel!«

»Sie versuchen das schon seit eh und je. Pelissier und mehrere Vertreter der frankofonen Fleischindustrie und Handelsverbände sowie Fachverbände für Rinderhalter haben mich schon bei meiner ersten Weltbankmission 1991 in Moskau entsprechend bearbeitet und anschließend bei mir in Washington die Bude eingelaufen. Falls es mir gelingen sollte, die Weltbank oder den IFC zur Finanzierung ihrer Rinder zu bewegen, wollten sie mir außerdem einen Anteil an der Gesamtfinanzierung anbieten! Auch die Osteuropäische Entwicklungsbank und Großbanken haben sie entsprechend bearbeitet. Sie können den Rachen nie voll genug bekommen. Doch dieser Pelissier gibt nie auf. Nun versuchen sie es sogar über eure Europäische Investitionsbank, obwohl diese für Russland nicht einmal ein Mandat hat. Total verrückt!«

»Warum?«

»Weil es bei der hiesigen Arbeitslosigkeit und Unterbeschäftigung auch noch ein entwicklungspolitischer Unsinn ist. Fleischrinderhaltung und Ranching sind die kapitalintensivsten Formen der Landwirtschaft pro Arbeitskraft. Das kann sich Russland derzeit noch nicht leisten. Milchviehhaltung dagegen schafft Arbeitsplätze! Die sollte gefördert werden! Außerdem sind Fleischrinder aufgrund der hier herrschenden langen Winterfütterungsperiode unrentabel und würden bei extensiver Weidehaltung einfach spurlos verschwinden. Auch gibt es für hiesige Verhältnisse besser geeignete Fleischrinder als ihre Charolais und Blauen Belgier, nämlich unser Deutsches Fleckvieh und das englische Aberdeen Angus. Die sind robuster und anspruchsloser und haben sich unter ähnlichen Verhältnissen wie hier weltweit bestens bewährt. Das geht ganz klar aus der jährlich vom amerikanischen Landwirtschaftsministerium durchgeführten Bewertung von 50 Fleischrinderrassen hervor, die schon seit Jahren das Aberdeen Angus vor dem Fleckvieh als die wirtschaftlichste Rasse einstuft.«

»Gut, dass du mir das alles sagst. Aber ich hätte die Finanzierung sowieso nicht empfohlen. Aus Prinzip nicht. Ich mag nicht, wenn die Leute durchs Hintertürchen kommen und dann auch noch Paris puscht. Außerdem, weißt du, nach all den Jahren bei der EU habe ich diese Karrieretrickser einfach satt. Sie machen die EU zur Farce. Aber lassen wir das. Erzähl mir was über euer Projekt. Ich finde es toll, dass du in deinen alten Tagen noch mal was Praktisches machst.«

Als ihn der Chauffeur der französischen Botschaft um 19 Uhr zum Abendessen abholte, erzählte Alexander immer noch.

»Ich muss los«, sagte Jonas betrübt.

»Schon?«

»Ich dachte immer, bei Korruption wechselt lediglich viel Geld die Hand, mit dem man die Sachen beeinflusst. Nie zuvor hat mir jemand den damit angerichteten indirekten Schaden so plastisch vor Augen geführt wie du, auch nicht die Mechanik, wie alles gedreht wird. Und dass letztendlich das Partnerland, die Projektbegünstigten und rechtschaffenen Leute wie dein Freund Hans Haberland die Zeche bezahlen, ist mir bislang gar nicht in den Sinn gekommen. Fürchterlich, geradezu unfassbar! Der arme Kerl!«

VIP Lounge, Scheremetjewo-2
Dienstag, 12. September 2000, 9:20 Uhr

»Alexander, mein Flug geht in einer knappen Stunde«, tönte Jonas Dannenberg aus dem Handy. »Das ist unverzeihlich! Wie können gebildete Menschen, Rechtsanwälte, ja, sogar Richter, Leute mit akademischer Bildung und Doktortitel derartig tief fallen und dabei ungestraft wegkommen und Hans Haberland an den Rand des Wahnsinns treiben? Der arme Kerl! Ich habe dem Botschafter ordentlich die Meinung gesagt. Tat ziemlich überrascht. Will in Brüssel nachhaken. Diese Diplomaten! Da kann ich nur lachen! Du weißt ja selbst, bei denen ist immer alles in Butter! Auf die kannst du nicht zählen! Sei versichert, ich werde Brüssel den Marsch blasen. Man darf doch einen anständigen Menschen nicht einfach so fertigmachen! Und dann auch noch die Firma ruinieren! Das darf so nicht weitergehen! Und es darf auch nicht sein, dass inkompetente Generalisten Millionen abstauben und dabei auch noch die lokalen Beiträge durch den Kamin jagen! Wir verlieren ja jegliche Glaubwürdigkeit!«

»Wie war es beim Abendessen in der französischen Botschaft und bei Borisowitsch?«, fragte Alexander.

»Soso. Weißt du, ich bin froh, wenn ich wieder im Flugzeug sitze. Übrigens, dein Name ist öfters gefallen. Man kennt euer Projekt. Leg dich bloß nicht mit diesen Leuten an! Bitte, versprich mir das! Sie versuchten, euer Projekt schlechtzureden. Auch die Entwicklung der Landwirtschaft und Viehzucht in der ehemaligen DDR. Alles nur mit Geld aus Westdeutschland, sagten sie. Es sei ohne jegliche Relevanz für Russland. Nur sie und ihre Consultingfirmen hätten die Patentmedizin zur Entwicklung der russischen Vieh- und Landwirtschaft. Aber wir kennen das ja alles. Übrigens, Borisowitsch hat ihnen vehement widersprochen und viel Gutes über dich und euer Projekt gesagt, obwohl, wie er mir sagte, ihr ihm seine zweiprozentige Kommission vermasselt hättet, da eure Betriebe jetzt direkt an die Molkereien lieferten. Weißt du, mir reicht's! Das ist ja ein richtiger Hexenkessel hier! Was ich da noch so alles mitbekam, als sie dann auch noch zu saufen anfingen! Und unser Botschafter hier! Oh je! Typischer europäischer Politikerjargon, typischer Diplomat. Niemals das Kind beim Namen nennen. Auweia! Grüß mir bitte unbekannterweise deine liebe Frau. Ich muss jetzt los. Noch eine Frage: Warum nennen sie dich eigentlich den Simmentalisten?«

»Weil man hier das Deutsche Fleckvieh Simmentaler nennt und ich ein überzeugter Anhänger dieser Rasse zur Nutzung als Fleischrind in Russland bin. Aber warte, nicht so schnell! Wen hast du denn am Montag auf russischer Seite getroffen?«

»Nur ein paar untergeordnete Leute vom Wirtschaftsministerium. Und die ließen sogar auch noch auf sich warten!«

»Und vom Landwirtschaftsministerium und den Tierzuchtorganisationen?«

»Niemanden. Man will die Viecher hier überhaupt nicht! Ich war lediglich ein Köder für diese Bastarde. Die heben in ihrer Überheblichkeit geradezu ab! Das sagten mir auch Vertreter der Weltbank und der Osteuropäischen Entwicklungsbank, die ich hier zwecks eventueller Kofinanzierung kontaktieren musste. Hörst du? Mein Flug wird zum letzten Mal aufgerufen. Sei mir gepriesen! Ciao! Und passt gut auf euch auf!«

Projektbüro
Freitag, 20. Oktober 2000, 16:15 Uhr

Anbei der achte vierteljährliche Fortschrittsbericht, gleichzeitig unser Projektschlussbericht, tippte Alexander für die E-Mail an Lothar Seitz. Zunächst wolle er ihm und den deutschen Tierzuchtorganisationen, Fortbildungs- und Forschungseinrichtungen sowie den Milchviehbetrieben für die wertvolle Mitarbeit am Projekt herzlichst danken. Dies umso mehr, da sie für ihren Einsatz keinen einzigen Pfennig nahmen. Einige von ihnen wollten auch weiterhin mit dem Projekt und den Betrieben arbeiten. Das sei wunderbar.

Über die Bewilligung zusätzlicher Mittel durch das deutsche Transformprogramm sei er überglücklich. Das würde wesentlich zur Konsolidierung des Projektes beitragen und es außerdem ermöglichen, das Projektkonzept auf andere Teile Russlands zu übertragen. Sie hätten dafür bereits die Republiken Tatarstan und Tschuwaschien identifiziert und entsprechende Maßnahmen begonnen. Auch suchte die russische Seite derzeit nach nationalen und internationalen Mitteln zur Übertragung des Projektkonzeptes auf weite Teile des Landes.

Das Projekt berate jetzt 32 Betriebe mit 20800 Kühen. Alle schrieben schwarze Zahlen und hätten die durchschnittliche Milchleistung um etwa ein Drittel erhöht, die Besten mit Stalldurchschnitten von 6000 bis 7000 Liter. Fast alle produzierten Milch der höchsten Qualitätskategorie im Vergleich zu nicht einmal 20 Prozent bei Projektbeginn. Alle Betriebe hätten die Futterqualität und Kuhgewichte wesentlich gesteigert und die Sterblichkeit drastisch reduziert, vor allem bei den Kälbern.

Leider habe die hohe Fluktuation der Berater das Projekt stark belastet. Doch jetzt, am Ende des Projektes, stände mit Gennadij Smolinski als Direktor ein kompetentes und einsatzfreudiges Team mit sechs technischen und drei betriebswirtschaftlichen Beratern bereit. Das Beratungsunternehmen finanziere sich zu 80 Prozent selbst. In einem Jahr erwarteten sie volle Selbstfinanzierung. Sollte dies tatsächlich eintreten, wäre dies nicht nur für Russland, sondern auch innerhalb des internationalen Rahmens ein großer Erfolg.

Das EU-TACIS-Milchviehprojekt, um das sie Hans Haberland betrogen hätten, habe nach EU-Schätzungen einschließlich des russischen Beitrags ganze sechs Millionen Euro gekostet. Es sei im Sande verlaufen. Man höre weder Gutes noch Schlechtes darüber. Man ignoriere es und lasse es links liegen. Das sei das Schlimmste, was einem Projekt passieren könne.

Der zweite Projektleiter habe gebeten, die paar Betriebe, mit denen sie sich befassten, zukünftig auch mit zu betreuen. Er habe diese inspiziert und könne es kaum fassen, was die mit dem vielen Geld in dreieinhalb Jahren gemacht hätten. Moskau würde bald in Milch ertrinken, hätten sie deren Mittel gehabt!

Heute Abend gebe Michail Jakubowski eine Abschiedsparty für Hans Haberland und ihn in seiner neuen Banja. Er freue sich sehr darauf. Wie sehr freue er sich aber auch, bald wieder auf seiner Farm zu sein. Denke er an die vergangenen zwei Jahre zurück, so sei ihm, als seien sie nur so vorbeigesaust, Jahre, auf die er immer gerne und mit großer Genugtuung zurückblicken werde.

Sascha Good-Buy
Freitag, 20. Oktober 2000, 17:10 Uhr

»Pass gut auf dich auf!«, sagte sie, drückte ihre Stirn gegen seine und bohrte ihre Augen tief in seinen Blick, während sie ihm eine Ikone des Apostel Paulus in die Innentasche seiner Jacke steckte und ihn dann umarmte.
»Was ist, Tanjuscha?«
»Nichts.«
Behutsam löste er sich von ihr.
»Passt gut auf euch auf«, lächelte sie verkrampft. Und wie immer, wenn er wegging, küsste sie ihn und griff ihm dabei zärtlich in den Schritt. Doch der übliche Schalk saß ihr heute nicht im Nacken und das Mona-Lisa-Lächeln blieb aus.
»Ich komme so bald wie möglich nach Hause. Ya otschen' tjebja ljublju.«
»Pass bitte gut auf dich auf«, sagte sie und drückte ihm ein Plastiktütchen mit geweihtem Salz in die Hand, wie immer, wenn er einen wichtigen Termin hatte. »Vergiss bitte nicht, es beim Betreten der Banja auf den Boden zu streuen!«
»Oh je, diesmal ist es aber viel Salz«, scherzte er.
Er startete den geliebten 240 D. Valerij, Chauffeur und Mädchen für alles, hatte die Maschina, wie er ihn nannte, während der vergangenen zwei Jahre liebevoll gepflegt und die Roststellen mit List und Tücke in Schach gehalten. Er würde die Maschina übernehmen.
Arnold winselte im Zwinger.
Was war nur los mit ihr? Warum die Ikone, warum das viele Salz?!
Er fuhr in die Dämmerung hinein, die rasch zur Nacht wurde. Ein feuerroter Lichtstreif hing unter schwarzen Schneewolken über Moskau. Bald erkannte er die konzentrischen Kreise der Ringstraßen. Mit einer guten

Portion Unverfrorenheit fädelte er sich in die hupende Blechkolonne des Moskauer Außenrings ein, die sich verdrossen nach Südwesten wälzte. Vor ihm ein mit Teppichen randvoll gestopfter Lada und ein Audi A6 mit einem Fahrer im Trainingsanzug. Hinter ihm ein alter Jeep Cherokee mit einem Sofa und zwei Sesseln auf dem Dach. Rechts ein 7er-BMW mit geschwärzten Scheiben, links ein Qualm speiender Laster mit eingedelltem Kühler und einem vor sich hin lächelnden Fahrer.

Es begann zu nieseln. Der Verkehr wurde noch schleppender. Russland war gut zu ihm gewesen. Es hatte ihm wieder Sinn im Leben geschenkt und Tatjana, seine geliebte Frau. Das zweijährige Projekt war abgeschlossen und würde mit großer Wahrscheinlichkeit erfolgreich weiterlaufen, es wurde vom russischen Landwirtschaftsministerium als bestes landwirtschaftliches Beratungsprojekt des Landes bewertet und zur landesweiten Anwendung empfohlen.

Sie würden ihm fehlen, diese Menschen mit dem großen Herzen und Sinn für Spaß und ihrer schlichten Art, trotz all der Widrigkeiten zurechtzukommen. Sie haben ein beinahe blindes Vertrauen in alles, was Deutsch ist, und einen nicht tot zu kriegenden Glauben an Übersinnliches, und obwohl sie es oft verfluchen, lieben sie ihr Russland über alles.

Erwartungsvoll schaute er dem heutigen Abend entgegen. Seine Klienten, die Großmilchviehbetriebe in der Oblast Moskau, hatten ihn und Hans Haberland zu einem Abschiedsbankett eingeladen.

Niesel- wurde zu Eisregen. Überfrierende Nässe verwandelte den Moskauer Außenring innerhalb weniger Minuten in eine Rutschpartie. Gott sei Dank hatte Valerij noch gestern Winterreifen montiert und einen Sandsack im Kofferraum verstaut!

Abrupter Stillstand, wildes Hupen. Auspuffgase und Rußausstoß machten ihm zu schaffen. Er drehte die Heizung ab, kurbelte die Vorderfenster runter und schnappte nach Luft.

Bis zur Abreise gab es noch Berge zu tun. Aber den heutigen Abend würde er genießen. In einer guten Woche wären sie wieder auf seiner Farm in den USA. John Denvers *Take me home, Country Roads* kam aus dem Radio. Er drehte voll auf, um dem Dröhnen des Lasters Paroli zu bieten. Euphorisch sang er mit. Er fühlte sich auf dem Gipfel der Welt und war überschwänglich glücklich. Und wie alle überschwänglich glücklichen Menschen wiegte er sich in der Gewissheit, dass er es geschafft hatte und fortan wunschlos glücklich sein würde. Aber es kam sehr bald ganz anders.

Er sah das alte Farmhaus in Northern Virginia und wie die rubinrot-kehligen Kolibris vor den Hibiskusblüten in der Luft hingen und die wilden Truthühner in einer Linie über die Wiese trippelten, um sich bei der geringsten Störung mit weit ausholenden Flügelschlägen beinahe senkrecht in die Lüfte zu katapultieren, bevor sie pfeilschnell davonschossen. Er sah den Blauen Kranich, den unverbesserlichen Fischfresser, die sich sonnenden Schildkröten, die Spiegelungen auffliegender Wildgänse unten im See und die farbenprächtige Vogelvielfalt, die nur Tatjana mithilfe des Audubon-Society-Vogelbuches klassifizieren konnte. Die vielen Spechtarten hatten es ihr besonders angetan: winzig kleine, bis hin zum Pileated Woodpecker, der größer noch als die größte Krähe ist, mit einem roten Hahnenkamm auf dem Kopf. Genauso wie Woodie Woodpecker, pflegte sie verzückt zu sagen. Und er sah, wie sich die Eichhörnchen von Ast zu Ast schwangen, um wie von Magneten angezogen klatschend auf den Vogelfutterspendern zu landen.

Das Hupen verstummte. Im Kriechtempo ging's weiter. Trostlose, teils stillgelegte Fabrikanlagen, grandiose Bürogebäude, dürftig beleuchtete Apartmentstädte, riesige Rund-um-die-Uhr-Baustellen und stattliche Villen in eingezäunten Wohnanlagen zogen in Zeitlupe vorbei.

Komisch, ich kann immer noch die Schritte zählen: vom Farmhaus zu den Ställen, zur Werkstatt, und die 700 Schritte bis zum Briefkasten. Wie sehr freue ich mich auf das Schütteln des Traktors und das vom Lärmschutz gefilterte dumpfe Dröhnen des Diesels beim Ausmähen der Weiden. Es ist eine stumpfsinnige Arbeit, aber sie gibt mir immer das Gefühl völliger Sorglosigkeit, mit Ausnahme der nassen Stellen und kaum sichtbaren Felsen, die es zu umfahren gilt. Das endlose Auf und Ab und das ganze Drum und Dran sind für mich die beste Therapie gegen alle Widrigkeiten des Alltags. Und wie freue ich mich auf die Angus-Herde und den hornlosen Fleckviehbullen, den die Nachbarn respektvoll Hermann nennen.

Ich hätte Tanja doch zum Mitkommen überreden sollen. Hat ihr vielleicht ihre Wahrsagerin etwas ins Ohr geflüstert? Klar, die Sauna gehörte heute den Männern. Doch die beiden Beraterinnen und ein, zwei Dutzend Zootechnikerinnen, Tierärztinnen und Brigadeleiterinnen würden ja auch da sein. Und sie hätte uns alle mit dem Bajan entzücken können.

Schon wieder Stau. Plötzliches Kopfweh, Übelkeit. Er warf sich ein Eukalyptus-Bonbon in den Mund und atmete tief durch.
 Der Verkehr begann wieder zu fließen. Nach einer Viertelstunde verließ er den Autobahnring in Richtung Podolsk. Die neuen Winterreifen und der Sandsack klebten die Maschina auf die Eisglätte. Er legte einen Gang zu. Mit 30 Minuten Verspätung erreichte er das Ziel, den Großmilchviehbetrieb SAO Spartak seines Freundes Michail Jakubowski.

Seit ihrem ersten Treffen vor zwei Jahren hatte sich bei SAO Spartak so manches geändert: Gebäude, Maschinen und Geräte waren in gutem Zustand, das Melkkarusell war auf Hans Haberlands Anraten durch einen kosteneffizienten neuseeländischen Side-by-Side-Melkstand ersetzt worden, die Kühe waren in guter Verfassung, die Nachzucht in Ordnung, und man schrieb dicke schwarze Zahlen.

Sascha Good Buy stand in großen roten Buchstaben über dem Eingang der Banja.

Jakubowski trat ihm durch dicke Schneeflocken mit ausgebreiteten Armen entgegen.

»Jetzt wollt ihr mich auch noch verkaufen«, deutete Alexander auf das Spruchband.

Jakubowski verstand schnell, dass Alexander nicht zum Verkauf anstände, sondern sich eher ein *Sascha Good-bye* und ein baldiges Wiedersehen mit ihm wünschte.

»Jolki seljonye, Alexander«, stöhnte er. »Es ist schon schlimm mit dir!«

Sein ganzer Stolz war die Banja des erst vor Kurzem aufwendig renovierten, großräumigen Holzhauses unten am See. Dort wurden Kontakte gepflegt, Probleme diskutiert, Entscheidungen getroffen und Geschäftsbeziehungen aufgebaut. Dort konnte man sich so richtig wohlfühlen und entspannen.

In der Banja
Freitag, 20. Oktober 2000, 18:33 Uhr

Ein Riese von einem ausgestopften Braunbär begrüßte sie in der Eingangsdiele. Kunstvoll geschnitzte Lindenholzwände und -decken vermittelten dem Aufenthaltsraum eine wohlige Heimeligkeit. Ein viel gefragter Wiener Fliesenleger hatte mit baltischen Arbeitern und italienischen Fliesen in wunderbar warmen Farben meisterhafte Arbeit geleistet. Das Audio-Videozimmer, in dem Jakubowski unter Karaoke-Begleitung Frank-Sinatra-Oldies zu singen pflegte, war mit neuester Elektronik bestückt. Stolz zeigte er den 25-Meter-Pool, den Whirlpool und die finnische Sauna, für jene, die es trockener haben wollten. Doch die Attraktion des Ganzen war die anekdotenreiche Michails-Feuerwehrpumpe mit der einen Inch breiten Düse am meterlangen Strahlrohr, die einen nach der Banja mit kaltem Wasser regelrecht wegblasen konnte.

Verdammt, jetzt habe ich Tatjanas Salz nicht gestreut!, schoss es durch Alexanders Kopf.

Gut gelaunt eröffnete Jakubowski die etwa achtzigköpfige Tafelrunde:

»Meine Freunde, wir haben uns heute versammelt, um zwei guten Freunden Good-bye zu sagen: Alexander, wir haben nun mit dir und deiner Mannschaft zwei volle Jahre zusammengearbeitet. Ihr habt uns stets gut beraten. Und wenn ihr Probleme hattet, haben uns deine Kontakte in Deutschland und den USA weitergeholfen. Deine Kurzzeitexperten waren auf ihren verschiedenen Fachgebieten wirklich gute Experten. Die vielen Beratungen vor Ort, die Fortbildungsseminare und Lehrgänge, aber auch die zwischenbetrieblichen Vergleiche kamen bei unseren Leuten sehr gut an. Wir Russen sagen, es braucht nur eine Minute, um einen besonderen Menschen zu erkennen, eine Stunde, um ihn einzuschätzen, aber ein ganzes Leben, um ihn nicht zu vergessen. Alexander und Hans, wir werden euch nie vergessen. Habt Dank! Spasibo i do-dna. Auf Wiedersehen.«

Er kippte sein Glas und drückte Alexander lange an sich. Dann ging er zu Hans Haberland und trank mit ihm do-dna. Auch die Anwesenden tranken do-dna und klatschten anerkennend laut und lange.

Die Frauen in der Küche hatten gezaubert. Sie vergötterten den Nemez, der über ihr Kantinenessen stets voll des Lobes war. Erwartungsvoll schielten sie aus der Küche und giggelten gerührt, als er ihnen ein paar Handküsse zuwarf.

Weitere Toasts folgten und ließen Alexanders Kopf vor Scham und Rührung in allen erdenkbaren Nuancen rot erglühen. Wie sehr liebte er diese Trinksprüche voller Humor, Symbolik und deftiger Hinterfotzigkeit. Was man damit nur so alles durch die Blume sagen konnte!

Alexander erhob sich:

»Meine Freunde und Kollegen, habt Dank für eure Unterstützung während der vergangenen zwei Jahre und für euer Kommen zu unserer Verabschiedung! Ganz besonders möchte ich dir, lieber Michail, für die so feudale Abschiedsparty herzlichst danken, und natürlich auch für den wunderschönen Toast! Ich werde ihn nie vergessen. Und so möchte auch ich versuchen, einen dir ebenbürtigen Toast zu geben.

Alexander, sagte Gott, als ich in den Himmel kam, du hast ein bewegtes Leben hinter dir. Schau da hinunter auf den Strand am Meer. Siehst du die beiden Spuren im Sand, die parallel nebeneinander herlaufen? Die eine Spur ist die Spur deines Lebens, die andere Spur ist meine Spur. Deine Spur ist immer mal wieder unterbrochen, meine Spur dagegen nicht, denn ich ging immer neben dir her. Geliebtes Kind, sagte Gott, nie ließ ich dich allein. Da, wo nur meine Spur im Sande ist, warst du in Schwierigkeiten. Und wenn immer du in Schwierigkeiten warst, habe ich dich stets auf meinen Händen getragen.«

Er senkte seinen Blick. Er schluckte und zwinkerte, zwinkerte und schluckte, um den Kampf gegen die aufsteigenden Tränen zu gewinnen.

»Möge Gott euch alle stets auf seinen Händen tragen, wenn ihr in Schwierigkeiten seid!«, fuhr er fort. »Spasibo i do svidanija.«

Sie leerten die Gläser, einige riefen »Sascha, Sascha!«, und sie klatschten lange und herzlich in die Hände.

Auf die Trinksprüche folgten die Witze. Bald hörte man kaum noch sein eigenes Wort. Und als die Buttercremetorten aufgetischt wurden, herrschte die tollste Stimmung.

»Wie kann ich das je wiedergutmachen?«, fragte Alexander überwältigt.

»Normal, normal«, freute sich Jakubowski. »Wenn du eine Einladung schickst, werde ich dich in den USA besuchen. Komm, lass uns in die Banja gehen.«

In diesem Augenblick jagte ein Auto mit Blaulicht und jaulender Sirene zur Banja hinunter.

»Das kann nur unser verrückter Boris sein«, lachte Jakubowski, doch sein Lachen klang nicht besonders heiter. »Warum kommt der Kerl erst jetzt, und was für Leute hat er diesmal wieder mitgebracht!?«

Das Auto kam kreischend zum Stillstand, das Blaulicht erlosch. Der ihm folgende Peugeot 605 mit CD-Nummer schaffte es gerade noch, zu bremsen. Mit dem verlegen strahlenden Grinsen des liebenswerten Jungen, der gerade etwas ausgefressen hat, stieg Boris Prokofiev aus seinem schwarzen Wolga. Er hatte es geschafft. Vor einem Jahr war er in die Duma gewählt geworden.

Boris Prokofiev und Alexander waren sich seit Projektbeginn vor zwei Jahren menschlich und fachlich noch näher gekommen. Als begeisterter Holstein-Friesian-Züchter und ehrenamtlicher Präsident des Holstein-Friesian-Verbandes in der Moskauer Oblast hatte er das Projekt stets voll unterstützt. Seine Umgebung schätzte es, dass sich der Duma-Abgeordnete nach seiner Wahl nicht zum Apparatschik entwickelt hatte, sondern sein Unternehmen nach wie vor mit vollem Einsatz managte. Die abschraubbare Sirene eines amerikanischen Streifenwagens, bekannt als Boris-Sirene, die er mit viel Gespür für Humor und Populismus bei jeder sich bietenden Gelegenheit aufheulen ließ, war inzwischen zu seinem Markenzeichen geworden.

»Wen hat Boris denn alles mitgebracht?«, fragte Alexander.

»EU-Mushiki, EU-Kerle«, antwortete Kusja Kusnezov sichtlich irritiert. »Die waren heute auch schon bei mir. Die wollen uns wieder mal zu einem Antrag für ein neues EU-Tierzuchtprojekt überreden und uns ihre Fleischrinder andrehen. Der Kleine dort mit der Künstlermähne ist Viktor Leblanc, EU-Direktor oder so aus Brüssel. Der mit der Glatze van der Meer, EU-Consultant. Das pummelige Weibsbild, Madame Girardot vom hiesigen EU-TACIS-Büro. Der mit dem Bart ist Attaché an der französischen Botschaft, de la Renaudière oder so ähnlich. Bernard Pelissier und Kashdan Lew Borisowitsch, die beiden Viehhändler, die kennst du ja. Sie sind überall, wo sich ein Rubel verdienen lässt.«

»Auweia«, seufzte Alexander. »Der da ist also Leblanc und der da van der Meer, über die mir Hans Haberland schon so viel erzählt hat.«

»Ja, das sind die Kerle, die Hans das Projekt geklaut haben«, keifte Kusja.

»Ich muss jetzt gehen«, sagte Hans Haberland.

»Du kannst dich doch nicht jetzt schon aus dem Staub machen! Es ist doch auch deine Party! Komm zumindest einmal mit in die Banja, auch mir zuliebe«, bettelte Alexander.

»Nein, es würde nur zum Eklat kommen«, sagte er und stürmte davon.

»Was ist nur los mit ihm?«, rief Kusja und rannte hinterher.

Kopfschüttelnd kam er zurück.

»So ein guter Kerl. Er hat für uns mehr getan als all diese EU-Mushikis zusammen!«

Jemand drückte Alexander einen Birkenreiswedel in die Hand.

»Das kann ich viel besser«, grinste Jakubowski vielsagend. »Auf die Bank da! Zuerst auf den Bauch!«

»Nein, nein, du wirst mich umbringen«, jammerte Alexander. Doch schon stand Jakubowski wie ein Scharfrichter über ihm und ließ zwei spitze Kiefernwedel im Zweivierteltakt auf ihn hinuntersausen. Hunderte winzig kleiner Wundnarben würden morgen früh Brust und Rücken bedecken!

»Bitte, nicht so stark!«

»Jetzt auf den Rücken! So was Gutes gibt's nicht in Amerika!«, lachte Jakubowski.

Doch Alexander wehrte sich.

»Hör endlich auf damit. Lass uns ein Bier trinken.«

Vorher musste allerdings noch Jakubowskis Feuerwehrpumpe Tribut gezollt werden. Einer nach dem anderen kämpfte sich gegen den eiskalten Wasserstrahl heran, je näher er zur Spritzdüse kam, desto lauter wurde der Beifall. Als Letzter ging Kusja in Stellung. Breitbeinig wie ein Sumo-Ringer, die Füße hart auf die rutschigen Fliesen aufsetzend, die Fäuste vorm Gesicht, schob er seinen auf stämmigen Beinen ruhenden massigen Oberkörper wie einen Felsen durch die Brandung, bis er sich etwa zwei Meter vor dem Strahlrohr elegant wie ein Torero aus dem Wasserstrahl drehte. Damit war er der Spritzdüse bei Weitem am nächsten gekommen. Die Banja tobte.

Anschließend tranken sie Bier, das Prokofiev beigesteuert hatte. Spätestens, als Kusja zur Gitarre griff, waren sie in eine andere Welt getaucht:

in die Welt der russischen Banja, an einem ahnungslosen, nächtlichen See bei Moskau.

Nach einer halben Stunde ging's zur zweiten Runde Banja. Prokofiev und sein Gefolge waren bereits heftig am Schwitzen.

»Ich möchte euch meine Freunde vorstellen«, strahlte er mit puterrotem Kopf, dem man ansah, dass er schon ordentlich was intus hatte. »Dr. de la Renaudière, Diplomat, Dr. Leblanc, Direktor der EU, Gospodin van der Meer, Madame ...«

»Ist schon gut, Boris«, stoppte ihn Jakubowski und goss mit einer Zedernholzschöpfkelle viel zu viel Wasser auf die Steine. Zischend stiegen heiße Schwaden auf und stachen in die Nasen. Einzelne setzten sich auf tiefere Stufen.

Prokofiev machte eine witzige Bemerkung. Niemand reagierte, und Michail goss nochmals viel zu viel Wasser auf die Steine.

»Et alors les Simmentalistes, comment ça va les Simmentals«, wandte sich Bernard Pelissier höhnisch herablassend an Alexander.

»Boris, wann bekommen wir endlich die neuen Richtlinien zur Milchgüteverordnung?«, wechselte Jakubowski das Thema, denn er hasste Spannungen.

»Lass das!«, herrschte ihn Kusja an. »Heute sollten wir nicht übers Business reden! Heute wollen wir Spaß haben. Wer weiß, ob Sascha je wieder nach Moskau kommt!«

Doch Spaß wollte nicht aufkommen.

Prokofiev erzählte verlegen einen Witz. Akademik Dedov lachte unterdrückt. Aber sonst lachte niemand. Prokofievs Gefolge begann, sich auf Französisch zu unterhalten. Die anderen schwiegen.

Was haben die nur auf meiner Party zu suchen?, ärgerte sich Alexander. Warum provozieren sie mich!? Warum dieser Hass in ihren Blicken?

Er stand auf und verließ die Banja. Prokofievs Gefolge schloss sich an, dann folgte Kusja, ein lautes Wortgefecht zurücklassend.

»Ne me dis pas boche«, protestierte Alexander und schubste Bernard Pelissier von sich.

Der stieß heftig zurück. Kusja trat dazwischen. In Sekundenschnelle war ein wildes Handgemenge im Gange.

Ein knallharter Schlag traf ihn am rechten Auge, ein zweiter Schlag ins Genick, Alexander sah noch, wie die Fliesen auf ihn zurasten, bevor es schwarz wurde. Peitschend kaltes Wasser brachte ihn schließlich aus widerstrebender Gleichgültigkeit zurück. Ein hämmernder Schmerz im Ohr ließ ihn beinahe wieder in Ohnmacht fallen. Er ertastete etwas Warmes unter dem Auge und blickte auf blutige Fingerspitzen. Mühsam schob er sich auf die Knie, kniff die Augen zu, spuckte Blut und schüttelte sich wie ein begossener Pudel. Ein messerscharfer Stich in seinem Hirn ließ ihn die Augen öffnen. Schemenhaft sah er, wie sich Kusjas regloser Körper vom Druck der Feuerwehrpumpe langsam über die nassen Fliesen schob. Er roch die säuerliche Pfütze von Erbrochenem unter sich, erbrach erneut, wischte sich mit dem Handrücken den Mund, hechelte. Er fühlte sich wie ein Boot in der Brandung, sah noch, wie Jakubowski aus der Banja stürzend die Feuerwehrpumpe abschaltete, dann drehte er sich auf den Rücken und wollte einfach nur schlafen.

»Kusja, hörst du mich«, schrie der Tierarzt, wenn er die Wiederbelebungsstöße unterbrach. Sie schrien nach der Betriebsärztin, die irgendwo in der Nähe wohnte. Dann fuhren sie den Bewusstlosen in Prokofievs Wolga mit Blaulicht und Sirene ins nächste Hospital.

Um 8:05 Uhr früh starb Kusnezov. *Schweres Schädelhirntrauma, Mittelgesichtsfraktur, innere Blutungen im Unterleib* ergab die Obduktion.

Im Cottage am See
Samstag, 21. Oktober 2000, 10:50 Uhr

Schüttelfrost rüttelte Alexander, als er an diesem trüben Wintertag nach Hause kam. Er ließ sich in den Sessel fallen und starrte ins Leere.

»Nein, es darf nicht wahr sein!«, schrie Tatjana entsetzt und inspizierte die fünf Stiche unter der blaurot angeschwollenen Partie des zugeklebten Auges. »Ich wusste, dass er sterben würde. Ich wusste es bereits, als du mich heute Nacht angerufen hast.«

Sie ging zum Büfett. Schluchzend kam sie mit zwei Gläschen Wodka zurück.

»Wir beide haben einen guten Freund verloren. Friede seiner Seele.«

»Bitte jetzt keinen Wodka«, flehte er. »Wenn es sein muss, höchstens einen Tropfen Cointreau.«

»Nein, wenn man in Russland auf einen Toten trinkt, sollte es Wodka sein. Und man darf auch nicht anstoßen.«

»Okay, aber dann bitte nicht auf nüchternen Magen.«

Sie machte ein belegtes Brot. Er würgte einen Bissen hinunter. Schweigend kippten sie den Wodka.

»Er war ein guter Mensch, ein richtiger Kauz«, trauerte sie, »und in seiner Geradlinigkeit ein Unikat. Neben Hans Haberland war er vielleicht dein bester Freund, oder?«

»Er war nicht wie Hans. Eigentlich wusste ich nur wenig über ihn und seine Gefühle oder Sehnsüchte. Er hat sich mir nie so richtig anvertraut. Auch ich habe ihm nie meine Seele bloßgelegt. Aber wenn ich Rat und

Hilfe brauchte, war er stets für mich da. Es hat so viel Spaß gemacht, mit ihm zu arbeiten. Und ich wusste, er würde immer zu mir stehen, was immer auch geschah. Er hatte Weitblick und Zivilcourage und liebte sein Land und die Rinderzucht über alles, ein selbstloser Mensch, mit unendlicher Herzenswärme, dem ich grenzenlos vertraute! Er hat für die russische Tierzucht Grandioses geleistet. Kusja hat sich stets für mich eingesetzt und mich sogar verteidigt, als sie mich in der Banja beleidigt und angegriffen haben. Er musste meinetwegen sterben! Ich bin schuld daran, dass Kusja jetzt tot ist!«

»Er wird vielen fehlen. Er hatte so viele Freunde, weil es nur wenige gibt wie ihn. Sie werden aus ganz Russland kommen. Er wird eine riesige Beerdigung bekommen.«

Sie ging in ihr Zimmer. Unbändige Trauer stand in ihrem Gesicht. Sie griff zum Bajan. *Der Mond färbt sich rot* rieselte es zu Alexander hinüber, dann Schuberts *Ave Maria*: klagend, anklagend, vor Ohnmacht jählings aufbrausend, tröstend und versöhnend zugleich, Körper und Seele vereinend.

Er lauschte ihrer Musik mit angehaltenem Atem, entrückt in eine Welt, die den Glanz unendlicher Traurigkeit in seinen Augen entfachte, bis ihn Arnolds wütendes Gebell aus seiner Trance riss. Nie zuvor hatte der Hund derartig bestialisch einen Besuch angekündigt.

Es war David Crowe, Journalist der European Voice.

Unerfreuliche Erinnerungen über dessen Besuch vor einem Jahr schossen durch seinen Kopf. Selten war er einem Menschen begegnet, der in ihm soviel Antipathie und Misstrauen erweckt hatte. Und jetzt, wo er ihn wiedersah, war er mehr denn je zuvor davon überzeugt, dass Crowe ein EU-Informant war. Damals vor einem Jahr hatte er Alexander bereits auf die Probe gestellt, um einzuschätzen, wie gefährlich er für sie war.

Im Projektbüro
Montag, 1. November 1999, 11:12 Uhr

»Crowe, David Crowe, Politischer Korrespondent der European Voice, Brüsseler Büro«, näselte er, die Visitenkarte überreichend, in bestem Oxford-Englisch und platzierte sich unaufgefordert in den alten Plüschsessel vor Alexanders Schreibtisch. »Ich arbeite als investigativer Journalist über Korruption in Russland. Ich komme wegen McGarry, dem ehemaligen Leiter des EU-TACIS-Milchviehprojekts. Er hat beim EU-Botschafter gesungen.«

David, geschniegelt und gebügelt, passte eigentlich so gar nicht nach Moskau. Und seine provozierende Lässigkeit und schlecht kaschierte Selbstsicherheit passten ebenso wenig zu diesem knapp dreißigjährigen, schnurrbärtigen Beau.

»Mr. Crowe«, antwortete Alexander gereizt. »Seit wann macht ihr Journalisten eigene Ermittlungen? So was gibt's doch nur im Kino.«
»Well, Alexander, der Botschafter sagt, Sie seien mit McGarry befreundet und hörten hier das Gras wachsen. Er macht sich Sorgen um den Ruf der EU. Die rechtswidrige Vergabe des Projektes an die Firma Irgatec, der Prozess Ihres Freundes Haberland am Europäischen Gerichtshof in Luxemburg, die Schmierereien in Brüssel und vor allem hier in Moskau. Immerhin sollen ein Vizepräsident, zwei Minister und eine gute Handvoll Apparatschiks in den verschiedensten Ministerien und im Staatlichen Zentrum für Internationale Beziehungen mit bis zu je 50 000 Dollar bestochen worden sein, der Projektpartner sogar mit 100 000. Seit Projektbeginn sollen auch monatliche Schmiergeldzahlungen fließen. McGarry ist sauer: auf Brüssel, auf Irgatec, auf die Russen, auf alle.«

Warum kommt er schon wieder mit dem Botschafter, wurmte es Alexander. Freudlos antwortete er:

»McGarry ist kein Freund. Ein guter Kerl, leider leicht cholerisch, hatte oft schlechte Laune und nicht gerade die besten Manieren und außerdem ein ungepflegtes Äußeres. Er wurde schon nach ein paar Wodkas ausfällig. So was mögen die Russen bei einem Ausländer nicht. McGarry war öfters bei mir, das stimmt. Er hat viel erzählt und mich um Rat gebeten. Er hatte nicht gerade die besten Leute. Nicht ein einziger Belgier war im Team! Heuern sich für ein Butterbrot dritt- und viertrangige Leute an und setzen bei der Projektdurchführung minderwertige oder sogar gebrauchte Maschinen und Geräte ein! Sie brauchen die Projektmittel ja zum Schmieren. McGarry sollte ein äußerst ehrgeiziges Projekt zur Entwicklung und Formulierung technologischer Konzepte und Rahmenbedingungen für die Rinder- und Schafzucht in Russland leiten – bei Weitem das größte Tierzuchtprojekt, das die EU je finanziert hat: ganze 4,1 Millionen Euro! Das ist wahnsinnig viel Geld für so ein Projekt! Und dazu kommt ja auch noch ein stattlicher russischer Beitrag! McGarry war Hühnerspezialist, arbeitete jedoch als Spermahändler. Allein schon deswegen war er fachlich ungeeignet. Auch war er noch nie Projektleiter gewesen, konnte kein Russisch und machte auch keinerlei Anstrengungen, es zu lernen. McGarry bekam nicht die geringste Unterstützung von seiner Consultingfirma, weder fachlich noch logistisch. Er war völlig überfordert. Die Russen waren ihm überlegen und ließen ihn ins offene Messer laufen. Auch mit den beiden anderen Irgatec-Experten können die Russen nicht viel anfangen. Da müssen die Belgier schon mit anderen Kalibern schießen! Den Russen müssen Sie was bieten, nicht nur als Fachmann, sondern auch als Persönlichkeit. Das Schlimme ist: Man lässt das Projekt einfach links liegen, genauso wie die meisten EU-Projekte und EU-Experten.«

Warum kannst du deine Zunge nicht zügeln?, dachte Alexander und hielt nachdenklich inne. Doch es ist nun mal schierer Wahnsinn, was sie aus Hans Haberlands Projekt gemacht haben. Ein Schandfleck für den Westen! Ich schulde es Hans einfach, dass darüber berichtet wird.

»Irgatec ist ein Body-shop!«, schimpfte Alexander. »Die stauben seit über dreißig Jahren *internationale Steuergelder ab, ohne je nennenswerte Gegenleistungen zu erbringen. Ich kenne sie aus meiner Zeit in Afrika. Sie bestechen links und rechts, um Aufträge zu ergattern. Hans Haberlands Firma hätte exzellente Arbeit geleistet. Die Russen wollten sie! Aber doch nicht eine Firma wie Irgatec! Sobald Sie bestechen, David, haben sie keine Autorität mehr, weil Sie ständig zur Kasse gebeten werden. Und die Leute, die Sie nicht bestechen, boykottieren Ihr Projekt schon aus schierem Neid. Deshalb hat das Irgatec-Projekt keinerlei Visibilität, keinerlei Relevanz für die russische Tierproduktion und keinerlei Nachhaltigkeit. Niemand spricht darüber, weder Gutes noch Schlechtes. Nur über die Schmiergeldzahlungen und die blöden EU-Experten wird gelästert und gelacht.*

Selbst ein Jahr nach Projektbeginn war immer noch nichts Wesentliches passiert. Irgatec brauchte ein Bauernopfer. Armer Kerl! McGarry hat alles in sich hineingefressen, dann ist er durchgedreht und wurde durch einen britischen Keniander ersetzt, der Afrika den Rücken drehte, des mickrigen Gehaltes wegen, das ihm Irgatec weit unter moskauübliche Tarife bezahlte. Wie will ein Keniander die in der Projektausschreibung geforderte, so wichtige, langfristige Zusammenarbeit zwischen russischen und europäischen Institutionen und Unternehmen der tierischen Produktion herstellen? Auch dieser Keniander ist kein schlechter Kerl, denn er hat sofort erkannt, dass er zur Leitung des Projekts ungeeignet war.«

David nickte. Und obwohl ihm Alexanders Belehrungen langsam auf die Nerven zu gehen schienen, fragte er, reges Interesse vortäuschend:

»Dann stimmt das ja alles, was mir der Botschafter erzählt hat!«

»David, wenn jemand ermordet worden ist, beginnen die Ermittlungen. Ein Leichnam ist ein Leichnam, und es kommt niemandem in den Sinn, einen Mord oder Totschlag zu vertuschen. Bei Korruption und Vetternwirtschaft ist das anders. Solche Verbrechen kann man nicht sehen. Man ahnt sie, kann sie riechen und weiß sogar, dass sie tatsächlich stattgefunden haben. Um sie aber wirklich aufzudecken, braucht man konkretes Beweismaterial, viel Zeit und vor allem viel Geld für den Einsatz der besten Rechtsanwälte und Wirtschaftsdetektive. Wenn Sie das nicht haben, haben Sie keine Chance vor Gericht, denn Sie haben ja nichts weiter als indirekte Indizien. Auch wenn Sie noch so viele davon haben, können diese einen Beweis nicht ersetzen! Außerdem haben Sie es mit Profis zu tun. Wenn die auch nur den geringsten Verdacht einer Ermittlung wittern, vernichten oder fälschen sie die Dokumente. Und sollte es zur Gerichtsverhandlung kommen, kaufen die sich ganz einfach die Zeugen und, wie immer wieder berichtet wird, sogar den einen oder anderen Richter.

Beweisaufnahme ist bei Korruption und Veruntreuung schwierig und teuer. An Kontoauszüge heranzukommen zum Beispiel beginnt bei 20000 Dollar plus. Dazu kommen noch die Prozesskosten, das sind nochmals 100000, 200000 Dollar und mehr – allein für die Anwälte. Wer kann sich das schon leisten? Nur blauäugige Idealisten werden Zeit, Geld und Nerven vergeuden, um sich mit Korruptionspiraten anzulegen! Deshalb ist Korruption so weit verbreitet. Deshalb fliegt nur vereinzelt mal ein schwarzes Schaf auf!

Hans Haberland konnte beim Europäischen Gerichtshof natürlich nichts beweisen. Die beiden EU-Verteidiger fielen über ihn her wie Racheengel, und ihre Zeugen haben kein einziges Mal die Wahrheit gesagt. Den russischen Kronzeugen ließen sie erst gar nicht zur Gerichtsverhandlung nach Luxemburg fahren. Damit nicht genug: Wer sich mit der EU anlegt, wird nie wieder einen Zuschlag für ein EU-Projekt bekommen. Das wissen die Consultingfirmen. Sie wollen ja auch weiterhin Aufträge bekommen. Also tiefes Schweigen aus Furcht vor Repressalien. Auch Ihr Herr Botschafter weiß das. Also wird er in Brüssel keinen Wirbel machen. Warum sollte er sich auch einen Goldenen Handschlag einhandeln wollen. Kommen Sie, lassen Sie uns Tee trinken.«

Sie gingen ins Besprechungszimmer.

»Korruption und Vetternwirtschaft haben eine verheerende Auswirkung auf das Gelingen eines Projektes«, fuhr Alexander fort, »denn die am besten geeigneten Consultants und Consultingfirmen kommen nicht zum Zug. Paradoxerweise sind es neben diesen gerade die Projektbegünstigten selbst, die die Zeche bezahlen. Niemand in Brüssel denkt an die hohen lokalen Beiträge der Russen für die EU-Projekte, direkte und indirekte. Das geht allein bei McGarrys Projekt in die Hunderttausende, und dies Jahr für Jahr. Partnerland und Projektpartner zählen in Brüssel offensichtlich nicht, genauso wenig wie Projekterfolg oder Zerstörung von Existenzen, wie die meines Freundes Hans Haberland! Und Hans ist nur eines ihrer vielen Opfer!

Was Irgatec bislang geleistet hat, ist weiter nichts als eine Aufzählung von Banalitäten und Selbstverständlichkeiten sowie oftmals geradezu kontraproduktive Empfehlungen. Irgatec können Sie dafür nicht zur Verantwortung ziehen. Schneller als eine Maus ein Mauseloch finden die ein Alibi und machen ganz einfach die Rubelkrise, die schwierige Lage des Landes, die administrative Schwerfälligkeit des Projektpartners und, natürlich wie immer, die Einheimischen, die depperten sturen Russen für das Fiasko verantwortlich. Und damit haben sie sich sogar noch eine sechsmonatige, höchst lukrative Projektverlängerung ergaunert!«

Alexander stand auf und marschierte, die Hände auf dem Rücken, auf und ab, denn der Pädagoge in ihm hatte überhandgenommen.

»Korruption ist ein Kavaliersdelikt und wird, wenn überhaupt aufgedeckt, kaum bestraft. Ein rückfälliger Ladendieb wurde neulich in Deutschland wegen einer Flasche Wodka und ein paar Kinderüberraschungseiern ein Jahr und drei Monate ins Kittchen gesteckt, einen Staatssekretär im Verteidigungsministerium ließ man trotz millionenschwerer Bestechungsgelder und Steuerhinterziehung nach Anrechnung der Untersuchungshaft laufen! Und wissen Sie, wer die Projektüberwachung des Irgatec-Projekts macht und wen sie für die Schlussevaluierung anheuerten? Eine ihrer Tarnfirmen!«

»Übertreiben Sie da nicht ein bisschen, Dr. Ott?«, fragte David, langsam ungeduldig werdend. »Das klingt ja fürchterlich.«

»Wollen Sie wirklich dieser Sache nachgehen? Dazu bräuchten Sie viel Stehvermögen – und viel Geld. Außerdem könnte das für Sie auch noch persönlich gefährlich werden. Zu viel steht da auf dem Spiel. Andererseits: Wer, wenn nicht die Presse, könnte sonst Korruption und Betrug mit öffentlichen Geldern aufdecken? OLAF, die Behörde zur Bekämpfung von Betrug, gehört ja selbst zur EU! Sie kann also gar nicht

unabhängig und effizient arbeiten, weil sie selbst Teil des korrupten, passiv-schwerfälligen Systems ist!«
»*Trotz der außergewöhnlich schwierigen Bedingungen in Russland soll das Projekt allerdings große Fortschritte machen*«, *warf David ein.* »*Das sagen sowohl der Projektschlussbericht als auch die EU-Pressemitteilungen. Und Irgatec hat bereits wieder zwei neue landwirtschaftliche Großprojekte beim EU-TACIS-Programme akquiriert. Deshalb können die doch eigentlich gar nicht so schlecht sein!«*
»*Doch.«*

Alexander hörte nie wieder etwas von David, obwohl ihm dieser versprochen hatte, seinen Bericht zu schicken. Auch der Herr Botschafter intervenierte nie in Brüssel.

Irgatec habe ihn für geisteskrank erklären lassen, schrieb McGarry eines Tages aus Irland. Selbst die medizinischen Atteste hätten sie gefälscht. Doch sonst gehe es ihm soweit gut. Er verkaufe wieder Sperma. Alexander sollte ihn doch bald mal besuchen. Er habe ein gutes Segelboot, und ein ordentlicher Schluck Malt Whiskey würde nach all dem Wodka da drüben sicherlich nur guttun.

»Ich muss dringend Ihren Mann sprechen«, stürmte David Crowe Tatjana entgegen. »Der Botschafter und die EU-Leute sind außer sich, ebenso die französische Botschaft!«

»Mein Mann ist nicht zu sprechen. Bitte verstehen Sie das. Er hat einen guten Freund verloren.«

»Wie konnte so was nur passieren?«, hakte David unerbittlich nach. »War es nun ein Unfall oder nicht?«

»Es war kein Unfall«, trat ihm Alexander forsch entgegen. »Aber jetzt hauen Sie ab, so schnell wie möglich! Sonst lass ich den Hund da drüben raus. Und den versprochenen Bericht über die EU-Korruption in Russland haben Sie mir bis heute noch nicht geschickt!«

»Langsam, langsam, Dr. Ott«, sagte David warnend. »Nur nicht gleich so voreilig. Man sagt, Kusnezov sei auf den glitschigen Fliesen der Banja ganz einfach nur ausgerutscht und dabei unglücklich gestürzt. Außerdem soll er betrunken gewesen sein! Oder haben Sie etwa etwas gegen die EU-Leute?«

»Ja! Und sollten sich diese Leute als eine Horde von Totschlägern entpuppen, dann habe ich wirklich etwas gegen sie. Hauen Sie jetzt endlich ab!«, drohte Alexander und schritt unmissverständlich auf Arnolds Zwinger zu.

»God damned son of a bitch!«, knirschte David, machte eine kreischende 180-Grad-Wende und ließ die Reifen eine Ladung Rollsplitt in die Luft schießen. Arnold tobte.

»Du hast dir einen Feind gemacht. Jetzt kann es nur noch schlim-

mer werden«, sagte Tatjana unendlich traurig. »Dieser Leichenfledderer! Dreckskerl!«, fauchte sie.
»Ja, das war dumm von mir«, räumte Alexander ein. »Aber in acht Tagen sind wir in den USA. Dann werde ich nur noch für dich da sein, nur noch für dich.«
Bleierne Müdigkeit überkam ihn. Wie aus weiter Ferne hörte er noch Arnolds erbostes Knurren, bevor er in Tatjanas Armen regelrecht zusammenklappte.
Tatjana zuckte zusammen. Fürchterlichste Bilder schossen ihr durch den Kopf. Sie war verzweifelt, wie damals im Juli 1992, als sie Galina Semjonowna, die Wahrsagerin bei Orjol, aufsuchte. Damals gab ihr diese Zuversicht und Kraft.
»Valerij, kannst du mich bitte heute Abend zum Kurskaja-Bahnhof zum 23:22 Uhr-Zug nach Orjol bringen?«, fragte sie ins Handy.

Nach dem Treffen mit Galina Semjonowna
Sonntag, 22. Oktober 2000, 13:50 Uhr

Müde ratterte der Zug nach Moskau zurück.
Galina Semjonowna war alt geworden und wirkte verhärmt, als lebte sie bereits in einer anderen Welt. Mühsam wuchtete sie die geschwollenen Beine die Stufen zur Haustür hoch.
»Ich wusste, dass du wiederkommst«, nuschelte sie.
»Störe ich?«, fragte Tatjana.
»Nein, komm rein.«
Sie setzten sich im düsteren Wohnzimmer an den großen Tisch mit der bunt geblümten Wachstuchtischdecke. Lange schaute Galina auf die Karten und schüttelte immer wieder den Kopf, sie atmete schwer und rotierte mehrmals die eine oder andere Karte.
Was Galina über Vergangenheit und Gegenwart las, stimmte im Großen und Ganzen mit der Realität überein.
»Ich sehe einen Sarg«, sagte sie. »Ein Freund ist kürzlich in Gesellschaft einer Tafelrunde umgekommen.«
Über die Zukunft redete sie in Fragmenten.
»Sehe deinen Mann in einem Beamtenhaus. Sehe Betrug und Enttäuschung. Darf Gaunern von weit her nicht vertrauen.«
»Wie wird das alles für ihn enden?«, fragte Tatjana.
»Durch eine weite Reise.«
Nach einer langen Pause fügte sie hinzu:
»Du musst dich an die Leute wenden, mit denen du früher gearbeitet hast.«

Warum ist sie so nervös? Sie sieht viel mehr als das, was sie sagt, sagte sich Tatjana. Aber als sie wissen wollte, was das alles auf sich habe, schüttelte Galina den Kopf.
»Wir schauen das nochmals am Ende.«
Erneut legte sie die Karten, schob diese dann abrupt zusammen und gab mit einer Handbewegung zu verstehen, dass die Sitzung beendet sei.
»Sei vorsichtig beim Autofahren«, sagte sie beim Abschied.
Sie benahm sich ganz anders als vor acht Jahren, dachte Tatjana. War es das Alter, die schlechte Gesundheit, die Karten? Sie schien alles zu durchschauen. Weiß Gott, was für schreckliche Dinge sie gesehen hat. Damals vor acht Jahren war sie zuversichtlich nach Orjol zurückgefahren. Nackte Angst erfasste sie. Und sie begann, die Sitzung mit Galina bis ins letzte Detail zu analysieren, und dann wusste sie: Alexander war in Gefahr!

Totenwache
Montag, 23. Oktober 2000, 2:00 Uhr

Herzzerreißendes Schluchzen unterbrach immer wieder die Todesstille im Sitzungssaal der Staatlichen Züchtervereinigung in Moskau, in dem Kusja Kusnezov im offenen Sarg aufgebahrt lag. Ein Meer roter und weißer Nelken umrahmte ihn. Eine weiße Maske bedeckte sein Gesicht. Engste Freunde und Mitarbeiter lösten sich bei der Totenwache ab. Alexander und Gennadij Smolinski waren bis zum Sonnenaufgang eingeteilt. In Russland darf man einen Toten bis zur Beerdigung nicht alleine lassen.

Kusjas Frau Viktoria, die Mutter und die beiden Kinder kamen gegen acht Uhr früh. Vor dem offenen Sarg verharrten sie lange in Andacht. Ihre Mienen wirkten gefasst. Nur die feuchten Augen verrieten ihre tiefe Trauer. Dann machte Viktoria ein paar Schritte auf den Sarg zu und umfasste endlos lange die Hände ihres geliebten Mannes, als wollte sie sie nie wieder loslassen.

Smolinski ging zu ihr, flüsterte ihr etwas ins Ohr, doch sie wollte Kusja nicht loslassen.

Smolinski schaute Hilfe suchend zu Alexander. Komm, sagte sein lautloser Mund, bitte hilf mir.

Alexander trat zu ihr, zog sie langsam zu sich hoch und küsste sie dreimal auf die Wangen, bevor ihn ein hemmungsloser Weinkrampf durchschüttelte.

Viktoria strich ihm die Tränen von den Wangen und sagte gefasst:
»Sascha, ich möchte, dass du ihn noch einmal siehst, auch Hans, so wie er war.«

Sie winkte Hans Haberland heran und nahm die weiße Maske vom

Gesicht ihres geliebten Mannes. Fassungslos starrten sie auf die überschminkten Wunden in dem verhärmten Antlitz.

Anschließend führte Smolinski Kusjas Mutter zum Sarg. Mühsam rang sie nach Atem. Immer wieder griff sie sich an den Hals, als fürchte sie zu ersticken. Mit zitternder Hand streichelte sie über die grau melierten Locken ihres Sohnes und tätschelte seine Wangen. Dann bekreuzigte sie ihn und sackte langsam in sich zusammen. Smolinski fing sie auf und schob sie auf einen Stuhl.

Jetzt hat ihn die Endgültigkeit des Todes eingeholt, dachte Alexander. Eine Welle tiefen Mitleids mit Viktoria, der alten Mutter und den Kindern überrollte ihn. Wortlos wachten sie über den Toten, in sich zusammen geduckt, versunken in fassungslose Trauer. Die beiden Kinder zerflossen in Tränen.

Verzweiflung riss Alexander mit sich fort. Es gab den Menschen nicht mehr, dem er grenzenlos vertraute, der sich für das Projekt stets vorbehaltlos eingesetzt hatte und für ihn sein Leben geben musste.

Wie werden sie ohne ihn zurechtkommen, ausgerechnet jetzt, wo auch ich das Projekt verlasse? Warum er? Warum nicht ich?, zermarterte er sein Hirn zum unzähligsten Mal. Ich habe den Hass in ihren Augen gesehen. Sie wollten mit mir abrechnen. Nicht mit ihm. Warum nur haben sie ihn totgeschlagen? Warum musste Kusja sterben? Und wer von ihnen war es?

Die Last von Schmerz und Schuldgefühl begann, ihn unter sich zu begraben. Er brauchte einen Halt, den Strohhalm des Ertrinkenden, an den er sich klammern konnte.

»Tanja, komm bitte möglichst bald zu mir«, hinterließ er in der Mobilbox ihres Handys. »Ich brauche dich.«

In den Büros vor dem Sitzungssaal entwickelte sich gedämpfte Geschäftigkeit. Leute kamen und gingen. Stühle wurden möglichst leise gerückt, Türen kaum hörbar zugeklinkt, Gespräche halblaut geführt, Telefone klingelten. Es galt, eine stattliche Beerdigung vorzubereiten. Repräsentanten von Rinderzuchtorganisationen und Großmilchviehbetrieben aus allen Oblasts Russlands mussten eingeladen, verköstigt und untergebracht werden. Sie rechneten mit 1000 Trauergästen. Sie alle kamen zu der erinnerungswürdigen Beerdigung. Bis auf einen: Alexander.

Hinter Gittern
Montag, 23. Oktober 2000, 9:37 Uhr

Nasskälte und Schneeschlamm empfingen Alexander, als er aus der staatlichen Züchtervereinigung kommend die Lenkradkralle des 240 D löste. Nach einigen hundert Metern winkten ihn zwei Milizionäre zur Seite.

Zielsicher griff einer von ihnen nach einer Pistole unter dem Fahrersitz, drückte sie Alexander in die Hand und ließ das Magazin aufschnappen. »Eine Walther, Kaliber 7.65 mm«, sagte er selbstzufrieden. »Zweiter Weltkrieg, und auch noch geladen! Haben Sie einen Waffenschein?«
»Nein! Die gehört nicht mir! Jemand hat sie mir unter den Wagensitz geschmuggelt.«
»Das kann jeder sagen«, lächelte der Milizionär und schob die Pistole in eine Plastiktüte. »Sie sind wegen illegalen Waffenbesitzes verhaftet, Ihr Wagen ist beschlagnahmt.«
Alexander versteinerte, er erinnerte sich an Boris Tashchilin, Hauptzootechniker eines Klienten, bei dem die Miliz vor einigen Monaten ebenfalls eine geladene Pistole unter dem Fahrersitz hervorgezaubert hatte. Und weil man ihm unterstellte, sie sei auch noch eine Mordwaffe, bekam er fünf Jahre Knast. Nur die unmittelbaren Angehörigen durften ihn in dem entsetzlichen Gefängnis besuchen.
»Tanja, du wirst es nicht glauben, man hat mir eine geladene Walther unter den Fahrersitz gejubelt«, teilte er ihr per Handy aus dem amerikanischen GM-Streifenwagen mit, der ihn zum Bezirksmilizrevier brachte. »Genau so wie damals bei Boris Tashchilin. Sie fahren mich jetzt zur Milizstation. Mach dir keine Sorgen. Ich werde das schon deichseln.«
»Diese verdammten Dreckskerle!«, zischte sie in den Hörer. »Das hätten sie nicht tun dürfen. Ya otschen' tjebja ljublju.«
Das Herz schlug ihr bis zum Hals und sie bebte vor Zorn. Automatisch zündete sie sich eine Zigarette an, obwohl sie schon seit Jahren nicht mehr rauchte, und hustete sich die halbe Lunge aus dem Hals.
Keine Panik, cool bleiben, analysieren, logisch denken, Alternativen ausarbeiten und entscheiden, hämmerte sie sich ein. Und dann: schnell und hart zuschlagen! Das hatte man ihr beim KGB eingetrichtert. Und das tat sie dann auch, als sie schließlich zum Telefon griff.

Sie nahmen ihm Handy, Schweizer Armeemesser, Gürtel und Schnürsenkel ab und steckten ihn in eine Einzelzelle mit Holzpritsche, Toiletteneimer, Waschgeschirr, Guckloch und Essensklappe. Sie hätten ihn auch in die Gemeinschaftszelle stecken können, sagten sie. Es roch nach Urin und penetrantem Körperschweiß. Alexander fröstelte. Er stopfte zwei Tempotaschentücher in die Ritzen des Fensterrahmens, wickelte sich in die schmuddelige, viel zu dünne Decke auf der schmalen Pritsche und starrte auf die braun gefleckte Decke, bevor ihm die Sinne schwanden.
Wildes Fluchen und eine ordinäre Frauenstimme brachten ihn in die Wirklichkeit zurück. Er stand auf und pisste und versuchte, sich die Füße zu vertreten, doch die Zelle war zu klein. Er legte sich wieder hin, lauschte

dem Kommen und Gehen in der Gemeinschaftszelle, lauschte dem schlaftrunkenen Gemurmel und Schnarchen, unterbrochen von schrillem Telefongeklingel und zuschlagenden Türen und ging mit sich zu Rate:
War es vielleicht doch Valerijs Pistole? Nein! Jemand will mich zumindest vorübergehend mundtot machen. Wie kann ich nur beweisen, dass sie mir nicht gehört! Selbst meine Fingerabdrücke haben sie! So endet also mein Aufenthalt in Russland, ärgerte er sich, in einer schäbigen Gefängniszelle, vielleicht sogar im Gefängnis. Um acht in die Arbeit, noch nachts um elf im Büro, kaum freie Wochenenden, kaum Urlaub, all die Erfolgsstories, Enttäuschungen, Rückschläge, und schließlich die wohltuende Anerkennung durch die russische Seite. Ich habe zwei gute Jahre gehabt!

Sie sind hinter mir her, weil sie befürchten, dass ich ihrer Version von Kusjas Tod widerspreche und dabei Dinge über Korruption und Betrug bei EU-Hilfsprojekten und EU-subventionierten Exporten beim Namen nenne, die für die Auftraggeber des Pistolenschmuggels gefährlich sind. Sie sind hinter mir her, weil ich mich stets vehement gegen die Einfuhr ihrer Fleischrinder ausgesprochen habe, aber vielleicht auch meiner Kritik wegen, dass ihre Dumpingpreise der Entwicklung der hiesigen Tierproduktion im Wege stehen. Oder ist es vielleicht nur des Erfolgs unseres Projektes wegen und weil die Russen auf uns hören?

Es sei ein Unfall gewesen, sagen sie. Kusja sei einfach auf den nassen, aalglatten Kacheln ausgerutscht und habe sich dabei tödlich verletzt. Ausgerechnet Kusja, er und ausgerutscht! Dieser Bulle von einem Mann mit den kurzen, kräftigen Beinen. Kusja, der ehemalige Ringer und Olympiateilnehmer! Ein Ringer hat doch gelernt, wie man »richtig« hinfällt!

Sie haben ihn zusammengeschlagen und regelrecht zu Tode getreten. Nein, es war kein Unfall! Es war Totschlag! Kusja musste sterben, weil er mich verteidigte, vielleicht aber auch, weil er ebenfalls der Einfuhr ihrer 50 000 Fleischrinder im Wege stand und sie dabei um einen Multimillionen-Dollar-Deal brachte.

Ich habe den Hass in ihren Augen gesehen! Und jetzt sitze ich in diesem Dreckloch, weil sie Dreck am Stecken haben, bis hinauf in die höchsten Etagen. Sie haben dich reingelegt, genauso, wie sie Hans Haberland reingelegt haben. Und du kannst dich ihrer nicht einmal erwehren, genauso wenig, wie sich Hans wehren konnte, denn sie sind nicht zu fassen und schleimig wie Quallen.

Zermartere dir nicht das Gehirn, das bringt doch nichts! Kusjas Tod hat dich richtig gepackt. Hast du Angst? Ja, ich habe Angst! Lass dich nicht gehen! Du musst kämpfen und deinen Mann stehen! Doch wenn du es wagst, gegen sie anzurennen, werden sie dich verleumden, persönlich, beruflich, dich fertigmachen, genauso, wie sie Hans fertiggemacht haben.

Wenn nötig, werden sie dir sogar Kusjas Tod anlasten und behaupten, du hättest ihn im Suff zusammengeschlagen und dabei tödlich verletzt. Und sie werden die Zeugen und Richter finden, genauso, wie sie diese für Hans gefunden haben.

Aber du bist nicht so ein feiner, wehrloser Mensch wie Hans. Du wirst dich verteidigen! Wichtig ist, dass du deinen Zorn im Zaum hältst und nicht in Panik gerätst! Wirst du dem Druck standhalten? Es gibt keinen Grund zur Resignation. Du hast es zu etwas gebracht. Du stellst auch in der Praxis immer noch deinen Mann. Du hast vom ersten Augenblick deines Hierseins dein Bestes gegeben. Du hast nichts getan, dessen du dich schämen müsstest. Du hast Tatjana, die dich selbstlos liebt. Du hast zwei gesunde, tüchtige Töchter und bereits vier Enkel. Und du hast viele Freunde, auch in Russland. Du hast eine wunderbare Farm in einem wunderbaren Land. Du hast alles, was man sich nur wünschen kann.

Lass das Grübeln. Verbiete dir, an die Geschehnisse der letzten Tage zu denken. Denk an etwas Erfreuliches. Du hast seit deiner Kindheit das Privileg gehabt, mit Landwirtschaft zu tun zu haben. Was würde Onkel Ivo zu deiner jetzigen Lage sagen? Die Leute im Dorf sagen immer noch, was für ein ausgezeichneter Bauer und Bürgermeister er war. Kinder und Hunde wurden von ihm geradezu angezogen. Die geistig Behinderten rannten ihm hinter her, um seine Hand zu halten und sich von ihm umarmen zu lassen. Er hatte immer ein gutes Wort und eine Kleinigkeit für sie, einen Apfel, ein paar Zwetschgen, eine Handvoll Walnüsse und, als die Zeiten besser wurden, Süßigkeiten oder etwas Spaßiges aus Plastik. Selbst die Honoratioren kamen zu Besuch, obwohl er nur ein einfacher Bauer war. Klar, während der knappen Kriegs- und Nachkriegsjahre gab es stets einen Schnaps und was Ordentliches zu vespern. Aber sie kamen auch, weil er ein mit Witz und Scharfsinn vollgestopfter Galgenvogel war. Während seiner langen Krankheit kümmerten sich seine drei besten Freunde geradezu rührend um ihn: der Landrat, der ehemalige Chefstatiker der Dornier Flugzeugwerke und der Chefarzt der Urologie. Man nannte sie die vier Musketiere, weil sie nur Unsinn im Kopf hatten und, wenn es sein musste, die Mäuse tanzen ließen.

Es war etwas ganz Besonderes um Onkel Ivo. Er hatte Präsenz und grenzenloses Selbstvertrauen. Und ein zauberhaftes Lächeln. Aber vor allem hatte er Zivilcourage und sorgte sich um seine Mitmenschen. Weißt du noch, als er im Frühling 1952 die meisten seiner Maschinen und die Hälfte der Kühe verkaufen musste, weil er für einen Nachbarn eine Bürgschaft unterschrieben hatte? Das hätte ihm beinahe den Hof gekostet. Danach war er wochenlang traurig und in sich gekehrt. Doch dann borgte er sich einen Handochsen und spannte ihn zusammen mit einer Kuh so lange ein, bis er sie mit selbst nachgezogenen Jungochsen ersetzen konnte. Damit machten wir alle Arbeiten mit Ausnahme des Spritzens.

Anfang März 1957, als Onkel Ivo wieder aus dem Schneider war, kaufte er den roten 35-PS-Massey-Ferguson-Traktor. Er war weit und breit der erste moderne Traktor. Das ganze Dorf kam und staunte nur so. »Komm, zeig uns doch, was der so alles kann«, sagte er und warf mir so ganz lässig den Zündschlüssel zu. Ich war überwältigt. Wie konnte er mir diese Kostbarkeit nur so ohne Weiteres anvertrauen, denn der Massey hatte einfach alles, was man sich damals von einem Traktor wünschen konnte, sogar einen Frontendlader, ein Zweistufengetriebe, eine Doppelkupplung, eine Regelhydraulik, Einzelradbremsen, eine Differentialsperre und eine Kupplung für den einachsigen Anhänger oder ein Gegengewicht.

Ich wollte, ich könnte Onkel Ivo um Rat fragen, selbst wenn er mir keinen spezifischen Rat geben könnte. Doch wie so oft, wenn ein Mitmensch in Schwierigkeiten war, würde er wohl sagen: »Halt die Ohren steif, alter Junge. Alles kommt wieder in Butter. Aber ein bisschen musst du dich schon auch selbst anstrengen. Zuletzt zählt man zusammen.«

Ich wollte, ich könnte mich mit Maruschka unterhalten, auch wenn sie mir keinen Rat geben könnte.

Doch, Vater Romeo, Prior der Weißen Väter des Klosters Thibar in Tunesien, könnte mir gute Ratschläge geben. Wie viel habe ich bei den nächtelangen Diskussionen 1959 und 1960 von ihm lernen dürfen!

»Développement«, betonte er immer wieder, wenn Hans Haberland und ich mit ihm bis früh in den Morgen hinein bei einem Glas des berühmten Vin de Messe seines Kellermeisters Frère Dominique diskutierten. »C'est toujours dire la vérité et respecter le prochain.«

Auch er hatte etwas ganz Besonderes an sich. Und irgendwie war er wie Onkel Ivo. Vielleicht haben wir uns auch deshalb so gut verstanden. »Komm, fahr sie doch mal wieder nach Tunis,« sagte er und warf mir dann so ganz lässig den Zündschlüssel seiner heiß geliebten 500er-BMW zu. Wie sehr war ich dann überwältigt, denn »sa BM double W« hatte einfach alles, was man sich damals von einem Motorrad wünschen konnte. Und dann warf er mir auch noch den Sturzhelm und die Lederhandschuhe zu und sagte: »Ne soyons pas fatal, Alexandre.«

Ich wollte, Vater Romeo wäre hier. Ich wollte, ich könnte ihn fragen, wie er sich jetzt an meiner Stelle verhalten würde. Aber was könnte er mir denn schon raten, wenn die Gegner unsichtbar sind und ich nichts, aber auch gar nichts beweisen kann?

Und Kusja? Er würde alle Hebel in Bewegung setzen, um mich hier rauszuholen. Aber hätte er eine Chance? Was für ein Jammer, dass ich nie wieder mit Kusja reden kann!

Ich wollte, Hans wäre hier. Ich wollte, dass er ganz einfach bei mir wäre. Und Tanja. Ich wollte so sehr, dass Tanja hier wäre! Verdammt, warum ist sie immer noch nicht da?

Der Kopf begann wehzutun, das Grübeln schwerzufallen. Schüttelfrost wechselte mit Schweißausbrüchen. Gelenke und Muskeln schmerzten. Die Haare auf den Handrücken taten weh, wenn er über sie strich. Er wischte sich die Stirn.

Nur jetzt nicht krank werden! In Moskau grassiert die Grippe!

Die Nacht war noch lang. Er schloss die Augen und versuchte vergebens, an etwas Schönes zu denken. Tief Luft holend riss er sie wieder auf, überrascht für einen Moment, dann entsetzt darüber, wo er war. Er wickelte sich noch fester in die schmuddelige, viel zu dünne Decke und lauschte dem eigenen Stöhnen, bis ihn endlich frühmorgens der Schlaf aus dem qualvollen Grübeln erlöste.

Moskau Adios
Dienstag, 24. Oktober 2000, 7:27 Uhr

Vor dem vergitterten Fenster der Zelle herrschte noch stockfinstere Nacht. Husten, Rotzen und wildes Fluchen verscheuchten den quälenden Albtraum. Blechtassen und Toilettengeschirre schepperten. Ungläubig rieb sich Alexander die verklebten Augen, wuchtete sich hoch und schüttelte verdutzt den Kopf. Er fror. Vor Schwäche war ihm schwindelig. Die Ohren rauschten, der Schädel brummte, er fuhr sich fahrig durchs Haar und glitt über die zwickenden Bartstoppeln. Er war nahe daran, laut aufzuschreien. Die Nerven flatterten. Er schloss die Augen, zwängte sich auf die Pritsche zurück, befahl sich, an nichts zu denken, hörte Schritte, und dann flackerte das Licht auf.

Ein Milizionär führte ihn in eine größere Zelle. Der rundliche Oberst, der ihm gegenübersaß, maß ihn über starke Gläser einer wuchtigen Brille hinweg mit übernächtigtem Blick. Die Zigarette zwischen den Lippen war bis auf einen glühenden Stummel heruntergebrannt. Offensichtlich ein Untersuchungsführer.

»Sie sitzen ganz schön in der Patsche«, sagte er mit wohlwollender Stimme und öffnete die Bänder einer fingerdicken Aktenmappe. »Die Verdachtsmomente sind schwerwiegend. Die Spurensicherung hat Ihre Fingerabdrücke auf der Pistole festgestellt. Das illegale Tragen einer Waffe wird normalerweise mit drei Jahren bestraft und mit fünf, sollte sie nicht sauber sein.«

Trübsinnig schüttelte er das aufgedunsene Gesicht und gähnte wie ein Walross.

»Es liegen auch noch andere Verdachtsmomente gegen Sie vor. Aber wir haben noch keine Zeugen verhört und noch keine Gutachten angefordert. Wahrscheinlich müssen wir auch noch eine höhere Dienststelle einschalten. Kann ich Ihnen Tee anbieten?«

Gierig schlürfte Alexander siedend heißen Tee aus dem Glas, das ihm der Oberst zugeschoben hatte. Seine Augen weiteten sich, als dieser auch noch Butterbrote aus seiner Aktentasche hervorzauberte.

»Mein Frühstück, eins mit Käse, eins mit Doktorwurst. Nehmen Sie sich doch eins davon. Das, was Ihnen am besten schmeckt.«

Er klopfte eine Zigarette bis zur Hälfte aus einer Schachtel Marlboro heraus und schubste sie samt Feuerzeug seinem Gegenüber zu. Alexander lehnte gerührt ab, konnte jedoch dem Butterbrot mit Wurst nicht widerstehen.

»Die EU-Leute sind gleich gestern abgeflogen«, seufzte der Oberst verächtlich auf. »An den Mann von der Botschaft und Kashdan Lew Borisowitsch, den Viehhändler, kommen wir nicht heran. Fangen eben an der Spitze des Eisbergs ...«

In diesem Augenblick öffnete sich die Tür. Mit dem verlegen strahlenden Grinsen des liebenswerten Jungen stürmte Boris Prokofiev in die Zelle. Ein hagerer, langer Enddreißiger mit stechenden Augen und grau meliertem Bürstenschnitt folgte ihm. Mit seiner schwarzen Lederjacke und seinem schwarzen Rollkragenpullover war er ganz auf Schwarz gestylt, dazu trug er eine schwarze Hose und schwarze Pilotenstiefel.

Sie zeigten Ausweispapiere und ein Schriftstück, das der Oberst abstempelte und unterschrieb.

Boris und der Mann in Schwarz schoben Alexander nach draußen und drückten ihn auf den Rücksitz des schwarzem Wolga. Tatjana umarmte ihn. Ihre Augen verrieten, wie sehr sie aufgebracht war.

»Sie haben Arnold vergiftet! Gott sei Dank hat er das Fleisch wieder ausgespuckt! Aber er zuckt und winselt hundserbärmlich. Dr. Blohin hat ihn zu sich nach Hause genommen. Wahrscheinlich Rattengift, meint er. Sascha, glaubst du, dass unser Arnold sterben muss?«

Was für eine Frau!, dachte er zärtlich, und sein rechter Arm drückte sie noch fester an sich. Wie sehr ich sie liebe!

Wortlos fuhren sie durch dreckigen Schneematsch und schleppenden Verkehr. Um schneller voranzukommen, ließ Boris immer häufiger die Sirene mit Blaulicht aufheulen und brauste bei Rot über die Kreuzung oder nahm den Gehsteig als Ausweichspur, denn Alexander sollte unbedingt die erste Aeroflot-Maschine nach Frankfurt erreichen. Von dort ging es weiter nach Washington, DC.

»Warum nicht nach Hause?«, protestierte Alexander.

»Sascha«, sagte Tatjana, »es ist besser für uns alle, wenn du schon heute früh nach Amerika fliegst.«
»Nein!«, widersprach Alexander. »Ich werde dich jetzt nicht allein lassen. Boris, dreh um! Lass uns nach Hause fahren.«
»Alexander«, sagte Boris. »Kusja war dein Freund. Auch ich bin dein Freund, trotz allem, was geschah.«
Er stoppte den Wolga am Straßenrand.
»Sascha, sie sind hinter dir her! Sie werden dich umbringen, um sich selbst zu schützen. Und wenn du nicht fliegst«, brüllte er plötzlich mit puterrotem Gesicht, »dann werde ich dir den Hals abschneiden! Lass uns doch endlich mit dem ganzen EU-Scheiß aufhören! Das bringt doch nichts! Auch die russische Seite ist hinter dir her! Sie behaupten, dass Kusjas Tod ein Unfall war, aber sie haben Angst davor, dass du ihnen widersprichst. Wenn du nicht fliegst, werden sie dich fertigmachen. Bitte, Sascha, flieg! Flieg! Bitte!«
»Kommen Sie, fahren Sie schon weiter und passen Sie auf den Verkehr auf, oder soll ich fahren?«, schaltete sich der Mann in Schwarz ein und wechselte mit Boris das Steuer.
»Das ist Jurij Yashin, Oberst beim FSB[37]«, klärte Tatjana auf. »Wir wurden zusammen ausgebildet. Ich habe dem FSB alles berichtet. Sie kennen die Vieh- und Fleisch-Mafia und den ganzen Schlamassel mit den EU-Projekten bei uns. Auch beim Hauptkriminalamt zur Bekämpfung von Wirtschaftsverbrechen weiß man darüber Bescheid. Ohne sie und den FSB wärst du immer noch in Untersuchungshaft. Und mit großer Wahrscheinlichkeit würde man dich sogar einlochen.«
Als sie mit Sondergenehmigung vor dem VIP-Check-in am Flughafen Scheremetjewo-2 parkten, kam gerade der letzte Aufruf des Aeroflot-Flugs nach Frankfurt durch. Das Einchecken verlief schnell und reibungslos. Boris und Jurij eskortierten Alexander zur Passkontrolle. Tatjana folgte. Alexander zitterte vor Erregung, blieb plötzlich stehen, löste sich von ihnen und drehte sich zu ihr um. Verzweiflung entstellte sein Gesicht.
»Tatjana, ich fliege nicht. Wir werden zusammen nach Amerika fliegen.«
Er klammerte sich an sie und strich ihr tollpatschig übers Haar und hielt abrupt inne, als ihn der Schmerz übermächtig ergriff.
»Saschenka, nein!«, flüsterte sie bittend. »Du musst jetzt zum Flugzeug.«
»Nein!«
»Bitte, geh jetzt!«
»Nein!«
»Geh, bitte! Bitte geh! Doch, ich werde bei dir sein. Ich werde bei dir

---

[37] FSB = Föderaler Sicherheitsdienst (Russischer Geheimdienst), Nachfolgeorganisation des KGB (Komitee für Staatssicherheit).

sein, auch wenn du jetzt alleine fliegen wirst. Ya otschen' tjebja ljublju. Und am Sonntag werden wir ja schon wieder zusammen sein. Und alles, alles wird wieder gut.«
»Nein! Nein!«
»Sascha, bitte geh jetzt! Das, was hier noch zu machen ist, kann ich allein erledigen. Ich weiß, du wirst jetzt fliegen. Du wirst für uns beide fliegen. Und ich werde bei dir sein.«
Die Zeit drängte. Das Herz schlug ihr bis zum Hals. Kalter Schweiß ließ sie erschaudern. Sie wusste, dass sie jetzt nicht klein beigeben durfte. Sie stieß ihn von sich und schrie:
»Alexander! Du fliegst jetzt! Reiß dich zusammen! Sei ein Mann! Bitte sei ein Mann!«
Sie blinzelte Boris und Jurij zu und zeigte mit dem Daumen auf ihren Mann. Sie kamen heran und rissen ihn mit sich fort. Ihr Magen verkrampfte sich zu einem brennenden Knoten. Sie wandte das kreidebleiche, tränenschwere Gesicht ab, und so sah sie nicht, wie ein in sich zusammengesackter, unrasierter, schluchzender alter Mann, ausgepumpt von den Ereignissen der letzten Tage, von den beiden mit Sonderausweisen ausgestatteten Männern durch die Passkontrolle geschoben und in die Aeroflot-Maschine nach Frankfurt gepackt wurde.

Auf einem Parkplatz in Podolsk
Donnerstag, 26. Oktober 2000, 17:50 Uhr

Vor dem Abflug verabschiedeten sich Tatjana und Arnold mit einem Abschiedsgeschenk von Vladimir Nikonov, dem Hundetrainer in Podolsk. Zwischen ihnen hatte sich ein herzliches Verhältnis entwickelt. Ohne Vladimirs Beziehungen hätte es Tatjana nie geschafft, rechtzeitig das für Arnold erforderliche Gesundheitszeugnis der Rayonveterinärstation und die Ausfuhrgenehmigung der Russischen Hundezuchtföderation zu bekommen.
Es war schon stockdunkel, als Vladimir Arnold zum letzten Mal ermahnte, ein guter Junge zu bleiben. Der Weg zum Parkplatz war menschenleer. Wie immer rannte Arnold voraus, seiner Maschina entgegen. Schneeflocken trieben durch die spärliche Beleuchtung und machten aus den nackten Bäumen bedrohliche Gestalten. Tatjana glaubte, lange Schatten hinter sich zu sehen, sie hörte klickende Geräusche, ging schneller und griff intuitiv zum Pfefferspray, als ihr auch schon zwei, wie aus dem Boden geschossene, rohe Kerle mit kantig gestutzten Igelfrisuren den Weg versperrten. Der grelle Lichtstrahl einer starken Taschenlampe traf voll ihr Gesicht. Schützend hob sie die Hände vor die Augen und versteinerte.

In diesem Augenblick schnellte Arnold, so wie es ihm Vladimir beigebracht hatte, mit dem Gebrüll eines Elefantenbullen an dem Mann mit der Taschenlampe hoch und drückte ihn mit der vollen Wucht seiner gut fünfzig Kilo gegen die Hauswand. Ein verzweifelter Aufschrei. Die Taschenlampe fiel zu Boden. Der andere rettete sich in die Dunkelheit. Arnold rannte Tatjana zum Auto nach. Dort stand Hans Haberland.
»Hans!«, keuchte Tatjana außer Atem. »Schnell weg von hier! Was machst du denn hier!?«
»Ich war beim Tierzuchtforschungsinstitut.«
»Schnell, weg! Fahr bitte hinter mir her!«
»Wenn du möchtest«, schlug Hans Haberland beim Abendessen schüchtern vor, »werde ich dir bis zum Abflug am Sonntag Gesellschaft leisten. Es ist vielleicht besser, wenn du jetzt nicht allein bist. Auch würde ich morgen gern beim Einchecken Arnolds mit dabei sein. Das soll nicht immer so ganz einfach sein. Ich denke, das ist auch im Sinn von Alex.«

Scheremetjewo-2
Freitag, 27. Oktober 2000, 7:20 Uhr

»Ich bin dir wirklich sehr dankbar, Hans, dass du mit zum Flughafen kommst«, sagte Tatjana. »Arnold ist heute außer Rand und Band. Glaubst du, wir sollten ihm eine Beruhigungsspritze geben lassen?«
»Nein, auf keinen Fall«, dröhnte Valerij, der Chauffeur, und sah nach hinten, von wo ihm Arnold, den Kopf in Hans Haberlands Schoß gekuschelt, Hilfe suchend entgegenwinselte. »Mit einer Beruhigungsspritze im Leib kann er die da drüben nicht einmal richtig anbellen. Zeig es ihnen, Arnold, diesen Amerikanern, wie furchterregend ein richtiger russischer Hund bellen kann!«
»Nein, ich glaube nicht«, sagte Hans. »Wir dürfen ihn ja bis zum Einladen begleiten. Wir haben noch ganze fünf Stunden Zeit mit ihm. Man weiß ja auch nie, was in diesen Spritzen so alles drin ist und wie er darauf reagiert. Du bist ein intelligentes Bürschchen, nicht wahr, Arnold? Du wirst dich schon nicht daneben benehmen. Wahrscheinlich wirst du vor lauter Aufregung und Hunger nur jaulen. Aber zehn Stunden vor Abflug dürfen wir dich nun mal leider nicht mehr füttern.«
Ausgepumpt und um einen Batzen Rubel und Dollar leichter, verließen sie sechs Stunden später den Flughafen. Eine Reihe unerwarteter Komplikationen ließ sich nur mit deftigen Bakschischs beheben: zuerst bei der Grenzkontrollveterinärstelle für die Ausstellung des International Veterinary Health Certificate; dann bei der Zollkontrolle und beim Mieten des

extra großen Käfigs. Schließlich verlangte der grinsende Abgesandte des Ladepersonals ein paar grüne Scheine, ansonsten würde der schwere Hund beim Verladen versehentlich herunterfallen. Dazu noch zwanzig Dollar – »Sehr zu empfehlen!« –, um Arnold als Letzten einzuladen. Er würde dann ja auch wieder als Erster ausgeladen werden: ein enormer Vorteil. Hans Haberland wurde das alles langsam zu bunt. Dem da dürfe sie auf keinen Fall auch noch etwas geben, legte er Tatjana nahe. Schließlich steckte sie Valerij zwanzig Dollar zu, die dieser dem grinsenden Abgesandten unbemerkt in die Hand drückte.

Nur die für das Flugticket zuständigen Frauen erwiesen sich kooperativ.

Am Washington Dulles International Airport sprang Arnold ohne zu zögern in Alexanders Jeep. Endlich war er wieder bei seinem Rudel.

»Jetzt fehlt uns nur noch Tatjana, Arnold«, begrüßte ihn Alexander. »Zwei lange Nächte und zwei Tage noch, zwei ganze lange Tage!«

Auf einer Landstraße bei Luberzy
Sonntag, 29. Oktober 2000, 6:15 Uhr

Es war noch rabenschwarz. Ganz ungewöhnlich für Moskau fiel schon seit Stunden eisiger Regen und bedeckte den Süden der Stadt mit dicker Eisglasur. Die Äste ächzten unter der gefrorenen Last und dem aufkommenden Wind. Erste Kiefernäste stürzten krachend zu Boden. Wenn das Wetter so weitermachte, würden auch die robusteren Laubbäume dran glauben müssen.

Tatjana hatte es geschafft. Das Haushaltsgut war verschifft. Valerij wartete mit laufendem Motor, um sie nach Scheremetjewo-2 zu bringen.

»Hab einen guten Flug«, sagte Hans Haberland und küsste sie zärtlich auf die Wangen. »Ich werde noch alles wintersicher machen und anschließend die Schlüssel zur Verwaltung bringen.«

Dann fuhren sie in die rabenschwarze Nacht hinein.

»Du hast einen guten Mann«, sagte Valerij nach einer Weile. »Er vergöttert dich und er mag unser Land. Es tut ihm weh, wenn die Menschen und Tiere leiden müssen. Niemand weiß das besser als ich. Er wird mir schrecklich fehlen. Auch du wirst mir fehlen! Und Arnold! Er ist mir so sehr ans Herz gewachsen. Was für ein Prachtkerl von einem Hund! Erinnerst du dich noch, weshalb ihr ihn schließlich doch noch Arnold getauft habt? Meinetwegen! Weil ich ihn so nannte, als ich den kleinen Kerl aus Saratow zu euch brachte. Wäre es nach dir gegangen, würde er heute Karat heißen. Auch kein schlechter Name. Aber Yoshik, Igel! Was hatte sich Alexander bloß dabei gedacht? Erinnerst du dich noch? Er wollte ihn sogar nur Yosh taufen! Gott, was für ein Theater, bis ihr ihn endlich Arnold getauft hattet: Arnold, Arnold Schwarzenegger! Das ist der einzig richtige Name für ihn!

Ich werde auf die Maschina aufpassen, Tatjana, als wäre sie mein einziges Kind. Spürst du, wie gut sie auf der Straße liegt, trotz der Glätte? Wie eine Eins mit den neuen Winterreifen und dem Sandsack. Und dazu auch noch dein Gepäck. Sie hat zwanzig Jahre und jetzt genau 398 826 Kilometer auf dem Buckel, und das alles mit dem ersten Motor! Vielleicht macht er nochmals 100 000 oder 150 000 Kilometer. Vielleicht sogar noch mehr! Auf jeden Fall werde ich noch viele Jahre damit fahren können. Ich fahre ja nicht so viel, und Masut[38] wird immer teurer. Wenn es sein muss und ich es mir leisten kann, baue ich mir eben einen Austauschmotor ein.«

»Ihr werdet mir alle fehlen, Valerij, vor allem auch deine Valentina. Wie kann ich ihr je für all die Hilfe mit dem Haus und den Gästen danken? Unser Cottage wird mir fehlen, der See, die Spaziergänge durch unsere Wälder, Moskau, Russland! Die Freunde und Nachbarn, die Arbeitskollegen! Eben alles, Valerij, meine Heimat, unsere Musik, und die russische Seele! Sie haben eine andere Seele dort drüben, weißt du? Aber es sind gute Menschen, diese Amerikaner. Wir könnten so viel von ihnen lernen, aber sie auch von uns. Doch jetzt bin ich froh, dass alles vorbei ist und ich in ein paar Stunden wieder bei Alexander bin«, sagte sie mit müder Stimme.

»Ja, du hast harte Tage hinter dir.«

Er steckte eine Musikkassette in den Schlitz des Autoradios.

»Unser Abschiedsgeschenk – Akademischer Chor des Russischen Gesangs.«

»Danke Valerij, wie rührend von euch!«

Strenge, emotionsgeladene Stimmen strömten in die Maschina und füllten Tatjanas Herz mit Wehmut und ihre Augen mit Tränen.

Plötzlich röhrte ein Kamaz-Laster aus dem dunklen Nichts auf die noch unbefahrene, eisglatte Landstraße. Im nächsten Augenblick rammte er die rechte Heckseite. Valerij verriss das Steuer, geriet ins Schleudern, bekam die Maschina aber wieder unter Kontrolle, denn der Aufprall war relativ leicht gewesen.

»Valerij, Valerij, schneller, schneller, schneller!«

Starr vor Schreck tat dieser genau das, was er auf der vereisten Fahrbahn nicht hätte tun sollen: Er trat das Gaspedal bis zum Anschlag durch. Die Räder drehten durch. Unerbittlich kam der Laster auf sie zu.

---

[38] Masut = Dieselkraftstoff.

»Da kommt er schon wieder! Er ist schon neben uns!«, brüllte Tatjana entsetzt.

Vergebens versuchte Valerij zu beschleunigen. Der Laster versetzte der Maschina einen Puff nach dem anderen. Weit ausholend schlingerten sie hin und her, immer wieder seitlich gegeneinander aufprallend, bis der Stärkere den Schwächeren schließlich von der Landstraße drückte.

Die Maschina überschlug sich mehrere Male, bevor sie langsam in einem Teich versank.

Ein trockener Schlag traf Tatjanas Schädel. Sie war wie gelähmt. Und sie wusste, dass sie nur noch Sekunden leben sollte. Samtweiches warmes Wasser spülte sie in eine unendliche Dunkelheit.

Valerij erfror am Ufer.

Ein gelber K-701-Traktor war gerade dabei, die Maschina an Land zu winden, als Hans Haberland die Unfallstelle passierte. Als er Tatjana Ott losschnallte und ihr die durch ihn hindurch starrenden Augen behutsam zudrückte, glaubte er, dass sein Herz stehen blieb. Denn nur er wusste, dass sie die einzige Frau in seinem Leben war, für die er bedingungslose Liebe empfunden hatte.

Es gab keine Unfallzeugen. Ein Bewohner im nächsten Dorf hatte zwar gegen 6:30 Uhr ein mehrmaliges dumpfes Krachen vernommen, es jedoch einem fernen Wintergewitter zugeschrieben.

Der Mercedes 240 D sei von der eisglatten Fahrbahn abgekommen und habe sich dreimal überschlagen, bevor er in den Teich stürzte und versank, dokumentierte das Unfallprotokoll der Verkehrsmiliz.

Hans Haberland war anderer Meinung, denn er konnte sich nicht vorstellen, dass ein erfahrener Fahrer wie Valerij in einem 240 D mit neuen Michelin-Winterreifen und einem Sandsack plus schwerem Gepäck im Kofferraum trotz der Eisglätte grundlos von der Fahrbahn schlidderte. Außerdem sagten ihm die auf beide Straßenränder weit ausscherenden Fahrspuren, dass hier kein Unfall im Spiel war, sondern der 240 D von einem schweren Fahrzeug mit Doppelbereifung wiederholt gerammt und von der Straße abgetrieben worden war.

Als er Fotos machen wollte, wurde er von der Miliz barsch abgewiesen.

Hans Haberland behielt seine Beobachtungen für sich. Brüssel und Luxemburg hatten ihn gelehrt, dass diese unter den gegebenen Umständen nicht beweisbar waren. Auch wollte er Alexander nicht in eine Situation bringen, aus der er nur als vergrämter Verlierer herauskommen konnte. So war er auch nicht überrascht, dass der 240 D bereits verschrottet war, als ihn Alexander zwei Tage später inspizieren wollte. Und in seiner Verzweiflung kam dieser nicht einmal auf den Gedanken, das Unfallprotokoll in Frage zu stellen.

X. Fantômes Nocturnes

Brüssel
Sonntag, 22. Oktober 2000, 23:00 Uhr

Viktor Leblancs Angstzustände und Schlafstörungen begannen in der Nacht vom 21. auf den 22. Oktober 2000, als er wenige Stunden nach Kusnezovs Tod abrupt von Moskau nach Brüssel zurückgeflogen war. Zunächst konnte er mit immer stärkeren Dosen nicht verschreibungspflichtiger Schlafmittel wenigstens ein paar Stunden Schlaf finden. Doch nach wenigen Wochen war deren Wirkung verpufft. Tagsüber war er müde und ausgepumpt.

Schließlich konsultierte er einen Schlaftherapeuten, dessen Anweisungen er minutiös befolgte, mit dem Erfolg, dass er wieder gut schlafen konnte. Zum ersten Mal in seinem Leben wurde er physisch aktiv. Statt der üblichen zwei- bis dreistündigen Lunch-hour in einem der sechs Restaurants, die er zusammen mit zwei italienischen EU-Kollegen betrieb, machte er Work-outs in einem Fitnessclub. An Wochenenden unternahm er mehrstündige Fahrrad- oder Wandertouren. Sein Fitness-Programm ließ ihn geradezu euphorisch werden, umso mehr, als es den übergewichtigen Endfünfziger in Kombination mit einer Low-Carb-Diät innerhalb kurzer Zeit stark abnehmen ließ. Schon bald fühlte er sich in seiner luxuriösen Villa in einem der vornehmsten Brüsseler Vororte, die er zusammen mit seiner zweiten Frau bewohnte, sicher und wie neu geboren.

Leblanc arbeitete als Projectofficer für die EU-PHARE- und -TACIS-Hilfsprogramme. Sein Vater, Professor für landwirtschaftliche Betriebswirtschaft an der renommierten Moskauer Timiriazev-Akademie, war 1954 mit seiner Frau und dem achtjährigen Sohn nach Paris emigriert, wo ihn die elitäre Ecole Nationale Supérieur d'Agriculture als wissenschaftlichen Mitarbeiter einstellte. Obwohl stets zuvorkommend behandelt und gefördert, fühlte er sich bald als fünftes Rad am Wagen und begann, sich mehr und mehr in sich zurückzuziehen, zu trinken und starb ganz unerwartet, ein paar Tage, nachdem sein Sohn Viktor in die Eliteschule Ecole Normale Supérieure aufgenommen worden war.

Leblanc hatte es seinem Vater nie verzeihen können, einfach aufzugeben, und ihn eher als den Satelliten seiner starken Mutter gesehen, die den Sohn auf Schritt und Tritt protegierte und mit harter Hand und allen erdenklichen Anreizen dafür sorgte, dass er beim Violinunterricht und in der Schule stets sein Bestes gab. Es hatte Perioden von Hassliebe gegeben, besonders in den Jahren vor dem Baccalauréat, das er mit Auszeichnung bestand. Doch danach empfand er unendliche Dankbarkeit für all das, was die ehrgeizige Mutter für ihn getan hatte, und sein Verhältnis zu ihr entwickelte sich zu inniger Zuneigung und Verehrung. Sollte ihr eines Tages etwas zustoßen, würde er es nicht verwinden.

Er schwor sich, seiner Mutter die Anerkennung und Lebensverhältnisse zu verschaffen, die ihr der Vater nicht bieten konnte. Er würde sie aus den armseligen Verhältnissen in der Pariser Vorstadt Châtillon-sous-Banlieu herausholen, sie verwöhnen und ihr alles geben, was sie zu einem achtbaren Leben brauchte, den beginnenden Alzheimer verlangsamte und linderte. Dafür brauchte er Geld, viel Geld. Und deshalb stand für ihn fest, dass er einen Beruf ergreifen würde, auf den sie stolz sein konnte.

Und so trat Leblanc nach Abschluss der Ecole Nationale d'Administration (ENA)[39] in den diplomatischen Dienst ein. Zunächst arbeitete er an der

[39] ENA = Ecole National D'Administration: französische Eliteschule (Grande Ecole), die den Weg für die Spitzen der französischen Staatsverwaltung und Politik öffnet. Frankreich hat 187 Grandes Ecoles, von denen die ENA bei Weitem die Einflussreichste ist. Während im Massenbetrieb der normalen Universitäten etwa zwei Millionen Studenten eingeschrieben sind, büffeln in den prestigeträchtigen und wesentlich besser ausgestatteten Grandes Ecoles etwa 120 000 junge Franzosen, die per Concours selektiert wurden. Ein Abschluss an einer Grande Ecole ist ein Garantieschein für den beruflichen Erfolg.

Im Berufsleben bewahren ihre Absolventen einen starken Korpsgeist und bilden oft Seilschaften. Bereits in jungen Jahren rücken sie in Schlüsselpositionen auf, ohne sich in der Praxis hochgearbeitet und praktische Erfahrungen gesammelt zu haben. So hat z. B. die Mehrzahl der französischen Landwirtschaftsexperten bei internationalen Organisationen die Ecole Nationale Supérieur d'Agriculture (Agro) in Paris absolviert.

Krönung einer Karriere im System der Grandes Ecoles ist die Zusatzausbildung an der ENA. Ihre Absolventen, die sogenannten Enarquen, beherrschen Verwaltung und Politik. Das Gros führender Politiker und Verwaltungsbeamter Frankreichs, einschließlich des ehemaligen Staatspräsidenten Jacques Chirac und des ehemaligen Premierministers Dominique de Villepin, sind Enarquen. Ebenso hat das Gros führender französischer EU-Beamter ENA- oder Grandes-Ecoles-Background, die enge Kontakte mit der französischen Administration und Wirtschaft verbindet und zu der Dominanz Frankreichs innerhalb der EU geführt hat. Deshalb wurde unter anderem auch die gesamte EU-Bürokratie nach gallischem Vorbild geprägt, auf französische Bedürfnisse geeicht und erbrachte Frankreich überproportional hohe Profite auf Kosten der anderen EU-Mitgliedsstaaten und -Partnerländer.

französischen Botschaft in Tunesien. Geld mit Visa, Aufenthaltsgenehmigungen und dem Umwechseln tunesischer Dinare in harte Währung zu machen, war ihm zu schmuddelig. Dagegen erkannte er die Anfang der 70er-Jahre noch vorhandene Chance, authentische, römische Artefakte billig und in großer Zahl einzukaufen und in Europa zu verkaufen. Zunächst spezialisierte er sich auf Öllämpchen, dann nahm er auch Kupfer- und Bronzemünzen, aber auch Silber- und Goldmünzen, die damals schon Raritäten waren, sowie Tonschalen und Amphoren ins Angebot auf. Mit dem Kauf von Skulpturen hielt er sich zurück. Diese waren schon relativ teuer, und einige seiner Kollegen waren damit in Schwierigkeiten geraten oder auf Fälschungen hereingefallen. Und wenn sich diese in der Freizeit an den zauberhaften Stränden des Landes aalten, nahm sich Leblanc Museumsangestellte in Tunis und Karthago vor oder machte sich im Deux-Chevaux auf die herausfordernde Suche nach authentischen Artefakten in den Medinen und den einmalig gut erhaltenen Römerstädten des Landes. Die Ware schaffte er in diplomatischem Gepäck und Umzugsgut außer Landes und verkaufte sie mit Profiten von mehreren 1000 Prozent vorwiegend in der Schweiz. Die besten Stücke behielt er für sich.

Bald witterte er auch das Geschäft mit internationalen Ausschreibungen, wobei ihn sein Status als Botschaftsangestellter, sein Kommunikationsgeschick, seine Beharrlichkeit und seine üppigen Bestechungsgelder innerhalb weniger Monate zum unentbehrlichen Beschaffungsberater französischer Firmen werden ließen.

»Wieso haben wir nicht den Zuschlag bekommen, wo doch unser Angebot bei Weitem besser war?«, fragten sich die damals noch ziemlich unbedarften deutschen Mitanbieter. Leblanc wusste es, und er hatte seinen Preis dafür: ein bis zehn Prozent des Kontraktvolumens.

Leblanc war in seiner Arbeit derartig erfolgreich, dass ihn die Botschaft anstatt des üblichen Dreijahresturnus ganze fünf Jahre in Tunesien beließ. Danach ging er für ein Jahr an den Quai d'Orsay, dann für vier Jahre an die französische Botschaft in Bamako/Mali. Auch da fuhr er, jetzt allerdings im klimatisierten Range Rover, dorthin, wo authentische Masken sowie Holz- und Tonskulpturen noch preiswert zu haben waren: in die oftmals entlegenen und schwer zugänglichen Dörfer in Bambara- und dem hügeligen Dogon-Land, und kaufte die stark in Mode gekommenen Objekte manchmal direkt von den Köpfen der Tänzer herunter. Die besten Stücke behielt er wiederum für sich, das Gros ging nach Europa, auch zunehmend in die USA, jedenfalls machte er damit ein Vermögen.

Innerhalb kurzer Zeit hatte er sich auch in Mali die für das Geschäft mit Ausschreibungen erforderlichen landesspezifischen Kenntnisse und Beziehungen beschafft. Zu seiner Überraschung liefen sich die bi- und multilateralen Hilfsorganisationen regelrecht die Füße wund, um dem armen Land Hilfsprojekte und zinslose Darlehen aufzudrängen. Schon bald entbrannte ein bitterer Wettbewerb um Finanzierungsmöglichkeiten. Selbst bei Projektanträgen von der malischen Seite wurde geschmiert, bei Projektevaluierungen wurden kaum kritische Fragen gestellt und bei der Berechnung von Rentabilität »auf Teufel komm raus« geschummelt. Das Motto hieß: schnellstmögliche Auszahlung der Projektmittel. Danach wurden die Projekterfolge beurteilt, Gehaltserhöhungen und Beförderungen internationaler Beamter festgelegt.

Leblanc fühlte sich wie ein Hecht im Karpfenteich. Wettbewerbsfähige Preisangebote spielten unter diesem Szenario keine Rolle. All diese Hilfebringer mussten ja das viele Geld so schnell wie möglich loswerden. Und so beriet er sowohl die internationalen Hilfsorganisationen beim Verscherbeln ihrer Mittel, als auch französische Unternehmen und Consultingfirmen bei internationalen Ausschreibungen und war hauptverantwortlich dafür, dass bis zu 90 Prozent der Kontrakte französischen Firmen oder deren Geflecht von Tarnfirmen aus anderen Ländern zugeschlagen wurden.

Besonders profilierte er sich bei der Koordinierung fataler Preisabsprachen zwischen den internationalen Anbietern, da das Preis-Leistungs-Verhältnis kaum eine Rolle spielte. Solange das niedrigste Angebot gewann, war »alles in Butter«, denn die internationalen Beamten waren entweder zu unbedarft, den Schwindel zu erkennen, wurden bestochen oder drückten beide Augen zu. Bald wurde Leblanc auch bei Preisabsprachen für inländische Ausschreibungen als Vermittler hinzugezogen. *Domestic Competitive Bidding* wurde inzwischen von den Hilfsorganisationen förmlich propagiert und als bedeutender Fortschritt gegenüber internationalen Ausschreibungen gepriesen, obwohl daraus geradezu phänomenale Kostenexplosionen und Qualitätsabschläge der getätigten Investitionen resultierten.

Leblanc lieferte stets ein Full-Service-Paket. Um die konsequenten Fehlschläge »seiner« Projekte zu vertuschen, achtete er peinlichst darauf, dass zur Projektüberwachung und Anfertigung von Projektschlussberichten nur wohlgesinnte Consultants eingesetzt wurden. Tanzte einer aus der Rolle, ließ er diesen durch die malische Seite zur Persona non grata erklären. Daher lagen in Mali die Kosten international finanzierter Projekte um ein Vielfaches über den landesüblichen Preisen und weit über denen benachbarter Länder.

Das ganz große Geld machte Leblanc allerdings erst seit Ende der 80er-Jahre an der französischen Botschaft in Moskau mit Immobilien. Dabei dienten ihm seine Verwandten als Strohmänner beim Kauf von zunächst zwei, später einem ganzen Dutzend Apartments im Zentrum Moskaus, die Ende der 80er, Anfang der 90er noch für US$ 10 000 bis 20 000 zu haben waren. Auch die aufwendigen Arbeiten überwachten sie, um diese auf westlichen Standard zu bringen. Leblanc zeigte Weitsicht: der zu erwartende Zustrom zahlungsfähiger Ausländer brauchte moderne Mietwohnungen, die explodierenden Einkommen würden den Immobilienmarkt der Metropole geradezu aus den Nähten platzen lassen und seine Investitionen innerhalb weniger Jahre verzigfachen. Bald war er auch in Moskau Kenner und Aufkäufer von Ikonen, impressionistischer Malerei sowie antiker Uhren, die er zu Dutzenden illegal außer Landes schaffte.

Seine Verwandten halfen ihm auch bei der Beschaffung lukrativer Importlizenzen und Zolldokumente sowie bei internationalen Ausschreibungen. Dafür investierte er erhebliche Mittel, um die zuständigen Behörden und kriminellen Strukturen freundlich zu stimmen. Innerhalb kurzer Zeit war er wiederum der viel gefragte Beschaffungsberater für französische Firmen und Exporteure. Doch nach dreieinhalb Jahren nahmen ihn italienische Firmen, denen er das Terrain streitig machte, in die Mangel. Vor der Wende war Italien einer der wichtigsten Handelspartner der ehemaligen UdSSR gewesen. Danach nahm sein Exportanteil drastisch ab. Leblanc war eine der Ursachen, die italienische Geschäfts- und Botschaftsleute dafür verantwortlich machten. Kopfgeldgerüchte kursierten. Die russische Seite brachte seine Ablösung zur Sprache. Leblanc wurde abberufen, als verdienter Diplomat der französischen Republik dekoriert und Anfang Januar 1993 als Versorgungskandidat an die Europäische Kommission nach Brüssel abgeschoben, um die Interessen der frankofonen Festung innerhalb der EU-Administration bei der Vergabe von Projekten unter den EU-PHARE- und -TACIS-Programmen wahrzunehmen.

Brüssel
Montag, 18. Dezember 2000, 10:05 Uhr

Die Ermordung Nicolas van der Meers versetzte Leblanc in Schock. Während der vergangenen zehn Jahre hatten sich zwischen ihnen eine enge Freundschaft und eine lukrative Business-Symbiose gebildet.

Van der Meer wurde im Schafstall seines Wochenendsitzes 30 Kilometer südwestlich von Brüssel, in dem er 60 Afrikaander Haarschafe hielt, brutal zu Tode geschlagen, genau so wie Jurij Kusnezov bei Dr. Otts Abschiedsparty in der Banja bei Moskau vor zwei Monaten. Es war, als hätte sich ein Racheengel aus dem Nichts auf ihn gestürzt und sich nach der schrecklichen Tat in Luft aufgelöst, denn Spurensicherung und Obduktion der Leiche fanden keinerlei Hinweise auf Täter und Motiv.

Van der Meer war bei der Akquisition von EU-finanzierten Kontrakten und dem betrügerischen Abschöpfen von EU-Exporterstattungen der Star unter den Beratern der frankofonen Consultingfirmen und der Exporteure landwirtschaftlicher Produkte. Anfang der 30er-Jahre war sein Vater nach Belgien emigriert, hatte den kaum aussprechbar ukrainischen Namen durch van der Meer ersetzt und sich innerhalb eines Jahrzehnts einen gut gehenden Handel mit Getreide, Mehlprodukten und Gemüse aufgebaut. Nicolas war nicht wie die beiden Geschwister für die akademische Laufbahn bestimmt. Nach Abschluss der mittleren Reife arbeitete er zwei Jahre lang auf dem väterlichen Gemüsebetrieb, bevor er sich zum Landwirtschaftslehrer ausbilden ließ. 1966 schickte ihn die belgische Regierung als solchen in den Kongo.

Van der Meer war ein Mensch, der keine Bäume ausriss, doch sich mit seinem stets sonnigen und zur Ironie neigenden Wesen die notwendigen Beziehungen aufbaute, um bereits nach zwei Jahren Tropenerfahrung von der Food and Agriculture Organization (FAO) der Vereinten Nationen als Experte für tropische Landwirtschaft in Kinshasa/Kongo und danach in Lagos/Nigeria eingesetzt zu werden. 1977 übersiedelte er als Experte für Vermarktung tropischer landwirtschaftlicher Produkte ins Hauptquartier der FAO nach Rom. Mit 53 ließ er sich pensionieren und bezog 1987 ein Penthouse im Zentrum Brüssels.

Brüssel wurde zur wahren Bonanza für van der Meer und seine Frau, einer Agrarsoziologin. Die Fehlschläge der meisten EU-finanzierten landwirtschaftlichen Projekte waren inzwischen auch dem EU-Management und einigen Mitgliedsländern aufgefallen. Man suchte nach Ursachen. Zum Hauptsündenbock wurde kurzerhand die unzulängliche Beachtung agrarsoziologischer Fakten erklärt. Und so besuchte Madame van der Meer, die nach dem Abschluss an der Universität Iasi/Rumänien nie beruflich tätig gewesen war, als EU-Consultant über die Jahre hinweg die meisten ehemaligen Ostblockländer, um bei der Lösung agrarsoziologischer Probleme zu beraten. Als Rumänin hatte sie es nicht leicht, in diesen Ländern anzukommen. Man ignorierte sie. Dennoch schrieb sie überschwängliche »Il faut«-Berichte, die niemand las. Sie war eine der vielen »goldenen Gänse«, die die belgische Consultingindustrie zu fünf bis zwanzig Mal höheren Kosten pro Tag als die im Osten üblichen Monatsgehälter für Senior-Beamte rund um die Uhr einsetzte.

Im Gegensatz zu seiner Frau hatte van der Meer einen Horror vor dem Berichteschreiben. »Ce n'est que du papier, ce que tu fais«, pflegte er zu ihr zu sagen. Doch dann entdeckte auch er für sich eine Nische, um an die üppig fließenden EU-Mittel heranzukommen, denn er hatte alles, was es brauchte, um in der Transparenzlosigkeit der Brüsseler Ausschreibungsverfahren erfolgreich zu sein. Seine Berufserfahrung in zwei der korruptesten Länder Afrikas und bei der FAO, seine ukrainischen Sprachkenntnisse sowie in Brüssel sesshaft zu sein, waren enorme Vorteile gegenüber der Konkurrenz.

Dazu hatte der kleine Mann mit der sanften Stimme und dem leicht unterwürfigen Auftreten die Gabe, trotz Glatze und dunkler Ringe unter den pfiffigen Augen schnell die Sympathie seiner Gegenüber zu finden, und darüber hinaus besaß er nüchternes, strategisches Denkvermögen.

»EU-Ausschreibungen zu gewinnen, ist wie Wahlkampf in den USA«, pflegte er zu sagen. »Es kommt nicht darauf an, was in der Realität tatsächlich passiert, sondern wie diese Realität wahrgenommen wird. Daher gewinnt nicht der beste, sondern der verschlagenste Kandidat. Aber das geht nur mit einer speziellen Strategie.«

Unter Beachtung einer 16-Punkte-Liste[40], die sämtliche Facetten des Aus-

[40] Strategische Vorgehensweise des Nicolas van der Meer
(a) Kenne die Schwachstellen der EU-Ausschreibungsrichtlinien und der relevanten EU-Beamten.
(b) Baue dir ein Netzwerk relevanter EU-Beamter und Informanten auf.
(c) Beteilige dich als EU-Consultant sowohl an der Formulierung der Terms of Reference der Ausschreibungsdokumente als auch der Auswahl der Mitbewerber für die Short-List und der Angebotsevaluierung für ein jeweiliges Projekt.
(d) Beeinflusse höchstmögliche Entscheidungsträger bei den EU-Behörden und in den Partnerländern mittels Lobbying und Bestechung.
(e) Besteche den zukünftigen Projektträger im Partnerland.
(f) Sei besonders nett zu den kleinen Mitarbeitern und Hilfskräften.
(g) Analysiere die Stärken und Schwächen der Mitbewerber.
(h) Initiiere eine Schmierkampagne gegen die aussichtsreichsten Mitbewerber und mobilisiere Widerstand gegen sie.
(i) Spiele das Unschuldslamm.
(j) Wenn du es alleine nicht schaffen kannst, bilde ein Konsortium mit dem aussichtsreichsten Mitbewerber nach dem Motto: If you can't beat them, join them.
(k) Unterbreite ein optisch einwandfreies Angebot mit sorgfältig, auf Teufel komm raus frisierten Lebensläufen der angebotenen Experten und Projekterfahrung deines Klienten.
(l) Beschaffe dir das Angebot der aussichtsreichsten Mitbewerber rechtzeitig vor Angebotsabgabe, um im Angebot deines Klienten entsprechend reagieren zu können.
(m) Teste das Angebot deines Klienten mit wichtigen Entscheidungsträgern.
(n) Lade den zukünftigen Projektträger und die Entscheidungsträger des Partnerlandes zu Wining and Dining nach Brüssel ein. Gib ihnen dabei ein ordentliches Handgeld und Gastgeschenke.
(o) Biete, wenn nötig, das Angebot deines Klienten über Tarnfirmen aus Finnland, Irland und Österreich sowie aus südlichen EU-Mitgliedsländern an, denen die EU-Kommission auch ab und zu mal ein Korn zuwerfen muss.
(p) Kaufe dir den EU-Projectofficer und zumindest zwei Angebotsevaluierer des fünfköpfigen Evaluierungskomitees.

schreibungsscharmützels berücksichtigte, arbeitete er daher mit großer Hingabe für jedes Angebot eine bis ins letzte Detail durchdachte Angebotsstrategie aus.

Van der Meer beriet mehrere Klienten gleichzeitig. Dafür waren tagelanges Klinkenputzen und Antichambrieren bei relevanten EU-Abteilungen und in den Partnerländern notwendig. Zu den niedrigen Chargen war er besonders nett, und er ging nie ohne ein Werbegeschenk, sei es nun ein Seidenschal, ein Designerparfüm, eine modische Krawatte oder eine Schweizer Armbanduhr. »Kleinvieh macht auch Mist«, scherzte er. Die EU-Entscheidungsträger und -Informanten versuchte er mit Cash zu bestechen, die der Partnerländer mit Cash und mehrtägigen Einladungen nach Brüssel, einschließlich stattlicher Handgelder, wertvoller Gastgeschenke und Einladungen in exquisite Restaurants oder zu sich nach Hause, wo sich seine Frau als vorzügliche Gastgeberin präsentierte. Wenn man auf die ›falschen‹ Leute setzte, konnte man dabei viel Geld in den Sand setzen. Während seiner Zeit in Afrika und Rom hatte van der Meer jedoch geradezu einen siebten Sinn dafür entwickelt, wer am Ende eines Ausschreibungszyklus immer noch das Sagen hatte, und er traf höchst selten daneben.

»Du kannst sie alle auf deine Seite bringen«, pflegte er zu sagen. »Wir sind alle bestechlich.«

Sollte ein potenzieller Projektpartner die Bestechung ausschlagen und ein Mitbewerber den Zuschlag gewinnen, verriet er seinem Klienten die topgeheime Punktevergabe und verfasste für dessen Unterschrift einen Protestbrief, worin eine unverzügliche Reevaluierung der Angebote gefordert wurde, da der Gewinner den Projektpartner bestochen habe. Diese wurde dann auch stets gewährt, was ihm die Möglichkeit bot, sich mithilfe gekaufter Evaluierer den Zuschlag für seinen Klienten zu ergaunern. Auf diese Weise machte er sich zum Totengräber einer Vielzahl landwirtschaftlicher EU-Projekte, da das am besten geeignete Projektangebot nicht zum Zuge kam.

Es brauchte allerdings eine zweijährige Anlaufzeit, bis sich van der Meer zum Star der Brüsseler Procurement Advisors herausgemausert hatte, dem der Ruf vorausging, selbst aussichtslose Ausschreibungen zu akquirieren. Dabei kassierte er saftige Beraterhonorare, sowohl von der EU als auch den Klienten sowie fette Erfolgsprämien. Bei kleineren EU-Kontrakten war er lediglich als Berater tätig. Ab 500000 Euro lieferte er sein Full-Service-Package, einschließlich Lobbying, Bestechung und Mitarbeit bei der Angebotserstellung im Auftrag des Klienten sowie Teilnahme als EU-Consultant bei der Formulierung der Terms of Reference, der Selektion der konkurrierenden Consultingfirmen für die Shortlist und der Angebotsevaluierung. Über die Illegalität, sowohl die Interessen der EU als auch die des Klienten zu vertreten, brauchte er sich im bürokratischen Sumpf der EU-Administration nicht zu sorgen. Auch störte es niemanden, dass er weder Erfahrung noch Kenntnisse in moderner Landwirtschaft und Viehhaltung in gemäßigten Zonen und im ehemaligen Ostblock besaß. Anfang der 90er-Jahre hatte van der Meer noch ein leichtes Spiel. Danach entwickelte sich ein erbitterter Konkurrenzkampf zwischen den Consultingfirmen, die wie Pilze aus dem Boden geschossen waren. Viele waren trotz des leichten Geldes pleite oder nagten am Hungertuch, denn die Akquisitionskosten für EU-Projekte waren inzwischen auch im ehemaligen Ostblock rapide in die Höhe geschossen. Anfang der 90er-Jahre lagen diese noch bei fünf bis zehn Prozent der Projektkosten, Mitte der 90er-Jahre dagegen schon bei bis zu 30 Prozent, damit waren sie genauso hoch wie in Afrika, da die Bestechungstarife geradezu explodierten und, um einen Zuschlag zu gewinnen, die Anbieter an immer mehr Ausschreibungen teilnehmen mussten. Eine ganze Reihe Firmen gab auf. Doch van der Meer kämpfte weiter, erfolgreich wie je zuvor, trotz einiger, von der EU-Kommission inzwischen eingeführter Maßnahmen zur Korruptionsbekämpfung.

Van der Meers brutale Hinrichtung bewirkte in Leblanc nicht enden wollende Angstzustände, denn er sah diese als konsequente Folge der Geschehnisse in Moskau im vergangenen Oktober und glaubte, als Nächster dran zu sein. Unversehens kehrten die Schlafstörungen zurück, die Angstzustände wurden unerträglich. Nachts lag er wach, damit ihm die Fantômes Nocturnes, wie er sie nannte, nichts anhaben konnten.

Sie kamen zum ersten Mal nach Einbruch der Nacht, am Tag, an dem er von van der Meers Tod erfahren hatte. Sie trugen schwarze Kaftans und schwarze Kapuzen über kreideweißen Gesichtern und starrten ihn aus großen, unsagbar traurigen Augen vorwurfsvoll fragend an: zwei Männer und eine Frau, immer dieselben regungslosen Gestalten. Er würde sich von ihnen nicht im Schlaf überraschen lassen. Er würde wach und wachsam bleiben und bis zum bitteren Ende kämpfen ...

Bei Moskau
Sonntag, 31. Dezember 2000, 18:36 Uhr

Als sich Kashdan Lev Borisowitsch im gepanzerten Mercedes 420 E ohne Leibwächter auf den Weg zur Neujahrsparty seines Bruders machte, flog er kurz nach Verlassen seines nach allen Regeln der Kunst gesicherten Landsitzes in die Luft. Die beiden Sicherheitsleute hinter dem sich schließenden gusseisernen Tor sahen einen grellweißen Blitz, gefolgt von einem orangeroten Feuerball, einer ohrenbetäubenden Detonation und dem prasselnden Herausquellen dicker, pechschwarzer Rauchwolken aus den panzerglaslosen Fenstern des Wagens. Der Leichnam war zu einer zusammengekrümmten, pygmäengroßen Mumie verkohlt.

»*Als Besitzer eines weit verzweigten Firmengeflechts im Vieh- und Fleischhandel*«, so der Sprecher der Miliz, »*galt der Großunternehmer als äußerst einflussreich. Die Presse hat immer wieder über enge Kontakte ins kriminelle Milieu berichtet. Dies könnte ein Motiv für die schreckliche Tat gewesen sein. Von den Tätern fehlt jedoch noch jegliche Spur.*«

Schon während des Studiums an der Fakultät für Ökonomie der Landwirtschaftsakademie Brjansk eilte Lev Borisowitsch und seinem um drei Jahre älteren Bruder Merat der Ruf voraus, wie ihr Vater, ein renommierter Akademiker auf dem Gebiet der Tierernährung, harte Trinker zu sein und stets das zu erreichen, was sie sich vorgenommen hatten. 1982, nach Abschluss des Studiums mit rotem Diplom, übernahm er als Sekretär im Komsomolkomitee der Stadt Brjansk die Betreuung der Dorfkomsomolzew in der Brjanskaja Oblast. Nebenher verfolgte er als Kandidat der Wissenschaft eine Dissertationsarbeit zum Thema *Wege zur Erhöhung wirtschaftlicher Effektivität bei der Verarbeitung landwirtschaftlicher Produkte.*

Seine Tätigkeit im Komsomolkomitee war kein »ruhiges Plätzchen«. Er war ständig unterwegs, um lokale Verwaltungseinrichtungen, Schulen, landwirtschaftliche und agroindustrielle Betriebe zu besuchen. Als sich nach Beginn der Perestroika die Möglichkeit für Privatinitiativen öffnete, gab er Anfang 1989 seinen Job auf und vermittelte gegen Kommission für einen in Wien sesshaften Verwandten Maschinen und Geräte sowie Betriebsmittel und Zutaten zur Milch- und Fleischverarbeitung.

Der Zusammenbruch der russischen Tierproduktion Ende der 80er-, Anfang der 90er-Jahre in Kombination mit rasch steigender Kaufkraft ließ sowohl die Nachfrage als auch die Preise für tierische Produkte nach oben schnellen. Bald erkannte Borisowitsch, dass sich hinter der ungesättigten Nachfrage eher ein Mangel an Rohmaterialien als an Verarbeitungskapazität verbarg. Und so gründete der untersetzte Mann mit Doppelkinn und schütterem Haar 1990 die Firma Mjaso & Moloko, Ltd. (m & m Ltd.), die zwar auch weiterhin importierte Maschinen, Geräte und Betriebsmittel vermittelte, sich jedoch zunehmend auf die Beschaffung von Rohmaterialien für die verarbeitende Milch- und Fleischindustrie stürzte. Innerhalb weniger Jahre wurde er zum respektablen Aufkäufer lokal produzierter Rohmilch sowie von Schlachtvieh, und er wuchs zu einem der größten Importeure von Milch- und Fleischprodukten, Schlacht- und Nutzvieh, was zu Dumpingpreisen auf dem Weltmarkt zu haben war, heran.

Als Anfang der 90er-Jahre die Privilegien und Gehälter in Lehre und Forschung derartig stark einbrachen, dass es kaum noch zum Leben reichte, verließ auch sein Bruder Merat seinen Job als Dozent für Haustiergenetik und wurde Partner von m & m Ltd., die sie kurz danach in m & m Imex Ltd. umbenannten. 1994 erreichten sie einen Umsatz von zehn Millionen US$, 2000 beinahe das Zehnfache.

Die ständig steigende Nachfrage nach Tierprodukten kombiniert mit nachlassender inländischer Produktion sowie die Entwicklung von Konkurrenzunternehmen führten bald zu einem harten Konkurrenzkampf für inländisch produzierte Rohmaterialien und Importlizenzen für tierische Produkte. Letztere wurden zeitweise stark beschränkt, um die einheimischen Tierproduzenten vor EU-Dumping und niedrigen Weltmarktpreisen zu schützen. Um im Konkurrenzkampf zu bestehen, musste man Stärke zeigen. Und so fassten die Brüder am 31.12.1996 den Entschluss, körperliche Fitness aufzubauen und die persönlichen Sicherheitsmaßnahmen zu verstärken. Sie traten einem exklusiven Fitnessclub bei, verringerten den Alkoholkonsum beinahe auf null, versahen ihre Büros, Lagerhallen und Anwesen mit aufwendigen Sicherheitssystemen und beschafften sich zwei gepanzerte Mercedes 420 E, die stets von je zwei schwarzen Cherokee Jeeps mit je zwei Leibwächtern begleitet wurden.

Brüssel
Mittwoch, 10. Januar 2001, 17:36 Uhr

Viktor Leblanc erfuhr vom Tod Lev Borisowitschs erst am 10. Januar 2001 und geriet daraufhin in helle Panik. Am selben Tag stieß er beim Lesen russischer Medien im Internet auf folgenden Artikel:

Französischer Geschäftsmann erschossen – ein Auftragsmord?

Die Killer lauerten am vergangenen Samstag, dem 6. Januar, kurz nach Mitternacht dem Geschäftsmann Bernard Pelissier auf. Als er zu seinem in einer spärlich beleuchteten Seitenstraße des Leningradskij Prospekt geparkten Auto ging, eröffneten sie das Feuer. Nach Angaben der Miliz wurden am Tatort mehrere Patronenhülsen unterschiedlichen Kalibers gefunden, was auf mindestens zwei Täter hindeutet. Die Tatsache, dass die Killer noch den bei Profikillern üblichen »Kontrollschuss« in den Kopf des Opfers gaben, ehe sie flüchteten, deutet auf Auftragsmörder hin. Der achtundfünfzigjährige französische Staatsbürger war seit Anfang Januar in Moskau. Ein Sprecher des Staatlichen Zentrums für Internationale Beziehungen sagte, Pelissier habe sich um die Einfuhr von

Zuchtrindern in großer Zahl nach Russland bemüht. Er sei schon seit über zehn Jahren wiederholt nach Russland gekommen, um neben Lebendrindern auch Fleisch und andere tierische Produkte zu vertreiben. Ein Vertreter des Hauptkriminalamts zur Bekämpfung von Wirtschaftsverbrechen erklärte, Pelissier sei seines Wissens nach nicht in riskante Transaktionen verwickelt gewesen. Die Hintergründe des Mordes seien unbekannt.

Auch Bernard Pelissier war ein wichtiger Businesspartner und verlässlicher Freund Leblancs gewesen, mit dem er seit seiner Zeit an der Botschaft in Moskau und danach in Brüssel Geschäfte mit Exporten von Lebendrindern, Fleisch- und Milchprodukten in die Staaten des ehemaligen Ostblocks ausgetüftelt und dabei EU-Exporterstattungen im fünf- und sechsstelligen Bereich abkassiert hatte.

Pelissier war ein stattlicher, zynischer Endfünfziger mit silberweißem Haar und energischem Kinn, aus dem Gewaltbereitschaft sprach. Die berufliche Karriere begann er als Bewässerungsingenieur in Saudi-Arabien. Bald erkannte er das Potenzial, bei den rasch ansteigenden Importen von Nahrungsmitteln mitzumischen. Zwei Jahre nach Ankunft gründete er eine Import-/Exportfirma für Fleischprodukte und Lebendvieh. Ab Mitte der 8oer-Jahre widmete er sich zunehmend den Ländern des ehemaligen Ostblocks, allen voran Russland. Der schlecht verwaltete Subventionsdschungel der EU für Exporte tierischer Produkte und Lebendvieh lud geradezu zum Abkassieren ein und machte Pelissier innerhalb weniger Jahre zum Multimillionär.

Den großen Coup witterte er darin, die von internationalen Hilfsorganisationen für die ehemaligen Ostblockländer bereitgestellten Mittel zum Import von Zuchttieren aus EU-Ländern zu nutzen, der von der EU stark subventioniert wurde. Französische und belgische Milchrinder ließen sich im Osten nicht oder nur schwer an den Mann bringen. Unermüdlich bearbeitete er daher die Zuchtverbände und propagierte den kühnen Plan, Hunderttausende von Zuchtrindern französischer und belgischer Fleischrinderrassen in den Osten zu exportieren. Als erste Tranche wollte er allein in die Russische Föderation 50 000 Rinder liefern und dabei die EU-Exporterstattung von um die 500 Euro pro Kopf abkassieren.

Pelissiers Argument, die Weiten Russlands wie in den USA und Kanada mit Fleischrindern unter extensiven Ranching-Bedingungen zu nutzen, war theoretisch korrekt, die Realität jedoch anders. Unklare Bodenbesitzverhältnisse, das Stehlen von Weidetieren sowie der hohe Kapitaleinsatz pro Arbeitsplatz und die geringe Erfahrung mit extensiver Weidehaltung machten Ranching in Russland unwirtschaftlich. Außerdem waren die Leistungen französischer und belgischer Fleischrinderrassen unter den

dortigen harten Klima- und Haltungsbedingungen Rassen aus anderen Herkunftsländern und deren Kreuzungen unterlegen, was aus einer Vielzahl von Erhebungen eindeutig hervorging.
Pelissier und die von ihm vertretenen Zuchtverbände wussten das, ebenso die Russen. Doch Business ist Business. Und genauso, wie es Fiat schließlich mit Hartnäckigkeit und massiven Schmiergeldzahlungen gelang, Russland veraltete Technologie für ihren Lada anzudrehen, investierten Pelissier und frankofone Zuchtverbände und Exporteure viel Zeit und Geld, um für den Export ihrer Rinder in den Ländern des ehemaligen Ostblocks und bei internationalen Finanziers wie Weltbank/IFC und Osteuropäische Entwicklungsbank, aber auch bei Großbanken, Lobby zu machen. Dabei wurden sie auf höchster politischer und diplomatischer Ebene unterstützt. Jeder, der sich den Multi-Millionen-Euro-Deals in den Weg zu stellen drohte, wurde bestochen, diskreditiert oder mundtot gemacht.

In dieser Nacht steigerten sich Leblancs Panikzustände zu einer klassischen Angstneurose, denn zu seinem Entsetzen besuchten ihn bei Anbruch der Nacht doppelt so viele Fantômes Nocturnes wie sonst, wohl ein halbes Dutzend. Die kreideweißen Gesichter starrten ihn noch regungsloser und vorwurfsvoller an als je zuvor. Schließlich konnte er ihren Blicken nicht mehr standhalten und erlitt einen Nervenzusammenbruch. Nicht enden wollende Weinkrämpfe schüttelten ihn. Er wünschte sich nur das Eine: einfach schlafen zu können, immerzu nur zu schlafen und alles zu vergessen. Doch er musste wach und wachsam bleiben, damit ihn die Fantômes nicht im Schlaf überraschten. Zum x-ten Mal zermarterte er sich das Gehirn: Wer war der Mörder seiner Freunde? Was waren seine Motive? Waren es Auftragsmorde nationaler oder internationaler Vieh- und Fleischhändler? Steckten konkurrierende Rinderzuchtverbände, EU-Consultingfirmen oder gar EU-Beamte dahinter? Waren es vergeltungssüchtige Russen, die den Tod Kusnezovs, Madame Otts und des Chauffeurs rächen wollten? Steckte vielleicht sogar dieser Dr. Ott in den USA dahinter? Gab es überhaupt Zusammenhänge zwischen den Morden? Und weshalb wurde van der Meer genau so brutal zu Tode getreten wie seinerzeit Kusnezov auf Dr. Otts Abschiedsparty?
Leblanc war am Ende seiner Kräfte. Frühmorgens überredete ihn schließlich seine Frau, Beruhigungs- und Schlaftabletten zu nehmen. Erst am kommenden Abend wachte er wieder auf.
Doch da waren sie schon wieder. Noch sah er die Fantômes Nocturnes nur verschwommen durch die von Valium und Zopiclon verursachte Wahrnehmungstrübung. Doch plötzlich waren sie zum Greifen nah. Ihr

Starren versetzte ihn erneut in Panik. Dennoch beschloss er, keine Beruhigungs- und Schlafmittel mehr zu nehmen, auch wenn seine Frau noch so sehr darauf bestand. Die Nacht, die am nächsten Morgen zu Ende ging, war fürchterlicher als alle Nächte zuvor.

Die Zeit schlich dahin. Allmählich gewöhnte sich Leblanc an seine Besucher. Die Nächte wurden erträglicher, obwohl die Fantômes Nocturnes wie eh und je nach Einbruch der Dunkelheit kamen und ihn bis in die Morgendämmerung hinein anstarrten und ihren Tribut forderten. In seiner Arbeit als EU-Projectofficer war er stets unsagbar müde und unbelastbar. Dass er trotzdem seine Arbeit noch einigermaßen bewältigte, war für seine Kollegen und ihn selbst ein Rätsel. Dazu musste er ja auch noch die nie enden wollenden Probleme mit den Restaurants bewältigen! Gott sei Dank hatte er zwei zuverlässige Partner! Denn bereits kurz nach Ankunft in Brüssel Anfang 1993 hatte Leblanc die damalige Marktnische in Brüssels boomender Gastronomie erkannt: die etwa 20 000 EU-Beamten und 20 000 Lobbyisten mit erschwinglichen Mittagsmenüs und exquisiten Dinners zu versorgen. Dazu kam noch die unübersehbare Zahl von Diplomaten, Politikern, Wirtschafts- und Handelsvertretern sowie Journalisten und Consultants nebst deren Hilfskräften und Angehörigen. Und so hatte er sich zusammen mit zwei italienischen EU-Kollegen wie so manch anderer EU-Beamter innerhalb weniger Jahre zu einem selbst für Brüssel gewichtigen Gastronom entlang Brüssels renommierter »Fressmeile« entwickelt. Gleich auf den ersten hundert Metern nach Verlassen der Fußgängerzone bewirtschafteten sie zwei italienische Restaurants, ein Bistro und eine belgische Bierkneipe, weiter oben, wo es enger wird, zwei französische Restaurants mit beheizbaren Terrassen.

Doch wenn er auf die letzten Jahre zurückblickte, sah Leblanc unendlich lange Tage vor sich, durch die er sich mühsam hindurchquälte. Seine Frau konnte es nicht mehr ertragen, wenn er Nacht für Nacht zur Decke starrte oder im Haus herumrumorte und nicht darauf antwortete, was denn eigentlich mit ihm los sei. Auch ärgerte sie sich zunehmend darüber, dass er in seiner Freizeit den ganzen Tag über nur schlafen wollte. Im Oktober 2003 ließ sie sich scheiden, im selben Monat, in dem ihn die EU im Alter von sechsundfünfzig Jahren mit einem attraktiven Package in Frührente schickte.

Endlich konnte er seinen Schlafbedarf tagsüber nachholen. Seine Frau fehlte ihm nicht. Geld hatte er in Hülle und Fülle. Er hatte schon längst ausgesorgt. Leblancs Leben war einfacher geworden. Dafür war er seinem Schicksal unendlich dankbar. Doch die Fantômes Nocturnes kamen wie eh und je bei Einbruch der Nacht und blieben bis zum Morgengrauen.

Bei Orleans
Mittwoch, 17. Dezember 2003, 11:30 Uhr

Kurz vor Weihnachten bezog Leblanc das kleine, 1996 erworbene Château mit zwölf Hektar Wein- und Obstgärten mit Blick auf die Loire bei Orleans. Er hatte ein Vermögen und viele lange Wochenenden darin investiert, das marode, dreistöckige Château mit Nebengebäuden und einer kleinen Kapelle mit polnischen Handwerkern großzügig zu renovieren, den Park und den Gemüsegarten mit Treibhaus wieder auf Vordermann zu bringen und den größeren Teil der Wein- und Obstgärten neu zu bepflanzen.

Doch die Fantômes Nocturnes holten ihn auch dort ein. Die Angstzustände wurden wenige Tage nach Einzug derartig unerträglich, dass er einen Immobilienmakler damit beauftragte, das Anwesen zu vermieten, und sich auf den Weg nach Paris machte, um dort ein neues Zuhause zu finden. Das 5-Zimmer-Penthouse seiner verstorbenen Mutter in der Rue Cochin in Paris zu beziehen kam ihm nicht in den Sinn. Die Anonymität einer Wohnung im Zentrum von Paris war ihm unheimlich.

Châtillon-sous-Banlieu
Dienstag, 7. Januar 2004, 18:30 Uhr

Leblanc schätzte sich unendlich glücklich, bereits am zweiten Tag seiner Wohnungssuche in Châtillon-sous-Banlieu, der Südpariser Vorstadt, in der er unter ärmlichen Verhältnissen aufgewachsen war, genau das Richtige gefunden zu haben: eine liebevoll renovierte Villa, umgeben von einer mit Glasscherben bestückten Mauer, in die eine kunstgeschmiedete Pforte eingelassen war, hoch genug, um jeglichen Einblick in den eineinhalb Hektar großen, parkähnlichen Garten zu verhindern. Nach Erfüllung der Vorbehaltsklausel zur Durchführung eines Sicherheitschecks der vier Nachbarn durch ein Detektivbüro seiner Wahl, der Installation einer Alarmanlage mit innerem und äußerem Sicherheitskreis sowie Sensorlampen zog er bereits Anfang Februar ein.

Wie in der Brüsseler Villa und dem Château an der Loire ließ er den gesamten Wohnraum perlweiß tapezieren und die Gewölbe im Kellergeschoss weiß tünchen, damit seine Kunstsammlung optimal zur Geltung käme. Die über hundert russischen Ikonen dankten es ihm mit perfekter Wiedergabe ihrer warmen Farben. Nicht einmal die besten Museen konnten die römischen Öllämpchen, Tonschalen und Amphoren, Bambara- und Dogon-Skulpturen wirkungsvoller präsentieren als Viktor Leblanc.

Doch die Fantômes Nocturnes statteten auch dem neuen Zuhause ihren Antrittsbesuch ab und blieben bis zur Morgendämmerung. Sobald die Nacht einbrach, legte sich Leblanc aufs Bett und starrte zur Decke, damit er sie nicht mit ansehen musste. Eine geladene 9-Millimeter Beretta lag im Nachttisch, eine geladene Doppelflinte unterm Bett, ein geladenes Gewehr mit Zielfernrohr im Schrank bei der Garderobe. Wenn er nach draußen ging, trug er eine kugelsichere Weste. Stets verstaute er die Beretta unter dem Fahrersitz, bevor er die vier Oldtimer-Sportwagen in regelmäßigen Abständen bewegte oder auf einem Schießstand das Schießen lernte.

Wenn die beiden Malinois-Schäferhunde anschlugen, zuckte er erschreckt zusammen. Ab und zu überprüfte er, ob die schweren Veloursvorhänge auch richtig zugezogen waren. Manchmal vergaß er dabei, die Alarmanlage auszuschalten. Wie vom Blitz getroffen riss er die Hände hoch, wenn nach Durchschreiten der Infrarotschranke die Sirenen und Sekunden später die Hunde losheulten, und stürzte sich mit zugehaltenen Ohren brüllend die Treppe hinunter, um die Alarmanlage mit Außenbeleuchtung zu deaktivieren und sämtliche Rollläden per Knopfdruck herunterzulassen. Nur die Hunde jaulten dann noch lange in die Nacht hinein. Ab und zu gingen die beiden Sirenen aus unerklärbaren Gründen von selbst los. Bald beschwerten sich die Nachbarn und mieden ihn.

Er hätte die ganze Nacht über lesen, fernsehen oder Musik hören können. Er hätte auch, wie sein Psychotherapeut anregte, sich mit irgendwelchen Hobbys während der endlos langen Nächte beschäftigen können: Violinspielen zum Beispiel, das er nach seiner Studienzeit aufgegeben hatte, doch er durfte sich nicht ablenken lassen, er musste die Fantômes Nocturnes in Schach halten, um ihnen in vollem Bewusstsein entgegentreten zu können.

Brüssel
Dienstag, 20. April 2004, 12.55 Uhr

Zum Thema *Nachhaltigkeit Landwirtschaftlicher Projekte* hatten EU-PHARE und -TACIS ihre landwirtschaftlichen Projektleiter sowie Repräsentanten aus Wissenschaft und Forschung und dem Consulting-Business zu einer dreitägigen Konferenz nach Brüssel eingeladen, insgesamt 86 Teilnehmer, das Gros Belgier und Franzosen. Auch eine Handvoll Deutsche war dabei. Als Vater »ihres« Milchviehprojektes in Russland nahm Viktor Leblanc als Speaker und Leiter der anschließenden Podiumsdiskussion teil.

Ein langer, hagerer Mann mit vergrämtem Gesicht und grau meliertem Bürstenschnitt setzte sich beim Mittagessen unaufgefordert an Leblancs

Tisch, der im Nebenzimmer eines seiner beiden französischen Restaurants fünf Tagungsteilnehmer zu Anguilles aux Verts eingeladen hatte. Hans Haberland stand auf dem Revers des Neuankömmlings.

»Et alors les vaches, Abberlan?«, stotterte Leblanc und verzog seinen Mund zu einem kalten, höhnischen Lächeln.

»Das war in der Tat eine veritable Schweinerei, die Sie da heute Morgen abgezogen haben«, sagte Haberland. »Euer Milchprojekt war für alle Beteiligten eine reine Geld- und Zeitverschwendung, vor allem für die Russen! Ein Schandfleck für die westeuropäische Tierzucht! Nichts als banale Selbstverständlichkeiten habt ihr hinterlassen! Wo nehmen Sie nur die Frechheit her, dieses Desaster auch noch als Erfolgsstory zu deklarieren! Und Nachhaltigkeit! Da lachen ja die Hühner! Sechs Millionen Euro habt ihr in den Sand gesetzt. Meine Leute und ich hätten damit ein fantastisches Projekt gemacht, wenn Sie und Ihr Freund van der Meer bei der Ausschreibung nicht manipuliert hätten. Die Russen wollten *uns* und nicht Ihre lausigen Consultants! Und jetzt schmückst du dich auch noch mit den Federn des Moskauer Milcherzeugerprojektes meines Freundes Alexander Ott! Ist das alles, was man euch in euren Grandes Ecoles beigebracht hat?«

»Ne me tutoye pas«, protestierte Leblanc kleinlaut.

»Dieser Mann war der Rädelsführer einer kriminellen Vereinigung von EU-Beamten, Consultingfirmen und Vieh- und Fleischhändlern«, rief Haberland und zeigte mit hochrotem Kopf auf Leblanc. »Er war der Puppenspieler, der an den richtigen Fäden zog, um die Evaluierungskommission bei der Vergabe des Moskauer Milcherzeugerprojektes in seinem Sinn zu beeinflussen, er war der Drehorgelspieler, der bei den EU-Ausschreibungen die Affen tanzen ließ und beim Abstauben Hunderter Millionen Euro an Exportsubventionen mitgemischt hat. Er ist das Gehirn, das so viel Schmerz und Unheil und sogar Mord und Totschlag ausgelöst hat! Ein widerlicher Krimineller unter dem Deckmantel der Entwicklungshilfe! Und niemand, aber auch niemand zieht ihn je zur Rechenschaft!«

Leblanc sackte nach vorn, stand auf und ging gebückten Schrittes zur Toilette. Haberland folgte ihm. Die Wunden der Kränkung, die ihm in Brüssel und Luxemburg vor sechs Jahren zugefügt worden waren und seither in ihm schwärten, waren wieder aufgebrochen und hatten die schmerzhaftesten Erinnerungen zutage gefördert. Die hässlichen Intrigen, die rohe Bosheit, die ekelerregende Arroganz der Macht der EU-Beamten und ihrer Consultants holten ihn mit einem Schlag wieder ein. Sie hatten den Spieß ganz einfach umgedreht und aus ihm, dem Kläger, den Beklagten gemacht! Er konnte sich ihrer nicht erwehren, obwohl er im Recht und sie im Unrecht waren. Neid und Eifersucht und ohnmächtige Verbitterung nahmen überhand, dass nicht er und seine Firma, sondern diese inkompetenten, korrupten Consultants »sein« Projekt implementieren durften und es damit kaputt machten. Und dieser aalglatte Leblanc, dieser Cheftotengräber, schmückte sich nun auch noch mit den Erfolgen seines Freundes Alexander Ott, für die auch er, Hans Haberland, und seine Leute so hart gearbeitet hatten! Das war der letzte Tropfen, der das Fass zum Überlaufen brachte. Und sie hatten »seine« Tatjana auf dem Gewissen! Und Kusja! Und Valerij!

Über die Jahre hinweg hatten sich das Unrecht und die Kränkungen zu einem Ozean unbewältigter psychologischer Konflikte aufgestaut, der sich jetzt über ihn ergoss und gnadenlos mit sich riss. Seine Hände konnten sich kaum zurückhalten, diesen schmierigen, mickrigen Leblanc mitten in seinem Restaurant zu erdrosseln.

»Auch dir werden sie noch den Hals abschneiden!«, rief er Leblanc nach, als dieser in einer Toilettenkabine verschwand und in haltloses Schluchzen ausbrach.

Als ein Tischgenosse nach ihm sah, schluchzte Leblanc immer noch. »Merde alors. Ça ne va pas«, grinste er aus geröteten Augen. »Habe schon seit gestern Darmgrippe, wahrscheinlich auch Fieber. Ich möchte möglichst schnell nach Paris zurückfliegen. Sag bitte Marc Leduc, er möge für mich heute Nachmittag den Chair übernehmen.«

Dann machte er sich auf den Weg zum Flughafen, in panischer Angst, Haberland könnte ihm folgen.

Wie in Trance wankte Hans Haberland gotische Häuser- und gläserne EU-Fassaden entlang, die Knie weich, die Beine kaum gehorchend, bis er schließlich auf der Bank eines großzügigen Parks zusammensackte. Sein Herz raste. Mit beiden Händen raufte er die Haare. Aus der Tiefe seines Innern breiteten sich grenzenlose Verzweiflung und eisige Kälte bis in die Zehenspitzen aus. Seit sechs Jahren war sein Leben ein einziger Albtraum, ein Flugzeug mit stotternden Motoren, bereit, jeden Moment aus dem Himmel zu taumeln, eine Zeit voller Rachegefühle und depressiven Brütens. Er hasste das Gefühl der Rachsucht, oftmals mehr als die EU-Leute, gegen die sie sich richtete. Aber auch wenn er sich jetzt noch so sehr anstrengte, konnte er sich nicht mehr zurückhalten. Der *Point of no Return* war erreicht. Das Krebsgeschwür der ungebändigten Kränkung hatte sein Herz zerfressen und eine paranoid-schizoide Psychose ausgelöst.

»Stopp sie!«, befahl Tatjanas Stimme, und ihre großen klugen Augen stachen in sein Herz. »Wenn du sie nicht stoppst, werden sie auch Sascha töten!«

Es war das erste Mal nach ihrem Tod, dass er ihre Stimme hörte.

Eine alte Frau rannte ihm hinterher, nur um ihm nachzuschreien, er habe seine Aktentasche auf der Bank liegen lassen. Doch er stürmte weiter.

Wien
Dienstag, 1. Juni 2004, 10:10 Uhr

Sophie Fink, die EU-Verteidigerin bei Haberlands Prozess gegen die EU-Kommission, wurde in ihrem Wiener Apartment tot aufgefunden. Der bereits stark verweste Leichnam wies nach dem gerichtsmedizinischen Gutachten einen aufgesetzten Genickschuss auf, der den Schädel durchschlagen und schwere Kopfverletzungen verursacht hatte. Der Täter habe keinerlei Spuren hinterlassen, das Apartment war unberührt, alles sehe nach einem Racheakt aus, einem Mord, der geradezu einer Hinrichtung gleiche, notierte die Spurensicherung.

Phuket/Thailand
Montag, 5. Juli 2004, 1:23 Uhr

Delphine Girardot, Mitarbeiterin einer Pariser Consultingfirma und ehemalige Projekt-Managerin für Landwirtschaft und Ernährung im Moskauer Büro der Koordinationseinheit des EU-TACIS-Programms beim Russischen Wirtschaftsministerium, kam beim Schnorcheln in Phuket/Thailand ums Leben. Sie habe sich unbemerkt von ihrer Schnorchelgruppe entfernt, hieß es im Untersuchungsprotokoll. Die Tauchausrüstung habe keinerlei Defekte aufgewiesen. Eine Autopsie sei aus versicherungstechnischen Gründen veranlasst worden. Selbstmord sei auszuschließen. Dass Delphine Girardots Hals Spuren einer Strangulierung aufwies, wurde entweder vertuscht oder übersehen.

Leblanc verfiel in tiefe Trauer über den Tod der unscheinbaren, etwas fülligen Pariser Mittvierzigerin, die er liebevoll »Miss Piggy« nannte, mit der er in Phuket Urlaub verbrachte. Während ihrer Tätigkeit in Moskau hatte sie stets mit beachtlichem Geschick und Erfolg Lobbyarbeit für frankofone Firmen und Exporteure gemacht, Konkurrenten diffamiert, manipulierte Importlizenzen und Zolldokumente beschafft, Schmiergeldzahlungen und Erfolgshonorare an den Mann gebracht sowie Fehlleistungen und kriminelle Praktiken »ihrer« Firmen bei Projektakquisition/-implementierung und Exportvorgängen vertuscht. Dafür ließ sie sich fürstlich honorieren und beschenken. Auch bei der widerrechtlichen Vergabe des EU-finanzierten Moskauer Milchviehprojekts an Irgatec hatte sie ihre Hände im Spiel.

Wie er es nach Delphines Identifizierung in die Hotelsuite und am nächsten Tag zurück nach Paris geschafft hatte, blieb Leblanc ein Rätsel. Als er spätabends nach Hause kam, war er nicht wie gewohnt zu den geliebten Malinois-Schäferhunden gegangen, hörte auch nicht das aufgebrachte

Gejaule der sich missverstanden fühlenden Hunde und die penetrant klingelnden Anrufe eines Nachbarn, der sich deswegen wieder mal beschweren wollte, sondern war gleich ins Schlafzimmer gegangen, wo ihn die Fantômes Nocturnes auch schon erwarteten. Als ihn am kommenden Morgen auch noch die Nachricht von Sophie Finks Ermordung in Wien erreichte, war er mehr denn je davon überzeugt, dass Delphine Girardot ebenfalls ermordet wurde, und seine Trauer für sie verwandelte sich in schiere Todesangst. Niemand außer ihm würde einen Zusammenhang zwischen den Morden an den beiden Frauen knüpfen können. Und mehr denn je sah er seine letzte Stunde unaufhaltsam auf sich zukommen.

Bei Anbruch der Nacht überfielen ihn die Fantômes Nocturnes geradezu in wechselnden Rudeln von zehn bis zu hundert starrenden Gespenstern, die ihn an den Rand eines erneuten Nervenzusammenbruchs brachten. Plötzlich vermehrten sie sich zu ganzen Heerscharen, wie die Gremlins in Joe Dantes gleichnamigem Film.

Sie hätten ihn schon lange in Ruhe lassen müssen. Er hatte doch nicht wie seine Begleiter auf Kusnezov und Dr. Ott bei dessen Abschiedspartie eingedroschen. Er hatte auch nichts mit dem Tod von Otts Frau und seines Chauffeurs zu tun gehabt. Seine Kontakte in Moskau hatten zwar angedeutet, man würde Frau Ott zum Schweigen bringen, damit sie nicht noch mehr Unheil anrichte, doch wie hätte er ahnen können, dass sie ernst machen würden!

»Was wollt ihr?«, schrie er die Fantômes Nocturnes mit weinerlicher Stimme an. »Sagt endlich, was ihr von mir wollt! Lasst mich endlich in Ruhe! Ich habe doch schon mehr als genug gelitten!«

Haltlose Weinkrämpfe durchschüttelten ihn. Schließlich griff er nach den Beruhigungs- und Schlaftabletten, um sie dann doch nicht einzunehmen: Er musste ja diese gnadenlosen Gestalten bis zur Morgendämmerung in Schach halten, um dann endlich einschlafen zu dürfen.

Doch als Leblanc bei Anbruch der Nacht erwachte, packte ihn zu seiner Verwunderung ein geradezu euphorisches Phlegma. Denn er hatte im Traum seine Mutter gesehen. Sie stand am Grabe ihres Mannes, bleich, ausgemergelt, mit grauem, strähnigem Haar und einem Blick, in dem nur noch ein vages Wiedererkennen lag, wie in den letzten Monaten ihres Daseins.

Sie winkte ihn heran.

Langsam schritt er auf sie zu. Immer schneller wurden die Schritte, schließlich rannte er ihr entgegen und wollte sie umarmen, doch sie wich zurück.

»Sei stark, mein Sohn«, sagte sie streng, »du wirst kämpfen, nicht so wie der da unten.«

»Wo seid ihr?«, rief Leblanc plötzlich vor Verblüffung und meinte die Fantômes Nocturnes, als könnten sie ihn vor seiner Mutter retten. »Warum seid ihr nicht hier?«

Er suchte sie in den Zimmern, in den begehbaren Kleiderschränken, in der Küche, den Bädern und Toiletten, auch im Kellergeschoss und auf dem Dachboden, überall, selbst unter den Betten. Doch die Fantômes Nocturnes hatten sich in Luft aufgelöst. Sie würden ihn von nun an nie wieder terrorisieren, denn er würde in die Offensive gehen.

Er trank eine Schale Café au Lait, dann einen doppelten Espresso und machte sich an die Arbeit: Es galt, seinen Killer zu identifizieren und ihn dann zu eliminieren. Er musste sich sputen und höllisch aufpassen, damit dieser ihm nicht zuvorkam und ihn sowie weitere seiner Freunde tötete.

Plötzlich war die alte Konzentrationsfähigkeit wieder da. Überrascht und unendlich dankbar öffnete er das Textprogramm seines Computers und gab Namen potenzieller Killer ein, ihre möglichen Motive sowie weitere relevante Informationen. Es wurde eine ziemlich lange Liste.

Er hatte in seinem Leben viele krumme Dinger gedreht, sich Neider und Feinde geschaffen, vor allem während der Zeit in Moskau und danach als Projectofficer der EU-TACIS- und -PHARE-Programme.

Es war schon weit nach Mitternacht, als er mit der Synthese seiner Analyse begann: drei potenzielle Killer blieben unter dem Strich. Dann schlief er ein.

Als er gegen 14 Uhr aufwachte, beschloss er, sein Gewicht wieder zu reduzieren, tagtäglich auf den Schießstand zu gehen, eine zusätzliche Überwachungskamera zu installieren und seinen Freund David Crowe, den Journalisten, anzurufen.

»Ich brauche mal wieder deine Hilfe, David. Diesmal geht es allerdings um mich selbst. Ich werde dich aus eigener Tasche bezahlen. Du wirst mir einen guten Preis machen. Es geht um Einsätze in Moskau, Deutschland und Washington, DC.«

Crowe arbeitete immer noch als Journalist im Brüsseler Büro der European Voice und war wie seit Jahren schon als Informant und Spitzel für eine ganze Reihe von EU-Beamten, insbesondere vom Personaldepartment und von der EU-internen Antikorruptionsabteilung OLAF tätig. Unter dem Vorwand, als investigativer Journalist Unregelmäßigkeiten in die Presse zu bringen, interviewte er verdrossene EU-Beamte, Consultants und Businessleute, um herauszufinden, wie gefährlich sie für die frankofone Festung waren und ob sie »singen« würden. Unter diesem Vorwand traf er sich auch mit Kandidaten für sensible EU-Jobs, um sicherzustellen, dass sich diese nach ihrer Einstellung auch tatsächlich an die EU-Verschwiegenheitspflicht halten würden.

Über die Jahre hinweg war diese Bespitzelungstätigkeit für ihn und zwei für ihn arbeitende Journalisten zu einem höchst lukrativen Geschäft geworden. Aus welchen Töpfen sie bezahlt wurden, blieb stets nebulös. Und Crowe hatte seinen Preis.

Nach einigem Hin und Her unterzeichnete Leblanc mit Crowe einen Vertrag über ein aufwendiges Investigationsprojekt, einschließlich Kosten für Honorare, Reisekosten, Verschiedenes, Mittel für Schmiergeldzahlungen sowie den Subkontrakt mit einem Washingtoner Detektivbüro für insgesamt 79 882 Euro, einschließlich zehn Prozent für Unvorhergesehenes.

XI. Auf Alexanders Hügel

Unter der alten Weißeiche
Sonntag, 2. Mai 2004, 14:20 Uhr

Der Sommer kam abrupt und versenkte Reverie Farm in diesige Tropenluft. Gestern war noch herrlicher Frühling, heute herrschte eine drückende Sommerschwüle. Die gesättigte Luftfeuchtigkeit vermasselte die Sicht von Alexanders Hügel.

Tagtäglich stieg Alexander mit Arnold den Hügel hinauf. Wenn es nicht regnete, schrieb er oft stundenlang auf dem Notebook unter der mächtigen, vom Blitz zerzausten Weißeiche, unter der Tatjanas Urne begraben war. Zuerst hatte er mit dem traktorgetriebenen Pfostenbohrer ein gut metertiefes Loch gedrillt und dieses dann von Hand auf zwei Meter vertieft. Und niemand, nicht einmal Father Ronald, würde je erfahren, dass darin Tatjanas Asche ruhte.

Noch wollten die meterhohen Rhododendren und Azaleen, Dogwoods und Pink Murtles die sterbende Blütenpracht nicht loslassen. Doch in wenigen Tagen würde diese in sich zusammenfallen und in ein, zwei Wochen sich das noch zarte Pastellgrün der Bäume in sattes Dunkelgrün verwandelt haben.

Die Farm war Alexanders Ein und Alles. Seit der Rückkehr aus Moskau vor dreieinhalb Jahren hatte er daraus ein Paradies gemacht. Die Farmgebäude waren renoviert, das Farmhaus modernisiert, die Bäume und Büsche zurückgetrimmt, der Zufahrtsweg asphaltiert, der kleine See auf dreieinhalb Hektar vergrößert und mit einer repräsentativen Mischung lokaler Fischarten bestückt. Hunderte kanadischer Wildgänse tummelten sich jetzt dort und bekackten seine Ufer. Eine kleine Insel mit Grillplatz und Pizzaofen lud über einen leicht gewölbten Steg zu Picknick und Barbecue ein. Die nassen Stellen der Weiden waren drainiert, die kaum sichtbaren Felsen herausgebuddelt, die Hänge mit Esche, verschiedenen Fichten- und Tannenarten und Tupfen blühender oder sich im Herbst intensiv färbender Bäume und Büsche aufgeforstet. Sein ganzer Stolz war der argentinische Rinderkorral, mit dem man, wie sein Nachbar scherzte, selbst Elefanten zur Vernunft bringen könnte.

Dina, die philippinische Haushälterin, die schon Alexanders Töchter großgezogen hatte, kümmerte sich liebevoll um ihn. Inzwischen zweiundsiebzig, blühte sie wie einst Maruschka auf der Farm geradezu auf. Wie sehr liebte sie die Abgeschiedenheit und den Gemüsegarten! Tagtäglich strahlte ihr lächelndes Vollmondgesicht bis über beide Ohren, wenn sie bei den sechs Hühnern wieder mal ihre fünf bis sechs Eier abholte, genauso wie einst Maruschka.

Manchmal besuchen mich meine beiden Töchter, schrieb Alexander in das Notebook. *Sie haben sich zu hundertprozentigen Amerikanerinnen entwickelt, obwohl sie an der Deutschen Schule in Washington das Abitur machten. Sie kümmern sich um ihre Familien und arbeiten nebenher. Mit großer Verbundenheit erinnern sie sich an Dich. Du bist Teil ihrer Familie, worüber ich sehr glücklich bin. Es war vor allem Dein Bajan-Spiel, glaube ich, das Dich so tief in ihre Herzen hineinkatapultierte. Natalie nimmt seit ein paar Jahren Akkordeonstunden. Doch ihr fehlen Deine Ausdauer und die russische Seele. Aber es macht mich immer unendlich glücklich, wenn sie ein bisschen spielt.*

Wie sehr würdest Du Dich über Arnold freuen! Er ist jetzt in seinem besten Mannesalter und mir zutiefst ans Herz gewachsen. Er ist immer furchtbar besorgt, ja nichts falsch zu machen und ja keine Probleme zu verursachen. Er versteht jeden Blick und lässt, wenn er nicht gerade schläft, mich nie aus den Augen. Wenn ich mit dem Traktor meine Runden ziehe, wacht er über mich, argwöhnisch den scheuen Fuchs beäugend, damit der nicht zu viele der beim Mähen aus den Löchern kriechenden Mäuse in den Wald hochschleppt.

Arnold ist Father Ronald ganz und gar ergeben. Jedes Mal, wenn der alte Jeep in die Auffahrt zur Farm einbiegt, beginnt er schmachtend zu winseln. Nur vor ihm stellt er sich auf die Hinterbeine, um ihm das Gesicht leckend die Pfoten auf die Schultern zu legen. Nur vor ihm wälzt er sich auf dem Rücken, um sich den Bauch kraulen zu lassen. Manchmal tut er es ja auch bei mir. Father Ronald ist doch nicht Teil unseres Rudels! Offensichtlich ist er es aber doch.

Alfa und Dana sind alt geworden. Es stimmt mich immer traurig, zu sehen, wie sie abbauen. Und ich fühle mich unendlich schuldig, weil ich Arnold so viel mehr Beachtung schenke als den beiden.

Vor ein paar Monaten ist uns eine blaugraue Katze mit bernsteingelben Augen zugelaufen, der das rechte Vorderbein fehlt. Ihr geheimnisvoller Blick erinnerte mich an Dich. Und so habe ich sie sofort in mein Herz geschlossen. Wir nennen sie Karat. Aber Niki, die Maine-Coon-Katze, die Du so sehr mochtest, wurde zunehmend eifersüchtig. Sie hat Karat wiederholt hart zugesetzt und ihr die Ohren zerfetzt. Gestern habe ich sie weggebracht. Erinnerst Du Dich noch an Bobs 700-Acres-Farm bei Middleburg, auf der er schon seit Ende der 60er-Jahre hornloses Fleckvieh züchtet? Seine Frau wird sich nun um Karat kümmern.

Father Ronald kommt immer noch ab und zu mit den Kindern. Dann satteln wir die drei Isländer, fischen aus unseren Kanus und beobachten die schnappenden Schildkröten, vor denen sie fürchterlichen Respekt haben. Und dann erzähle ich ihnen von Russland und der großen weiten Welt.

Dina macht jedes Mal Unmengen Chicken Adobo und Frühlingsrollen mit dem Dip aus Honig, Sojasoße und, ich glaube, Knoblauchsalz, was Du so sehr magst.

Hoffentlich, hänsele ich sie dann immer, hast du für die Kinder auch genügend Hotdogs und Hamburger, Ketchup, Mayonnaise und French Fries eingekauft. Sie nimmt mir das nicht übel. Wir sind inzwischen wie ein altes Ehepaar und brauchen uns nichts vorzumachen. Gott, was werde ich tun, sollte sie mich eines Tages verlassen.

Hin und wieder bekomme ich Besuch von meinen Weltbankkollegen. Die meisten sind inzwischen pensioniert. Wir quatschen stundenlang über die Zeiten, als die Welt noch in Ordnung war, und was wir damals doch noch für tolle Hechte waren.

Ich habe ein gutes Leben, Tanjuscha. Ich habe Dina und Arnold und die Farm und meine beiden Töchter, die uns ab und zu mit ihren Familien besuchen. Sie haben beide zwei Kinder, jeweils ein Pärchen, und einen herausfordernden Job. »Passt auf, dass eure Männer nicht zu kurz kommen«, sage ich ihnen immer beim Abschied. »Oh, Dad!«, rufen sie dann und verdrehen vielsagend die Augen. Auch Dinas Kinder kommen manchmal mit ihren Familien. Sie alle sind außergewöhnlich nett und höflich und tüchtig. Ich habe gute Nachbarn und viele gute Freunde und Bekannte. Es könnte nicht besser sein. Doch Du fehlst mir so sehr! Wie sehr liebe ich das Du in mir und den Schmerz der Traurigkeit, wenn ich an Dich denke.

Elfter Hochzeitstag
Samstag, 23. Oktober 2004, 13:10 Uhr

Ich sitze auf dem Hügel. Wie vor elf Jahren ist heute ein perfekter Indian-Summer-Tag mit besonders klarer Sicht. Father Ronald kann jeden Moment kommen. Er ist noch mächtiger und hünenhafter geworden. Und wie vor elf Jahren habe ich für ihn einen Pfad ausgemäht, damit er leichter hochfahren kann. Er weiß das jetzt zu schätzen. Die Knie machen ihm zu schaffen, wohl die Folge seiner Fußballkarriere. Beinahe jeden Sonntag gehen Dina und ich in seine Kirche, worüber er sich immer sehr freut, genau so sehr wie wir beide, wenn er mit den Kindern kommt.

Arnold sitzt neben mir, Achtung gebietend wie ein großer Chef, den Kopf wie eine Überwachungskamera gemächlich hin und her schwenkend, sein Rudel bewachend. Meines Wissens ist er der einzige kaukasische Schäferhund im County. Er wiegt inzwischen gute 60 Kilo, und wenn ich einkaufen gehe, fragen die Kinder und manchmal sogar auch die Erwachsenen, ob sie ihn streicheln dürfen.

Gestern früh fiel ich beinahe aus allen Wolken, als David Crowe, der Journalist, der uns am Tag von Kusjas Tod in unserem Cottage heimsuchte, einer signalroten Corvette entstieg. Arnold hatte sich damals wie ein Besessener aufgeführt, als uns dieser Kerl heimsuchte. Erinnerst Du Dich noch? Immer noch bellt er furchterregend, wenn ein böser Mensch in sein Territorium eindringt. Das geschieht allerdings nur selten. Aber als dieser David jetzt die Auffahrt hochfuhr, führte er sich noch schlimmer auf als damals.

Ich war alles andere als amüsiert. Ich war mir immer schon im Klaren, dass dieser Crowe ein EU-Spitzel ist. Wie nur konnte er mich erneut und auch noch unangemeldet aufsuchen, nach all dem, was damals geschah!

»Wie geht es Ihnen?«, näselte er und machte mir dann auch noch ein wunderschönes Kompliment. »Was für einen herrlichen Platz haben Sie hier! Das Karminrot Ihrer Bäume sticht einem geradezu in die Augen! So was Schönes habe ich selten gesehen!«

»Was wollen Sie hier!?«, herrschte ich ihn an. »Mein Hund führt sich immer wie ein Besessener auf, wenn er jemanden ganz und gar nicht leiden kann. Und das kommt äußerst selten vor.«

»Das beruht auf Gegenseitigkeit«, konterte er, »ich kann ihn auch nicht leiden. Sie fragen, was ich hier will. Nun, ich arbeite immer noch als investigativer Journalist in Sachen Korruption und recherchiere gerade für einen Fall, bei dem auch Ihr Name immer wieder fällt. Kann ich ein paar Fragen stellen?«

»Nein!«

Und ehe ich meine Empörung zügeln konnte, platzte es aus mir heraus:

»Hauen Sie ab, so schnell wie möglich! Sonst lasse ich den Hund aus dem Haus.«

»Das Kabinett der EU-Kommissarin für Finanzen hat mir mitgeteilt, dass man Ihren Namen mit der Ermordung von zwei ehemaligen EU-Leuten in Verbindung bringt.«

Wutentbrannt ging ich zur Haustür. Es juckte mich in den Fäusten und ich stellte mir vor, wie genugtuend es sein müsste, diesen Crowe windelweich zu dreschen. Doch er zog es vor, seine Corvette mit kreischenden Rädern zurückzusetzen und eine nach Gummi stinkende Rauchwolke hinter sich zu lassen.

Als kurz darauf Hans Haberland in der Hintertür bei der Küche stand, fiel ich erneut aus allen Wolken.

»Verdammt noch mal!«, rief ich verblüfft. »Wie kannst du mich nur so erschrecken! Ein Amerikaner könnte dich abknallen, wenn du so ganz plötzlich in seine Privatsphäre eindringst. Bitte ruf das nächste Mal vorher an. Wo ist überhaupt dein Auto?«

»Beim 7-Eleven. Ich wollte zu Fuß kommen und mir die neuen Häuser ansehen. Hab leider nicht viel Zeit. Muss möglichst schnell wieder nach Washington zurück. Habe mich mit Embryonen- und Spermahändlern verabredet. Aber in ein paar Tagen, wenn alles vorbei ist, komm ich gerne für ein paar Tage zu dir raus.«

Es reichte gerade zu Kaffee und Sandwich, bevor ich ihn ins Dorf zurückfahren wollte.

»Die EU-Mafia ist hinter dir her«, sagte Hans ganz unerwartet. »Sie verdächtigen dich, dass du mit den jüngsten Morden an ehemaligen EU-Mitarbeitern etwas zu tun hattest. Sie wollen herausfinden, wie gefährlich du für sie bist. Pass bitte in nächster Zeit gut auf dich auf.«

»Mach keine dummen Witze.«

Ich war perplex. Hatte er nach all den Jahren einen Rückschlag erlitten? Befand er sich in einem paranoid-schizoiden Zustand, vielleicht sogar in einer akuten, schweren, schizophrenen Psychose!? Mir schwante Entsetzliches, und meine Begegnung mit Hans Haberlands Psychiater im Oktober 1998 flashte in meinem Gedächtnis auf. »Ein durch und durch gekränkter, rachsüchtiger Mensch«, belehrte er mich damals. »Er kann lange warten, bevor er Rache ausübt. Wenn er sich in einem psychotischen Zustand befindet, können seine Handlungen unberechenbar sein.«

»Alex«, sagte Hans wie in Trance, den Kopf zurückgeneigt, die Augen zusammengekniffen, »die Ermordung Nicolas van der Meers bei Brüssel und der beiden Viehhändler in Moskau vor vier Jahren schreiben sie der russischen Seite zu: Auftragsmorde als Folge dunkler Geschäfte, vielleicht auch Rache für Kusjas Tod. Aber vor ein paar Monaten sind zwei ehemalige EU-Mitarbeiterinnen ermordet worden, Delphine Girardot, die ja bei unserer Abschiedsparty vor vier Jahren mit dabei war, und Sophie Fink, die EU-Verteidigerin, die mich damals am Europäischen Gerichtshof in Luxemburg fertiggemacht hat. Alex, bitte pass in den kommenden Tagen ganz besonders auf dich auf!«

»Beruhige dich!«, unterbrach ich ihn. »Ich brauche mich vor niemandem zu ducken: Ich habe keinen Dreck am Stecken.«

»Gerade deshalb. Du weißt ja, was sie mir in Brüssel und Luxemburg untergeschoben haben. Auch ich hatte keinen Dreck am Stecken! Bevor sie zuschlagen, wollen sie sich vergewissern, ob du mit den Morden tatsächlich was zu tun hattest. Deshalb war David Crowe heute früh bei dir. Vor ein paar Wochen war er auch bei mir in Halle. Einer seiner Leute schnüffelte auch in Moskau herum. Außerdem haben sie ein hiesiges Detektivbüro eingeschaltet. Viktor Leblanc ist hinter dir her. Er ist davon überzeugt, dass er als Nächster dran glauben muss. Es ist schwer, an ihn ranzukommen. Seine Villa in Paris ist eine regelrechte Festung.«

»Jetzt müssen wir aber los«, sagte ich kopfschüttelnd.

»Alex, ich bin an allem Schuld«, seufzte er. »Hätte ich geahnt, wie hässlich roh das alles endet, hätte ich mich mit diesen Bastards niemals angelegt. Es ist kaum zu fassen: Jetzt schmücken sie sich auch noch mit den Federn deines Projektes in Russland!«

»Du bleibst jetzt für ein paar Tage bei uns«, sagte ich bestimmt. »Ich kann dich jetzt nicht einfach gehen lassen. Du zitterst ja am ganzen Leib. Das mit den Spermahändlern kann warten. Du wirst dich jetzt erst mal für ein paar Tage bei uns entspannen. Wenn du möchtest, gehen wir in der Chesapeake Bay segeln. Werden tollen Wind haben. Ich rufe gleich Eugene an. Er freut sich immer riesig, wenn eine Besatzung zum Segeln kommt. Und wenn er keine Zeit hat, lässt uns ja auch allein raus.«

»Nein, ich muss dringend nach DC zurück«, antwortete Hans trotzig. »Es ist wichtig, dass ich heute Abend und morgen früh dort bin. Auch meine Medikamente sind im Hotel. Also, sorg dafür, dass Arnold stets bei dir ist!«

Plötzlich begann er völlig unerwartet zu lachen. Zu meinem Entsetzen schienen sich seine Gesichtszüge wie in einem rückwärts laufenden Zeitraffer zu deformieren und auf dem Stand eines zehnjährigen Jungen einzufrieren. Sein Schluchzen war kaum hörbar. Dicke Tränen kullerten über die feuerroten Bäckchen des Knabengesichts.

»Alex, ich habe beide umgebracht«, sagte er mit heller Kinderstimme und stieß einen Seufzer der Erleichterung aus. Plötzlich schlug der Zeitraffer wieder zurück und raste in ein Greisenalter hinein, in dessen Gesicht irrsinnige Verzweiflung hinter flackernden Augen loderte.
»Es ist mir nicht einmal schwergefallen. Tatjana wollte es so«, krächzte er. »Das ist das Entsetzliche daran. Und ich muss weitermachen.«
Er hielt inne, zutiefst erschrocken über die kolossale Dimension seiner Aussage. Mir wurde unheimlich. Nie zuvor hatte ich Mannerismus[41] in einer derartig eklatanten Form erlebt. Und nie zuvor hatte mich jemand mit derartig verzweifelter Schwermut um Hilfe angebettelt. Er sah mich an, als sei ich das Letzte Gericht und als entschiede meine Antwort über Leben und Tod für ihn. Ich war fassungslos.
Vielleicht war es diese Fassungslosigkeit, die mich dann das tun ließ, was ich dann tat und das ich mir mein Leben lang nicht verzeihen werde.
»Du musst überhaupt nichts machen!«, schrie ich ihn an. »Du kannst sie doch nicht einfach alle umbringen. Hau ab! Ich will dich nie wiedersehen!«
Ich stampfte wie ein wild gewordener Stier auf und ab.
»Du Idiot! Du God damned Son of a Bitch! Du kannst doch das Gesetz nicht einfach in die eigenen Hände nehmen! Hast du denn bei den Weißen Vätern in Thibar gar nichts gelernt!?«
Ich gebärdete mich wie ein Irrer, überhäufte ihn mit den niederträchtigsten Beschimpfungen und verfluchte ihn, immer wieder und immer wieder.
Als ich wieder zu mir kam, war Hans verschwunden.
Dina stürzte verschreckt ins Haus.
»Hast du ihn gesehen!?«, herrschte ich sie an.
»Nein!«
Wir suchten ihn überall im Haus. Die John-Deere-Baseball-Mütze hing noch an der Garderobe. Wir suchten nach ihm in der Garage, in der Werkstatt, im Heizungsraum, im alten Farmhaus, in den Ställen und Scheunen, schließlich auch noch im Keller. Ich wusste nicht mehr, was ich tun sollte. Ich wusste nur, dass das, was ich Hans eben angetan hatte, unverzeihlich war. Und das tat so unendlich weh.
Ich fuhr mit dem Jeep zum Dorf. Vergebens fragte ich nach ihm an den beiden Tankstellen, im 7-Eleven, im Shopping Center, im Burger King, bei Giant Food, in Dr. Stanford's Office, bei Southern States und im alten Hardware Store, dessen steinalter Besitzer und Hans sich gegenseitig ins Herz geschlossen hatten.
Außer mir fuhr ich zur Farm zurück. Vergeblich griff ich nach dem Smith & Wesson Revolver unter der Rückenlehne des Kaminsofas. Nur Dina und Hans kannten das Versteck. Ich war nicht einmal überrascht, dass Hans ihn mitgenommen hatte. Und ich war davon überzeugt, dass er ihn einsetzen würde, sogar gegen sich selbst.

---

[41] Mannerismus = plötzliche, frappierende Veränderung von Gesichtsausdruck und/oder Ausdrucksweise.

Ich hetzte mit Arnold über die Farm und durch die Wälder, eine gute Stunde lang. Ich fragte die Nachbarn. Vergeblich. Dann rief ich im Holiday Inn in Tysons Corner an, bis tief in die Nacht hinein, unzählige Male, und dann wieder mit dem frühen Morgen beginnend. Hans Haberland war nicht auf dem Zimmer. Endlich, gegen 7:30 Uhr früh, nahm er das Telefon ab. Ein Stein fiel mir vom Herzen.

»Hans, bitte verzeih mir«, lallte ich. »Ich habe mich so unendlich gemein be…«

»Alex, du brauchst mich doch nicht um Verzeihung bitten. Wir sind doch Freunde, oder?«

»Ja«, seufzte ich erleichtert. »Aber jetzt musst du dich für ein paar Stunden hinlegen. Bitte, versprich mir das. Deine Stimme klingt sehr müde. Und wenn du ausgeschlafen hast, kommst du für ein paar Tage zu uns heraus. Ich werde nur für dich da sein.«

»Du solltest dich auch hinlegen, Alex. Auch du klingst müde. Bis bald!«

Kurz vor 14 Uhr begann Arnold schmachtend zu winseln. Fünf Minuten später stieg Father Ronald aus dem alten Jeep. Wie immer sprang Arnold an ihm hoch und versuchte winselnd, sein Gesicht zu lecken.

»Es ist immer so schön bei euch«, streckte er mir die Arme entgegen. »Like in paradise.«

Ich füllte die Wodkagläser.

»Auf deine Redskins«, toastete ich. »Mögen sie in dieser Saison endlich mal wieder besser spielen!«

»Ha ha, them Redskins. Ich verstehe sie nicht mehr! Aber heute ist euer Hochzeitstag. Vergiss diese Redskins. Ich habe eure Hochzeit immer noch lebhaft vor Augen: das gegrillte Schaf, all die Schelmenstreiche deiner Freunde. Was für ein Fest! Komm, lass uns auf Tatjana trinken. A real woman she was, so ganz anders als unsere Frauen hier. Und was für eine Akkordeonspielerin sie war! Wow, what a woman!«

Plötzlich wurde Arnold unruhig. Knurrend rückte er dicht an mich heran und spähte wie gebannt zum Wald hinüber. Der sabbernde Atem schlug mir ins Gesicht. Ich wandte mich ab. Im selben Augenblick klatschte es dumpf vor der mächtigen Weißeiche auf. Kurz danach hörte ich einen Schuss. Dann noch einen.

»In Deckung«, schrie Father Ronald und riss mich zu Boden.

Arnold raste zum Wald hinüber.

»Diese verdammten Deer Hunters«, stotterte ich.

»Das waren keine Deer Hunters«, keuchte Father Ronald. »Die Jagdsaison ist noch nicht eröffnet. Zwei Schüsse, beinahe gleichzeitig. Zuerst ein Winchester Rifle, dann ein Revolver. Kaliber neun. Bleib unten, Mann. Rühr dich nicht!«

Dann noch ein Knall.

»Revolver, Kaliber neun. Somebody got hurt!«, knurrte er und wählte die Polizei.

Erst als zwei Streifen- und ein Rettungswagen die Stelle erreicht hatten, von wo aus Arnold schon seit einer Viertelstunde herzzerreißend klagte, gingen wir zum Wald hinüber.

»Was schrieben Sie da auf dem Notebook«, fragte später ein Polizist. »Können wir das bitte einsehen?«

Tanjuscha, hätte mich Arnold nicht umgeschubst, hätte mich Viktor Leblancs Kugel getroffen. Und hätte Hans Haberland nicht Leblanc mit meinem Smith & Wesson erschossen, hätte dieser erneut mit einer Savage 10 »Sierra«.308 Winchester Rifle mit Zielfernrohr, das er bei WalMart für 416 Dollar gekauft hatte, auf mich geschossen.
Danach hat sich Hans selbst gerichtet.
Ich habe ihm die Augen zugedrückt und dein Band aus Elefantenhaaren über das Handgelenk gestreift. Elefantenhaare bringen Glück, glauben die Afrikaner. Es hat mir soviel Glück gebracht. Nun wird es auch ihm irgendwo da oben Glück bringen, dem dummen, guten, lieben Hans.
Father Ronald kniete nieder und gab den beiden die letzte Ölung. Dann tat er etwas, was mir so ungemein guttat: Er nahm mich in die Arme und ließ mich an seiner mächtigen Brust ausweinen.

In dem Smith & Wesson fehlten drei Bimetallkugeln. Und niemand außer Alexander Ott wird je auf den Gedanken kommen, dass der Mord an David Crowe mit der ersten der drei fehlenden Kugeln verübt worden war.

»Der britische Journalist David Crowe«, berichtete die Dienstagsausgabe der Washington Post, »wurde per aufgesetztem Genickschuss erschossen, als er am vergangenen Samstag gegen 1:30 Uhr nach Besuch eines Jazzkellers in Georgetown zu seinem geparkten Auto am Potomac ging. Vom Täter fehlt noch jegliche Spur.«

XII. Die Fallstudie

Auf Reverie Farm
Freitag, 12. November 2004, 17:10 Uhr

Nach ungewöhnlich turbulentem Flug und harter Landung im Washington Dulles International fuhr ich zu ihm auf seine Farm. Ich traute meinen Augen nicht: Stoßstange an Stoßstange auf der Toll Road nach Leesburg und danach auf Route 7. Nach zwei Stunden hatte ich die dreiundzwanzig Meilen endlich geschafft. Als ich ihn 1997 zum letzten Mal besuchte, brauchte ich kaum eine halbe Stunde. Tausende neuer Häuser, dazwischen Bürokomplexe, High-Tech-Unternehmen und das größte Shopping Center, das ich je gesehen habe, und Villen, so groß wie ganze Kirchen auf hektargroßen, makellosen Rasenflächen.

Schon im Flugzeug machte ich mir die ganze Zeit darüber Gedanken, ob es richtig war, Alex bereits jetzt zu besuchen, und ich fragte mich, wie er mich wohl empfangen würde. Als ich ihn vor meinem Abflug aus Brüssel anrief, meinte er:

»Natürlich kannst du kommen. Aber vielleicht werde ich nicht der beste Gastgeber sein.«

Als ich die Auffahrt zu seiner Farm hochfuhr, war ich auf alles gefasst. Vielleicht wird er sich gleich an mir ausheulen. Er ist ein emotionaler Mensch. Vielleicht aber wird er mich und die ganze EU zum Teufel jagen. Doch so, wie ich ihn kenne, wird er eher versuchen, es sich nicht anmerken zu lassen. Er wird so tun, als sei alles in Butter. Vielleicht ist er aber auch richtig down, auch äußerlich.

Ich war gespannt wie ein Flitzebogen, als ich ausstieg.

Er wartete schon auf mich, mit dem größten Hund an der Leine, den ich je gesehen habe. Das Herz fiel mir beinahe in die Hose.

Wie kann er diesen Koloss je halten, wenn er mich nicht mag, schoss es mir durch den Kopf.

Doch dann sah ich, dass der Hund einen Maulkorb trug, und meine Angst war augenblicklich verflogen. Ich sah nur noch Alex. Er trug einen Drei-Tage-Bart und hatte zu meiner Überraschung ein Kummerbäuchlein angesetzt. Sein Gesicht und sein dunkelviolettes Washington-Redskins-Sweatshirt waren mit dunkelgrünen Farbspritzern gesprenkelt. Er stand vor mir, aufrecht wie eh und je, so wie ich es von ihm erwartet hatte, und seine Augen waren unverzagt.

»Nicht so stark!«, schrie ich auf, als er meine Hand drückte.

Der Hund winselte und schaute schmachtend zu mir hoch, nachdem er ihm den Maulkorb abgenommen hatte. Er wollte auch beachtet sein.

»Na, du großer Riese«, beugte ich mich zu ihm hinunter. »Du bist ja ein richtig guter Hund, ein ganz lieber Hund bist du.«

»Ja, das bin ich«, winselte der Hund bestätigend und ließ seinen buschigen Schwanz gemächlich hin und her wedeln.

Ich hatte nie in meinem Leben einen Hund gehabt und konnte es deshalb auch nie so richtig mit den Hunden. Aber mit diesem Hund konnte ich es, denn er war ein richtig lieber Hund.

»Das ist Arnold«, strahlte Alex. »Er mag dich. Das spricht für dich, Jonas. Er ist mein Ein und Alles. Er ist ein ganz besonderer Hund. Er weiß sofort, ob er jemanden mag oder nicht. Dazwischen kennt er nichts. Denn er ist ein russischer Hund, weißt du, ein waschechter Kaukasischer Schäferhund.«

Heimelige Wärme strahlte aus einem riesigen Feldsteinkamin.

»Kann ich dir denn vor dem Abendessen einen Bourbon, einen Evan Williams anbieten, oder vielleicht etwas anderes? Oder«, zwinkerte er mit den Augen, »möchtest du gleich mit dem Château-Neuf du Pape beginnen?«, fragte er, was mich an unser Treffen in Moskau vor vier Jahren erinnerte.

»Du bist immer noch der Alte, du alter Sack«, revanchierte ich mich, und wir kicherten.

Dina, die ich noch aus den 70er-Jahren kannte, hatte Hirschbraten aufgetischt. Er zerging einem auf der Zunge. Nach dem Rezept von Tatjana, sagte er. Nur Dina mache es noch besser. Aber das läge auch an der dikken Fettauflage und dem vielen intrazellulären und intramuskulären Fett, wie bei einem Lamm. Das sei Amerika! Man esse hier, wenn überhaupt, nur Hirschfleisch von jungen Hirschkühen.

Wie war der Verkehr?, fragte er. Die Infrastruktur komme nicht mehr mit. Man ziehe immer noch ein Haus nach dem anderen hoch. Auch bei ihm da draußen. Die Land Developers würden ihm äußerst attraktive Preise bieten. In ein, zwei Jahren würde die Immobilienblase wieder platzen, wie damals Anfang der 90er-Jahre, diesmal allerdings sogar noch viel schlimmer. Aber er wolle nicht verkaufen. Er hänge zu sehr an diesem Platz. Die Farm sei seine Heimat.

Wie es so in Brüssel gehe, wollte er wissen.

Nicht viel Neues, berichtete ich. Allerdings sei die EU-Bürokratie inzwischen zu einem unkontrollierbaren Monster geworden. Die Aufgabenbereiche der geradezu lächerlich vielen Kommissare überlappten sich.

Man könne sich leicht vorstellen, was die für unnötiges Zeug und immer wieder neue, höchst dubiose Verordnungen austüftelten und wie sie sich dabei gegenseitig im Wege stünden.

»Weißt du, seit unserem Treffen in Moskau vor vier Jahren habe ich die ganze Misere besonders intensiv verfolgt. Es hat sich nicht viel geändert. Im vergangenen Jahr waren immer noch 7,3 Milliarden Euro unaccounted for, mit denen die EU-Bürokraten am Haushalt vorbeioperierten. Die Schwarzen Konten und Kommissionskonten für private Zwecke gibt es immer noch. Man spricht darüber, lacht darüber und schaut weg. Höchst selten wird jemand gemaßregelt, gefeuert, bestraft oder gar ins Kittchen gesteckt. Mit unserer Michaele (Schreyer) spielen sie wie immer Katz und Maus. Doch trotz aller Misswirtschaft wird sie vom Europäischen Parlament Jahr für Jahr entlastet. Noch immer haben wir kein modernes Rechnungs- und Buchführungswesen. Nach Expertenmeinung ist das Computersystem extrem anfällig für Manipulationen, den Kommissions-Haushältern fehle es an grundsätzlichem Know-how und Detailwissen, und man könne oftmals nicht nachvollziehen, wie die Haushaltsberichte der Generaldirektionen überhaupt zustande kämen.

Nationale Interessen rangieren wie eh und je vor der europäischen Einheit! Rund 40 Prozent des EU-Haushalts werden immer noch als völlig überdimensionierte Agrarsubventionen ausgegeben und laden geradezu zum Abzocken ein, genauso wie die Exportsubventionen für Agrarprodukte. Du weißt ja, was ich davon halte. Es ist ein ökonomischer Unsinn, dass die EU-Subventionitis zur Überproduktion landwirtschaftlicher Güter führt, die dann am Weltmarkt erneut nur subventioniert verkauft werden können, und somit die Entwicklung der lokalen Landwirtschaft vereitelt. Das weißt du ja selbst am besten!

Deutschland kann es immer noch nicht lassen, sich die Kompromisse zu erkaufen. Die meisten unserer Politiker, die wir nach Brüssel und Straßburg schicken, sind Leute, die zu Hause nichts geworden sind. Und die meisten Deutschen, die wir über den Concours[42] anheuern, können den Absolventen der Grandes Ecoles nicht das Wasser reichen. Die Bundesregierung, allen voran das Finanzministerium, nimmt die Aufsichtspflicht wie eh und je sträflich auf die leichte Schulter, das Gleiche gilt für das Europaparlament. Und während die Frankofonen spezialisierte EU-Ministerien einsetzen, sind in unseren Ministerien lediglich ein paar untergeordnete Beamte für EU-Angelegenheiten zuständig.

Bei der Verwendung von Mitteln des Europäischen Sozialfonds kommt es nach wie vor zu schwerwiegenden Betrügereien. Beim Blick in die

---

[42] Concours: Auswahltest für zukünftige EU-Beamte.

Bücher des Luxemburger Statistikbetriebs Eurostat standen den Prüfern regelrecht die Haare zu Berge. Ausschreibungen werden nach wie vor manipuliert. Man sagt, das sei inzwischen zwar etwas schwieriger geworden, aber Profiteure adaptieren sich wie mutierende Mikroben. Mehr denn je arbeiten sie über Tarnfirmen und strategisch sorgfältig operierende Konsortien mit Firmen aus kleinen oder südlichen EU-Ländern, denen die EU auch mal ein Korn zuwerfen muss. Einige der besseren Consultants und Consultingfirmen wollen mit der EU nichts mehr zu tun haben.

Die Geheimhaltungspraxis bei Ausschreibungen ist allerdings transparenter geworden. Man kann jetzt sogar die Punktevergabe der Evaluierer einsehen, sagte man mir. Ich hörte auch mehrmals, dass Hans Haberlands Fall zu diesem Fortschritt beigetragen habe. Und, wie du seinerzeit vorausgesagt hast, die Russen haben das EU-TACIS-Programm inzwischen zum Teufel gejagt, obwohl die Projektvergabe schon seit Jahren in Moskau und nicht mehr in Brüssel durchgeführt wird.

Auch beim Europäischen Gerichtshof geht es nicht sauber zu. Was mir deutsche EU-Richter und Businessleute da so alles erzählen, geht auf keine Kuhhaut. Wenn du dir nicht die besten Rechtsanwälte leisten kannst, hast du keine Chance. Du hast ja selbst gesehen, was die mit Hans Haberland angestellt haben.

Trotz allem ist das betrügerische Abschöpfen grenzüberschreitender Gaunereien nicht mehr so leicht wie früher. So hat z. B. der Europäische Gerichtshof neulich französische Fleischindustrie- und Handelsverbände sowie einige ihrer Fachverbände für Rinderzucht und Milcherzeugung wegen illegaler Preisabsprachen und Exporterstattungen wiederholt zu hohen Geldstrafen verurteilt. Die behaupten allerdings, sie könnten diese nicht bezahlen und haben um Stundung gebeten! Sie werden wohl nie zahlen, warum auch? Die EU verfügt ja über keine effizienten Sanktionsmöglichkeiten!«

Alexander legte ein paar Holzscheite auf.

»Alex, das mit deiner Frau und eurem Chauffeur tut mir unendlich leid«, wechselte ich das Thema. »Hans Haberlands Sohn hat es mir vor dem Abflug strikt vertraulich gesagt. Ich kann es einfach nicht fassen!«

Er zuckte leicht zusammen und starrte lange durch mich hindurch.

Er habe es von Anfang an geahnt, sagte er. Er rede sich immer wieder ein, dass es ein Unfall gewesen sei. Er wünschte sich so sehr, dass es ein Unfall war. Er habe sie so sehr geliebt. Auch Valerij sei so ein guter Kerl gewesen. Er habe immer noch Kontakt zu dessen Frau und den beiden Kindern. Was könne er denn sonst noch tun? Was könne er gegen Kriminelle tun, die inzwischen tot oder nicht sichtbar, aber allmächtig seien!?

Er würde sich nicht zu einem zweiten Hans Haberland machen lassen!

Schließlich würden sie dann auch noch Tatjana mit in den Dreck hineinziehen.

Das mit Hans Haberland tue mir unendlich leid, warf ich ein. Irgendjemand müsste sich doch dagegen wehren. Irgendjemand müsse sie doch endlich stoppen! Das könne doch nicht einfach so weitergehen. Sonst würden sie immer frecher!

Er habe sie alle zu sehr geliebt, murmelte Alex. Und sein tiefernster, beinahe gelangweilter Blick sagte mir, dass er darüber nicht mehr reden wolle.

»Komm mit nach oben, ich muss dir was zeigen«, sagte er. »Ich habe heute Morgen ihr Zimmer gestrichen. Ich habe extra Farbe aus Deutschland mitgebracht. Ich muss nur noch die Abdeckbänder abziehen und ein bisschen nachmalen.«

»Mein Gott, ist das grün!«, platzte es aus mir heraus, als wir in das Zimmer traten, und ich ärgerte mich umgehend über die Bemerkung.

»Es ist das typische Williamsburg Grün. Ich mag es auch nicht besonders. Es ist mir einfach zu dunkel. Sie sagte immer, es sei eine adlige Farbe. Es sei die Farbe alter Ikonen, es sei genau die richtige Farbe für ihr Rückzugsgebiet.«

Er schnallte sich ein abgegriffenes Kinderakkordeon um und setzte sich auf den Mennoniten-Quilt des Kingsize-Betts neben dem Nachttisch, auf dem Fotos von Tatjana, Hans Haberland und wahrscheinlich von Valerij mit Familie standen.

»Ihre Eltern sparten die letzte Kopeke, um es ihr zu kaufen, als sie acht Jahre alt war. Sie ist eine ausgezeichnete Bajan-Spielerin«, sagte er.

»Ich habe davon gehört. Es hat sich auch bis zu uns herumgesprochen, dass sie eine ausgezeichnete Akkordeonspielerin war.«

»Ich kann jetzt auch ein bisschen spielen«, sagte er. »Nur ein paar russische Lieder. Aber eines kann ich ziemlich gut.«

Und dann spielte er eines der liebenswertesten Lieder, das ich je gehört habe.

»*Im Wald ist uns ein kleiner Tannenbaum geboren*«, lachte er. »Es ist ein Kinderlied.«

»Ein paar Leute in Brüssel haben mich wissen lassen, dass man etwas für euch tun will«, sagte ich, als wir hinuntergingen. »Ich habe auch mit Hans Haberlands Sohn darüber gesprochen.«

Er zuckte ein paar Mal mit den Schultern und schüttelte dabei den Kopf, als ob ihn fröstelte und er mich bitten wolle, dieses Thema fallen zu lassen, und er sah wieder durch mich hindurch.

»Jürgen Haberland hat mich angerufen«, sagte er und fragte sichtlich besorgt: »Du bist doch nicht etwa deswegen extra hierher geflogen?«

»Nein«, versicherte ich und konnte ihm dabei nicht in die Augen sehen. »Ich verbinde es mit Meetings bei der Weltbank und amerikanischen Umweltorganisationen in downtown D.C. und Dulles/Texas. Ich sammle Material für eine Studie. Ich ...«

»Machst du die Studie unseretwegen?«, unterbrach er mich bekümmert.

»Warum nicht während der zwei Jahre bis zur Pensionierung eine Studie machen?«, schlug mein Boss vor.

Ich sei niemandem Rechenschaft schuldig. Vielleicht etwas über Umweltproblematik, globale Erwärmung, erneuerbare Energien oder so. Das seien doch hochaktuelle Themen. Ich könnte aber auch was ganz anderes recherchieren. Irgendwas müsste ich halt schon vorlegen. Ich könne mich bei jeder mir beliebigen Universität oder Organisation und an jedem Ort der Welt einnisten, solange es im Rahmen bliebe.

»Ich habe zugesagt, auch wegen der höheren Pensionsansprüche. Machen wir uns nichts vor, das Ganze wird in einer Schublade verschwinden.«

»Es ist doch hoffentlich nicht unseretwegen«, hakte er nach.

»Wie kommst du darauf?«, fragte ich überrascht.

Er deutete meinen Tonfall richtig und schaute mich mit dem Blick des aufrichtig Beileid Wünschenden lange an.

Farmbegehung
Samstag, 13. November 2004, 10:10 Uhr

Wir gingen mit Arnold einen Hügel hinauf. Dort beim Tisch unter der großen Weißeiche wolle er ein kleines Teehaus bauen, sagte Alex. Er sitze viel da oben, auch bei schlechtem Wetter wolle er auf dem Notebook schreiben können. Da unten, rechts von dem Wäldchen, wolle er im nächsten Sommer einen See anstauen, einen ziemlich großen, und eine russische Banja bauen. Die topografischen Arbeiten seien bereits gemacht. In zwei Jahren könne ich dort fischen, soviel ich wollte.

Ich sei kein Fischer, sagte ich.

Dann fuhren wir zu den Kühen. Sie seien zurzeit beim Nachbarn drüben. Plötzlich schnellte vor uns eine ganze Herde Whitetail Hirsche mit weit ausholenden Sprüngen in den Wald hinein und ließ noch eine ganze Weile lang das Weiß der senkrecht nach oben gerichteten Schwänze zwischen den Bäumen aufblitzen.

»Ich wusste gar nicht, dass du auch Hirsche züchtest«, nahm ich ihn auf die Schippe.

»Ich habe neulich an die 80 gezählt«, antwortete er ernsthaft, »und es werden immer mehr. Die Farm ist für sie zum Refugium geworden, denn ringsherum wird alles verbaut. Ich lasse keinen Einzigen schießen. Auch die Nachbarn schießen nicht. Wir legen Lecksteine aus und füttern im Winter. Ich habe auch zwei Ketten wilder Truthühner. Vor dreißig Jahren, als ich die Farm kaufte, gab es hier weit und breit kein einziges Truthuhn.«

»Mein Gott, das sind aber dicke Kühe!«, staunte ich. »Sind die nicht viel zu fett?«

Ja, schon ein bisschen, bestätigte er. Aber sie würden bald abkalben. Und es seien ja Black Angus, die beim Kalben höchst selten Probleme machten. Wie viele er denn so habe, wollte ich wissen.

»Tres cien cabezas, amigo, y el remonte«, lachte er und wir erinnerten uns an die Kontrolle der Weltbank-finanzierten Ranching-Projekte in Paraguay in 1976. »Aber die meisten gehören dem Nachbarn. Weißt du, es ist viel Arbeit mit der Besamung und der Winterfütterung. Und dann die Zäune. Du kannst kaum noch gute Hilfe bekommen. Wir verlieren auch ein bisschen Geld damit.«

Red Fox Inn – Middleburg
Samstag, 13. November 2004, 19:26 Uhr

Es war, als ob der Parkplatz direkt vor dem Eingang zum Red Fox Inn in Middleburg an Route 50 extra für uns reserviert worden war.

John F. Kennedy habe hier eine Pressekonferenz abgehalten, erklärte Alex, als wir das historische Backsteingebäude betraten. Er habe in der Nähe ein Weekend-Retreat gehabt, etwa 140 Acres mit Blick auf die Blue Ridge Mountains. Interessant, die alteingesessene Landbevölkerung habe ihm kaum Beachtung geschenkt. Da wollte er es denen halt mit der Pressekonferenz zeigen, wer Herr im Hause ist.

Bei T-Bone-Steak und durchaus trinkbarem Pinot Noir eines lokalen Weinguts sprudelte es plötzlich aus ihm so laut heraus, dass ein paar Gäste missbilligend zu uns rüberschauten:

»Lass dich von diesen Leuten in Brüssel nicht unterkriegen«, insistierte Alex. »Du hast Gaben, die anderen ein Sprungbrett zu den höchsten Höhen gewesen wären. Du hast Erfahrung und Überblick. Du weißt, was auf der Welt los ist. Und du hörst das Gras wachsen. Zeig es ihnen und zeig es dir selbst. Recherchiere, quantifiziere: klare Ist-Analyse, klare Zielstellung, dann das analytische Blablabla gefolgt von glasharten Schlussfolgerungen und Empfehlungen, so wie wir es damals gelernt haben. Schreib keine 08/15-Nummer, die schon zigmal geschrieben wurde.«

»Was willst du damit sagen?«, unterbrach ich ihn ungeduldig.

Über die von Menschen verursachten Klimaveränderungen und erneuerbaren Energien schriebe ja heutzutage jeder, nicht nur die Experten. Vielleicht sollte ich daher eher über Betrug und Irrtum in der Umweltforschung und Umweltpolitik schreiben, wie wir reingelegt werden und wie wir uns davor schützen können. Klar, eine mutige, weltweite Schadstoffreduzierung und Forcierung alternativer Energiequellen sowie massive Energieeinsparungs-, Aufforstungs- und Erosionsbekämpfungsprogramme und Geburtenkontrollen müssten umgehend erfolgen. Aber es dürfe nicht sein, dass die Medien im Konzert mit den Interessengruppen, dubiösen Politikern und Klimaforschern wie ihr Image aufstylende Popstars die Klimahysterie anschürten, um mit der Angst der Menschen Geschäfte zu machen und sich z.B. der Nutzung von Kernenergie aus rein emotionalen oder opportunistischen Gründen widersetzten und dabei immensen Schaden für den Fortschritt der Menschheit anrichteten.

Es dürfe auch nicht sein, eiferte er sich, dass die Umweltwissenschaften hemmungslos politisiert werden. Man dürfe den Leuten nicht vorgaukeln, dass Klimawandel und Wetterextreme mit wetterabhängigen Wind- und Solartechnologien aufzuhalten seien. Natürlich gäbe es bei der Nutzung von Kernenergie Risiken, aber beim jetzigen Stand der Technik gehe es ohne diese »saubere« Energie so lange nicht, bis genügend effiziente, alternative Energiequellen zur Verfügung stünden.

Was man der Öffentlichkeit präsentiere, müsse ehrlich und wirtschaftlich fundiert sein. Er gewinne jedenfalls den Eindruck, dass die professionellen Angstmacher vornehmlich ihre Wiederwahl und die Sicherung diverser Pfründe im Sinn hätten.

»Mensch, Jonas, wäre das nicht eine tolle Aufgabe, über diese Problematik zu schreiben?«

»Was machst du denn heute noch an diesem grauen Sonntagnachmittag?«, fragte ich ihn beim Abschied am folgenden Tag.

»Ich mache noch Tatjanas Zimmer fertig.«

»Und dann?«

»Dann schreibe ich auf dem Notebook.«

»Was schreibst du denn da so alles?«

»Ich schreibe meine Geschichte auf«, antwortete er ernsthaft. »Komisch, ich habe noch niemandem davon erzählt. Weißt du, es wird mir irgendwie leichter ums Herz, wenn ich dir sage, dass ich meine Geschichte schreibe, denn es ist eine sehr traurige Geschichte, eine Art Enthüllungsroman.«

»Das klingt ja nach einem Bestseller«, entfuhr es mir.

Er lächelte vielsagend.

»Ich schreibe immer, wenn ich oben auf dem Hügel unter der Weißeiche sitze.«

Ob er mir eine Kopie ausdrucken könne, wenn er fertig sei, fragte ich ihn.

Er sei noch lange nicht fertig, antwortete er besorgt.

»Du hast meine Adresse.«

»Zum Schreiben ist es heute vielleicht doch ein bisschen zu windig da oben. Aber wenn du weg bist und ich wieder allein bin, gehe ich mit Arnold trotzdem noch auf den Hügel. Wir werden noch ein bisschen bei ihr sitzen.«

»Und dann?«

»Dann schauen wir auf die Straße hinunter. Wer weiß, vielleicht kommen mich meine Töchter mal wieder besuchen. Manchmal ist mir«, fuhr er mit tränenfeuchten Augen fort, »als hörte ich unseren alten 240 D, wenn Tatjana von der Arbeit nach Hause kommt.«

Es ist noch immer ziemlich hart für ihn, dachte ich, als ich den Wagen wendete. Doch als ich losfuhr und er breit grinsend dastand, genauso wie immer, und Arnolds Gewinsel in ein laut schepperndes Good-bye-Geheule umschlug, wusste ich, dass ich mich um ihn nicht sorgen musste.

»Du hast das Zeug«, hatte er gesagt. »Zeig es ihnen. Lass dir nicht einfach das Gnadenbrot geben. Du kannst es! Du hast versucht, Dinge zu verändern und hast die Dinge beim Namen genannt, denn du hast dich für Hans Haberland und uns in Brüssel eingesetzt. Niemand außer dir hat sich je für uns eingesetzt, Jonas. Bist du dir dessen bewusst?«

Er hatte schon ein bisschen Recht. Denn damals, nach meinem Moskauaufenthalt vor vier Jahren, hatten meine Proteste in Brüssel und Luxemburg für ziemlich viel Wirbel gesorgt. Die eingeleiteten Untersuchungen haben einigen Leuten ganz und gar nicht gefallen. Ich habe mir dabei eine ganze Anzahl nachtragender Feinde gemacht, nicht nur in EU- und Regierungskreisen, sondern auch bei der einflussreichen Consulting- und Vieh- und Fleischlobby. Aber ein paar Schritte in die richtige Richtung sind dabei doch herausgekommen.

Über die Zielsetzung der Studie war ich mir plötzlich im Klaren. Auch konnte ich doch nicht die weit über eine halbe Million Euro, die sie kosten würde, einfach durch den Kamin jagen. Ich sagte meine Meetings in Washington und Dulles ab und flog am nächsten Tag nach Brüssel zurück. Würde ich jedoch das Zeug und das Sitzfleisch haben, etwas, was für den EU-Steuerzahler von Bedeutung sein kann, zu Papier zu bringen, und dann auch noch die Energie, die Erkenntnisse und Empfehlungen einer breiten Öffentlichkeit zu vermitteln? Je mehr ich darüber nachdachte, je mehr hoffte ich es. Und schließlich wurde mir klar, dass ich es schaffen würde.

Epilog

Das Jahr 2007 brach an. Der von Alexander Ott initiierte Milcherzeugerberatungsdienst wuchs und gedieh. Keinem anderen mit ausländischen Mitteln finanzierten Landwirtschaftsprojekt in Russland war es bislang gelungen, privatwirtschaftliche, sich selbst finanzierende Beratungsorganisationen aufzubauen. Inzwischen betreuten die beiden Beratungsdienste in der Oblast von Moskau und den Republiken Tatarstan und Tschuwaschien 136 kommerzielle Großmilchviehbetriebe mit beinahe 80000 Kühen, deren Leistungen sich auch im internationalen Vergleich sehen lassen konnten. Seit 2004 wird das Projektkonzept auch in der Oblast von Kaliningrad eingesetzt.

Die Milcherzeugerberatungsdienste haben ihre Kontakte zu deutschen Organisationen der Rinderzucht und Milchwirtschaft und Lieferanten von Zuchtmaterialien, Maschinen, Geräten und Betriebsmitteln sowie Milchviehbetrieben weiter ausgebaut. Dabei werden unter anderem zweiwöchige Praktika für Fachkräfte von russischen Milcherzeugerbetrieben über moderne Verfahren und Managementmethoden der Rinderzucht und Milcherzeugung durchgeführt. Besonders enge Kontakte bestehen zu Jürgen Haberlands 1000-Kuhbetrieb und dessen Gesellschaft für Milcherzeugerberatung in Deutschland. Zu seinen Klienten gehören inzwischen auch eine Reihe russischer Privatinvestoren und Korporationen, die anspruchsvolle Technologien und beachtliche Investitionen einsetzen. Einige dieser Investoren heuern auch die Dienste Gennadij Smolinskis, Direktor des Milcherzeugerberatungsdienstes in der Oblast von Moskau, und seiner Seniorberater zu Tageshonoraren von bis zu US$ 300 an.

Von der belgischen Consultingfirma Irgatec und dem EU-finanzierten russischen Milchviehprojekt mit Gesamtkosten von rund sechs Millionen Euro hat man seit Projektende 1999 nie wieder etwas gehört.

So ist es nicht überraschend, dass die Rechnungskammer der Russischen Föderation in ihrer »Effizienzanalyse des EU-TACIS-Programms 2005« ein äußerst kritisches Urteil fällt, wobei sie vor allem »die mangelhafte Qualifizierung von ausländischen Beratungskräften für die Arbeit in Russland« bemängelt und, dass als deren Folge »die Verbesserungsvorschläge und Empfehlungen nur beschränkte Bedeutung« gehabt hätten.

Trotzdem erhalten Irgatec und ihr Firmengeflecht nach wie vor millionenschwere, EU-finanzierte Projektzuschläge.

Das russische Landwirtschaftsministerium plant immer noch, Alexanders Beratungskonzept auf ganz Russland zu übertragen. Internationale Finanziers wie zum Beispiel die Weltbank haben sich dazu aufgeschwungen, auch russische Agrarunternehmen zu fördern, und sind schon seit Jahren bereit, Darlehen in Höhe von bis zu 400 Millionen Dollar für die landesweite Anwendung dieses Beratungskonzeptes zu finanzieren, einschließlich Kreditlinien zur Beschaffung von Zuchtrindern und essenzieller Maschinen und Geräte. Sie werden noch lange auf einen entsprechenden Projektantrag warten müssen.

Trotz des Projekterfolges sank der russische Kuhbestand seit dem Zerfall der Sowjetunion immer weiter, von über 20 Millionen Kühen in 1990 auf unter zehn Millionen in 2006, die inländische Milchproduktion von 56 auf 32 Millionen Tonnen im selben Zeitraum. Selbst der wirtschaftliche Aufschwung konnte die Stagnation in der Milchwirtschaft nicht verhindern, obwohl Russland um die 20 Prozent seines Milch- und 33 Prozent seines Fleischkonsums importieren muss.

Nur etwa zehn Prozent der russischen Milcherzeuger haben Milchleistungen, die an internationale Standards herankommen. Das Aufholpotenzial ist somit enorm. Die Anfang 2006 begonnene Initiative des Russischen Landwirtschaftsministeriums »Entwicklung der Land- und Ernährungswirtschaft« hat für die Errichtung und Modernisierung von Stallungen und Stallausrüstungen sowie für die Beschaffung von bis zu 100 000 vorwiegend importierten, hochtragenden Färsen für Großmilchviehbetriebe, Bauern- und Hofwirtschaften bis 2008 öffentliche Mittel in Höhe von bis zu 1,1 Milliarden Euro eingeplant. Auch ist anzunehmen, dass die am 18. Oktober 2006 zunächst für die Jahre 2007 und 2008 beschlossene Befreiung der zehnprozentigen Einfuhr-Mehrwertsteuer für Zuchttiere, Sperma und Embryonen eine zusätzliche Wiederbelebung der tierischen Erzeugung des Landes bewirkt.

In der Tat haben diese Initiativen zusammen mit dem seit Kurzem beobachteten Investitionsdrang russischer Privatinvestoren bereits zu einer Kehrtwende des Abwärtstrends der inländischen Tierproduktion geführt.

Im vergangenen Jahrzehnt ist das Korruptionsvolumen in Russland auf ein Vielfaches angewachsen.[43] Allein seit Präsident Wladimir Putins Amts-

---

[43] Laut Jelzins früherem Berater Georgi Saratow, heutiger Chef der renommierten Anti-Korruptions-Stiftung Idem, betrug das Schmiergeld-Budget der korrumpierten Beamten 2001 ein Drittel der jährlichen Staatseinnahmen. 2005 soll die Summe der Schmiergelder fast dreimal höher als die gesamten Haushaltseinnahmen gewesen sein. Im sechsten Jahr der Putin-Ära setzte damit die Korruption Russlands jährlich 260 Milliarden Euro um. Laut Idem

antritt im Jahre 2000 sind die bezahlten Bestechungen um das Zehnfache gestiegen. Im sechsten Jahr Putins setzte die Korruption in Russland somit jährlich 260 Milliarden Euro um.

Inzwischen ist die EU zu einem megagroßen Bürokratie-Monster geworden, dessen Beamte die oftmals unbedarften, viel zu vielen EU-Kommissare und -Parlamentarier regelrecht an der Nase herumführen und ohne demokratische Legitimation wichtige Aufgabenstellungen unter sich ausmachen sowie persönliche Sichtweisen als Haltung der EU-Kommission darstellen. Nach der Massenerweiterung ist die EU zu einer Großfamilie von Problemkindern geworden und an einen Punkt angelangt, an dem sich die Major Players mit den übrigen Mitgliedern auf transparente und faire Spiel- und Verhaltensregeln einigen müssen, die einerseits den Teamgeist fördern und andererseits die nationalen Identitäten nicht verwischen.

Die EU hat sich schon lange übernommen. Speziell in den ehemaligen Ostblockländern wollte sie Funktionen übernehmen, die sie aufgrund von Passivität, Inkompetenz und Korruption nur selten befriedigend meistern konnte.

Mitgliedsstaaten drücken bei Unregelmäßigkeiten und nationalem Ego-

> müssen vor allem Unternehmer mehr schmieren. Im Schnitt sei heute ein Beamter erst mit einer Zahlung von 100000 Euro zufrieden, während 2001 noch 8000 Euro ausreichten.
> Wenn die Miliz, so Saratow, Probleme mache, schmierst du den Geheimdienst FSB. Und wenn der regionale FSB-Chef dich bedrängt, dann kaufst du einfach den Gouverneur. Laut Saratow existieren in der russischen Geschäftswelt Preislisten für inoffizielle staatliche Dienstleistungen: So kostete 2004 die Besetzung der konkurrierenden Firmenzentrale durch Spezialeinheiten der Miliz 15000 Euro. Für ein bestelltes Strafverfahren gegen den Konkurrenten waren im gleichen Zeitraum 40000 Euro fällig. Vergleichsweise billig war dagegen der Freundschaftsdienst eines Polizisten, der für 4000 Euro einem Festgenommenen eine Tüte Heroin in die Hosentasche steckte. Ein vorteilhafter Regierungsbeschluss war ab 80000 Euro zu haben. 25000 Euro hingegen musste man hinblättern, um an einer elitären Hochschule studieren zu dürfen. Und während die illegale Befreiung der berüchtigten Wehrpflicht vor Putins Ära noch 100 Euro kostete, ist die gleiche „Leistung" heute nicht unter 7000 Euro zu haben. Selbst einen Friedhofsplatz gibt es nur, wenn 800 Euro Bestechungsgeld fließen. Es gibt sogar Firmen, die sich auf diskrete Schmiergeldübergabe spezialisiert haben. »Nicht geschmiert – nicht weit gekommen.« Eine alte Weisheit in Russland.
> Nach Idem ist nur jeder sechste Russe bereit, etwas gegen die Schmiergeldkultur zu unternehmen. Kein Wunder, wenn man weiß, dass jeder Zweite einen Untergebenen, der seinen Chef wegen Bestechung anzeigte, als einen Idioten, Neider oder Verräter bezeichnen würde.

ismus meistens beide Augen zu, aus Ignoranz und Bequemlichkeit heraus sowie der Europaeuphorie wegen. England ist eines der wenigen Länder, das sich als konstruktiv kritisch erwiesen hat, was wohl auch mit der traditionellen Animosität zwischen England und Frankreich zusammenhängt.[44] Und Österreich wurde 2000 mittels EU-Sanktionen der Schneid abgekauft.

Frankreich hat in den letzten Jahren in Brüssel stark an Einfluss verloren. Schwer wiegt die Enttäuschung der Franzosen über dieses Europa, das ihnen ihre Politiker einst als ein Groß-Frankreich mit anderen Mitteln verkauft hatten: Europa tat gefälligst das, was Paris wollte. Doch seitdem Europa 25 Mitglieder hatte, ist es mit der französischen Dominanz vorbei. Trotzdem schafft es Frankreich zum Beispiel über völlig überzogene Agrarsubventionen immer noch, beachtliche Geldtransfers aus den reichen EU-Ländern abzuziehen. Und das kleine EU-Gastgeberland Belgien nutzt seinen Heimspielvorteil und seine Überrepräsentation auf allen EU-Ebenen immer noch skrupellos aus.

Selbstverständlich: Nicht alles in Brüssel ist korrupt und schlecht. Die Arbeit geht häufig auch ganz gut voran und liefert Resultate, die für die Zukunft Europas wichtig sind.

Das von der Weltbank vorgeschlagene landwirtschaftliche Forschungsprojekt, an dessen Identifikation Alexander Ott 1992 teilnahm, wurde nie finanziert. Ein landwirtschaftliches Beratungsprojekt wurde zum Fiasko, wie fast alle anderen, von der Weltbank mitfinanzierten landwirtschaftlichen Projekte in Russland. Die zugesicherten Darlehen wurden nicht oder nur teilweise abgerufen. Mehrere Projekte wurden noch unter enormen Kosten vorbereitet und mit der russischen Regierung verhan-

---

[44] Tony Blair (EU-Geld für Arbeitsplätze, nicht für Kühe, Bild-Bundesausgabe vom 22. Juni 2005): »Wir brauchen eine Europäische Union, die den Bedürfnissen des 21. Jahrhunderts entspricht. Deshalb konnte die britische Regierung den Vorschlägen für den EU-Haushalt letzte Woche nicht zustimmen. Wir wollen keinen Haushalt, der siebenmal so viel für Landwirtschaft ausgibt wie für Forschung und Entwicklung, Wissenschaft, Technologie und Innovation zusammen. Vierzig Prozent der Ausgaben gehen in die Agrarpolitik, wo weniger als fünf Prozent der Bevölkerung arbeiten. Wir brauchen einen zukunftsorientierten Haushalt, der Arbeitsplätze schafft und nicht Sonderinteressen befriedigt. Wir müssen in Innovation und Ausbildung investieren, nicht jede Kuh mit zwei Euro pro Tag fördern ... Großbritannien ist bereit, mehr zu zahlen, aber eben nur, wenn das Geld nicht in die reichen, sondern in die armen Länder fließt und wenn es für die richtige Politik ausgegeben wird. Es gibt keinen Grund, warum weiterhin Geldtransfers aus Ländern wie Deutschland und Großbritannien in andere reiche Länder stattfinden sollten.

delt, dann aber von russischer Seite aus annulliert. Die Weltbank, die sich anmaßte zu wissen, wie das Land seine Zukunft gestalten sollte, hatte bei der Formulierung landwirtschaftlicher Projekte auf die falschen Klienten gesetzt. Und wie die anderen, in Russland tätigen internationalen Entwicklungsorganisationen blamiert sie Russland und seine Menschen für die Misserfolge.

Jonas Dannenberg machte sich mit viel Elan an seine Studie. *Betrug und Irrtum in der Umweltforschung und Umweltpolitik – Wie wir reingelegt werden und wie wir uns dagegen zu Wehr setzen können – eine Fallstudie,* wollte er sie betiteln. Auf EU-Kosten nahm er sich als Visiting Fellow an der Universität Oxford eine Zweitwohnung, jettete mit upgraded First-Class-Tickets mehrmals um die Welt, um bei den renommiertesten Umweltforschungseinrichtungen und grandiosen internationalen Umweltkonferenzen Material zu sammeln, nahm an mehreren EDV-Kursen teil und begann nach einiger Zeit mit viel Enthusiasmus, die gesammelten Daten und Informationen zu klassifizieren.

Als es jedoch ans Zusammenschreiben kam, verließen ihn die Geister. Dannenberg war lange sehr bedrückt. Doch wie immer, wenn er in Schwierigkeiten war, half ihm die Gabe, sich mit relativ wenig Aufwand aus der Patsche zu ziehen. Kurz vor seiner Pensionierung übergab er die geforderte Studie in Form von Alexander Otts 750 Seiten langer Geschichte zusammen mit einer detaillierten Endabrechnung. Hie und da fügte er noch ein paar Sätze, Schaubilder und Organigramme hinzu, änderte die Kapitel, in denen er sich zu sehr wiedererkannte, kürzte oder strich zu gefühlselige Abschnitte und fügte eine eindrucksvolle, teils kommentierte Bibliografie mit einer langen Liste von Datenquellen hinzu, einschließlich Referenzen zu relevanten EU-internen Berichten und Studien.

Mechanik und Folgen von Korruption – eine Fallstudie betitelte er das Ganze und ließ es von einer befreundeten Übersetzerin vom Deutschen ins Englische übersetzen und von Peggy Bonnel, seiner ehemaligen Sekretärin, formatieren.

»Cher Monsieur! Nous vous remercions infiniment pour la soumission de votre Case Study tant élaborée et réussie …«, bedankte sich der zuständige Personalbeamte nach Erhalt der Studie. »Mon pauvre Jonas, mon Vieux, c'était ça!«, atmete er tief durch und legte sie ungelesen ad acta.

Und wäre sie nicht über den Tisch von Peggy Bonnel zur Ablage gewandert, wäre sie für immer in den Archiven der EU-Kommission verschwunden. Denn Peggy setzte sich umgehend mit Alexander Ott in Verbindung und ließ nicht locker, bis dieser das Dokumentarische dieser, wie sie sagte, »most amazing Case Study« drastisch kürzte und ihr Romanhaftes vertiefte, um es anschließend als Roman zu publizieren.

Bald nach der Pensionierung begann sich Dannenbergs Gemütszustand wieder zu erheitern. Wie eh und je war er wieder der alte Sonnyboy, der es verstand, sich mit seiner fetten, beinahe steuerfreien Pension und seinem millionenschweren Investmentportfolio das Leben möglichst komfortabel zu machen.

Der grasgrüne Mecedes-Benz-Siebentonner, den Alexander Ott und Hans Haberland im März 1960 den Weißen Vätern des Klosters Thibar in Tunesien übergaben, steht immer noch, ausgeschlachtet und ausgeblichen, auf dem Maschinenfriedhof der heruntergekommenen Staatsdomäne. Die Weißen Väter mussten Thibar Mitte der 70er-Jahre verlassen und haben ihre landwirtschaftliche und didaktische Expertise sowie die Kunstfertigkeit, fabulöse Weine und Liköre zu kreieren, mit sich genommen.

Arnold starb, als er noch nicht einmal neun war. Er starb so früh, weil die großen Hunde meistens früher sterben müssen als die kleinen. Er verließ das Leben mit einem schmachtenden Lächeln, Alexander vergebend und um Vergebung bittend.

Dina, Alexander Otts Haushälterin, starb Anfang 2005 an einem Schlaganfall. Alexander verfiel in tiefe Trauer. Er tut, was er kann, um ihren tüchtigen sechs Kindern und deren Familien beim Aufbau einer Existenz in den USA zu helfen.

Ein paar Monate nach Dinas Tod erwarb Alexander im Courthouse von Arlington, Virginia, seine dritte Marriage License und heiratete in aller Stille Tatjanas Malerfreundin Oksana Spiridonova aus Orjol. Sie lieben sich. Und das Leben liebt sie bis auf den heutigen Tag.

Tagtäglich steigt Alexander behäbigen Schrittes den Hügel hinauf, Kusja, der junge Kaukasische Schäferhund aus Saratow, eilt ihm meist weit voraus, um bei der mächtigen, vom Blitz zerzausten Weißeiche, unter der Tatjana Ott und Arnold ruhen, dem Spiel des Bajans zu lauschen.

Literatur

ANGRES, VOLKER; HUTTER, CLAUS-PETER; RIBBE, LUTZ: Bananen für Brüssel – Von Lobbyisten, Geldvernichtern und Subventionsbetrügern. München 2000.
Bananen aus Europa sind genauso absurd wie Ananas aus Alaska – und doch gibt es sie: in den ehemaligen Kolonien Frankreichs und Portugals. Fördergelder aus Brüssel, rund eine Milliarde Mark. Bezahlt mit Steuergeldern. Geregelt in einer Verordnung. Florierende Unternehmen, die es gar nicht nötig hätten, schöpfen den Subventionsrahm ab. »Bananen für Brüssel« beschreibt, wohin so manche Gelder fließen, welcher Tricks sich Subventionsbetrüger bedienen, warum die inneren Strukturen der EU-Bürokratie so verwickelt sind, wie sich das System aufgrund mangelnder Kontrolle zunehmend verselbstständigt und warum die Verbraucher am Ende die Dummen sind. Eine spannend zu lesende Analyse.

BANDULET, BRUNO: Tatort Brüssel – Das Geld, die Macht, die Bürokraten. München 1999.
Eine Geschichte von Betrug, Misswirtschaft und Geldverschwendung. Zugleich eine skeptische Bilanz von mehr als 40 Jahren europäischer Integration, die trotz aller Verdienste jetzt offenbar an die Grenzen des Machbaren gestoßen ist. Wer regiert tatsächlich in Brüssel? Wer macht die Gesetze? Wer zieht die Fäden hinter den Kulissen? Was geschieht mit den um die 100 Milliarden Euro, die von den 20000 Eurokraten pro Jahr vereinnahmt, verwaltet und nach einem undurchsichtigen Ritual wieder verteilt werden?
Dass es in Brüssel nicht mit richtigen Dingen zugeht, wurde durch Paul van Buitenen der breiten Öffentlichkeit erstmals 1999 bewusst gemacht. Bandulet erzählt die von diesem ausgelöste Skandalgeschichte auch aus der Sicht der »Fünf Weisen«, den unabhängigen Sachverständigen, die die Geschäftsgebaren der EU-Kommission untersuchten und dabei einen Abgrund von Betrug, Misswirtschaft und Nepotismus entdeckten.

GERNER, YVETTE: Die Europäische Union und Russland. Frankfurt am Main 1997.
Seit dem Zusammenbruch der UdSSR hat die Europäische Union Russland ein besonderes Augenmerk zukommen lassen. Zur Transformationsunterstützung wurden auf politischer und ökonomischer Ebene Unterstützungsmaßnahmen initiiert. Neben der Beschreibung und Analyse der einzelnen Hilfs- und Kooperationsangebote der EU für Russland steht insbesondere das technische Hilfsprogramm TACIS im Zentrum der Untersuchungen. Die Hauptdefizite und Missbräuche des TACIS-Programmes werden gut herausgearbeitet. Das ganze Ausmaß, die Mechanik und volle Tragweite von Korruption und Nepotismus, deren Auswirkungen auf Projektresultate, die in Russland verursachten Schäden sowie die Schädigung des guten Rufs der EU und ihrer Mitgliedsländer werden in dieser Studie nur verschwommen erörtert.

VAN BUITENEN, PAUL: Unbestechlich für Europa – Ein EU-Beamter kämpft gegen Misswirtschaft und Korruption. Basel und Gießen 1999.

Ein kleiner EU-Beamter in Brüssel beschließt, die Betrügereien in der Europäischen Kommission ans Licht zu bringen. Sein Vorgehen verursacht einen öffentlichen Skandal und lässt den Niederländer zu einer politischen Bedrohung für viele werden. Paul van Buitenen beschreibt seine vergeblichen Versuche auf internen Wegen, den bestehenden Missständen und betrügerischen Praktiken innerhalb der EU-Kommission Einhalt zu gebieten. Dabei wurde es ihm nicht erlaubt, solche Fälle an das EU-Parlament zu melden. Denn ein EU-Beamter könne nur durch die EU-Kommission selbst von seiner Geheimhaltungspflicht entbunden werden. Doch schließlich brach er seine Schweigepflicht und übergab 600 vertrauliche Dokumente samt Brief an das EU-Parlament. Die Folge: Die gesamte Kommission trat zurück. Buitenen wurde suspendiert, sein Gehalt halbiert und ein Disziplinarverfahren gegen ihn eingeleitet.

VAUBEL, ROLAND: Europa-Chauvinismus – Der Hochmut der Institutionen. München 2001.

Der Verfasser kennt die Brüsseler Szene aus erster Hand, da er selbst bei der Europäischen Kommission gearbeitet hat. Er schildert seine Wandlung vom »Europaromantiker« zum »Europakritiker«, legt die Schwachstellen des europäischen Gebäudes bloß, dringt auf durchgreifende Sanierungsmaßnahmen, wagt eine Prognose über die Osterweiterung und danach und beantwortet Fragen wie: Gibt die Zentralisierung Europas dem Staat mehr Macht über die Bürger? Führen Harmonisierung und Gleichmacherei wirklich zu Frieden und Harmonie? Weshalb ist die politische Klasse am gegenwärtigen Zustand der Europäischen Union interessiert? Welche Eigeninteressen verfolgen Kommission, Europa-Parlament und Europäischer Gerichtshof? Was sind die Interessen der Politiker und EU-Bürokraten?